冷たい夢

ヘザー・グレアム

風音さやか　訳

JN285468

MIRA®

The Vision

by Heather Graham

Published by Harlequin K.K., Tokyo, 2007

わたしの姉妹であるヴィクトリア・ジェーン・グレアム・ダヴァンを追悼して。
彼女はわたしに先立って身まかったけれど、
彼女がわたしの心に語りかけずに終わる日は一日とてない。

冷たい夢

■主要登場人物

ジュヌヴィエーヴ（ジェン）・ウォレス……ダイバー。
ソア・トンプソン……ダイバー。
ベサニー・クラーク……ジュヌヴィエーヴの同僚で親友。ダイバー。
ヴィクター・デイモン……ジュヌヴィエーヴの同僚で親友。ダイバー。
マーシャル・ミロ……ジュヌヴィエーヴの雇主。
アレックス・マシューズ……ジュヌヴィエーヴの同僚。ダイバー。
オードリー・リンリー……ジュヌヴィエーヴの同級生。霊媒師。
ジャック・ペイン……ソアの船の乗組員。ダイバー。
ザック・グリーン……ソアの船の乗組員。ダイバー。
エリザベス（リジー）・グリーン……ザックの妻。ソアの船の乗組員。ダイバー。
ジェイ・ゴンザレス……ジュヌヴィエーヴの古い知り合い。警官。
アダム・ハリソン……〈ハリソン調査社〉の社長。
ブレント・ブラックホーク……霊能者。
ニッキ・ブラックホーク……ブレントの妻。霊能者。
ヘンリー・シェリダン……歴史学の教授。

プロローグ

人の形をしたものは不気味に揺らめいていた。

遠くからだと女の姿そのものに見えた。

最初、ジュヌヴィエーヴ・ウォレスは自分の見ているものが何なのかわからなかった。海底で潮の流れとともにゆらゆら揺れているそれは、まるで……女のように見える。

左手を見やったジュヌヴィエーヴの目に、ほんの二、三メートル先にいるヴィクター・デイモンの姿が映った。手つかずの自然が残された海底において、洞窟《どうくつ》のような印象を与える珊瑚《さんご》の隆起部を彼は一心に調べている。沈没船〈ラ・ドーニャ〉に関する最新の調査の成果をもとに、彼らは目に映る光景の背後に隠れているかもしれないものを発見しようと努力していた。

彼女は自分自身の規則正しい安らかな呼吸音を聞きながら、空気タンクの残圧計に目をやった。空気はまだたっぷり残っているし、水深計は現在、海面下十四メートルから十七メートルあたりにいることを示している。その奇妙な姿をしたものを調べに行ったところで、命が危険にさらされることはないだろう。

澄みきった水は美しい青と緑の中間の色をしている。水温も海中での活動にうってつけだ。こんなにすばらしい午後なら、少しくらい時間をとって、わたしの好奇心をそそったささいな現象を調べに行ってもかまわないのではないかしら?

この海域で仕事を始めた先週はひどかった。海へ出た最初の日、五人からなるチームのうち、〈ディープ・ダウン・サルヴェージ〉のオーナーであるマーシャル・ミロを含めて三人がひどい吐き気に見舞われた。ジュヌヴィエーヴは船酔いを起こしはしなかったものの、まわりの人たちが頻繁にもどしているのを見るのは……楽しい気分ではなかった。だが、今や風はぴたりとやんで、海面は鏡のようななめらかさをとり戻し、砂も海底に落ち着いた。

視界は良好だ。

水のなかの人の姿をしたものは彼女を差し招いているように見える。ジュヌヴィエーヴは相変わらず規則正しい自分の呼吸音を聞きながら、フィンで水を蹴《け》って得体が知れない物体のほうへ進みだした。

近づくにつれて、だれかがマネキンを海へ捨てたのだと思えてきた。遠くからだと女のマネキンに見えたし、近づけば近づくほどその印象が強くなる。そう、これは何かのマネキンに違いない。ジュヌヴィエーヴは臆病《おくびょう》者ではないが、近づくにつれて不安が好奇心にとって代わるのを感じた。

水中をゆらゆら漂っている金髪がマネキンの頭の周囲に後光のように広がっている。その様子にはどことなくやわらかな美しさが――生きているような薄気味悪さがある。水を蹴って前へまわりこんだジュヌヴィエーヴは、マネキンが白いドレスをまとっているのを見た。ドレスは水の動きに合わせて大きく揺らめいていた。

穏やかな表情をした整った顔が、ジュヌヴィエーヴの心に深い悲しみの感情をかきたてた。

彼女は同情心に促されてマネキンに手をのばした。

もう少しでふれそうになったとき……。

マネキンが海底に沈んでいるのは重しがつけられているからだと気づき、彼女はぎょっとした。足首に巻かれた縄が、れんがとおぼしきものが詰まっている麻袋に結わえつけられている。

ジュヌヴィエーヴの呼吸音が不意にとまった。

彼女は無理やり呼吸を再開しなければならなかった。

マネキンではなくて本物の死体だ。

ジュヌヴィエーヴの血管を流れる血が氷と化した。彼女は吐き気を覚えながらも、女の顔にさわらなくてはいけないと感じて手をのばした。女が生きている可能性は万にひとつもない。口や鼻から空気の泡が漏れておらず、海上には女が乗ってきたはずの船もなかった……にもかかわらずジュヌヴィエーヴは、女にふれて何か助ける手段がないか確かめる必要があることを悟った。

彼女の指が生気のない肌にふれようとしたまさにその瞬間、女が頭をもたげ、大きな青い目を開けてジュヌヴィエーヴの目を見つめた。女の目には悲しみがあふれていた。

女の肌は灰色がかった白い色をしており、唇は青い。

女はジュヌヴィエーヴを見つめて、黙ったまま口をOの字に開け、まるで慰めを求めるかのように手をあげてジュヌヴィエーヴのほうへのばしてきた。

女がほほえみ始めた。悲しみに打ちひしがれたかのように。

ぞっとする笑み、心を見透かすような笑み。生気のない笑みだった。

やがて生気のうせた女の青い唇がひとつの言葉を形づくった。

〝気をつけなさい〟

1

「おい、太陽が人を正気にするなんて言った者はこれまでひとりもいないんだぜ」経験豊富な熟練ダイバーのジャック・ペインが言い、愉快そうに頭をかしげてソア・トンプソンを見た。

ソアはといえば、例の女性を見つめていた。

はじめて彼女を見たのは、その日の朝、ソアの船〈ザ・シーカー〉のチームと州に雇われたチームとが顔合わせをしたときだ。彼らはどちらも同じ調査任務に携わっており、ソアとしてはほかの会社やよそのダイバーたちと協力しあうことにはなんの問題もなかった。とりわけ今回の計画においては。環境保護論者や歴史家たちと同じく、フロリダ州は宝探しに精を出す人々が過去に用いたいくつかの方法に断固反対している。珊瑚礁《さんごしょう》はもろい。沈没船の存在が確認されている場合は少しくらい自然を傷つけても許されるが、あるかどうかもわからないものを探すために海底をめちゃくちゃにすることは許されない。沈没船の引きあげは歴史家の手によって始められたが、彼らの根拠は常に推測に基づいているので、大型機械類の使用を許可する前に、その推測が正しいことを証明する必要がある。観光事業における州の貴重な財産である美しい珊瑚礁を、破壊するかもしれないからだ。

ソアは彼個人のためではなく連邦政府のために仕事をしており、〈ディープ・ダウン・サルヴェージ〉のチームはフロリダ州のために働いているので、どちらか一方がもう一方の宝物を横どりする事態は生じない。本当に〈マリー・ジョゼフィーン〉が砂と珊瑚の生態系の下に隠されていることが判明し、海賊の財宝を発見できたなら、どちらのチームもかなりの報酬を得られるだろう。だが、もうけを自分たちだけで山分けするわけにはいかず、発見物の大半をフロリダ州や連邦政府、さらにはほかの機関が押さえてしまう可能性もなくはないのだ。ソアは古い沈没船の引きあげや難波船救助に長年携わったダイバーとして立派な成功をおさめ、手に入れた快適な生活をありがたいと思っていたが、ある種のダイバーたちのようにいつも富だけを求めて仕事をしたことは一度もなかった。彼はこの仕事が、歴史が、ぞくぞくするような発見の喜びが好きだった。

最近、カリオペキーのすぐ沖で昔の沈没船〈ラ・ニーニャ〉が発見されたため、フロリダ海岸沖には未発見の沈没船が何千もあるという事実が再び人々の注目を浴びて、だれも彼もが興奮を新たにした。そうした沈没船のうち、少なくとも何隻かがありふれた風景のなかに隠れていることは大いにありうる。しばしば人は自分の探し求めているものがわかっていなかったり、たとえ目の前にあっても気づかなかったりする。海は何世紀ものあいだに船の残骸《ざんがい》をすっかり見えなくしたり、ほかのものに見せたりする。そのことを研究者たちが詳しく知ったのは、近年、使い物にならなくなったさまざまな廃船を人工の岩礁構築に役立てようと故意に沈め始めてからだ。しかし、沈没船捜索に対する情熱の高まりとともに、歴史家や環境保護論者たちの警戒の声も高まった。古い文献が〈マリー・ジョゼフィーン〉を発見できる可能性ありとしている調査対象海域のいくつかは、海洋保護区内に位置している。多数のペソ銀貨や船の財宝、あるいは大砲といった確固たる証拠が発見されない限り、海底をさらう大型機械や引きあげ用の装置などを投入することは許可されないだろう。

調査用のダイビング専用船〈ザ・シーカー〉にちなんでシーカーズと呼ばれるソアのチームが駆りだされるのは、すばらしい発見を目的とするときだけではない。墜落機の残骸や生存者を捜す仕事のように、わくわくする興奮よりも苦痛のほうがはるかに大きな任務につくときもあるし、いつもカリブ海やフロリダ海峡やメキシコ湾といった美しい海にばかり潜ってもいられないのだ。とりわけひどいのは沼に潜らなければならないときで、そんなときは苦痛しか伴わない。だが、ここでの仕事はソアにとって楽しいと同時に得意としているものでもあった。ソアたちは海賊どもの残した手がかりをたどっていた。州の歴史家たちが行った初期段階の調査によって、彼らはそれまで潜った世界各地の海のなかでも最高に美しい海域へ送りだされた。ソアは目下のところ、今回の任務が気に入っている。

手慣れた、刺激的な仕事だ。推測に基づいて進めているため、水中での探査結果こそが重要な意味を持つ。彼らは水中音波探知機《ソナー》と電波探知機《レーダー》を装備しているものの、嵐《あらし》や時間は過去の遺物に大きな損傷をもたらす可能性があるので、基本に立ち返って自分の目と直感を用いながら作業にあたっていた。

　大きな報酬が見こまれるとはいえ、推測段階で大金を手にできるわけではない。それに、今のところ金のかかる大がかりな装置を使った探索よりもダイバーの経験のほうが有効だ。だからこそソアはここにいるのだし、同じ理由から彼女もここにいるのだ。

　ソアが見つめているその女性は熟練ダイバーだと聞いていた。とり乱した彼女が海面へ浮上するのが見えたとき、ソアと彼のチームは〈ディープ・ダウン・サルヴェージ〉の船から八百メートルほど離れた場所にいた。ソアは助けに駆けつけたかったが、彼女の仲間たちがすぐに船上へ引きあげた。何が起こったのか確かめようとソアたちが舷側《げんそく》へ到達したとき、彼女はまるで気がふれたかのように海中で死体を見たとかなんとかまくしたてていた。ソアは海へ潜った。

　そこで見つけたのはおびただしい武鯛《ぶだい》と仁座鯛《にざだい》の群れだった。

　彼ら全員が海辺のリゾート地に滞在しているので、海から戻った彼女は今、仲間たちと一緒にそこにある店にいる。彼女の表情からして、いまだに仲間たちの笑い物になっているらしい。ソアには何もかも奇妙に感じられた。というのは、彼女は冷静さを失うような人間にはとうてい見えなかったからだ。率直なところ、彼女は見た瞬間に男の欲望をかきたてる容姿の持ち主だった。身長は少なくとも百八十センチはあり、身のこなしは優雅だ。今も彼女は落ち着き払った自信たっぷりの様子をしている。長い赤褐色の髪、はっとするほど美しい緑色の目、形のいい黒い眉、〝完璧《かんぺき》な左右対称〟という言葉の実例とも言えるハート形の顔。これほど水着姿が魅力的な女性を、ソアはほとんど見たことがなかった。その気さえあれば、彼女はすばらしいモデルになれただろう。もっともそれを言うなら、最高のストリッパーにだってなれたに違いない。

彼女が部屋へ入ってきただけで、体内に赤い血が流れている男ならだれでも目を奪われずにいられない。

その彼女がどうやらまともな人間ではないというのは、なんとも残念だ。

「コンクってのは最悪の連中なのさ」ジャックがそう言って、物思いにふけっていたソアを現実へ引き戻した。

「なんだって？」ソアは年上の男を振り返った。

「だから」ジャックは言って、葉巻に火をつけた。「コンクは頭がどうかしていることで有名だってことだよ。ほら、コンクさ。おれみたいなやつのことだ。キーウェスト生まれの人間だよ」

「ふうん、あんたが地域を限定してくれて助かったよ」ソアは応じた。

ジャックは肩をすくめた。「そのとおり。おまえさんはジャクソンヴィルの出身だ。フロリダ州でも北部の人間は、ここの連中とは別の人種と言っていい」

「頭の正常な人種か?」ソアはそっけない笑みを浮かべて言った。

ジャックは葉巻を吹かして火を見つめた。年齢は五十歳から六十歳のあいだ、髪はまだ長くて鉄灰色をしている。片方の耳にどくろのイヤリングをし、首には昔のスペイン金貨のついた鎖のネックレスをかけていた。毎日ジムで何時間も過ごしている若い男たちと同じような体格をしている。本人の言葉によれば、チームのほかの者たちがまだ半ズボンをはいていたころから海に潜っていたのだそうだ。ジャックは自分の行動をよくわきまえている男だった。

「フォン・コーゼル伯爵のことを聞いたことがあるかい?」ジャックが尋ねた。

ソアは彼を見つめた。

ジャックはにやりとした。「彼はドイツからの移民で、本物の伯爵ではなく、ここの病院で働いていた。そしてエレナという名のキューバ人の娘に恋をした。エレナが結核を患っていることを知った彼は、異様な治療法を考えついて施したが、そうした努力もむなしくエレナは死んだ。死体は家族によって埋葬された。数年後、彼はエレナを大きな霊廟《れいびょう》に埋葬すべきだと思いたって霊廟を築いたので、世間の人々はてっきり彼女の死体はそこへ埋葬しなおされたものと考えたんだ。ところが時間がたつにつれて、人々は彼の家での奇妙な出来事に気づき始めた。たとえば彼が大きな人形と踊っているように見えたという。あとになってわかったところによれば、エレナを掘り返したその哀れなろくでなしは、彼女を生き返らせるためにさまざまな狂気じみた手段を死体に施したらしい。やつは絶えず死体を修復しながら何年も同じベッドで寝た。ついに家族がそれをかぎつけて、エレナの姉が彼に会いに行った。大騒ぎになったが、どんな罪を犯したにせよ時効を過ぎていたものだから、彼は裁判にかけられずに釈放された。なんといっても、ここはキーウェストだ。彼は罪に問われなかったどころか、大勢の人々の同情を買って、みんなが送ってくれた金で生活できたそうだ」

「よくもそんな嘘《うそ》八百を並べられるな」ソアは言った。

「とんでもない、こいつは実際にあった話だぞ。だれでもいいからきいてみろ。記録を調べたっていい。当時、国じゅうの新聞がその事件を書きたてたんだぜ」ジャックは言葉を切って葉巻を吹かした。「問題は、そんな連中に比べれば、おまえさんが見つめているあの若い女性はいたって正常だということだ。それに、経験豊富なおれの目がこれまで見てきたなかで最高に魅力的な女でもある」

ソアは首を振ってビールを掲げた。「今日一日、彼女を見て思ったんだが、海へ潜るときは、すぐに逆上したり、とり乱したりする人間にはそばにいてもらいたくない。彼女をデートに誘うのはかまわないけれど、ぼくの船には連れてこないでくれ。危なっかしくてしかたがないからな」

「おれは何度も彼女と一緒に潜ったよ、ソア。彼女はおかしな行動に走るような人間じゃない。デートに誘う件については、おれと彼女は親子ほども年が離れている。それにおれは彼女がほんの子供だったころから知っているんだ」

ソアはまた首を振って海へ視線を向けた。晩夏。暑い日々、すばらしい夜。絶えず海から吹き寄せる微風。海へ沈む夕日の輝き。午後八時、空の色が変わろうとしている。今はまだ明るいが、もうじきピンクになって、さらに紫、金、黄、そして青……色の筋が次第に濃さを増していく。そうして八時半ごろに突然暗くなる。

彼は海を見つめていた……そして気がつくと、再び彼女を見つめていた。目をそらしているのは難しい。いったい彼女の何がぼくをこれほど強く引きつけるのだろう、とソアは思った。彼女の一挙手一投足に、生まれながらの性的な魅力がありありと表れている。わざとらしさやこれみよがしなところはまったくない。そのような美点を備えていることに、彼女自身が気づいていないようだ。

「日が沈もうとしている」ジャックが言った。「サングラスをとったらどうだ?」

ソアは再びそっけない笑みを浮かべた。とるのはごめんだ。彼は黒いレイバンのサングラスが気に入っていた。これをかけていれば、絶えず視線をもうひとつのテーブルへ向けていても、だれも気づかない。

「彼女から目を離せないのかい？」ジャックがきいた。

「美しいものを心ゆくまで鑑賞してどこが悪い？　ぼくはただ、理性的な男は、とりわけダイバーは、何をしでかすかわからない女性には近づかないでおくべきだと考えているだけだ」

「自分の人形が生きていると思いこんだ男や、その人形が呪《のろ》われていると考えたやつらの話を聞きたいか？」

　ソアはうめき声をあげた。「ジャック、やめてくれ」

「なあ、全部本当の話だぜ。キーウェストという名前の由来を知っているかい？　スペイン人が最初に到着したとき、ここは広大な墓場だった。死に絶えたネイティヴ・アメリカンの部族か？　大虐殺の犠牲になったのか？　だれにもわからない。いずれにしても至るところ骨だらけだったので、彼らはそこをカヨ・ウェソ、つまり〝骨の島〟と呼んだ。あとから来たイギリス人たちはスペイン語をわざわざ翻訳しないで、それをただ知っている言葉に言い換えた。嘘じゃないぞ、ソア、キーウェストはほかとは違う独特の土地なんだ」

　ソアはゆっくりとほほえんだ。「ジャック、彼女がまともな頭の持ち主だとぼくを説得する気なら、まったくの無駄骨ってものだ。彼女は水中で死体を見たと言い張っている。しかもその死体が話しかけてきた、と」

「なあ……この土地で語られる話には、どんなものにもある程度の真実がまじっているんだぜ」

「キーウェストで行方がわからなくなった人のことを聞いたことがあるかい？　殺人の被害者を捜している人がだれかいるか？　ぼくはずっとテレビのニュースを見てきたが、ぼくの知る限り、行方不明者はひとりもいない」

「まるで心の冷たいろくでなしみたいな言い方をするじゃないか。おれにはわかっているよ」ジャックが言った。「おまえさんは潜水の仕事にばかり神経を注いで、女をティッシュペーパーみたいにとり替えることには無頓着《むとんちゃく》なんだ」

ソアは眉をつりあげた。「そうかな？　それを言うなら、あんたが落ち着くところだって見たことがないよ」

「同世代のなかにおれの相手が務まる女が見つからなかったのさ。たぶんどこかにいたんだろうが、めぐりあわなかった」

「ぼくは仕事をする場所では遊ばない」ソアは穏やかに言った。

ジャックは高笑いをした。「そりゃあ、われわれのチームにいるたったひとりの女は結婚していて、しかもアマゾネスときているからな」

「おいおい、ろくでなしみたいな言い方をしているのはどっちだ？」

「おれだと言いたいのか？　なるほどリジーはたいした女だが、仕事ひと筋だ。それにあのたくましさ。腕相撲をしたら、おれなんかいちころだろうよ。たとえそうでなくても、だれがザックの女房に手を出したがる?」

ソアはおかしくなって肩をすくめた。リジーことエリザベス・グリーンは軽々しく扱える女性ではない。身長は百九十センチのソアと同じくらいある。彼女の夫のザックは元プロバスケットボールの選手で、ふたりが並んで立つと、そばにいる者たちは圧倒される。いろいろなプロジェクトの認可を受ける際に、会社の前面に立って闘うのはリジーだ。彼女はたいていの男を打ち負かすことができる。「リジーはタフだし、浮ついたところもない。自制心を失ったり、ありもしない死体を見たなどと言い張ったりはしない」

「やれやれ。だれでも何かにおびえた経験が一度や二度はあるんじゃないか」

「そうかもしれない」

「おまえさん自身がたわごとをしゃべりちらしているぞ、ソア」

「そう思うか?」

「彼女が小指を曲げて合図をしたら、おまえさんは喜んで歩道をなめるだろうな」

「まさか。ばかばかしい」ソアは冷静に言ったが、自分が嘘をついているのはわかっていた。あの頭のどうかしている女性はものすごくセクシーだ。だが、仕事をする場所では遊ばないと言ったのは嘘ではない。長期にわたる仕事を請け負ったときでも、女と遊ぶのはどこかの港へ寄ったときだけと決めている。仕事中の厄介ごとは願いさげだ。

「おれは見たままを口にする」ジャックがきっぱりと言った。「おれを嘘つき呼ばわりした者はひとりもいない」

「じゃあ、ぼくが最初ってわけだ」ソアは言った。

ジャックはソアがまたもやもう一方のテーブルを見ていることに気づいて笑い声をあげた。「忘れるな、ソア、強大な神だって転落することがあるんだぞ」

「そう、そのとおり。ぼくはＴＨＯＲ《ソア》という名前だから、小さいころからずっと〝強大な雷神ＴＨＯＲ《トール》〟に関するたわごとを聞かされてきたよ」ソアは応じた。そしてお代わりを頼もうと、店のオーナーの息子であるバーテンダーを手招きした。

「みんなでよく調べたんだよ、ジュヌヴィエーヴ」ヴィクターが言った。「しかし、何もなかった」

「嘘なんかついていないわ、本当に女性の死体を見たの」ジュヌヴィエーヴはかたくなに繰り返した。「何かのいたずらだったのかもしれないし、実際に殺人の被害者が海に捨てられていたのかもしれないけど、とにかく幻覚ではなかった。本当に見たのよ」

　ベサニー・クラークがジュヌヴィエーヴの膝にふれた。「ねえ、だれだって海中でおかしなものを見ることがあるわ。心が錯覚を起こすのよ。水のせいでものがゆがんで見えたりするんじゃないかしら」

「もう一杯ビールを飲むといい」ヴィクターが冷淡に言った。「そうすれば少しは気分が落ち着くだろう」

ジュヌヴィエーヴはうめき声をあげて歯ぎしりした。彼らが努力しなかったとは言えない。あのとき、彼女は死に物狂いで水を蹴《け》り、電光石火の速さで水面へ浮上した。幸い、彼女がいたのはそれほど深いところではなかった。例の女性が目を開けてほほえんだ瞬間、ジュヌヴィエーヴはすさまじい恐怖にとらわれてまっすぐ水面を目指したが、もっと深いところから急浮上したら命とりになっていたかもしれない。水面へ浮かびあがったとき、塩水で息が詰まりかけ、慌てて口からレギュレーターを外した彼女は狂ったように両腕を振りまわした。

彼らのチームを率いているマーシャル・ミロが船上にいて、咳《せ》きこんでいるジュヌヴィエーヴを助けあげた。彼女が上昇していくのを見たヴィクターがすぐに浮上してきた。続いてそれほど遠くない場所にいたベサニーとアレックスがやってきて、ほかの人たちが海へ潜って女の死体を捜すあいだ、ベサニーは船の上のジュヌヴィエーヴのそばについていた。僚船の〈ザ・シーカー〉も近くにいて、その乗組員たちも海へ入った。

そして彼ら全員が何も見つけられなかった。

もしかしたら、女性が目を開けたとか手をのばしてきたとかいうのはジュヌヴィエーヴの思い違いだったかもしれないが、死体を見たのはたしかだ。その死体がどうなったのか、彼女にはさっぱりわからなかった。

運悪くジュヌヴィエーヴは死体が目を開けたとか、動いたとか、話そうとしたなどとまくしたてたため、今では親友のベサニーにさえ正気を失ったと思われている。

ジュヌヴィエーヴは自分たちが滞在している小さなリゾート地を見まわした。キーウェストの旧市街地の一角だが、実を言うと、彼女はそこからわずか八百メートルほど離れたところに家を持っていた。南北戦争前に、曾祖父《そう》のまた曾祖父あたりが建てたものだ。

とはいえ、この場所は地元の人々のたまり場になっている。ジャックはここにおんぼろの釣り船を停泊させているし、同じ桟橋には三人の地元警官たちの船が並べてつないであった。夕方になると、彼らはただコーヒーや酒を飲むためだけにやってくる。

今回の仕事を遂行するにあたって、ジュヌヴィエーヴはほかの人たちとの連携がうまくいくように、自宅ではなくここに滞在していた。彼らの潜水作業用の船は〈ザ・シーカー〉と同じくここの埠頭《ふとう》につないである。このリゾート地には温泉もなければ二十四時間のルームサービスもないが、その代わりに昔ながらの、本物のコンクの魅力がある。母屋が建てられたのは一八〇〇年代で、第二次世界大戦前後にコテージがつけ加えられ、やがて砂浜一帯に建物が広がった。どのコテージにもそれぞれ狭い中庭があって、戸外用のテーブルと椅子が備わっている。ここにはまたティキ・バーがある。そのバーは朝の七時に開店して真夜中まで開いていた。夜のバーテンダーがオーナーの息子なので、閉めたくなるまで開けているのだ。料理は食通向けとは言えないものの、新鮮でおいしい。

　ジュヌヴィエーヴの要領を得ない指示に従って海へ潜ったダイバーたちは死体を発見できなかったが、彼女は海中で見たことを警察に通報すると言い張った。そのときには彼女も落ち着きをとり戻していて、警察に死体を見たことは話したが、死体が動いたように見えた事実は黙っていた。彼らが陸へ戻ってシャワーを浴び、服を着替えて、このティキ・バーへ食事をしに集まったのは遅い時刻だった。テーブルにはフィッシュ・サンドイッチとコールスロー、ポテトサラダが並んでいる。

「いいわ、みんな、好きなだけ笑い物にすればいいのよ。わたしは本当に死体を見たんだから」ジュヌヴィエーヴは言い張った。

　薄い金色の髪をしたベサニーが下を向いた。ヴィクターとアレックスとマーシャルは笑いをこらえて目を見交わしている。

「おい、ジェン」ヴィクターがジュヌヴィエーヴをからかった。「きみに飲み物をおごりたがっている女性があそこにいるよ……ほら……ああ、残念、振り向くのが遅すぎた。彼女はもう消えちゃったよ」

　ジュヌヴィエーヴは目を細めてヴィクターをにらみつけた。彼の首をしめあげてやりたかった。ほかの人はともかく、ヴィクターがこんな意地悪をするなんて……。ふたりは一緒に学校へ通った仲なのだ。ヴィクターはひとつ年上だが、ジュヌヴィエーヴのほうが成長が早くて、高校生のときにはすっかり大人の女の体つきになり、男子学生たちのあこがれの的になっていた。青春時代、彼女はどんな社交上の催しにも必ずヴィクターとともに出席した。

大学生になってようやくヴィクターの体に筋肉がつき始め、薄い胸毛が生えた。男らしい容貌《ようぼう》も備わって、今では背の高い、浅黒く日焼けしたハンサムな男性になっている。デートによってふたりの友人関係がそこなわれたことはないものの、彼はまるで夫のように振る舞ってジュヌヴィエーヴをいらだたせることがあった。

「ヴィクター……」彼女は言いかけた。

彼はにやりとして手を振った。「わかっている、わかっているよ、ふざけるのはやめろと言いたいんだろう」

「気にするな、ジェン、やつのはただの冗談だ」マーシャルが言ったが、彼もまた笑いをかみ殺していた。少なくともひとりはヴィクターの悪ふざけをおもしろがったのだと思うと、ジュヌヴィエーヴは不愉快だった。地元出身のマーシャルは〈ディープ・ダウン・サルヴェージ〉の創設者であり、オーナーでもある。彼は子供のころに、難破船の略奪者と救助者の錯綜《さくそう》した物語に彩られたキーウェストの歴史に心を奪われた。略奪者と救助者の歴史は別々のものではない。ときとして、彼らは危険な岩礁で難破した船の気の毒な乗員乗客の命を救った。

しかし、ときには金目の積み荷をのせた船が難破して沈むのを期待し、禿鷹《はげたか》のように待ち構えていることもあった。そうした行為を何世紀にもわたって繰り返すうちに、たくさんの金持ちが生まれたのだ。

マーシャルは彼の率いるチームの面々より少なくとも十歳は年上だ。彼はマサチューセッツ沖の冷たい北の海で、沈没船引きあげ作業という厳しい任務に携わることで名をあげた。だが、キーウェストは彼の故郷であり、愛する土地だ。彼は北の海で稼いだ金を元手に帰郷して会社をおこし、船や装置を購入して商売を始めた。収入はたっぷりあったが、歴史学の成果に基づいて働くことを常に喜びとし、珊瑚礁やキーウェスト近海やその過去を大いに尊重していた。黒く日焼けした筋骨たくましい体の持ち主で、身長はジュヌヴィエーヴと同じ百八十センチ、スキンヘッドが黒い目や眉と奇妙にもよく似合っている。

夕暮れどきにもかかわらずサングラスをかけ、足を高くあげて座ったマーシャルが顔をしかめて言った。「いずれ海の底に何かがあった事実が判明するだろうよ。つまり……漂流物やがらくたのたぐいがさ」

アレックスが『トワイライト・ゾーン』のテーマソングに乗せて口ずさんだ。「そうとも、顔や髪の毛がある漂流物やがらくただ」彼はからかった。

ジュヌヴィエーヴは眉をつりあげてアレックスをにらみつけた。アレックスはキーラーゴの出身だ。キーラーゴは、車で北に一時間も走ればもうマイアミ市であり、キーウェストとはまったくの別世界と言っていい。褐色に日焼けした金髪のアレックスは海と太陽の申し子と言えた。大学で歴史学を専攻した熟練のダイバーだったが、その彼に地元の人間しか知らない、キーウェスト近海の秘密の珊瑚礁を教えてあげたのはジュヌヴィエーヴだ。

「まったく、あなたって人は……」彼女は言いかけて急に腹立たしくなり、口を閉ざして立ちあがると、飲みかけのビールの瓶を持って低い塀のところへ行った。そこからは険しい海峡や、リゾート地の埠頭に並んでいるレジャーボートや釣り船が見えた。

「怒らないでくれよ！」アレックスが大声で言った。

ジュヌヴィエーヴはくるりと振り返り、作り笑いを浮かべながら首を振った。「まあ、見ていなさい、みんな！　いつかあなたたちも同じ目に遭うから。わたしは怒ってなんかいないわ。ただ、みんなと一緒にいたくないだけ」

「ねえ、わたしに腹を立てないで」ベサニーが言った。

「腹を立ててなんかいないったら」ジュヌヴィエーヴは言い張った。

彼女はビールをちびちび飲みながら埠頭へ歩いていき、水平線のかなたへ沈もうとしている夕日を眺めた。美しい穏やかな光景だったが、ジュヌヴィエーヴの心はささくれ立っていた。死体を見たとき、なぜあれほどの恐怖にとらわれたのだろう？　彼女はこれまで二度、人命救助の仕事に携わったことがある。一度はエヴァグレーズ南部で飛行機が墜落したとき、もう一度はキーウェスト沖で船の転覆事故があったときだが、どちらの場合も人命救助ではなく死体の回収作業に追われた。

だが、そのときの死体は彼女を見つめたりはしなかった。

自宅で花壇を掘り返しているときも、一度骨が出てきたことがあったけれど、それほど大きなショックは受けなかった。なにしろここはほかの土地と違って、骨の島、キーウェストなのだ。

しかし、それらの骨はどこへも消えはしなかった。

隣に人の気配を感じたジュヌヴィエーヴは、はっとして振り返った。きっと友人のだれかが意地悪を続けようと追いかけてきたのだろう。

「大丈夫か？」

力強い男性的な声で穏やかに問いかけてきたのはジェイ・ゴンザレスだった。まだ制服姿で帽子を目深にかぶり、黒いサングラスで目を隠している。

ジュヌヴィエーヴはにっこりした。彼女はジェイが大好きだった。今では三十代後半の彼も、ジュヌヴィエーヴがはじめて会ったときはまだ若かった。彼女が高校生のとき、友人たちと一緒に乗っていた車をジェイが道路の片側へ寄せさせたのだ。たしかにそのときは車内にビールの缶が何本もあったけれど、ジェイは彼女たちを警察署へ連れていかずに、ひとりひとり自宅へ送り届けてくれた。

ジェイはここに船をつないでいる警官のひとりだ。今ではもう船に乗って海へ出ることはあまりない。休暇中にその船で妻と一緒に海へ出ているとき、妻が海へ転落して死んだ。それでも彼は船の手入れを怠らない。ときどき船へやってくるのは、それに乗っているとなんとなく妻のそばにいるような気がするからだろう。

だが、今のジェイが船に乗りに来たのでないことはジュヌヴィエーヴにもわかった。ジェイは彼女を心配してここへ来たのだ。

「大丈夫よ。とはいえ、みんなにすっかり頭がどうかしていると思われてしまったけれど」ジュヌヴィエーヴはためらった。「今日はわたしの話を聞いてくれてありがとう」

ジェイはうなずき、彼女の隣の小さな木製の手すりにもたれた。「きみがお調子者でないことは知っているからね」そう言って、にやりとする。

「それはどうも」

彼は水平線を眺めた。「きみの助けになってやれたらいいんだが。きみの話に合致する人物は、今のところひとりもいない。もっとも、行方不明になっていながら、まだ警察へ届けでられていない人だっているかもしれない。きみの話を聞いたあとで署の人間を何人か捜索に出したが、彼らも何ひとつ発見できなかった」ジェイはためらったあとで続けた。「ここで消費されるアルコール量の多さからすると奇妙に思えるかもしれないが、キーウエストの殺人事件発生率はそれほど高くない。ぼくが扱うのは凶悪犯罪よりも酔っ払った若者や交通事故がほとんどだ」

「ジェイ、わたしは本当に海のなかで女の人を見たのよ」ジュヌヴィエーヴはどう続けようか迷った。これから言うことを、ジェイの職業上の知識に対する侮辱と受けとってもらいたくない。「ここでも殺人事件がまったくないわけではないわ。何年か前に、かっとなって妻を撃ち殺した男性がいたじゃない。それからわたしが高校生だったころ、行方不明になったスーパーモデル志望の女性がいたわ。当時、彼女が生きて見つかるとはだれひとり信じなかった。そうよ！　去年だって、フロリダキーズの中央あたりの島で……また若い女性が姿を消したのよね」

「殺人事件がまったくないとは言っていないよ。マイアミに比べたら、ここでの発生率は低いという意味で言ったんだ。なにしろひとけた台だからね。それに、ジェン——」

「わかっているわ。今のところ、金髪女性で行方不明者リストに載っている人はいないんでしょう」

「あとでそういう女性のいることが判明するかもしれない」ジェイがやさしく言った。

「でも、だれかの悪ふざけだったことを願っておこうじゃないか」

「本当にそうだったらいいと思うわ」

ジェイはうなずいた。「今ごろどこかで、うまくいったと大笑いをしている学生どもがいるかもしれないな。そうだとしても知りようがない。しかし、きみが何かを見たことは信じるよ。とにかくきみがそう言っているんだから間違いない」

ジュヌヴィエーヴはほほえんで感謝の意を示した。「ビールをおごらせてくれない？」彼女はきいた。

ジェイは首を振って断った。「まだ勤務中でね。ぼくはただ、きみが大丈夫か確かめたかったんだ」彼は顔をしかめた。「マイル・マーカー6の近くで事故があったらしい。きみも気をつけるんだよ、いいね？　それと、何かあったら電話しなさい。ぼくはきみの頭がどうかしているなんて思っていないから」

彼はジュヌヴィエーヴの顎を指の関節でやさしくなで、向きを変えて砂利を敷きつめた駐車場のほうへ歩み去った。

彼女はジェイの存在に感謝した。少なくとも彼はわたしを信じている。ジェイは興味深い男性だ、とジュヌヴィエーヴは思った。警官としては申し分ない。長身で肌は浅黒く、物静かな雰囲気のなかに有能さと自信を漂わせている。彼女はいつもジェイに同情してきた。彼の妻は五年ほど前、夫婦で海へ出た際に死亡した。それ以来、彼はあえて人とのつきあいを避けている。

でも、ジェイはいい人だ。彼が真剣に受けとってくれたと知って、ジュヌヴィエーヴは元気づけられた。

とはいえ、警察でさえ海中で何ひとつ発見できなかったというのが気になる。

ジュヌヴィエーヴは水平線に視線を戻し、ずっと瓶を握りしめていたせいでぬるくなってしまったビールを飲んだ。再び隣に人の気配を感じた彼女は、ジェイが引き返してきたのだと思った。

そうではなかった。

「やあ、かわい子ちゃん《キューティー》。大変な一日だったな」

ジャック・ペインだった。彼はジュヌヴィエーヴの大好きな人物のひとりだが、今回のプロジェクトでは〈ザ・シーカー〉の乗組員として働いている。長年の洋上生活で厚くなった皮膚はかたく、肌は日にさらされてなめし革のようになっていた。自分が発見した昔のスペイン金貨を鎖に通して首にかけ、片方の耳にはどくろの形をした金のイヤリングをつけている。ジャックはよその海で仕事をすることが多いが、ジュヌヴィエーヴも何度か一緒に潜ったことがあるので、彼が頼りになる優秀なダイバーであることは知っていた。

ジャックの顔に薄笑いが浮かんでいるのを見て、ジュヌヴィエーヴは顔を赤らめた。

「ええ、ええ、わかっているわ、ジャック。気がすむまで笑ったらどう？　でも、わたしをキューティーと呼んでくれてありがとう。こんなに背が高いと、そんなふうに呼んでくれる人はめったにいないもの」彼女はうんざりしたように言った。

「なあ、おれはきみが何かを見たと信じているよ。それにキューティーというのはふさわしい言葉ではないかもしれん。そうだな、うん、ゴージャスってのはどうだい？　それと例の件についてだが、今のところ、だれにもこれ以上は手の打ちようがないんじゃないかな?」

ジュヌヴィエーヴはうなずいた。

ジャックは父親のように彼女の肩へ腕をまわした。「そのうちに行方不明者の連絡が入るかもしれないよ」

「そうならないことを願うわ。わたしの幻覚だったというほうがはるかにましよ」ジュヌヴィエーヴは言った。

「それはそうだが……うむ、ここはかなり風変わりな場所だ。たぶんそのうちに、どこかのいたずら者がマネキンを海へ沈めたんだとわかるだろう」

「ええ、そうかもしれない。わたしがいつまでもこだわっていてはだめね」ジュヌヴィエーヴはつぶやいた。

「すぐに忘れるさ。そうしたら何もかもうまくいく」

「本当に?」ジュヌヴィエーヴはさっと振り返り、手すりにもたれてジャックをまじまじと見た。「きっとあなたはあの有能ぶったお友達とテーブルに座って、わたしを今回のプロジェクトから外すべきかどうか話しあっていたんでしょう」

「おれが? とんでもない。おれはいつでもきみと一緒に海へ潜るよ」

ジュヌヴィエーヴはジャックのいたテーブルに今も座っている男性をちらりと見やった。ソア。まったく、なんて名前かしら。たしかに、彼は評判がいい。しかも古代神話の雷神

THOR《トール》を思わせるいかつい顔やたくましい体つきをしているから、ほかの土地や別の時代だったら、その名前は彼にふさわしかったかもしれない。でもここはキーウェストで、わたしたちが生きているのは神話ではなく現実の世界なのだ。それに国の隅っこのこんな土地では、いくら功績をあげて新聞にとりあげられようと、だれひとり気にもとめない。なぜかジュヌヴィエーヴは、たちまちソアに反感を抱いた。おそらく今日の午後、彼がすばやく助けに駆けつけたからだろう。傲慢《ごうまん》。尊大。ソアを言い表すにはそんな言葉がぴったりだ。こんなことを言うのは、ほかのチームと一緒に仕事をするのがいやだからではない。ただ彼が嫌いなのだ。

「行って彼に会ってやってくれ。それほど悪い人間ではないよ」

「さあ、どうかしら」ジュヌヴィエーヴはつぶやいた。

「なあ」ジャックが軽い口調で言った。「きみはさっき仲間たちにさんざんからかわれていたんだろう?」

ジュヌヴィエーヴは肩をすくめた。そう、今回の件を忘れるのにはとても長い時間がかかるだろう。いえ、彼らはいつまでも忘れさせてくれないかもしれない。

「さあ、ソアに会いに行こう」

ジュヌヴィエーヴは目をくるりとまわしながら、ジャックについてテーブルへ行った。

感心なことに、ソアは立ちあがってジュヌヴィエーヴを迎えた。サングラスをかけているので顔全体は見えないが、高い頬骨といかにも頑丈そうな顎をしている。きっと彼はきまじめで、厳格で、大胆不敵な性格に違いない。見るからに自信たっぷりといった様子だ。今日の出来事がなくてもソアを好きにはならなかっただろう、とジュヌヴィエーヴは確信した。彼は他人とうまくつきあっていける人間には見えない。

「ソア、ジュヌヴィエーヴ・ウォレスを紹介するよ。ジェン、こちらはソア・トンプソンだ」

ソアは手を差しだしたが、にこりともしなかった。彼は今日のジュヌヴィエーヴの体験を、ほかの人たちのように愉快なことだとは考えていない。どうやら危険で困ったことと見なしているようだ。

「ソア」ジュヌヴィエーヴはささやいて握手をし、すぐに手を引っこめた。「おもしろい名前ね」声にあざけりをこめずにはいられなかった。

彼の口もとがゆがんで笑みらしきものが浮かんだ。「悪いね、ぼくの祖父母がノルウェー人だったもので。彼らはミネソタ州から出てきた。ノルウェー系の人々のあいだでは普通にある名前だ。きみはジュヌヴィエーヴだって？」

「名字にもあるのよ。聖ジュヌヴィエーヴ。わたしの祖先は旧派のカトリック教徒だったみたい」彼女は小声で言った。

「ジェン。こちらのほうが呼びやすい」ジャックが快活に言った。「さあ、座って。ビールを持ってきてやろう。おっと、きみはもう持っているんだよな。まあ、いいじゃないか……座れよ」

「ええ……その……」ジュヌヴィエーヴはためらった。もっと早く断りの言葉を述べて立ち去るべきだった。どんな言い訳でもいい。〝実を言うと、向こうのテーブルに友人たちと一緒に座っているの〟とか、〝悪いけど疲れているから部屋へ戻って休みたいの〟とか、〝木の上の猫を助けに行かなくては……〟とか。とにかくなんでもいい！

だが、考えをめぐらすのが遅すぎた。すでにジャックがジュヌヴィエーヴのために椅子を引いていた。

「きみたちが一度も会ったことがないなんて不思議だな」ジャックが言った。

ジュヌヴィエーヴはソアの黄褐色の眉がサングラスの上へつりあがるのを見た。「ジャック、世の中は広いのよ」

「それはそうだが、きみたちはこれまでもフロリダキーズで仕事をしたことがあるはずだ」ジャックは言った。

ソアがうなずいた。「でも、こんなに南まで来たことはほとんどなかった」

「そうか」ジャックは陽気な声で言った。「それにしても、今回のように大規模なプロジェクトの仕事ができてうれしいよ」

「まったくだ。仕事ができて、ね」ソアがつぶやいた。

たちまちジュヌヴィエーヴは体をこわばらせた。サングラスで目が隠れているにもかかわらず、ソアが彼女を足手まといと考えているのがありありと見てとれた。「わたしだってちゃんと働いているし、自分の仕事を真剣に考えているわ、ミスター・トンプソン」彼女は冷ややかな口調で言った。

「ミスター・トンプソンだって?」ジャックが言った。「ジェン、おれたちは一緒に仕事をしているんだぜ。ソアと呼べばいいじゃないか」

「興味深い仕事のやり方だ」ジャックの言葉など聞こえなかったかのように、ソアが言った。

その声でジュヌヴィエーヴは、ソアが彼女を完全にいかれた人間と見なしていることを悟った。

「賭《か》けてもいいけれど、ミスター・トンプソン、このあたりの珊瑚礁については、あなたよりもわたしのほうがはるかに詳しいわ」

「本当に?」ソアは言って、身を乗りだした。「いったいなぜきみはこのあたりの珊瑚礁に詳しいと思えるんだ、ミス・ウォレス? 不思議なことに、きみには過去が見えるからか? 海底を漂っている人間が見えるから? 奇妙だな。もしそうだとしたら、どこを捜せば沈没船を発見できるか、きみにはわかるはずだ。違うかい?」

「おいおい、ふたりとも」ジャックが口を挟んだ。「ミスターだとかミスだとか、どうしてそんなよそよそしい呼び方をするんだ?」

今度はジュヌヴィエーヴがジャックを無視する番だった。

「ダイバーとしてのわたしの評判はまったく非の打ちどころがないのよ、ミスター・トンプソン」

「なあ、おれはきみの仲間たちのところへ挨拶《あいさつ》しに行ってくるよ、ジェン」ジャックが小さな声で言った。

ジャックの椅子が床にこすれる音がした。彼は三人をとり囲みつつある緊迫した空気から一刻も早く逃げだしたいと焦っているようだった。

ソアは相変わらずジュヌヴィエーヴを見つめている。やがて彼はぐいと身を乗りだしてサングラスをとり、彼女の目をじっと見つめた。「非の打ちどころがないだって?」静かに問い返す。「たぶんそれも今日までだろう。われわれは今度の件を明るみに出したほうがよさそうだ。ぼくにとってはきみの評判なんてどうでもいい。たとえそれほど深い場所での作業でなくても、それぞれがきっちり自分の役割を果たす必要がある。ぼくは今までに〝経験豊富〟なダイバーが死体となって浮かびあがるのを何度も見てきた。死体が目を開けてきみに話しかけようとしたなどと言い張るのなら、ミス・ウォレス、われわれは深刻な問題を抱えることになる。再び海へ潜る前に、きみにはなんらかの助けが必要かもしれないな」

容赦のない非難に大きなショックを受けたジュヌヴィエーヴは、まばたきすらしないで長いあいだソアを見つめつづけた。

ソアの目は鋭利な氷よりも鋭くて青く、顎の線は岩のように揺るがなかった。ジュヌヴィエーヴの心臓が激しく打った。この人はわたしを知らない。わたしのことを何も知らないのだ。

それなのに、この人は安直にわたしを批判した。

ジュヌヴィエーヴも身を乗りだし、ソアの目をじっと見てほほえんだ。

「一緒に海へ潜る相手として、わたし以上に優秀なダイバーはいないでしょうね。わたしは捜しているものを必ず見つけることで知られているの。だから、あなたがわたしを好きでないのなら、ええ、下品な言い方をして悪いけど、〝おまえなんかくそくらえ〟としか言いようがないわ」彼女は相変わらずにこやかな笑みを浮かべたまま、立ちあがって歩み去った。

ジェイ・ゴンザレスはローズヴェルト大通りをパトカーで進みながら、なぜ今回の事態がこうも気にかかるのだろうと考えた。

何も。海のなかには何もなかった。

彼は生まれたときからここに住んでいるので、このあたりの海には詳しい。海のなかではものがゆがんで見える。

ジュヌヴィエーヴに話したとおり、この土地の犯罪発生率は低い。ほとんどはこそ泥のたぐいだ。たまに重窃盗罪や麻薬絡みの事件もあるが、殺人となるとめったに起こらない。きっとなんでもないのだ。彼女は死体を見たと思った。その死体が消えた。たぶんいたずらなのでは？　マーシャルの話によれば、そのとき近くにほかの船はいなかった。だが若い連中というのは、いたずらをするためならどんなことでもやりかねない。

とはいえ、ジェイは気になってしかたがなかった。彼はジュヌヴィエーヴが好きだった。ずっと前から。その彼女があんなふうに動揺しているのは見たくない。

ほかの土地でも言えることだが、キーウェストでは幽霊が大きな商売になっている。ヘミングウェイが町を歩きまわっていると噂《うわさ》されているし、なかにはデュヴァル通りの家全部に幽霊が出没すると主張する人さえいる。それもこれもネイティヴ・アメリカンの骨と、難破船略奪者と、昔から変わらない人間の心の弱さのせいだ。だが、ジュヌヴィエーヴはおもしろ半分に話をでっちあげるような人間ではない。

いったい彼女は何を見たのだろう？

キーウェストでは殺人はあまり起こらない。

だが、あることはある。実際、過去にあった。

そう、実際にあったのだ。そのことならいやというほど知っていた。

ジェイは歯をくいしばった。パトカーはすでに国道一号線に達していた。彼はサイレンを鳴らしながら駐車中の車を縫うように進んだ。事故があったのは、このすぐ先だ。事故を起こした車へ近づいていくとき、彼は死体を見ないですむように祈った。とにかく今夜は見ないですむように、と。

2

翌日、ソアはほかの数人のダイバーとともに真っ先に起きて活動を始めた。予定では毎朝早くティキ・バーに集合して、コーヒーと軽い食事をとることになっている。バーからわずか十五メートルほど離れたところには、タンクに空気を充填《じゅうてん》したり、破損した潜水器材を修理したりする小さなダイビング専門店がある。ソアはしばらく埠頭《ふとう》に立って太陽がのぼるのを眺めた。今日はいい天気になりそうだ。というより、少なくとも午前中はいい天気になるだろう。彼らはこれから二週間、朝早くに船を出して、夏の終わりの雨が襲ってくる三時ごろまでに港へ戻ってくることになっている。午後の嵐《あらし》はしばしば猛烈な風と雨を伴うが、たいてい三十分ほど猛威を振るったあとでぴたりとやむ。

コーヒーをすすりながら日の出を眺めていたソアは、ほかのダイバーたちがそれぞれのコテージから出てき始めたことに気づいた。マーシャル・ミロのチームは優秀なダイバーぞろいだ。みな立派な体の持ち主で、どんな状況にあろうと水中で落ち着いている。彼らは海の力に対して相応の敬意を抱いていた。いいことだ。というのは、ソアはダイバーをひとりも失いたくないからだ。ジュヌヴィエーヴ・ウォレスでさえ、彼に手厳しくやり返したときは頭の正常な人間に見えた。それどころか、ソアは彼女の断固とした態度が気に入った。

ソアはジュヌヴィエーヴがコテージから歩いてきて、マーシャルのチームに所属するもうひとりの女性、ベサニーと一緒になるのを見た。ベサニーはジュヌヴィエーヴとは対照的だ。身長はおそらく百六十五センチから百六十八センチくらいありそうだが、ジュヌヴィエーヴと並ぶと小さく見える。小柄ではあるが、よく引きしまった体つきの魅力的な女性だ。どうやら脚の長い友人よりもずっと陽気でのんきな性格らしく、今もジュヌヴィエーヴと合流しながらリジーとザックに手を振っている。リジーはジュヌヴィエーヴさえ小さく見せるし、そこへザックが近づくと全員がちっぽけに見える。ジャックはすでにティキ・バーへ到着し、クリントがドーナツや果物がのった大きな皿をテーブルへ並べるのを見ていた。クリントは手足のひょろ長い二十二歳の若者で、肌は褐色に焼け、髪が顔にかかっている。チームの残りのふたり、ヴィクターとアレックスが重い潜水器材一式を肩に担いで浜辺を駆けてきた。ふたりは同じくらいの年齢で、ほかの人たち同様に筋肉質な体と鋭敏な知性を備えていた。

「やあ！　姿が見えないんで、てっきりまだベッドのなかにいるんじゃないかと思ったよ」マーシャルが埠頭から近づきながらソアに呼びかけた。

「われわれは世紀の大発見をしようとしているんだ」ソアはそっけなく言った。「寝過ごして、胸躍る場面を見逃すのはごめんだね」

「きみはわれわれが何かを発見するとは考えていないんじゃなかったかい？」マーシャルは太陽に目を細め、剃《そ》りあげた頭を手でなでながらきいた。

「そうは言っていない。何かを発見できると信じていなかったら、こんなところへは来ないよ。それよりも興味深いのは、ここから何も出てこなかった場合はどうするかを、州の連中は考えているのかということだ。この海域は何年も前から大勢のダイバーが潜ってきた。たしかに海底で金属の破片やら何やらが見つかっているが、そんなものは目指す船がある証拠にはならないからな」

「われわれはただ〈マリー・ジョゼフィーン〉があるという証拠を見つけさえすればいい。そのあとは環境保護論者や歴史家たちに任せれば、彼らが次にとるべき手を議論し始めるだろうよ」マーシャルはそう言って肩をすくめ、ソアを見つめた。「正直なところ、おれは世紀の大発見に立ち会った人間として歴史に名を刻みたいんだ。かたい決意さえあれば充分だというのなら、われわれはきっと何かを発見できるだろう」

「決意はどんなときでも重要だ」ソアはつぶやいて、ほかの人たちのほうを振り返った。

通路を歩いてくるときに、ヴィクター・デイモンがふざけてジュヌヴィエーヴに体をぶつけた。彼女がヴィクターのほうを向いて指をつきつけ、何か言った。たぶん彼らはいまだにジュヌヴィエーヴをからかっているのだろう。ヴィクターが何か言うと、彼女は彼の野球帽を引ったくり、荒っぽく頭へかぶせなおした。相変わらず全員が笑っている。警官のジェイ・ゴンザレスは彼女に敬意を抱いているようだ。ジュヌヴィエーヴを正気を失った女と見なしていたら、ジェイは彼女の話にあれほど注意深く耳を傾けなかっただろうし、死体を捜すために警察の潜水士を海へ潜らせることもしなかっただろう。

「きみのチームはよくまとまっているな」ソアは感想を口にした。

「あのふたり」マーシャルはジュヌヴィエーヴとヴィクターのほうを顎で指し示した。「それとベサニーの三人は一緒に学校へ通っただけあって、すごく仲がいいんだ。気の毒にアレックスは新参者で、こっちへ来てまだ三年くらいにしかならない。彼はキーラーゴの出身だ」マーシャルはそっけなく言い添えた。「きみのチームはどうなんだ?」

「最高だよ」ソアはきっぱりと言った。「リジーとザックは救助や回収、沈没船引きあげなど、あらゆる仕事をこなしてきた。優秀な夫婦だ。ジャックのことはきみも知っているだろう。たぶんぼくよりも知っているに違いない。今回の捜索の仕事は急に声がかかったので、ぼくの部下の何人かはすでにほかのプロジェクトに携わっていた。できればいつものみんなとやりたかったが、ジャックのことは昔から知っていたから、喜んでチームに迎え入れたというわけさ」

「ジャックはわれわれ全員を足したよりも豊富な経験を持っている」マーシャルが言った。

「ぼつぼつ仕事にとりかかろうか」ソアは腕時計に目をやった。「なるべく九時前に海へ潜りたい。そうすれば視界がいいうちに作業を進められるからな。時化《しけ》で海底の砂が巻きあがったら、仕事にならなくなる」彼が口笛を吹いてチームの注意を引くと、みんなが慌ててコーヒーを飲みにやってきた。

ジュヌヴィエーヴ・ウォレスは刺すような視線をソアに注ぎ、何も言わずに横を通り過ぎようとした。

「おはよう、今朝はいい天気だね、ミス・ウォレス」

「ええ、本当にいい天気だこと」彼女は慇懃《いんぎん》に応じて、すたすたと歩いていった。

午前中は晴天が続き、その日は何事もなく過ぎていった。彼らは三回潜って数時間を海中で過ごした。午後三時直前に、工場の笛のような正確さで嵐が襲来した。

ソアは水平線上の空が変化し、海のかなたで雨が降りだすのを見た。ダイバーたちが三度めに浮上したとき、彼はマーシャルに仕事を切りあげようと合図した。船と船とをつないであるので、自分の船の乗組員が器材を片づけるのを待つあいだ、ソアはマーシャルの部下たちの話し声を聞くことができた。

「昨日のほうが近かったと思うわ」ジュヌヴィエーヴが言った。

「どうして？　きみが見た例の女のせいでか？」アレックスが彼女をからかった。

ジュヌヴィエーヴはアレックスの腕をぴしゃりとたたいた。「わたしの直感よ。もう一度あそこへ戻るべきではないかしら、マーシャル。わたしたち、昨日の場所を徹底的には調べなかったでしょう。わたしの言いたいのは、待っていても遺物が砂のなかから目の前へ飛びだしてはこないってことよ」

「それについてはあとで話しあおう」マーシャルが言った。

そのときにはエンジンがうなりをあげ、船と船とをつないでいたロープがほどかれて錨《いかり》があげられ、彼らはその場を離れ始めていた。

「ジュヌヴィエーヴは正しいと思う？　わたしたち、戻ったほうがいいのかしら？」リジーが尋ねた。

ソアは肩をすくめたが、内心ではジュヌヴィエーヴの言うとおり、もう一度あの場所を調べるべきだと考えていた。昨日は大変な騒ぎになって、女の死体を捜すのに長い時間をかけた分、本来の仕事である沈没船の捜索がおろそかになってしまった。

「そうだな」ソアは言った。「今夜、マーシャルと話しあってみるよ」

そのとき携帯電話が鳴った。

「ちょっと失礼」ソアはリジーに言った。船の前のほうへ行って電話に出た彼は、かけてきたのがシェリダンだと知って首を振った。「ああ、それは問題ないだろう」電話を切って舌打ちをする。事前の打ちあわせならもうしたじゃないか。それを今ごろになって……

まあ、しかたがない。このプロジェクトはぼくが企画したのではないのだから。シェリダンがわざわざ来てもう一度話をしたいというのなら、そうするがいいさ。「明朝、ティキ・バーでミーティングを開く、七時半きっかりに！」ソアは大声でほかの者たちに伝えた。

急にソアは腹立たしさを感じた。理由ははっきりしないが、シェリダンに接するといつもいらいらする。あの男はぼくに、もうひとり別のダイバーを探してチームに加えるべきだと提案した。ぼくはよく知らない人間を迎え入れたくない。たしかにだれかを雇う必要があるとは思う。われわれがとり組んでいるのは巨大な干し草の山から一本の針を捜すような仕事だから、できればぼく自身も海に潜って沈没船の手がかりを探す作業に携わりたい。まあ、いいだろう、明日シェリダンが来るのなら、少なくともひとりは人員が増えることになる。いつまでも彼を船に同乗させておくのは考えものだが、当面はそれでうまくいくはずだ。もしかしたら、能力のわからない見知らぬ人間を雇わなくてすむかもしれない。

その日はなんの収穫もなかったが、ジュヌヴィエーヴの気分は晴れ晴れとしていた。前日の晩、暗闇《くらやみ》が怖くなった彼女は、コテージの明かりを全部つけたままベッドに入った。そしていつのまにか寝入り、朝までぐっすり眠った。

午前中いっぱい、ジュヌヴィエーヴは完全に落ち着きをとり戻した有能で理性的な人間に見えるように努め、ほかの人たちが彼女をさかなに冗談を言っても軽く受け流した。これからしばらくは、友人たちのからかいの的になるのを覚悟しなければならない。そうして表面上は平静さを保っていたものの、内心ではずっとびくびくして、もう幻を見ませんように、警告を発してくる女性の死体を見ないですみますように、とひそかに祈りつづけていた。

ジュヌヴィエーヴは一日じゅう、いつも以上にヴィクターのそばにいて、その間ずっと自分のしていることを彼に気づかれないよう努力した。けれどもその一方で、何かを見たらヴィクターにもそれを見せようと決意していた。

今日は何も発見できなかった。だが、海のなかに死体もなかった。彼女自身に関する限りでは大成功の一日と言えた。

五時までにジュヌヴィエーヴは自分の潜水器材をきれいに洗いおえ、船の後片づけを手伝ってコテージへ帰り、シャワーを浴びて服を着替えた。ひとりでぶらぶらしていたくなかったので、すぐにティキ・バーへ行った。

ふたつのチームのなかで彼女が一番乗りだった。クリントが彼女を見て、ビールを持ってきた。「ビールでいいんだよね?」

「ええ。ありがとう」

クリントはにっこりした。「かっこいい女の人にふさわしいアルコール飲料といったら、これしかないから」

「ベサニーはピニャ・コラーダが好きよ」ジュヌヴィエーヴは指摘した。

「うーん……若い女の子なら、それでも許せるかな」クリントが応じた。「おっ、例の大男だ」

クリントはザックのことを言ったのだろうとジュヌヴィエーヴは思った。今までザックほど背の高い人間はほとんど見たことがない。だが振り返った彼女は、クリントがザックを指して言ったのではないことを知った。彼はジュヌヴィエーヴがひそかに〝くそったれ〟とあだ名をつけた男のことを言ったのだ。

腹立たしいことに、その男はまっすぐジュヌヴィエーヴのほうへ歩いてくる。もっとも、そのときティキ・バーの藁葺《わらぶ》きのひさしの下にいたのは、さっきオハイオ州から来たと自己紹介した初老の夫婦だけだった。人のよさそうな夫婦だが、だれもこの夫婦のことをよく知らない。

彼だって、わたしをよく知っているわけじゃないわ。近づいてくるソアを見て、ジュヌヴィエーヴは思った。

ソアは同席してもいいかと尋ねもせずに、ただうなずいて椅子に座った。今日も目は黒いサングラスで隠されている。彼が腰をおろすのと同時に、クリントがビールを持って戻ってきた。

「いつかぼくもあなた方と一緒に働かせてもらえませんか？」クリントがソアに尋ねた。

ソアは肩をすくめた。「ありがとう」手短に礼を述べてビールを受けとる。そしてクリントを見あげた。「きみはどんなダイバーだ？」

「優秀なダイバーですよ。指導員の資格も持っています」

ソアは顔の筋肉をぴくりともさせないで、クリントを値踏みするようにしげしげと見た。

「いいだろう。来週、休みをとってくれ。だが、船の上のぼくは単なる船長ではなく、全能の神だ。きみがそれに耐えられるなら……」

「そんなの屁《へ》でもありません」そう言ったあとで、クリントはわれに返った。「ごめん、ジュヌヴィエーヴ」

「彼女なら、その程度の言葉は全然気にしないと思うよ」ソアがにやりとして言った。明らかに、彼はジュヌヴィエーヴに投げつけられた言葉を忘れていないのだ。

「いいのよ、クリント」ジュヌヴィエーヴは応じた。「それにあなたが望むなら、いつかわたしたちとも一緒に仕事ができるんじゃないかしら」彼女は自分のサングラスがソアのものと同じくらい不透明でありますように、顔に浮かべている笑みが彼の笑みに劣らずにこやかに見えますようにと願った。

「そうなったら最高だ」クリントは賛同を求めるかのように相変わらずソアを見つめて言

った。しばらくすると親指をあげてふたりに合図し、ぎこちなく歩み去った。

「それで、今日はどうだった？」クリントが去ると、ソアがジュヌヴィエーヴに尋ねた。

「別にどうってことなかったわ」

「海のなかには何もなかったんだね？」

「あったら報告したわよ」

「変わったものはなかったのかときいたんだ」

ジュヌヴィエーヴはまた作り笑いをした。「いいこと、あなたが自分を何様と考えているのか知らないけど、わたしは幼いころからこのあたりの海に潜ってきて、目印になるものをすべて知っているのよ。賭《か》けてもいい、あなたよりも先に発見してみせるわ」

ソアは椅子に深く座りなおして、口もとにかすかな笑みを浮かべた。「きみはぼくに勝てると考えているのかい、ミス・ウォレス？」

「ええ、そうよ」

彼は愉快そうに首を振った。一瞬ジュヌヴィエーヴは、いったいわたしは何をしているのだろうといぶかった。海の底に隠れているものを発見することとなると、ソアは第六感を持っているらしい。

「おもしろい」ソアが言った。「きみは本気でぼくと賭《かけ》をするつもりなんだね」

そのとおりよ。そうしたら彼はわたしをある種の狂人と思うのをやめて、別種のもっとまともな狂人と思うのではないかしら、とジュヌヴィエーヴは考えた。

「それがどうかした？」彼女は冷ややかにきいた。

ソアは肩をすくめた。「これは挑戦かい？　真剣な？」

「もちろんよ」

「賭に応じるんだね」

「ええ」

「ぼくたちが話しているのは本物の遺物についてだよ、空想上のものではなくて」ソアが念を押した。

「当然よ」ジュヌヴィエーヴは認めた。

「いいだろう。それで、何を賭ける？」ソアがきいた。

ジュヌヴィエーヴは肩をすくめた。賭けるものまでは考えていなかったのだ。

「負けたほうがビールをおごるというのは？」彼女は言った。

ソアは首を振った。「そんなのはつまらなすぎる」

彼女は眉をつりあげた。「わたしは友好的な賭がいいと思ったの」

「友好的な賭だって？」

「いいわ、わかった。わたしたちって、どう見ても友好的とは言えないものね」

「きみはそんなに自分を信用できないのか？」

「わたしの家を賭ければいいとでもいうの？」心の底でかすかな不安を覚えながらも、ジュヌヴィエーヴは軽い口調で尋ねた。

ソアは首を振って愉快そうにほほえんだ。「きみの家を手に入れたいとは思わないよ」

「どうして手に入れられると思うのかしら？　それに、わたしが勝ったら何をもらえるの？」

それを聞いて、ソアは大声で笑った。「ぼくはジャクソンヴィルに立派な家を持っているんだ」

「でも、わたしはフロリダキーズを離れたくないわ」

「さっきも言ったように、ぼくだってきみの家を奪うつもりは全然ないよ」

この人はすっかり勝つ気でいるのだ、とジュヌヴィエーヴは思った。サングラスで目が隠れていても、そのくらいわかる。顔の筋肉がかすかに引きつるのが見えたもの。男としての自尊心が見栄を張らせているのだろう。体内を男性ホルモンが駆けめぐっているんだわ。大人気ないこと。

でも、賭をしようと言いだしたのはわたしだ。

「あなたにわたしの家を手に入れるチャンスなんかないわ」ジュヌヴィエーヴは冷静な口調で断言した。

「でも、ビールではつまらなすぎるし、きみの家をもらうというのは大ごとすぎる。何を賭けるか、ひと晩寝てじっくり考えてみようじゃないか」ソアが提案した。

「あなたが望むものならなんでもいいわ、ミスター・トンプソン」ジュヌヴィエーヴはぎこちない口調で応じた。

「いいや、きみが望むものならなんでもだ、ミス・ウォレス」ソアがあざけるように言い返した。

「じゃあ、明日の朝、何を賭けるか決めましょう」

「ぼくにひとつ考えがある」ソアが楽しそうな顔をしてささやいた。「しかし、きみは気に入らないだろうな」

突然、ジュヌヴィエーヴはソアが何を賭けるつもりでいるのか悟った。彼女は憤慨してもいいはずなのに、かえって挑戦意欲をかきたてられた。

「本当に？」ジュヌヴィエーヴはささやいたあとで、不意に自分の顔の筋肉が引きつるのを感じた。わたしもソアも断固たる決意を示そうと意地を張って、同じくらい緊張しているんだわ。なお悪いことに、彼が性的なほのめかしをしたせいで、わたしの闘争心に火がついた。

「きみは知らないでおいたほうがいいと思うよ。かなり変わった考えだから」

「あなたの考えはわかっているつもりよ、ミスター・トンプソン。問題は……あなたが負けたら、わたしは何をもらえるのかってこと。悪いけど、ひと晩同じベッドで過ごしてやると言われてもお断りですからね」

ソアは穏やかな笑い声をあげた。「ずいぶん突飛な思いこみだな」

ジュヌヴィエーヴは頬が真っ赤になるのをなんとか抑えようと努め、虚勢を張って窮地を切り抜けようとした。「あなたの言う変わった考えって、どんなものかしら？」甘ったるい口調できく。

ソアの顔に浮かんだ飾りけのない心からの笑みを見て、ジュヌヴィエーヴはとても魅力的だと認めざるをえなかった。「変わった考えといったって、必ずしも……」突然、彼は言った。「〈ザ・シーカー〉」

「なんですって？」

「〈ザ・シーカー〉だ。ぼくが負けたら〈ザ・シーカー〉をきみにあげよう」

ジュヌヴィエーヴは眉をひそめた。「あれはあなたの船なの？」

「そう、舳先《へさき》から艫《とも》までね」

「だけど……船はあなたにとって生活の手段でしょう」

「ぼくは絶対に負けない」

すっかり困惑して、ジュヌヴィエーヴは椅子の背にもたれた。「あなたは自分のダイビング専用船を賭けるっていうの？　じゃあ、わたしが負けたら……」

ソアが再びほほえんだ。今度の笑みはセクシーだった。「断っておくが、さっきの話はきみの提案だったんだよ」

「違うわ！」

「きみが言いだすまで、ぼくはそんなこと、ちらりとも考えなかったんだからね」

「嘘《うそ》ばっかり」

「きみが言いださなければ、ぼくは絶対にそんな考えを口にしなかった」

その瞬間のジュヌヴィエーヴは、自分がどう感じているのかさえわからなかった。

「あなたは冗談を言っているのね？」彼女はやんわりときいた。

ソアが身を乗りだした。気がつくと、ジュヌヴィエーヴも同じように身を乗りだしていた。賭はふたりのあいだだけで、ほかにはだれもかかわっていない。「冗談なんかじゃないよ。ぼくが負けたらちゃんと船をあげる。きみは？」

「あなたはわたしをいかれていると思っているようだけど、そんな女を手に入れるために船を賭けるの？」ジュヌヴィエーヴはきいた。「あなたのほうこそ、頭がどうかしているんじゃない？」

ソアは笑った。「そんなことはないさ。ぼくは負けないから」

「いずれわかるわ、そうでしょう？」彼女はささやいた。

「じゃあ、賭は成立だね？」

ジュヌヴィエーヴは、いつのまにかジャックが到着し、こちらへもうひとつテーブルを引きずってきつつあることに気づいた。あと数分もしたら、このティキ・バーは客でいっぱいになるだろう。ふたつの船の乗組員たちも全員がまもなくやってくるはずだ。事実、リジーとザックが近づいてくるのが目に入った。ベサニーやアレックス、ヴィクター、マーシャルも、今ごろはこちらへ向かっているに違いない。

「みんなが来るわ」ジュヌヴィエーヴは小声で言った。

ソアがテーブルに置かれた彼女の手首をつかんだ。「賭は成立なんだろう？」

「ええ」ジュヌヴィエーヴは押し殺した声で即答した。

「どちらか一方が負けることになる」ソアがわかりきったことを言った。

「わたしではないわ」ジュヌヴィエーヴは断言した。「でも心配しないで。わたしは心をこめて、あなたの船の世話をするから」

ソアは皮肉な喜びをたたえた目をして、いっそう彼女のほうへ身を乗りだした。

「きみのほうこそ心配しなくていい。ぼくは心をこめてきみの世話をするよ」

ほかの人たちがやってきたので、ジュヌヴィエーヴにはやり返す暇がなかった。彼女は立ちあがってリジーとザックを迎えた。

ジュヌヴィエーヴの邪推かもしれないが、リジーもザックも彼女を変な目で見ているような気がした。もっとも、単なる邪推ではないのかもしれない。昨日、海面へ浮上したときのジュヌヴィエーヴはとうてい正常な人間には見えなかっただろう。しかし、リジーの目にはソアと同じ詮索《せんさく》するような表情だけでなく、同情の色も浮かんでいた。「あなた、大丈夫？　今日は何も変わったことはなかった？」リジーは尋ね、夫が渡した椅子をジュヌヴィエーヴの隣へ引きずってきた。

「大丈夫よ。昨日はあんな大騒ぎになってしまって、本当に申し訳ないと思っているわ」

「いいのよ」リジーが言った。「わたしだって、水中では何度も気味の悪い体験をしているもの」

「リジーは一度、人間の首にでくわしたんだ」ザックが言った。

「わたしたちはエヴァグレーズで小型飛行機の墜落事故の回収作業にあたっていたの。あのときは心底ぞっとしたわ」

ジュヌヴィエーヴはうなずき、テーブルの反対側でベサニーに笑いかけているソアを見つめた。くそっ、たれ。

「わたしもエヴァグレーズで遺体の回収作業に携わったことがあるけど、本当にむごいありさまだったわ」ジュヌヴィエーヴは言った。

「あの泥水ときたら……一メートル先も見えないくらい濁っていて、そのうちに突然、目の前に死体の一部が現れるの」リジーが言った。「でも……そうね、きっとあなたは何かを見たんだわ。それがなんだったにせよ、わたしたちの手で数日中には発見できるでしょう」

「そう願うわ」ジュヌヴィエーヴは言った。それから再びソアを見て、歯をくいしばった。

「わたしはそれほど救助や遺体回収の経験がないけど、エヴァグレーズへはみんなで何度か行ったの。今回のあれがなんだったのか、わたしにもわからない」彼女は手をひらひらと振った。「たぶん、だれかのいたずらだったんでしょうね。マネキンか何かだったのよ」

そんなふうには一瞬たりとも信じていなかったが、その話題にはもううんざりだった。

「ねえ、どこかへディナーを食べに行かない？」ベサニーがほかの人たちと一緒にやってきて尋ねた。

「ぼくはここで食べようと思っていたんだ」アレックスが言った。「明日の朝も早いし、一日に最低三回は潜らなくてはならないからね。このビールの次はソーダ水にするよ」

「あなたがソーダ水ですって？」ジュヌヴィエーヴは疑わしげに尋ねた。

「今夜は早めに切りあげたほうがいい」ソアが言った。「明日の朝は七時半に、ここの中庭へ集合することになっているからね」

「七時半？」ジュヌヴィエーヴは言った。「八時半ではなかったの？　わたしたちはただ起きて船へ行けばいいんだもの、その時間で充分でしょう」

「明朝、このプロジェクトの顧問たちがここへ来ることになっているんだ」マーシャルが言った。「沿岸警備隊からはプレストンが、大学からはシェリダン教授が来る」

「そうなの？」ジュヌヴィエーヴは言った。

「今日、海へ出ているときにソアに連絡が入った。すまない、きみに伝えるのを忘れていたよ」マーシャルが言った。

マーシャルったら、ほかのみんなには伝えておきながら、わたしは正気を失っているから情報を伝えないほうがいいと思ったのかしら？　そう考えると、ジュヌヴィエーヴはあまりいい気分ではなかった。マーシャルはわたしがお偉方と接触するのを望んでいないのだろうか？

「わかったわ」ジュヌヴィエーヴは言った。「そういうことなら、今夜は早めに切りあげたほうがいいわね」彼女は立ちあがりかけたが、マーシャルがにやりとして彼女の肩に手をかけた。

「今夜は〈ザ・シーカー〉のやつらにディナーをおごらせようじゃないか」

「いいですとも」リジーが快活に応じた。「ここのハンバーガーでよければ安くて助かるわ。その代わり最初の発見のあとで、あなた方にステーキをごちそうしてもらいましょう」

「クリントに注文してくるよ」ソアが言って立ちあがった。「マーシャルは黙っているが、われわれの食事代は経費で落とすことになっているんだ。ハンバーガーとチーズバーガーでいいかい？　このなかに菜食主義者はいるのかな？」彼はジュヌヴィエーヴを見た。

当然だわ、とジュヌヴィエーヴは思った。この人はすでに、わたしをかなりの変人と見なしているんだもの。ソアの勇ましくて粗野でいかにもアメリカ的な男性至上主義の世界では、わたしは間違いなく菜食主義者なのだ。不意に彼女は、自分が本当に菜食主義者ならよかったのにと思った。そうしたら、それを告げたときにソアがどんな表情をするか見られたのに。

ジュヌヴィエーヴはソアの問いかけに答えないことにし、決然と立ちあがった。「ディナーは抜きにするわ。じゃあ、みんな、明日の朝七時半にここで会いましょう。おやすみなさい」

リジーが気づかわしげにジュヌヴィエーヴを見た。「少しでも食べておいたほうがいいわ」

「そうよ」ベサニーも顔をしかめて言った。

わたしが消えたほうが、あなたたちはわたしのことを話題にしやすいでしょう。そう考えて、ジュヌヴィエーヴは無理に明るい笑みを浮かべた。

「コテージに食べ物が残っているの」彼女は言った。「ありがとう」

そしてジュヌヴィエーヴはその場をあとにした。クリントに料理を注文しているソアは、彼女のほうを見ようともしなかった。

それぞれのコテージは互いに五、六メートルしか離れていないが、プライバシーはきちんと保てるようになっている。コテージ群のすぐ背後に浜辺葡萄《ぶどう》や松、ひょろ長い樫《かし》のまばらな林があって、デュヴァル通りやその向こうの喧騒《けんそう》をさえぎっていた。何軒かのコテージの前には砂浜が広がっており、ほかのコテージの側面には海と埠頭が位置している。埠頭はこぢんまりしていて、桟橋が三つあるだけだ。ひとつは地元の船をつなぐのに、あとのふたつは客の船をつなぐのに使われている。そこを通りかかったジュヌヴィエーヴは、ひとつの桟橋でジャックの古い釣り船とジェイのレジャーボートがゆったり揺れているのを見た。もうひとつの桟橋では、彼女たちの船とソアの船が朝になるのを待っていた。

コテージに入ったジュヌヴィエーヴはあたりを見まわし、今さらながらその簡素な造りに感心した。どのコテージも冷蔵庫と電子レンジ、水道設備つきのカウンターを備え、客間兼簡易キッチン兼リビングルームとベッドルームはついたてで仕切られている。

ジュヌヴィエーヴは気持ちが落ち着かず、人の声を聞きたくなってテレビをつけた。幸い、テレビは友人たちと違って彼女をからかいはしなかった。

シンクの横に朝食の残りがあったので、それで夕食をすませることにした。外へ食事に出れば、どうしても人目につく。仲間を求めている、あるいは、いつもとは別の仲間を求めている、とだれかに思われるのはまっぴらだ。

オート麦と蜂蜜《はちみつ》のグラノーラクッキーを食べながらしばらくテレビを見ていたジュヌヴィエーヴは、リモコンでチャンネルを替え始めた。どの番組も興味を引かなかった。ティキ・バーのほうから笑い声がかすかに聞こえてくる。彼らが和気あいあいと過ごしているらしいのが、彼女にはおもしろくなかった。友人たちにからかわれるのはうんざりだし、ソア・トンプソンという男にも我慢できない。あの男は信じられないほど傲慢《ごうまん》だ。

ジュヌヴィエーヴはベッドに身を投げだして天井を見つめた。こうなったら、なんとしてもソアより先に発見しなくては。

あの賭はばかげている。大人気ないにもほどがある。朝になったら、賭は中止だとソアに伝えるべきではないだろうか？　でも、最初に言いだしたのはわたしのほうだ。

ようやく昼間の疲れが効果を発揮し始めた。特大のTシャツに着替えたジュヌヴィエーヴは、寂しくないようにテレビをつけっぱなしにして明かりを消し、ベッドに入って眠ろうとした。最初のうちは話し声や笑い声が耳に残っていて、実際にそれを聞いているときと同じくらいわずらわしかった。

しかし、少しでも寝ておく必要がある。昨夜はようやく眠りについたものの寝足りなかった。少なくとも、今日は海のなかで魚と珊瑚《さんご》以外は何も見ずにすんだ。

世界は平穏だ、とジュヌヴィエーヴは自分に言った。

小さな声がささやいた。嘘よ！

とうとう彼女は寝入った。

夢のなかで、ジュヌヴィエーヴは再び海に潜っていた。レギュレーターを通して聞こえる自分の呼吸音が気持ちを落ち着かせた。水は澄んでいる。そばを仁座鯛《にざだい》やくまのみが勢いよく泳ぎ過ぎ、体長二メートル近い巨大なはたが珊瑚礁の近くをゆったりと泳いでいた。海に降り注ぐ陽光が水中深く差しこんでいる。いそぎんちゃくが潮の流れに運ばれていった。

そしてそのとき……。

あの女性が見えた。金色の筋となって漂っている髪、うなだれた首、潮の流れによって頭上へ掲げられた両腕。体全体にまつわりついている白いドレス。海底へ沈めておくための重しへ結わえつけられた両足。

女性が頭をもたげて両目を開け、口を動かした。声は出なかったが、目が深い悲しみをたたえて訴えていた。

やがて、女性の背後から彼らが起きあがってきた……。

朽ちつつある肉が骨を覆っている骸骨《がいこつ》のような男たち。ナイフや剣を振りまわしている彼らの腐った肉体から、奇妙なほど色鮮やかなぼろきれとなった衣服がなびいていた。

彼らが行進してきた。うつろな眼窩《がんか》をジュヌヴィエーヴに向け、骨だけの顎にかたい決意をみなぎらせて、海底をやってくる。

最初のうち、ジュヌヴィエーヴは凍りついたようにじっとしていた。

わたしは何かを発見したのだ、と彼女は悟った。知るはずではなかった何かを。

そして今……。

彼女の呼吸音がやんだ。

骸骨の群れは今にもジュヌヴィエーヴに襲いかかろうとしている。彼女は向きを変えて泳ぎ去ろうとしたが、すでにとり囲まれていた。逃げ道はない。

ぼろぼろの上着から、一本の腐った腕がのびてきた。突然、ジュヌヴィエーヴの周囲で骨だけの腕が高く掲げられ、骨の指が彼女の肌にふれようとした。

女性の声なき警告をジュヌヴィエーヴは感じた。〝気をつけなさい……〟

彼女は耐えがたい腐敗臭をかいだ気がした。

腐りかけの肉。手をのばせば届くところに……。

こんなことはありえない、とジュヌヴィエーヴは自分に言い聞かせた。水中で死臭や腐敗臭がするはずがない。レギュレーターで呼吸しているのだから。

目を覚ました彼女は恐怖とパニックに襲われ、ベッドのなかで飛び起きた。そして無理やり深呼吸をした。夢、単なる夢なのだ。息を吸い、息を吐く。

ジュヌヴィエーヴは歯ぎしりした。ばかばかしい。わたしらしくないわ！

彼女は喉の渇きを覚えて水を飲みたくなった。欲しいのはグラスに入った水、手でさわれる実体のあるもの。紅茶。紅茶をいれよう。たぶんもう夜明けが近いだろうから、このまま起きていてもいい。

テレビがまだついていた。映っているのは通信販売の番組だ。体格のいい男性が新しい心拍計について話している。ジュヌヴィエーヴは部屋を仕切っているついたて越しに、その男性を見ることができた。

ジュヌヴィエーヴはそのまま番組を流しておいた。男性の声が気に入ったのと、テレビの明かりが見えると安心できたからだ。事実、もっと明かりが欲しくなって、彼女はベッドのわきの照明をつけた。

立ちあがったとき、ジュヌヴィエーヴははじめて自分がずぶ濡《ぬ》れであることに気づいた。塩気がまつわりついている。まるで実際に海へ潜ってきたかのように。彼女はごくりとつばをのみこみ、部屋の明かりをつけてバスルームへ駆けこんだ。冷たい水を顔にかけてから、洗面台の上の鏡をのぞきこんだ。

心臓が激しく打ち、息がとまった。

髪に海草が絡まっていた。

3

がちゃがちゃという奇妙な音がしている。まるでだれかが鍋《なべ》やフライパンをほうり投げているような、あるいは鎖を激しく揺すっているような音だ。

マーシャル・ミロは朦朧《もうろう》とした意識のなかでその音を聞き、何度も寝返りを打った。もう少しで目を覚ますところだった。その音は気持ちをかき乱し、彼に思いださせた……。

何を？

何か……不快なものを。

マーシャルは不快感にあらがい、騒音を無視しようとした。体内時計は、起きるにはまだ早すぎると告げていた。

だから、彼は起きなかった。

ジャック・ペインは物音をぼんやりと意識していた。その音は、彼が夢のなかで興じているテレビゲームにうってつけだった。『いかす女の子』というゲームで、その名のとおりいかしていた。生き生きしたかっこいい女たちが覇権をめぐって互いに、そしてプレーヤーを相手に戦いを繰り広げる。プレーヤーが勝ちをおさめたときは、勝利の美酒も女たちもすべて手に入れられるのだ。

音はゲームの一部のように思われた。


ヴィクターは音を聞いてぱっと目覚めた。しばらくのあいだベッドのなかで起きあがったまま、いったいなぜ目が覚めたのだろうと首をひねっていた。

何も聞こえない。なんの音も。

彼は舌打ちをして再び横たわり、もう少し眠りをむさぼっていられますようにと祈った。


ジェイ・ゴンザレスは落ち着かなかった。音は遠くから聞こえてくるように思われた。起きたい。音をとめたい。しかし、彼はときどき明かりやテレビをつけたまま寝てしまい、あとで気づいて消そうと思いながらも眠気を振り払えず、起きて消しに行けないことがある。

その音がひどく気になったが、ジェイは目を開けることさえしなかった。それは何かを連想させた……不愉快なものを。痛ましいものを。記憶の扉をこじ開けて……。

彼が心の底へ閉じこめておきたいと願っているものを引きずりだそうとした。

無視しろ、とジェイは自分に命じた。眠れ。

あの音は朝までに消えてしまうだろう。


ソアはぱっと起きあがった。いったい何が起こっているんだ?

彼はベッドから両脚を出した。明かりはつけなかった。明るいところで何が起きているのか調べるときは自分の身を闇《やみ》のなかに置いておくほうがいいことを、過去の経験から学んでいたのだ。彼は裸足《はだし》でコテージのドアへそっと歩いていって外を見た。

恵み深い月が砂に、水に、コテージの周囲に、やさしく光を投げかけていた。穏やかな光景。まさしく楽園における亜熱帯の夜だ。

すると、あの音はいったいどこから聞こえてきたのだろう?

隣のコテージへ目をやったソアは、煌々《こうこう》と明かりがともっているのを見た。ジュヌヴィエーヴのコテージだと彼は確信した。なるほど、彼女は明るいのが好きなのか。そんなことを理由に彼女をしばり首にはできない。

といって、ジュヌヴィエーヴをしばり首にしたいのではない。ただ……。

なぜあの女性は正常でいられないのだろう?

突然、ソアは悲鳴を聞いた気がしてぎょっとした。

それとも違っただろうか。

悲鳴は自分の頭のなかから聞こえたようにも思える。ソアは隣のコテージをじっと見つめた。何かまずいことが起こっているとしたら……。

ソアは悪態をつき、明かりのついている窓のほうへ大股で歩いていった。


ジュヌヴィエーヴはほとんど麻痺《まひ》したようになって鏡のなかの自分を見つめた。ああ、なんて恐ろしい。怖い夢を見るのはまだいい。でも、真夜中にベッドを抜けだして海へ飛びこむなんて。いったいわたしはどうなってしまったの？

ドアがせわしなくたたかれる音がして、ジュヌヴィエーヴは飛びあがった。腕時計に目をやる。五時三十五分。これからまたひと眠りするには遅すぎるが、かといって起きだすには早すぎる。ましてや、だれかがわたしのコテージのドアをノックするには早すぎるのでは？

そのとき彼女の名前を呼ぶ、小さいけれどせっぱ詰まった声がした。「ジュヌヴィエーヴ？」

それがだれの声かを悟って、彼女は凍りついた。

「何も異状はないか？」

ジュヌヴィエーヴは戸口へ歩いていってドアを開けた。思ったとおり、ソア・トンプソンだった。

だが、今回のソアは彼女をあざ笑ってはいなかった。それどころか、気づかわしげな顔つきをしていた。

「あら、おはよう」ドアの取っ手をきつく握りながら、ジュヌヴィエーヴはささやいた。「もちろん異状はないわ。どうしてそんなことをきくの？」

ソアはまるで伝染病患者を見るような目つきでジュヌヴィエーヴを見た。髪に海草が絡まったままだと気づき、彼女はきまり悪そうに頭へ手をのばした。

「きみは聞かなかったのか……あの騒々しい音を？」ソアが彼女に尋ねた。

「なんですって？」

ソアはため息をついて隣のコテージを指さした。「ぼくはあそこで寝泊まりしている。ここから何か……がちゃがちゃという音がしてきたと思ったら、そのあとで悲鳴みたいな声が聞こえたんだ」

「がちゃがちゃという音？」ジュヌヴィエーヴはぼんやりと繰り返した。

ソアは肩をすくめた。彼が落ち着かない様子をしているのは、わたしに対してだろうか？　それとも彼自身に対して？「そう、がちゃがちゃと……まるで鎖を鳴らしているような。まさかきみは何も聞こえなかったと言うんじゃないだろうね？」

「ごめんなさい。きっと眠っていたんだわ」ジュヌヴィエーヴはか細い声で言った。

「あるいは泳いでいたか」

「なんですって？」

「泳いでいたか、と言ったんだ。きみはずぶ濡《ぬ》れだし、頭に……海草をくっつけているから」

「あら。ええ、わたしはときどき朝にひと泳ぎするのが好きなの」

「なるほど」ソアはつぶやき、ジュヌヴィエーヴをじろじろ見た。「きみは目を覚ましたらすぐに泳ぎたくなって海へ飛びこむのかい？　暗いのに？」

「ときどきね」ジュヌヴィエーヴは軽くあしらったあとで、わたしは正気を失いかけているんだわ、と思った。でも、それをこの人に悟られるのはまっぴらだ。

「興味深いな」ソアが言った。「まあ、本当にきみが大丈夫だというのなら、ぼくは帰ってもうひと眠りするよ」

ジュヌヴィエーヴは大丈夫どころではなかったが、ソアに知らせるつもりはなかった。

「わたしなら大丈夫よ」彼女はほほえんだ。「あなたのほうこそ大丈夫なの？　あなたには音が聞こえるみたいじゃない。ほら、わたしにはものが見えて、あなたには音が聞こえるんだわ」

「何かがやかましい音をたてていたのはたしかだ」ソアは断言した。

ジュヌヴィエーヴは肩をすくめた。「そう。でも、わたしではないわ」

「それはそうだろう。きみは泳いでいたんだから」

「ちょうどコーヒーをいれようとしていたところなの。よかったらあなたも……」さりげなく聞こえるよう願いながら、ジュヌヴィエーヴは言い添えた。いかにも関心がなさそうに。

ソアは腰に両手をあて、またもや狂気の沙汰《さた》としか思えない言葉を口走った人間を見るような目でジュヌヴィエーヴを見つめたが、やがて肩をすくめた。「そうだな、今さら寝るのもなんだし、起きるとしよう」

ソアはジュヌヴィエーヴについてなかへ入った。彼女はさっそくコーヒーメーカーをとりに行き、シンクへ持っていって水を入れてから、コーヒーの粉をフィルターにセットしてスイッチを入れた。ソアはソファとして——あるいは客用のベッドとして使われているソファベッドに腰をおろしていた。彼にじろじろ見られていることに気づいたジュヌヴィエーヴは確信した。濡れそぼったTシャツを着て髪に海草を絡ませている自分は、滑稽《こっけい》きわまりない姿をしているに違いない。

いたって正常なように振る舞うのよ、と彼女は自分に忠告した。

「コーヒーはどうやって飲むのが好み?」

「ブラックで」

「男らしいのね」ジュヌヴィエーヴはささやいた。

「そうじゃない。しばらく留守にしているあいだにミルクが悪くなったり、乗組員が砂糖やクリームを買い忘れたりしたときのために、ブラックで飲めるようにしておいたほうがいいのさ」

「そうね。もっともな考えだわ」

ジュヌヴィエーヴはソアが肩をすくめるのを感じた。

「わたしたち正気じゃない人間はミルクを入れるのが好きなの」彼女はつぶやいた。

「おいおい、新しい気持ちで一日を始めようじゃないか」ソアが慇懃《いんぎん》に言った。

コーヒーメーカーが鳴った。ジュヌヴィエーヴはふたつのカップにコーヒーを注《つ》いでひとつをソアに渡し、自分のコーヒーにはミルクを入れて、ソファベッドの向かい側に置かれた二脚の枝編み細工の椅子の片方に座った。

「わたしは本当に海の底で何かを見たのよ」ジュヌヴィエーヴはきっぱりと言った。「今日、それがなんだったのか自分の目で確かめるつもり。船の残骸《ざんがい》だって、最初に発見するつもりよ」

「ただ発見するだけでなく、今日発見するつもりだと言うんだね?」

ジュヌヴィエーヴはぶっきらぼうに肩をすくめた。

「それにきみは、ぼくを傲慢《ごうまん》だと思っている」ソアがささやいた。

彼女は片手をあげた。「あなた自身に思いあたる節があるからそんなことを……」

ソアが立ちあがるそぶりを示した。ひとりになりたくないと思っている自分に気づいて、ジュヌヴィエーヴは困惑した。

「今朝、プロジェクトの顧問が来るそうだけど、どんな話をするのかしら？」彼女は慌てて尋ねた。

「どうせいつもと同じだろう。掘り返すときに珊瑚礁《さんごしょう》を傷つけるなとか、耳にたこができるほど聞かされている話だよ」

「わたしたちはできる限り慎重に作業をしているわ」ジュヌヴィエーヴは言った。

ソアはにっこりした。「連中はただ口出しをしたいだけなのさ。それにシェリダンが有能であることは、ぼくも認めざるをえない。彼の研究は超一流だし、彼が展開する理論も筋が通っているように思える」

「そうね。わたしは〈マリー・ジョゼフィーン〉の沈没を目撃した海賊、アントワーヌ・ダマスの書いた手紙を読んだけど、それも筋が通っているように思えたわ」

「ほらね。ぼくたちの意見が合うものだってあるんだ」ソアがささやいた。

砂を踏む足音が聞こえ、続いてドアをノックする音がした。「ねえ、もう起きているんでしょう？」ベサニーの声がした。

ジュヌヴィエーヴは立ちあがってドアを開けに行った。ベサニーは仕事をする支度ができているようだった。ワンピースの水着の上にジーンズをはき、髪は邪魔にならないよう後ろで結わえている。

「よかった、もう起きていたのね！」ベサニーは大声で言った。「これ以上ひとりでぶらぶらしていたくなかったの。テレビは何もやっていないし……あら、おはよう！」突然、彼女はソファベッドに座っているソアを見て言った。

「やあ、おはよう」ソアは挨拶《あいさつ》を返し、礼儀正しく立ちあがった。

不意にベサニーがジュヌヴィエーヴをまじまじと見た。まるではじめて彼女を見るような目つきだ。「あなた、ずぶ濡れじゃない。それに海草が髪についているわ。どうしてそんな格好を……」

ジュヌヴィエーヴはソアに背中を向け、意味ありげなまなざしで友人を見た。「わたしのことは知っているでしょう。早く目が覚めたら、どうしても泳ぎたくて我慢できなくなったのよ」

「埠頭《ふとう》のそばで泳いだの？」ベサニーは疑わしげにきいた。

ジュヌヴィエーヴはベサニーを見る目にいっそう力をこめた。「浜辺のほうでよ」彼女はぴしゃりと言った。「わたしはときどき泳がずにいられなくなるの、知っているわよね」

「それは、まあ、知っているけど」ベサニーはもごもごと言った。

「コーヒーを飲む？」ジュヌヴィエーヴは急いで尋ねた。

「ええ、ありがとう」

ベサニーはどすんとソファベッドに座り、その横にソアが腰をおろした。

「今夜はあなたも参加するんでしょう?」ベサニーがきいた。

ジュヌヴィエーヴはコーヒーをこぼしそうになった。

「ああ、もちろん」ソアが答えた。

「バーをはしごすることになっているの」ベサニーがジュヌヴィエーヴに説明した。「全員で」

「どうしてバーのはしごなんて?」ジュヌヴィエーヴはきいた。

「全部のバーでお酒を飲まなくてもいいのよ。でも、ソアやリジーやザックはこちらへ来て、まだ日が浅いじゃない。だからわたしたちが観光客必見の場所や、行きつけのお店を案内してあげようってわけ。わたしたちはいつも四時には仕事から戻ってこられるわ。そのあとシャワーを浴びて服を着替え、どこかすてきなところで食事をしてから、三人をあちこち案内してあげるの。それでも十一時半には帰ってこられるでしょう。マーシャルも来るんですって。ソアは自分のチームを率いているんだから当然……」ベサニーは肩をすくめた。「きっと楽しい夜になるわ」

「さあ、どうだか」ジュヌヴィエーヴはつぶやいた。

「いつからそんなにくそまじめな人間になっちゃったの?」ベサニーがきいた。

「ほら、コーヒーよ。あとは自分たちでご自由にどうぞ。わたしはシャワーを浴びてくるわ」ジュヌヴィエーヴは言った。

「シャワーを浴びるですって？　これから海へ潜るのに？」ベサニーが驚いて尋ねた。

「ええ。髪につけている海草を新しいのにとり替えたいの」ジュヌヴィエーヴはそう言うと、ソファベッドに並んで座っているふたりを残してバスルームへ行き、なかへ入ってドアの鍵《かぎ》を閉めた。そして、もう一度鏡に映る自分を見つめた。猛烈に腹立たしかったが、どうしてかはわからなかった。

それに、ふたりに出ていってもらいたくなかった。

いつまでも鏡のなかの自分とにらめっこしていてもしかたがないので、ジュヌヴィエーヴは手早くシャワーを浴びて髪を洗った。それから棚にのせておいた昨日の水着を再び身につけ、その上にショートパンツとデニムのシャツを着る。彼女がバスルームから出たときも、ソアとベサニーはまだ話をしていた。

「本当に不気味だったわ。わたしもここから聞こえてきたと思ったんだけど」ベサニーがしゃべっていた。

「なんの話をしているの？」ジュヌヴィエーヴは鋭い口調で尋ねた。

「気味の悪い音のことよ」ベサニーは笑った。「あなたという人をよく知らなかったら、てっきりあなたが料理をしているのだと思いこむところだったわ！」

「あなたも音を聞いたの？」ジュヌヴィエーヴは尋ねた。

「ええ、やかましいったらなかった。わたしが早く目を覚ますことなんて、めったにないのよ。とりわけ夜のために体力を蓄えておきたいときは」ベサニーはジュヌヴィエーヴに言った。「あなた、何をしていたの？」

「何も。わたしは泳いでいたのよ、そう言ったでしょう？」ジュヌヴィエーヴはそっけなく答えた。これでは頭がどうかして当然だ。わたしは死体を見たが、ほかの人はだれも見なかった。ソアは物音を聞き、ベサニーもそれを聞いた。

背筋がぞっとした。海水でずぶ濡れになって目が覚めたのに比べたら、やかましい音くらいなんだというの。しかも、わたしはコテージを出た覚えがないというのに。

「たぶん、もうティキ・バーが開いているんじゃないかしら。おなかがすいたわ」ジュヌヴィエーヴは言った。

早くここを出ようという彼女のあからさまな態度に、ソアとベサニーが立ちあがった。ソアはふたりに手を振って隣のコテージへ向かった。「ぼくもすぐに行くよ」

ソアの後ろ姿を見送りながら、ベサニーがささやいた。「すてきな人ね」

「ええ、ご立派よ、本当に」

ベサニーが驚いてジュヌヴィエーヴを見た。「どうしたの？　彼はすごく評判がいいのよ」ベサニーはくすくす笑った。「彼って、すごくいいヒップをしてる。それに胸や腕の筋肉のすごいこと。そしてあの目……」

「ベサニー……」

「なに？」

「いいかげんにしなさい」

「あら、いいじゃない。彼といちゃいちゃしようっていうわけじゃないんだから。あの人、仕事関係の女とは絶対に遊ばないんですって」

「だれに聞いたの？」

「読んだのよ。ちょっと前の雑誌に彼に関する記事が載っていたの。それによると、彼は仕事ひと筋なんですって。生まれ育ったのは町の貧しい地区で、父親は母親を捨てて出ていってしまい、母親は女手ひとつで子供たちを育てようとしたあげくに、四十歳のとき心臓発作で死んだらしいわ。そんなふうだから、あの人は家庭を持ちたいとは思っていないんじゃないかしら」

「本当にご立派だこと」ジュヌヴィエーヴはつぶやいた。

「ちょっと、いったいどうしたっていうの？　あなたはしつこく言い寄ってこない男性と一緒に仕事をしたいんでしょう？　彼は仕事のことしか頭にないわ。もっともここ最近、彼はあなたに少しばかり厳しくあたっているようだけど……海のなかで、あなたは何を見たと思ったの？」

「少しばかり、ですって？　彼はわたしを正気じゃないと考えているわ」

ベサニーはくすくす笑ったあと、すぐにまじめな顔に戻って謝った。「ジュヌヴィエーヴ……海のなかではだれでも一回や二回、実在しないものを見た経験があるわ」

それはそうだけど、朝ベッドで目覚めたら全身が海水でずぶ濡れになり、髪に海草がついていたなんてこと、だれでも経験している？　ジュヌヴィエーヴは大声でそう尋ねたかった。

「食事をしましょう。なんとしても、わたしたちが最初に発見しなくてはね。それも今日じゅうに」ジュヌヴィエーヴはそう言うと、ベサニーの腕をとってティキ・バーへとせかした。


その沈没船にまつわる歴史をソアは知っていた。彼はどのような仕事に携わるときでも、そのプロジェクトに関する情報をことごとく頭に入れてから着手することにしている。とはいえ、ある理由から――おそらく珊瑚礁をほんのわずかでも傷つけてはならないことを周知徹底させるために――集められた彼らは、埠頭近くでピクニックテーブルの周囲に置かれたベンチに座り、すでに知っている話に耳を傾けていた。

外見だけで歴史学の教授とわかる人物がこの世にいるとしたら、ヘンリー・シェリダンはまさにそういう人物だった。彼は瓶の底のような分厚いレンズの黒縁眼鏡をかけているが、何かのはずみで壊してしまったと見え、レンズとレンズのあいだを絆創膏《ばんそうこう》でつないでいた。茶色に灰色のまじった髪はムースの効果もむなしく、薮《やぶ》のように頭の上で盛りあがっている。貧相な顔はいかにも禁欲的で、体も顔と同じくやせこけていた。研究に没頭するあまり、食事にまったく気をつかっていないのではないだろうか。ソアはそんな印象を受けた。

沿岸警備隊のラリー・プレストン大尉はシェリダンと正反対の人物だった。背が高くてがっしりしており、泳ぎや潜水はどんなダイバーにも負けないほどうまい。プレストンの仕事はダイバーたちが州の命令を守るよう監視することだが、ソアの見るところ、彼は歴史の話にうんざりしているようだった。プレストンは行動型の人間なのだ。サングラスをかけて制帽をかぶり、白いショートパンツに白いシャツを着ている。サングラスの下の目は閉じられているに違いないとソアは確信した。

感心なことに、双方の船のダイバーたちは少なくとも真剣に耳を傾けるふりをしていた。

「みなさんはきっとご存じでしょうが、フロリダ州周辺の海域には未発見の難破船が最低二千隻は沈んでいるものと思われます。しかし海は厳しい。船が完全に無傷のまま沈むことはまずありません。風や雨で帆柱にひびが入ったり、材木が裂けたりします。沈んでいく途中でも、潮流に翻弄《ほんろう》されたり、船自体の重みや構造のせいでそこなわれたりするのです。その点、小さな船のほうが元の形のまま残りやすいのですが、大きな船はたとえいくつかに分かれていても発見しやすい。〈マリー・ジョゼフィーン〉のような大型船ともなれば、残骸が一キロ半以上にわたって散らばっている可能性があります。〈マリー・ジョゼフィーン〉は時化《しけ》のさなかに海賊の襲撃を受けました。船体はふたつから三つ以上に分断されて沈んでいることが大いに考えられます。にもかかわらず、みなさんもご承知のとおり、われわれには浚渫《しゅんせつ》用の機械類を投入することは許されていません。とりわけ現段階においては推測のみに基づいて作業を進めているのですから、なおさらです。船が沈んでいる場所さえ判明すれば、きっとこまごました遺物が見つかり始めるでしょう。たとえば、そう、硬貨や陶磁器などが。ソアにきけばわかりますが、昨年、われわれはセントジョーンズ川で南北戦争の将官艇を引きあげました。それというのも、ソアが一八六〇年代のかみそりを発見したからです」シェリダンはソアのほうへうなずいて賞賛の意を示した。

リジーが拍手を送り、アレックスが感嘆したように口笛を吹いた。

「すごいじゃない」ベサニーがささやいて、ソアにほほえみかけた。

ソアは気恥ずかしさを覚え、早く海へ出たくなった。彼は知らず知らずのうちにジュヌヴィエーヴを見つめていた。彼女はといえば、無表情で視線をまっすぐ前に向け、シェリダンを見ている。この女性の奇妙さときたら、どう言えばいいのだろう。パジャマ代わりにしているTシャツのまま海へ行って泳いできたのか？

彼女のコテージでやかましい音がしているときに？

「あらいぐまだよ」だれかのささやき声がソアの耳に届いた。

ヴィクターが隣のテーブルの端にもたれていた。彼はシェリダンの話を聞いておらず、ベサニーを見てにやにやしていた。

「なんのことだ？」プレストンが鋭い声で言った。

「すみません」ヴィクターが言った。「ゆうべ、ベサニーがうるさい音を聞いたそうなんです。このあたりには猫やあらいぐまがたくさんいることを、彼女は忘れているんですよ」

「気にするな、猫やあらいぐまは海に潜ったりしない！」プレストンが応じた。

「ええ、まったくそのとおりです」ヴィクターは同意した。

シェリダンが咳払《せきばら》いをした。「この沈没船にまつわる歴史を、みなさんによく理解しておいてもらったほうがいいでしょう。スペイン人がフロリダに入植したのは一五〇〇年代のはじめで、セントオーガスティンはアメリカ合衆国のなかでもヨーロッパ人がもっとも古くから住みつづけてきた土地のひとつです。イギリス人はすぐ近くにスペイン人がいることを次第にうとましく思い始め、フランス人もまた土地の分け前にあずかろうとしました。一七六三年、イギリスはキューバを手放す代わりにフロリダの支配権を獲得しました。そのあとに起こった独立戦争において、フロリダは母国のイギリスに忠誠を尽くしたのです。一七八四年にスペインはアメリカ独立戦争の終結をもたらした講和条約に基づき、再びフロリダの支配権を得たのですが、一八二一年にアメリカへ譲渡しました」

アレックスがあくびをした。そして全員が自分をにらんでいることに気づき、まっすぐ座りなおした。

「いや、すまない。ぼくはフロリダ州で育ったから、そういうことは全部学校で教わったんだ」アレックスは言い訳をした。

「それはそうだろうが、授業をちゃんと聞いていたのかい？」ヴィクターが尋ねた。

「これは重要なことです」シェリダンがいらだたしげに言った。「それによって、われわれの捜している船がなぜこの近海に沈んでいるのかわかるのですからね。アメリカ独立戦争では、フランスはアメリカに肩入れしました。それからフランスと同盟を結んでいたスペインも、非公式ながらアメリカに味方をしたのです。海賊になる前のホセ・ガスパリラはスペイン海軍所属の軍人でした。軍隊のときの経験からこの付近の海に詳しかった彼は、一八二一年に死亡するまで海賊として活躍しました。一説によれば、船を乗っとられそうになった彼は、自分の両足に重しを結わえて海へ飛びこんだそうです。それは彼が捕虜を処分する際に好んでとったやり方でした。しかし、彼は死ぬ直前に〈マリー・ジョゼフィーン〉の噂《うわさ》を耳にしていたのです」シェリダンは劇的効果をねらって言葉を切った。

「そんな名前をしているけど、イギリスの船なのよね」シェリダンの沈黙に乗じて、ジュヌヴィエーヴが言った。

「ええ、そしてガスパリラはスペインに忠誠を尽くしました。もちろん、金目の積荷を満載したスペイン船が通りかかったときは別ですが」シェリダンは笑ってから続けた。「それはともかく、彼はキューバへ捕虜を乗せていって身代金を受けとった〈マリー・ジョゼフィーン〉が故国イギリスを目指して近くを航行中であることを聞きつけました」

「おそらく、彼はその身代金を奪いとる権利があると思ったんだ」マーシャルが肩をすくめて言った。

「まさにそのとおりです！」シェリダンが同意した。

ソアが驚いたことに、ジュヌヴィエーヴが反対意見を述べた。「そうではなかったんじゃないかしら。ガスパリラは船長の娘のアンに恋をしていたんです。アンは身代金と交換することになっていたスペイン貴族の若者のそばにいたくて、父親や捕虜たちと船に乗ってキューバへ行きました。それより以前、その若者もアンもガスパリラの捕虜になったことがあって、ふたりはそのときに知りあったのですが、一緒にイギリス人たちによって身請けされ、今度はそのイギリス人たちがスペイン貴族の若者、アルド・ベルドゥゴを自分たちの捕虜にしました。噂では、アンはこのときもアルドと一緒にいるために、まんまと父親をだまして〈マリー・ジョゼフィーン〉に乗ったのだそうです。一方のアルドは無事キューバに残っているはずのところを、いとしいアンのそばにいたくて、こっそり〈マリー・ジョゼフィーン〉に乗りこみました。しかしガスパリラもまた、アンを捕虜としていたときに彼女に恋していたのです。ガスパリラは仲間の海賊たちが金を欲しがったため、身代金と引き換えにアンをイギリス人たちに返しました。でも、彼はアンをとり戻したくなった。だからこそ、彼は〈マリー・ジョゼフィーン〉を追跡したのです」

アレックスがせせら笑った。「ジェン、そんなのばかげているよ。だって……身代金だとか、女だとか。ばかばかしい！　女なんて、海賊にとってはなんの値打ちもなかったんだぜ」

ジュヌヴィエーヴは手を振ってアレックスの言い分を否定した。「彼はアンに対する愛情を手紙にしたためているわ」

「その手紙はどこにあるのかね？」シェリダンが眉根を寄せて尋ねた。

「あなたの大学です」ジュヌヴィエーヴは言った。全員が彼女を見つめていた。「わたしはあなたの大学へ行って、図書館で〈マリー・ジョゼフィーン〉やガスパリラ、当時の暴風雨について細かく調べたんです。手紙を見つけたのは資料のつき合わせを行っていたときでした」

「おいおい、海賊どもにロマンティックな解釈を加えてはだめだよ」ヴィクターがジュヌヴィエーヴをからかった。「やつらは不潔で卑劣な泥棒だったんだ」

「あなたもその手紙を読めばよかったのに」ジュヌヴィエーヴが反論した。「不潔で卑劣な海賊だって、恋ぐらいするわ」

「その気になれば、そいつは女なんかいくらだってものにできたはずだ」ヴィクターが言い張った。

「ええ、だけど彼が欲しかったのはアンだったの。そもそも、人が恋に落ちる理由なんてだれにわかるというの？　あるいは、彼はただ心を奪われていただけかもしれない。絶対に手に入らないものに。いずれにしても、彼は手紙のなかでアンについて書いているわ、彼女に恋しているって」

「そういう問題は女の子に任せておこう」ヴィクターが言い返し、くるりと目をまわしてため息をついた。

ジュヌヴィエーヴは笑った。「任せておいて、女の子にこてんぱんにやっつけられたらいいわ」彼女は軽くやり返した。

ふたりのふざけたやりとりのなかに、ソアは仲間意識を感じとった。ジュヌヴィエーヴたちのグループがお互いをよく知っており、その根底に深い友情が存在しているのは明らかだ。ソアはそれをうらやましく思った。彼は優秀な乗組員を何人も抱えているが、いつも一緒に仕事をするとは限らない。ザックとリジーは信頼できる人間ではあるけれど、夫婦としてあまりに強く結びついているために、たとえほかの仲間と軽口をたたいたりふざけあったりしているときでも、マーシャルの部下たちのように強い絆《きずな》が築かれることはない。これまでソアは仕事上の人間関係はそれでいいのだと考えてきたが、マーシャルのダイバーたちのあいだにある家族的な雰囲気を見るにつけ、考えを改めたくなった。彼らは楽しんでいるだけでなく、それによって仕事もうまくいっているように見える。

「ジェン、お手やわらかに頼むよ」ヴィクターがさも恐ろしそうに言った。「おい、アレックス、気をつけろ。われらがジェンは実に手ごわいからな」彼はにやりとすると、ジュヌヴィエーヴのほうへ身を寄せて肩に腕をまわした。「もちろん、海のなかで何かを見たときは別だけどね」

ジュヌヴィエーヴはヴィクターの腕を振り払い、愛想よくほほえみ返した。「ばかげたことを言わないで、ヴィクター」

「おいおい！　みんな無駄口をたたくな。まじめな仕事の話の最中だぞ」マーシャルが注意した。

「そう、それ、ぼくはまじめに言ったんだ」ヴィクターが何くわぬ顔で反論した。「彼女は最高だって。痛い、ジェン！　何するんだよ」

「あら、どうかした？」ジュヌヴィエーヴはヴィクターをにらんだ。表情豊かな彼女の目は、さっきまで楽しそうに輝いていたかと思うと、たちまち挑戦的な険しい光を放つ。彼女はシェリダンを見て言った。「わたし、下調べをしたんです」

「そのようだね。もちろん……わたしも大学の図書館にある本すべてに目を通したわけではないので」シェリダンが言った。ソアは彼を見て、おそらくこの男は大学へ戻り次第、問題の手紙を捜すだろうと思った。

「ジェンがそう言うのなら、きっとそのとおりに違いないよ」ヴィクターが急に真剣な口調になって言った。

「やめろ」マーシャルがうんざりしたように言った。「ガスパリラが〈マリー・ジョゼフィーン〉を襲った理由なんかどうでもいい。重要なのは襲撃したという事実だ。それと、襲撃しているときに暴風雨が襲来したこと。ガスパリラは生きのびたが、〈マリー・ジョゼフィーン〉は沈んだ。彼はあとで財宝を捜しに戻ってきたらしいが、時化で海底の砂が動いたために船を見つけることができなかった。だから〈マリー・ジョゼフィーン〉は現在も財宝と一緒に海底に沈んでいる、それがわれわれの考えだ」

「ええ、まあ、だいたいそんなところでしょう」シェリダンがどことなく腹立たしげな声で言った。少々変わっているとはいえ、普段の彼はそれなりに感じのいい男なのだが、今は一介のダイバーに面目をつぶされて不愉快そうに見える。「わたしの知っている手紙はガスパリラの部下のひとりが残したもので、そこには〈マリー・ジョゼフィーン〉を待ち構えているときの彼らの位置が記されていました。その位置や、潮の流れ、時化の影響、時間の経過による移動など、さまざまな要因を考慮して計算した結果、わたしはあなた方を正しい場所へ導いたとかたく信じています。しかし、船がどこに沈んでいるのかたしかな証拠が見つからない限り、珊瑚礁を傷つける可能性がある探索方法は許可されないでしょう」

「こんな話をこれから何回聞かされるんだろうな」だれかが低い声でつぶやいた。ソアは周囲を見まわした。ジャック・ペインが首を振っていた。

「シェリダン教授が話したいと思う限り、何回でもだ」マーシャルがみんなをにらみつけて言った。「われわれは州から金をもらっているんだぞ。金を引きだせたのはシェリダン教授の尽力のおかげだということを忘れるな」

最後にソアは身を乗りだして話し始めた。「今回のプロジェクトを企画するにあたって、われわれは単に海賊の歴史だけでなく、さまざまな要因を考慮に入れた。思いだしてほしい。〈マリー・ジョゼフィーン〉が沈没した当時は、今は陸地になっている土地の半分が海だったということを。このあたりは浚渫されたり、埋め立てられたり、陸軍や海軍によって吹き飛ばされたりと、文字どおりつくりなおされてきた。そこにはまた、ヘンリー・フラグラーも大きく関与している。フラグラーが鉄道を建設しているとき、停車場にする土地がなかったので、彼はそのための土地を造成するように命じた。そうしたすべてと、何年間もの天気図や長期にわたる潮汐《ちょうせき》現象も考慮に入れたんだ。念を押しておくが、目指す船はおそらくいくつもの残骸に分断され、その多くは慎重に捜索しない限りそれとわからない状態になっているだろう。しかも、ほとんどは海底に広く散らばっているに違いない」

全員が真剣に耳を傾けているのを見て、ソアは満足した。彼らの集中力がとぎれないうちに、シェリダンが再び口を開いた。

「発見したものはすべて州の所有物になり、あなた方にはそれぞれ歩合で報酬が支払われます」

それからマーシャルが勢いよく立ちあがり、ソアに向かって眉をつりあげた。ソアはマーシャルが何を言うつもりなのか悟ってうなずいた。その計画をふたりに提案したのはシェリダンだ。なぜかシェリダンは、自分の選んだダイバーたちに対して強い警戒心を抱いているようだった。彼は一方のチームが何かを発見したとき、それをもう一方のチームに隠しておくという事態が生じないよう、ふたつのチームを混成させることを望んだ。シェリダンは人を信用する性格ではないらしい。昨夜、名前を書いた紙を釣り餌《えさ》用の古いバケツに入れて、今朝のミーティングが始まる前に引けるようまぜあわせてあった。

「今日は双方のチームをまぜてペアを編成する。くじ引きで決めたから文句はないだろう。というより、文句は言わせない。われわれは全員一丸となってひとつの仕事に携わっているのだから、古い仲間意識は捨てて新しい友人と仲よくやってくれ。それでは組みあわせを発表する。ベサニーはザックと、ヴィクターはリジーと組んで潜り、おれは船の上で待機する。それからアレックス、きみはジャック・ペインと組み、ジェン、きみはソアと組むように。プレストンが船に残ることになる」

ぼくはジュヌヴィエーヴと一緒に仕事をするのか？

そんなことは知らなかった、とソアは苦々しく思った。まったく、なんてことだ。

まあ、いい。少なくとも、水のなかで死体が笑いかけてくるのが見えるというジュヌヴィエーヴの問題を、ぼくが早々に解決できるのだから。

「今日われわれが調査するのは、前に一度調べたところで、海底に金属が存在することを水中音波探知機《ソナー》が示した場所だ。ひょっとしたらどこかのダイバーが先週末になくした防水時計だったりするかもしれないが、どのみち、この仕事は干し草の山から一本の針を捜すようなものだからな。さてと……みんな用意はいいか？」マーシャルがきいた。

ソアが不満だとしたら、ジュヌヴィエーヴも彼に劣らず今日の組みあわせを不満に思っているようだった。

みんなが船へ向かって歩きだしたとき、ジャックがジュヌヴィエーヴの肩に腕をまわした。「その袋をおれが持ってやろうか？」彼は申しでた。

「ジャック、わたしは昔から自分の潜水器材は自分で持つことにしているのよ、知っているでしょう」ジュヌヴィエーヴはそう言ってジャックにほほえみかけ、自分の袋を持ちあげた。彼らはぞろぞろと埠頭へ歩いていった。

そうか、ぼくはジュヌヴィエーヴと組むのか、とソアは再び思った。

奇妙な物音を聞いて目を覚まし、そのあと髪に海草をつけたずぶ濡れの彼女を見たときの驚きを、ソアはいまだに忘れられなかった。

ジュヌヴィエーヴは得体が知れない女性だ。それは間違いない。

だとしたら、なぜぼくはそんな女性にこれほど引きつけられるのだろう?
陸にいるときはいい。
水のなかでは?
ソアは首を振った。
今日は大変な一日になりそうだ。

4

ジュヌヴィエーヴもアレックスも〈ザ・シーカー〉に乗るのは今日がはじめてだ。ふたりがさも驚嘆したように船内を見まわすので、ソアは一瞬誇らしさを覚えた。彼の立派な船には広い船室、強力なエンジン、水へ入るのも船へあがるのも容易にできる大きな飛びこみ台が備わっている。

埠頭《ふとう》を離れるときはソア自身が舵《かじ》を握った。横にプレストン大尉が立っていた。「シェリダンはまぬけなやつだ」やかましいエンジン音に負けまいと、プレストンが声を張りあげた。

ソアは肩をすくめた。「そうでもないさ。彼は心底、歴史が好きなんだろう」

プレストンはせせら笑った。「ふん。しかし、自分の知らないことをジュヌヴィエーヴが知っているとわかったときの、あいつの顔を見たかい？　今にも脳卒中を起こしそうだったぞ。断言してもいい、今ごろやつは電話にかじりついて、資料確認を怠った大学院生あたりを怒鳴りつけているだろうよ」

ソアはまた肩をすくめた。「まあ、沈没船を見つけるのは彼にとって生きがいのようなものだからな」

「それにしても、こいつはいい船だ」プレストンが操縦席をしげしげと見て言った。「船室にも補助の操舵《そうだ》装置があるんだろう?」

「ああ」

「電波探知機《レーダー》、水中音波探知機《ソナー》、全地球測位システム《GPS》……これだけそろっていたら自動で航行できるんじゃないか?」

ソアは自分たち以外にだれかがいるのを感じて振り返った。ウェットスーツを着たジュヌヴィエーヴが後ろに立っていた。彼女の向こうでは、すでに浮力調整ベストを空気タンクにつなぎおえたほかのダイバーたちが、空気の量を確認したりレギュレーターの具合を調べたりしながら、珊瑚礁《さんごしょう》へ到着したらすぐに潜れる準備をしている。

ジュヌヴィエーヴの様子からは、どことなく挑戦的な雰囲気が感じられた。「すばらしい船ね」彼女はまじめな口調で言った。「この船なら海へ出るのが楽しいでしょう」

ソアは思わずにやりとし、慌てて誇らしげな表情を隠そうと自分の装備を見おろした。

そのときに先を進んでいるのはマーシャルの船だった。十五分後、彼らは錨《いかり》をおろして、潜水位置を示す旗を海に浮かべた。

「きみは見張り番だ」ソアが言うと、プレストンはうなずいた。ソアが潜水具を身につけるために船の後部へ行くと、すでに仲間のだれかが彼の浮力調整ベストと空気タンクの具合を調べてくれていた。にもかかわらず、ソアは自分でレギュレーターの調子や空気の量やタンクの安全性を確認した。

「わたしを信用していないのね？」ジュヌヴィエーヴが横へやってきてささやき、座席に腰をおろしてベストをつけ始めた。

「水へ入るときはだれも信用してはいけない」ソアは言った。

「心配しないで。わたしはしないから。でも、うちのチームのだれかと潜るときは、信用してもらわなくてはいけないわ。最終チェックのとき、わたしたちは互いに点検することにしているの」

ソアは思わず歯ぎしりした。ジュヌヴィエーヴはこう言いたいのか？〝あなたは今まで信用できる人と一緒に潜ったことがないのでしょう〟

ジュヌヴィエーヴが重いタンクのバランスをうまくとりながら立ちあがった。プレストンが手を貸そうと背後から駆け寄ったが、すでに彼女は歩きだしていた。「おい、ぼくたちはパートナーなんだぞ！」ソアは呼びとめた。

ジュヌヴィエーヴは手を振った。「水面に浮かんでいるわ。待っていてあげる。ゆっくり支度をしなさい」彼女はやさしく言い添えた。

やさしく、だって？　とんでもない。

ソアは急いで支度をすませ、飛びこみ台からジュヌヴィエーヴの横へ飛びこんでゆっくり沈んでいった。

三メートルほど離れたところにいたジャックとアレックスが、彼らと並行して進むように身ぶりで合図してきた。

捜索箇所の決定に関しては間違っていないとソアはかたく信じていたが、いざ水深十五メートルを超える海底に身を置いてみると、発見できるかどうか自信がなくなった。一般客がよくスキューバダイビングを楽しみに来る場所よりも少し南西寄りではあるものの、冒険心の旺盛《おうせい》な人々のなかにはここまでダイビングをしに来る者もまれにいる。ここの珊瑚礁は雄大で、珊瑚のあいだをうまく通り抜ける道を知らない人たちにとっては、あるいは荒れ狂う嵐《あらし》のさなかに迷いこんだ人たちにとっては危険な場所だ。おびただしい生き物のすみかとなっている珊瑚の群生が突然とぎれ、断崖《だんがい》となって深海へ落ちこんでいるかと思えば、海団扇《うみうちわ》が急に海面のほうへ鋭くのびていたりする。今日は色が鮮やかに見えた。紫色の海団扇の向こうに広がる色彩豊かな珊瑚。青と黄の仁座鯛《にざだい》。かくれくまのみ。大きないたに……バラクーダが一匹。深い砂地で何かが光ったのを見たソアは、水を蹴《け》って珊瑚のかたわらを下へと向かった。

その物体は砂で覆われていた。アドレナリンが体内をめぐるのを感じながら、ソアは砂を掘った。指で物体をつかんだ彼は、落胆のあまり体から力が抜けそうになった。長い年月、海底に沈んでいれば、当然ながら物体には沈殿による付着物がついているはずだが、まったくそうなっていなかった。

だれかが落とした水中ナイフだ。いいナイフではあるが、どう見ても新しい。

なんでもなかったことをジュヌヴィエーヴに知らせようと、ソアは振り返った。彼女はソアのすぐ後ろでじっとしていた。彼の手ぶりを見て、ジュヌヴィエーヴはうなずいた。

ソアは先へ進んだ。


〝いいえ！　まさか、そんな〟

彼女がそこにいる。ソアがすぐ前方にいるのに、彼女がそこにいるのだ。長い金髪をした、あの女性が。

あなたなんか見えないわ！　ジュヌヴィエーヴは心のなかで叫んだ。

女性が頭をもたげた。そして、心をえぐるような悲嘆に満ちた笑みを浮かべた。

彼女は幽霊なのよ、とジュヌヴィエーヴは自分に言い聞かせた。彼女は存在しないの。でも、現に彼女はそこにいる。彼女が手をのばしてきた……しかし、ジュヌヴィエーヴにはふれなかった。やがて幽霊の幽霊が、その女性に生き写しではあるけれどもっと青白い顔をしたものが、重しをつけて海底へ沈められている人間から立ちのぼったように見えた。立ちのぼって……指さした。

ソアが振り返った。ジュヌヴィエーヴは落ち着き払った態度で彼を見つめ返そうとした。彼女は指さした。

どうやらソアには何も見えていないらしい。彼は顔をしかめて女性のほうを見てから、ジュヌヴィエーヴが指さしている珊瑚の近くへ泳いでいった。そして幽霊のすぐ横でとまり、砂を静かに探りだした。

つまり、わたしは頭がどうかしているのだ。

でも幽霊の幽霊は、あるいは霊気でもなんでもいいけれど、同じように指さしている。無理やり呼吸をしたジュヌヴィエーヴは、レギュレーターの心安らぐ音を聞いた。いいわ、わたしは正気じゃない。でも、あの幽霊はわたしをある方角へ導いている。

ジュヌヴィエーヴは従った。

何もない。何ひとつ。あるのは砂だけ。その下に何かがうずもれている気配はまったくない。ソアは再び後ろを振り返った。ジュヌヴィエーヴは移動していた。彼女はソアのほうを見て、ついてくるように合図した。

ジュヌヴィエーヴは奇妙な表情を浮かべていた。

なんてことだ！　彼女はまた何かを見ているんだな。ソアは確信した。

ジュヌヴィエーヴがおかしな幻覚にとらわれているのなら目を覚ましてやろうと決意し、

ソアは手を振って彼女の注意を引こうとした。ソアには彼女がどこへ行こうとしているのか、なぜそちらへ行こうとするのか、さっぱりわからなかった。

彼女はうなずいて応じたものの、ソアの合図を無視し、まっすぐ進まずに珊瑚の群生をまわりこむよう彼に手ぶりで伝えた。

ジュヌヴィエーヴは錯乱しているようには見えない。ぼくの早合点だったのだろうか？　しかし、ぼくに先導役を譲りたいとも考えていないようだ。彼女はリズミカルにフィンを動かして南西方向へ進んでいく。

ソアがついていくと、ジュヌヴィエーヴが進むのをやめた。まるで見えない先導者の指示に従っているかのように。

そして今度は丈の高い海団扇の近くを、そこからさらに五メートルほど下の海底目指して進みだした。ソアはあとに続いた。ジュヌヴィエーヴは目的の地点を正確に知っているかのようだ。動作にためらいがない。

海底でとまったジュヌヴィエーヴは砂を見つめ、やがてそのなかを探りだした。

彼女は正気を失ってしまったのだ、とソアは思った。完全に。

ただの砂じゃないか。さっき彼女が指さした砂となんの違いもない。

いいとも、調べるだけ調べてみよう。どうせ巨大な干し草の山から一本の針を捜すような仕事をしているのだ、無駄骨に終わったからといって、それがどうだというんだ？

ソアは一緒に捜し始めた。砂をかきまわして水を濁らせないようにゆっくりと手を動かす。彼は一匹の小さなえいを掘りだした。えいは不機嫌そうに勢いよく泳ぎ去った。

ジュヌヴィエーヴも指で砂を探っている。最初のうちは静かに手を動かしていたが、やがて狂ったように砂を掘り始めた。

それを見たソアは、ジュヌヴィエーヴを抱きかかえて浮上しようと考えた。海面へ出たら怒鳴りつけてやろう。まったく、彼女にはつきあいきれない。一緒に潜るのはこれきりだ。

ソアはジュヌヴィエーヴの腕をつかんだ。彼女は思いのほか力が強く、ぐいと腕を振りほどいた。勢い余って、彼女の手が激しく砂にあたった。細かい砂が海中に舞いあがって水を濁らせる。ソアが再び彼女のほうへ手をのばしてもっと強くつかもうとしたとき、その場にふさわしくない何かが目に映った。黒くてかたい塊のようなものだ。

彼はジュヌヴィエーヴをつかもうとしていた手をそちらへのばした。

その物体を手にした瞬間、ソアはなじみのある、快い感覚を――アドレナリンがどっと体内にあふれる気分を覚えた。確信はないが、しかし……。

彼は足首に結わえてある鞘《さや》から水中ナイフを抜いて、その物体を慎重にこすった。黒ずんだ錆《さび》や付着物を少しずつこそげ落としていく。

目をあげると、ジュヌヴィエーヴが期待に満ちたまなざしでじっと見つめていた。落ち着き払って、まるで空中に浮かんでいるかのようにふわふわと漂っている。水中マスクの奥の目は……。

〝彼女は知っているのだ〟

ソアはジュヌヴィエーヴを見て、ゆっくりとうなずいた。

黄金だ。

「理解できないわ」ベサニーが当惑しきった顔で言った。彼女は洗いたての長い髪のもつれを指でほどいているところだった。「あなたは有頂天になってもいいはずよ。あなたが見つけたのはスペイン金貨だった。たしかなことはまだわからないけど、マーシャルはキューバで鋳造されたものだと考えている。もしそうだとしたら……〈マリー・ジョゼフィーン〉に積まれていた金貨に違いないわ」

ジュヌヴィエーヴはうなずき、鏡の前で自分の髪にブラシをかけた。「わたしは喜んでいるわよ」喜んでいるですって？　ベサニーにさえ、真実を話す勇気がないのに？

「ソアがそれを拾ったんでしょう？」

「なんですって？」

「実際にそれを見つけたのはソアだったんだわ」

「ばかなことを言わないで！」

「わたしに怒鳴らないでよ。あなたたちは一緒だったんだから、最初の発見はふたりの手柄ってことになる。これで彼らも、あなたをからかったらどうなるか思い知るわ！　あなたの頭がどうかしているみたいに言ったことを、みんな後悔するでしょう」ベサニーは忍び笑いをした。「きっとヴィクターは悔しがっているわね。だって本来、彼のダイビング・パートナーはあなたじゃない。断言してもいい、今ごろ彼は自分の発言を悔やんでいるはずよ」

ジュヌヴィエーヴの手にしたブラシが長い髪の途中でとまった。彼女は振り返ってベサニーをじっと見た。「わたしがまたあの女性を見たと言ったら、あなたはどうする？」

ベサニーは笑い声をあげてベッドへ仰向けに倒れた。やがてジュヌヴィエーヴが笑っていないことに気づき、まじめな顔に戻って起きあがった。「冗談を言っているのね。お願い、冗談だと言って」

「これから話すことをだれかにしゃべったら、あなたは世界一の嘘《うそ》つきだと言いふらしてやるから」ジュヌヴィエーヴは力をこめて言い、ベッドの端に腰をおろした。ベサニーが目に不安の色をたたえて彼女を見つめた。

「まあ、ジュヌヴィエーヴったら……わたしをからかっているんでしょう？」

「いいえ」

ベサニーは目をつぶった。「なんだか聞きたくなくなったわ」

「じゃあ……もうこれ以上は話さない」

「だめよ！　話してくれなくちゃ……。ただ聞くのが怖い気がするだけ」ベサニーはためらった。「お願い、話してちょうだい」

ジュヌヴィエーヴはため息をついた。「わたしはソアと一緒に海のなかにいて、彼が少し前を進んでいたの。そのとき呼びかけられた気がして振り返ったら……彼女がいたのよ。前に見たときとまったく同じ場所に」

ベサニーは眉をひそめた。「そんな……まさか。なんて言ったらいいかわからないわ」

「ねえ、あなたは幽体離脱を扱った映画を見たことがある？　もちろん、わたしの経験したことがそれとそっくりというわけじゃないけど。あるいは、手術中に亡くなった人が空中に浮かんで自分の死体を見おろしているっていう話を聞いたことがない？」

「なんだか本当に怖くなってきたわ。いったいなんの話をしているの？」

「まるで彼女の……彼女の幽霊が、重しをつけられている彼女の体から抜けだしたようだった。そしてわたしを導いていって……捜すべき場所を指さしたの」

ベサニーはジュヌヴィエーヴをまじまじと見つめた。

「ソアは彼女を見たの？」

「いいえ」

「ジェン……」

「神に誓ってもいい、本当のことなのよ」

「あなたはまた例の女性を見たのね？　死んだ女性を。そして彼女の……幽霊が指したまさにその場所で、あなたたちは金貨を見つけた」

「そのとおりよ」ジュヌヴィエーヴは言った。

ベサニーは黙ったままジュヌヴィエーヴを見つめつづけた。

「何か言って」

「そう言われても……なんて言ってほしいの？」

「あなたを信じるわ、って！」

「それは……」

「いいわ、気にしないで。ただし、わたしが言ったことを絶対に口外してはだめよ。彼がわたしを病院へ入れてしまうから」

「だれが？」

「わかっているでしょう。ソア・トンプソンよ」

「まあ、ジェン、まさかそんなこと――」

「彼はうまく手をまわしてわたしを仕事から外してしまう、断言してもいいわ」

ベサニーはジュヌヴィエーヴに近づき、彼女の腕に手をかけた。「あなたの言うとおりかもしれない。たぶん……このことはだれにも話さないほうがいいと思う」

「ねえ、わたしが言ったことは全部真実なのよ」

「あなたの心のなかでは真実なのね」ベサニーがやさしくささやいた。

「わたしは彼女を見た。嘘じゃない、本当に彼女を見たの」

「でも、ソアは……」

「ええ、そうよ。ソアは彼女を見なかった」

「それで今日はあなた……怖くなかったの？」ベサニーがきいた。

「ええ。いいえ。最初はすごく怖かった。だけどそのあと、何も見ていないふりをしなければならなかったの」

「どうもわからないわね。最初の日、あなたは窒息して溺《おぼ》れかけたほどおびえていたじゃない。それなのに……今日は……幽霊はあなたの友達になったの？」

「わたしにもよくわからないのよ。たぶん今日、わたしが彼女にチャンスを与えたのは、幽霊が見えることよりもソアのほうが怖かったからだと思う。ベサニー、こんなことを言ったら奇妙に聞こえるでしょうけど、彼女はわたしたちに船を発見させたがっているんじゃないかしら」

「すばらしい考えね」ベサニーはつぶやいた。「わたしだって船を発見したいと考えているのよ」彼女は心配そうにジュヌヴィエーヴを見つめた。「つまりこれは……」

「あくまでもわたしの推測よ」

ジュヌヴィエーヴはためらった。彼女は今でも怖かった。海のなかで起こったことだけが原因ではない。

今朝の出来事のせいでもある。目覚めたら全身ずぶ濡《ぬ》れで、髪に海草がくっついていた。

「ディナーのあいだにこっそり抜けだして、ジェイ・ゴンザレスに会ってくるわ」

ベサニーはため息をついた。「そうね、それがいいかもしれない。ジェイはあなたの頭がどうかしているとは考えていないようだから。でも、あなたは彼に話したんじゃなかった？　彼はあなたを助けたがったけど、何も発見できなかったんでしょう？」

「もう一度調べてくれるかもしれないわ。毎週、いえ、毎日のように、どこかで気の毒な女性がさらわれている。それに家出をしたあげくに死んで身元がわからない人はたくさんいるのよ」ジュヌヴィエーヴは言った。

「ジュヌヴィエーヴ、あなたが死んだ人を見ているとしたら……そして、その幽霊が沈没船を発見する手伝いをしたがっているとしたら、それはその時代に生きていた人の幽霊ってことになるんじゃない？　そんなの、とても信じられないわ。わたしたちは幽霊について話しているのよね。まるで幽霊が……実在するかのように」

「彼女は実在するわ」そう言ったあとで、ジュヌヴィエーヴは自分の言葉にたじろいだ。

「本当よ、ベサニー。ソア・トンプソンはたとえ幽霊に頭をたたかれても、頑として幽霊を見たとは認めないでしょう。ええ、自分自身にさえもね。いったい何が起こっているのか、なぜわたしにそれが……彼女が見えるのかわからないけど、とにかく見えるの。そしてそれは……何かを意味しているに違いないわ」

「率直に言いましょうか。あなたはあの人に会ったほうがいいと思うの」ベサニーがささやいた。

「だれに?」

「オードリー・リンリーよ」ベサニーが答えた。

「オードリー?　学校が一緒だった、あのオードリー・リンリー?」ジュヌヴィエーヴは言った。そしてこれぞいい機会とばかりに、完全に正気を失った人間を見るような目でベサニーを見た。

「そう」ベサニーがきっぱりと言った。

ジュヌヴィエーヴはやれやれと首を振った。「やめてよ、ベサニー。彼女は自分のやっていることを本物だと言い張ることさえしていないじゃない」

「こう言ってはなんだけど、幽霊が見えると言い張っているのはあなたじゃなかった?」

ベサニーがけんか腰にきいた。

「オードリーは手相占いをしているのよ、ベサニー。というより、手相占いができるふりをしているんだわ。それに彼女はタロット占いもやっている。ひょっとしたら水晶玉も持っていて、そのなかに未来が見えるふりさえしているんじゃないかしら」

「彼女を嫌っているような口ぶりね」ベサニーが言った。

「嫌いどころか好きよ。だって、彼女は観光客向けの商売でみんなをけっこう楽しませているし、不可解な現象について知ったかぶりをしないもの」

「彼女に相談して、どこがいけないの？」

ジュヌヴィエーヴはため息をついた。「彼女のところへ相談しに行ったことがみんなに知れたら……」

「ちょっと、彼女は古い友達なのよ。古い友達に相談してはいけないなんて法律、どこにもないわ」

ジュヌヴィエーヴは肩をすくめて口を開きかけたが、玄関の外からふたりを呼ぶ声を聞いて口を閉ざした。「おーい、なかのふたり！」ヴィクターだった。「まだ支度ができないのかい？　ぼくはもう腹ぺこだ。早く行こう」

「支度ならできているわ」ベサニーが大声で応じた。それから彼女はジュヌヴィエーヴを振り返って小声で続けた。「あなたが知りたいんだったら、わたしはオードリーの電話番号を控えてあるの。もっとも、彼女はキーウェストの至るところにそれを貼《は》りだしているけど。もしかして――」

「彼女の電話番号ならわたしも知っているわ。ここは狭い土地ですものね」ジュヌヴィエーヴは低い声で言って、ベサニーをドアのほうへ押した。「繰り返すけど、わたしが話したことはいっさい他言無用よ」

「もちろん、だれにも話さないわ」ベサニーは請けあった。

「あなたは幽霊の存在を信じている、ソア？」彼の向かい側に座っていたベサニーが尋ねた。そこはホワイトヘッド通りに面したシーフード料理専門のレストランで、彼らがひいきにしている店のひとつだった。

ベサニーは魅力的だ、とソアは思った。そのうえダイバーとしても優秀なようだ。かわいらしい丸顔のせいで、二十歳をいくつも超えている女性にはとうてい見えない。彼女を魅力的にしているのは、ひたむきな熱意と誠実さだ。もちろん、ジュヌヴィエーヴ・ウォレスの魅力とは質が全然違う。ジュヌヴィエーヴはまったく意識することなく官能の芳香と洗練の香気を放っているように思える。ベサニーはかわいがってもらいたがっている子犬のようだ。

「痛い！」突然、ベサニーが悲鳴をあげて脛《すね》をさすった。

おそらく蹴られたのだろう、とソアは思った。彼の席はジュヌヴィエーヴと隣りあっているので、彼女がテーブルの下でベサニーを蹴飛ばしたのが感じられたのだ。

「別にどうってことない質問をしただけじゃない」ベサニーが言った。

ソアはちらりとジュヌヴィエーヴを見やった。ソアを見つめ返した彼女の目は底知れぬ表情をたたえていた。ジュヌヴィエーヴは彼のそばにいる。狭いブース席のなかの、すぐそばに。今度もまた結局は彼女と一緒になった。いつものソアなら、そのことになんの不服もなかっただろう。彼女がつけている香水のほのかな香りが絶えず鼻孔をくすぐる。着ている黄色のホールタードレスは赤褐色の髪や小麦色に日焼けした肌と際立った対照をなしていて、謎《なぞ》めいた緑色の目を鮮やかに引き立てていた。ジュヌヴィエーヴの一挙手一投足がソアの本能を刺激するのだが、彼女はその事実に無関心なのか、あるいは気づいてさえいないらしい。彼女は友人たちに囲まれていることに慣れている。自分の容姿を誇りにしているのは明らかだが、天性の素養をいっそう飾り立てる努力はあまりしていないようだ。ソアはポロシャツにショートパンツというういでたちだった。だからジュヌヴィエーヴが脚をのばしてベサニーを蹴飛ばしたとき、むきだしの脛に軽くこすれた彼女の脚の絹のような肌ざわりが感じられた。

ジュヌヴィエーヴがにっこりした。「ごめんなさい。先日、あんなことがあったばかりだから……わかるでしょう」彼女は厳しい目でベサニーを見た。「幽霊の話はしないことになっていたでしょう」

「わたしはソアに幽霊の存在を信じるかときいただけよ」ベサニーが言い返した。

「ぼくは信じない」ソアはきっぱり言って、再びジュヌヴィエーヴを見た。

「そこのパンをまわしてちょうだい」ジュヌヴィエーヴが頼んだ。

「あなたはこの島の墓地を訪れたことがある?」ベサニーがしつこくソアに尋ねた。

「ベサニー、やめなさいったら」ジュヌヴィエーヴが注意した。「彼は幽霊の存在を信じていないのよ」

「彼が信じているなんて言ってないでしょう。まだ訪れていないのなら、とてもいい墓地だと教えてあげたかっただけよ」ベサニーは言った。

「ぼくたちはよく夜ふけに、女の子たちをそこへ連れていっては怖がらせようとしたものさ」ベサニーの隣に座っているヴィクターが口を挟んだ。「いかす場所だよ。墓地がつくられたのは、ハリケーンによって大量の古い棺《ひつぎ》が地面へ現れてしまったあとの一八四〇年代のことだ。調べてみればわかる。霊廟《れいびょう》がたくさんあるところはニューオーリンズの墓地に似ているけど、あそことは墓の造りが違って、棺を下からどんどん積みあげていくんだ。墓地には〈メイン〉号のきれいな記念碑もある。夜中にそこを通るのは……不気味といったらないよ。ぼくがはじめてジュヌヴィエーヴに言い寄ろうとしたのは、その墓地だった」

ジュヌヴィエーヴがいきりたって言った。「はじめて、ですって?」

ヴィクターは笑った。「わかった、その一度きりだ。みじめだったよ。なにしろ当時の彼女は、ぼくよりもはるかに背が高かったからね。キスをするのにはしごを使わなくちゃならなかった」

「いいかげんなことばかり言って」ジュヌヴィエーヴがヴィクターをしかった。

ヴィクターが彼女に投げキスをした。

「幽霊ツアーをしましょうか」ベサニーが提案した。

ジュヌヴィエーヴが大きなうめき声をあげた。「幽霊ツアーなんてまっぴらよ。わたしたちはバーのはしごをすることになっていたんじゃないの？」

「現にしているじゃないか」アレックスがテーブルの端から言った。

「実を言うと、幽霊にいちばん出会いやすいのはバーのはしごをしているときなんだ」ジャックが口を挟んだ。

「そういえば、あの〈ハードロック・カフェ〉は幽霊が出ると噂《うわさ》されているのよね」ベサニーが応じた。

「〈ハードロック・カフェ〉になんか行かないわ」ジュヌヴィエーヴがいらだたしげな声で言ってから、申し訳なさそうな顔をしてソアを見た。「〈ハードロック・カフェ〉はすてきなお店で、そこの建物は幽霊が出ると思われているの。それというのも、二階でカリー家のひとりが自殺したり、暖炉の前である著名な市民が拳銃《けんじゅう》自殺したりしたから。店員たちの接客態度はとてもいいし、料理だって一流よ。でも、あなたはどのみち幽霊を信じていないのよね。とにかく〈ハードロック・カフェ〉は立派なお店だわ。ただ……わたしたちはこのあたりの行き慣れている居心地のいいバーめぐりをするつもり。ねえ、みんな、今夜はクリントが演奏する晩よ。ぜひ、みんなで彼の演奏を聴きに行きましょう」彼女は再びソアを見た。「クリントはなんでも弾けるの。なかでも得意なのはカントリーウェスタン、ジミー・バフェット、イーグルス、それとU2よ」

「おい、〈ダフィーズ〉の女の子も上手だぞ！」マーシャルが大声で言った。

「ええ、彼女もすばらしいわ」ジュヌヴィエーヴは同意した。

注文しておいた料理が運ばれてきた。それぞれ魚、チキン、ステーキと人によってさまざまだが、どれも前菜と同じようにおいしかった。

やがて届いた会計伝票をソアがとりあげた。

ジュヌヴィエーヴが彼のほうを向いた。「クレジットカードで支払うつもり？　だったら、わたしの分はあなたに現金で渡すわ」

「そんなことはしなくていい」

「全員でデートをしているわけではないのよ」

「ぼくが支払うわけではないんだ。どうせ食事代は戻ってくるんだからね」ソアは言った。

「あとでわれわれの分を精算するよ」マーシャルが大声でソアに言った。

「その必要はない。必要経費で落とすから」

マーシャルが親指を立ててソアに合図した。きまり悪くなって顔を赤らめたジュヌヴィエーヴは、だれにも気づかれませんようにと願った。

ソアが支払いをすませてテーブルへ戻ってきたときは、みんな立ちあがってぞろぞろと店の外へ出ていくところだった。この時期の町は、ファンタジー祭の期間中や雪頬白《ゆきほおじろ》の群れが飛来する真冬ほどは狂乱の様相を呈していないが、キーウェストの通りは一年じゅう活気がある。人々は真夜中過ぎまで、いわゆる〝デュヴァルそぞろ歩き〟をする。買い物をしたり、バーめぐりをしたりしながら、デュヴァル通りをぶらつくのだ。オールドタウンでは商店やレストランやバーがしばしばドアを開け放っているため、エアコンで冷やされた空気が道路へかすかに流れでてくる。最初のバーへ向かうときは彼らの周囲に人が大勢いたので、ソアはベサニーとジュヌヴィエーヴがいないことに、すぐには気がつかなかった。

バーへ入った彼らは道路側のドア近くにテーブルを確保した。そこは歌手から離れているので会話ができるし、道路のすぐそばでもないので表の騒音に悩まされることもない。

「全員にシャンパンだ」マーシャルが言った。「最初の発見に乾杯しよう」

「それがいい。ところで、うちのふたりはどこにいるんだ?」アレックスがきいた。「ジュヌヴィエーヴとベサニーがいない。どうしてジュヌヴィエーヴは消えたんだろう? 発見をしたのは彼女とソアなのに」

「じきに戻ってくるさ」ヴィクターが言った。

「ふたりはどこへ行ったんだ?」アレックスがしつこくきいた。

　ヴィクターは肩をすくめた。「何か用事でもできたんじゃないか……知らないけど。どこの店に行くかは知っているんだから、そのうちに来るよ」

「じゃあ、しかたがないな、彼女たち抜きで乾杯しないと」アレックスが残念そうに言った。

「ふたりが来るのを待ったほうがいいわ」リジーが思いやりのあるところを見せた。

「乾杯しよう」マーシャルが首を振って言った。「待っていたって、いつ来るかわからんからな」

「シャンパンなんか飲んだら、ぼくは明日一日、頭痛がして仕事にならないだろう。ビールで乾杯してもかまわないかな？」ザックがきいた。

　ほかの者たちもその意見に賛成した。マーシャルは肩をすくめた。「ビールのほうがずっと安い。よし、ビールで乾杯といこう」

「ふたつ余分に注文しておこうよ。あの不良少女たちがいつまでも現れなかったら、われわれが飲んでしまえばいい」ヴィクターが言った。

　ソアは彼らの会話をぼんやり聞きながら、開いているドアの外を眺めていた。

　ジュヌヴィエーヴの背の高さのおかげで、彼女の姿を確認できた。

　ちょうど彼女は街区の外れの狭い通りへ入っていくところだった。

「すぐに戻る」ソアはそう言い置いて席を立ち、ジュヌヴィエーヴのあとを追った。

「本当に奇妙なのよ」ジュヌヴィエーヴはベサニーに言った。

ベサニーが足をとめて彼女をまじまじと見た。ジュヌヴィエーヴは自分に起こった一部始終をこと細かに説明しおえたところだった。説明しないわけにいかなかった。というのもベサニーは、ジュヌヴィエーヴが夜中にパジャマ代わりのTシャツ姿でひと泳ぎしてくる人間ではないことを知っていたからだ。最初のうち、ベサニーは現実的な考え方を述べた。

「海賊たちの骸骨《がいこつ》が起きあがって襲いかかってくるなんて、おかしいわね」ベサニーは考え深げに言った。「だって、流れた時間の長さや状況を考えてごらんなさい。海、嵐、砂……海賊たちの骸骨がいまだに元のままの状態で残っているはずがないもの。もちろん海賊たちが埋められたのなら別だけど。それにしても、なぜ彼らが海からあなたを襲いに来るの？　あの時化《しけ》で死体が全部浮きあがって、それからずっと彼らはここにいたなんて想像できる？　ああ、いやだ！」

「あの骸骨たちはただの夢だったのよ」ジュヌヴィエーヴは言った。

「だけど、あなたは海水でずぶ濡れだったじゃない、海草までくっつけて」ベサニーが言った。「それに海のなかで、また幽霊を見たし」

「でも、彼女はわたしを助けてくれようとしていたの。そこがなんとも不思議なところだけど」

「だからこそ、オードリーに相談すべきなのよ。さっき電話して、十分くらいしか話す時間がないと伝えておいた。彼女が待っているわ。オードリーはたいした研究家よ。本や古い資料を細かく調べて幽霊に関する情報を集め、それをもとに、幽霊の話を聞こうとデュヴァル通りを徘徊《はいかい》している観光客の相手をしているの。だから、彼女なら何か知っているかもしれない。いいじゃない、相談したからって害はないでしょう」

ふたりはふたつの建物に挟まれた細い通路の入口にある錬鉄製の門の前へ来た。通路のつきあたりに、十九世紀の終わりごろに建てられた小さな家がある。門の上の看板にはこんな文句が書かれていた。〝神託、タロット占い及び手相占い。予約制。飛びこみも歓迎〟ジュヌヴィエーヴはため息をついて門扉を開けた。まず彼女が通り、あとにベサニーが続く。

約束どおり、オードリーが待っていた。家の入口に立っていた彼女は、ふたりが到着したのを見て木製のドアを大きく開けた。「ふたりとも、お久しぶり！　同じ町に住んでいながら、めったに顔を合わせないなんて不思議よね。でも、あなたたちの今度のお仕事はすごく刺激的なものだと聞いているわ。さあ、なかへ入って」

オードリーはジュヌヴィエーヴほど背が高くないが、それでも百七十五センチはある。彼女は少し身をかがめてベサニーを抱きしめたあと、わずかに背のびをしてジュヌヴィエーヴと抱きあった。オードリーは赤みがかった長い黒髪と輝く黒い目を持つ美人だ。ジュヌヴィエーヴは、昔の友人がショールやスカーフをまとって〝マダム・ジーナ〟とかなんとか名乗っているのではないかと、少しばかり不安だった。しかし、オードリーが着ているのは質素でカジュアルな綿のスカートとホールタートップで、履いているのはサンダルだった。

「会えてうれしいわ、オードリー」ジュヌヴィエーヴは後ろめたさを覚えながら言った。わたしたちは信じられないほど狭い地域社会に暮らしていながら、なぜ互いに古い友人とのつきあいを続けてこなかったのだろう？

「元気そうね」ベサニーが言った。

「あなたたちも元気そうじゃない。もっとも、スポーツウーマンだから当然よね。毎日、水着を着て海へ潜っているんでしょう？　それで、何があったの？　あなたがタロット占いをしてもらいに来たとは思えないわ」オードリーは言って、興味深げにジュヌヴィエーヴを見た。「ベサニーの話では、十分くらいしか話す時間がないそうだけど」

「彼女は幽霊を見ているの」ベサニーが明るい口調で言った。

ジュヌヴィエーヴを見つめるオードリーの眉がつりあがった。「あなたが？」信じられないという口調だ。

「違うの、実際はそうではなくて――」

「何を言ってるの、さっさと本当のことを話しなさいよ！」ベサニーがしかりつけた。

「わかった、話すわ。実はわたし、昔の船が沈んでいると思われる場所の近くで女性の幽霊を見ているの。でも、どうやらその幽霊はわたしを助けてくれようとしているみたいなのよ」ばかばかしいと思いながら、ジュヌヴィエーヴは言った。

「なんなら、わたしが当時のことを調べてあげましょうか。何かわかるかもしれないわ」

オードリーはにっこりして肩をすくめ、ジュヌヴィエーヴを見た。「正直なところ、わたしは、その、幽霊を見たことがないの。生計を立てるためにこんな仕事をしているけれど……」彼女は口ごもり、再び肩をすくめた。「とにかく……あなたが捜している沈没船についてもっと詳しく調べたら、何か明らかになるかもしれない」

「船のことは、もういろいろ調べたわ」ジュヌヴィエーヴは言った。「いまだにわからないのは、わたしの前に現れる幽霊はだれなのかってこと」

「待って」ベサニーが口を挟んだ。「あなたはガスパリラが船長の娘に恋していたと言ったわね。あなたが見ているのは、きっとその娘よ。たぶん彼女はガスパリラをはねつけた。それで彼が彼女を溺死《できし》させたんだわ」

ジュヌヴィエーヴはじっとベサニーを見つめた。その可能性をなぜ考えつかなかったのか、自分でも不思議だった。

いいえ、考えたことは考えた。ただ、最初のときは実際に幽霊を見たとは信じなかったのだ。わたしはだれかのいたずらではないかと思った。あるいは、最近起こった殺人事件の被害者ではないかと。

「さあ、どうかしら」ジュヌヴィエーヴはささやいた。「たしかにそれもひとつの考えではあるけど」彼女は眉根を寄せてオードリーを振り返った。「二度めに彼女を見たとき、わたしは怖がって逃げたりしなかったの。そうしたら、彼女がわたしを最初の発見物のところへ案内してくれたのよ」

「本当に？」オードリーがじっとジュヌヴィエーヴを見て問い返した。

「お願い、このことはだれにも話さないでね」ジュヌヴィエーヴは懇願した。

オードリーはうなずいた。「心配しないで、絶対に話さないわ。でも、この件を調べて何かが明らかになったら……ちょうど今、わたしはキーウェストの幽霊物語の執筆にとり組んでいるの。そのガスパリラとかいう人にかかわりのあることが出てきたら、本のなかでふれてもいい？」

「それはかまわないわ。でも肝に銘じておいて。わたしが死者と交信するために霊媒師と会っていることが同僚たちに知れたら、今の仕事から外されてしまうかもしれないの」ジュヌヴィエーヴは言った。

オードリーはにっこりして穏やかに言った。「わたしは絶対に友達を裏切らない。それより、ねえ、てのひらを見せてちょうだい」

ジュヌヴィエーヴはおびえた子供のように、両手を背中に隠したいという衝動に駆られた。

「見せてあげなさいよ」ベサニーがじれったそうに促した。

しかたなく手を出したジュヌヴィエーヴは、たちまちうろたえた。

なぜなら、オードリーが動揺したように見えたからだ。彼女は眉間《みけん》に深いしわを寄せて口をすぼめた。「興味深いわね」ようやくオードリーは言った。

「何が？」ジュヌヴィエーヴは不安になって尋ねた。

「あら、なんでもないわ、本当よ。わたしは本に書いてあるとおりに占っているだけ。あんなの、でたらめもいいところなんだから」

「オードリー、何を見たのか教えてよ」ジュヌヴィエーヴはさらに迫った。

オードリーはしばらく彼女を見つめていたあとで肩をすくめた。「この生命線を見てごらんなさい。ここで……突然、ぎざぎざになっている。とぎれてはいないけれど」

「それは何を意味するの？」ベサニーがきいた。

「うーん。そうね……ものすごい混乱かしら」

「たとえばどんな？」ベサニーがまたきいた。

「ねえ、さっきも言ったように、手相占いなんてでたらめもいいところなのよ」

「たとえばどんな？」ジュヌヴィエーヴはベサニーの質問を繰り返した。

オードリーは困ったように肩をすくめた。「人生における混乱……重い病気、あるいは命にかかわる危険。この手相から読みとれるのは、あなたが恐ろしい危険に直面するだろうということよ。それとここにある切れ目が意味しているのは、あなたが生きながらえるかもしれないし、あるいは……」

「あるいは?」ジュヌヴィエーヴはきいた。

「死ぬかもしれないってこと」

5

「ああ」オードリーは続けた。「ちょっと待って、これは……そんなに悪くないわ。この線はつながっているみたい」

「よかった」ジュヌヴィエーヴはささやいた。

「死んでから生き返るんじゃないでしょうね？」ベサニーがきいた。

「ベサニー！」ジュヌヴィエーヴは大声をあげた。

「ごめんなさい。わたし、あなたの役に立ちたくて」

「ちっとも役に立っていないわ」

「ううん、あなたはゾンビになんかならない」オードリーが言った。「わたし……ええ、こんな生命線は一度も見たことがないわ」

「だんだん安心してきたわ」ジュヌヴィエーヴは言った。

「きっとなんの意味もないのよ」オードリーはにっこりしながら肩をすくめた。「さっき言ったでしょう、わたしは生計を立てるためにこんなことをしているって」彼女は明るく笑った。「ここで幽霊ツアーも催されているじゃない。そうしたツアーのガイドたちが、みんな幽霊の存在を信じていると思う？　人はだれでも暗示に弱いのよ。そういうやり方で、わたしは何度も客を店へ来させるの。いいこと、あなたたち、わたしが今言ったことを口外したら……」オードリーは威嚇の表情を浮かべようとしたが、見事に失敗した。

「近いうちにランチを一緒に食べましょう」ベサニーが提案した。「わたしたち、土曜日は海へ潜らないの。土曜日に会える？」

「いいわ。土曜日なら夕方まで暇だから。お店を開けるのは、観光客がバーにあふれ始める五時ごろなの」オードリーは言った。「わたしが最高の占いをしてあげられる相手は、酔っ払った人たちなのよ」彼女は口もとに皮肉めいた笑みを浮かべて断言した。

「じゃあ、土曜日にね」ジュヌヴィエーヴは確認した。「それと、オードリー……ありがとう」

「どういたしまして。またね」オードリーが言った。

彼女は戸口に立って、ふたりを見送った。

「なんだか、ばかばかしかったわ」ジュヌヴィエーヴは小声で言った。

「オードリーに会ったことが？」ベサニーがきいた。

「彼女に五分間会って」ジュヌヴィエーヴは言った。「後ろめたさを覚えたわ」

「そして怖くなった」ベサニーがつけ加えた。

「怖くなんかないわよ」ジュヌヴィエーヴは言い返した。

「それならいいけど。彼女が言ったのは——」

「自分は偽者だってこと」ジュヌヴィエーヴは厳しい口調で言葉を引き継いだ。「それにわたしが後ろめたさを覚えるのは、彼女と友達づきあいをせずに会おうともしなかったことに対してなの」

「今度、一緒にランチを食べるじゃない」ベサニーが言った。「あなたは違うかもしれないけど、わたしは少し心配になってきたわ」彼女は門扉を開けて広い道路へ出たあと、ジュヌヴィエーヴが通れるように門扉を支えていた。

「わたしの神経がまいりかけている、あるいは幽霊がわたしにとり憑《つ》いているんじゃないかって？」道路へ出たジュヌヴィエーヴは門扉を閉め、うんざりしたように問い返した。

そして、その場に凍りついた。

彼がいた。

ソア・トンプソン。壁にゆったりもたれている。彼はふたりに笑いかけ、オードリーの商売が書かれている看板をさりげなく見あげた。

その気になれば怒りを抑えることができたはずだ、とジュヌヴィエーヴはあとになって自分を責めた。抑えるべきだった。ソアはひとことも言葉を発しなかったのだ。

発する必要はなかった。ソアが看板を見あげ、続いてジュヌヴィエーヴを見るときの目つきを見ただけで、彼女には充分だった。

怒りに駆られて、ジュヌヴィエーヴはつかつかとソアに歩み寄った。「わたしのあとをつけたのね」彼女はなじった。

ソアは彼女よりもはるかに背が高く見えた。ジュヌヴィエーヴは背が低くない、とりわけハイヒールを履いているときは。それでも、ソアは彼女を見おろすことができた。

「きみたちの飲み物を注文したんだ。それなのに、ふたりしてどこかへ消えてしまった。ぬるくなったビールほどまずいものはないからね」

「わたしのあとをつけたのね」ジュヌヴィエーヴは繰り返した。「なんて人なの。あなたにそんなことをする権利はないわ」

ソアは眉をつりあげた。「ぼくはベサニーのあとをつけたのかもしれないよ」

「どうやらそのベサニーは、今すぐここから消えたほうがいいみたい」ベサニーがおどおどして言った。「よければ、わたしは失礼させて――」

ふたりは同時にベサニーのほうを向いた。「だめ」

「そんな」ベサニーはすっかりうろたえて言った。

「誤解のないように言っておきますけど、ミスター・トンプソン、わたしたちは学校時代からの古い友人に挨拶《あいさつ》しようと寄っただけですからね」ジュヌヴィエーヴは言った。「あなたにはなんの関係もないことよ」

ソアは再び看板を見あげてから、ジュヌヴィエーヴに軽蔑《けいべつ》のまなざしを向けた。「今現在、きみがすることはすべてぼくに関係してくる。きみには常に鋭敏かつ有能でいてもらわないと困るんだ」

「あなたのために、鋭敏かつ有能でいろというの？　あなた、何か忘れているんじゃない？　わたしはあなたのために働いているわけではないのよ。マーシャルのために働いているの」

「きみは知らなかったのか？」ソアがきいた。

「何を？」ジュヌヴィエーヴは問い返した。

「きみたちのグループが雇われたのは、ぼくが推薦したからだ」ソアは静かに言った。「たしかにマーシャルとぼくが話しあって物事を決める。そのほうが仕事は順調に運ぶからね。しかし、最終決定権はぼくにある。すべてについて」

ジュヌヴィエーヴは目を細めてソアを見つめた。「それは脅し？」

「ぼくは人を脅すようなまねはしない。処置を講じるだけだ」

「今日、わたしと潜って少しでも困ったことがあった？」

「全然」

「だったら、なぜわたしのあとをつけたの？」ジュヌヴィエーヴはきいた。「まあ、いいわ。ただし、二度とそんなことはしないで。犯罪者みたいに扱われるのはまっぴらよ。そんなことをされるくらいなら仕事をやめるわ」

　ソアは顔の筋肉をぴくりともさせなかった。不意にジュヌヴィエーヴは、ソアが彼女をやめさせたがっているのではないかと不安になった。「大げさだな。きみがやめようとどうしようと、ぼくはちっともかまわないよ。だが、仕事を続けるつもりなら……きみは現実の世界に生きなければだめだ」

「このろくで――」

「ジュヌヴィエーヴ、やめなさい。さあ、ふたりとも行きましょう。わたしたちが戻るのを、みんなしびれを切らせて待っているわ」ベサニーが軽い口調で言った。「今日はすばらしい日だったじゃない。もう少し喜んだらどうなの？」

「しばし休戦としよう」ソアが言った。彼の目はジュヌヴィエーヴの目から片時も離れなかった。

「さあ、行きましょう」ベサニーが再び促し、ジュヌヴィエーヴの腕に腕を絡めた。

「わかったわ」ジュヌヴィエーヴはこわばった口調で言った。

　彼女はどうにか二メートルほど歩いてから、くるりと振り返ってソアに指をつきつけた。

「やめなさい。いいわね、やめるのよ」

「やめるって、何を？」ソアが尋ねた。

「わたしを裁くこと、わたしのことで気をもむこと、わたしをつけまわすことを。わたしは正気じゃないから、このプロジェクトから外すべきだと考えることを」

　ソアは両手を腰にあてて首をかしげ、顎に力をこめた。「今、ぼくはきみの後ろを歩いているだけだ。それすら我慢できないというのなら、きみはこのプロジェクトから外れたほうがいい」

「わたしはあなたよりも優秀よ。今日、それを証明したわ」

　ソアは眉をつりあげた。「はっきり言っておくが、あの金貨を発見したのはぼくだよ」

彼は冷静な声で言った。

　ジュヌヴィエーヴは息をのんだ。「あなたって最低の人間ね！　わたしがあなたをあそこへ導いたのよ。わたしにはどこを掘ればいいのかわかった。発見したのはわたしよ」

「くどいようだが、ぼくがあれを拾いあげたんだ」

「哀れな人ね。あなたみたいに名声のある人が、それほど卑しいまねをしてまで手柄を自分のものにしたがるなんて」

「ぼくがあれを拾いあげた。それは否定しがたい事実だ」

「口出しをして悪いけど、ふたりとも肝心な点を忘れているわ。わたしたちはチームとして仕事をしているのよ。だれが金貨を拾いあげたかなんて、そんなに重要なの？」ベサニーがきいた。

〝重要よ。ええ、そう、重要なのよ〟とジュヌヴィエーヴは思った。

「早くみんなのところへ行ったほうがいいわ」ベサニーが続けた。「わたしたちは今日、歴史的な大発見への第一歩を踏みだしたのかもしれないんですもの、みんなと一緒にお酒を飲んでお祝いしましょう。どうしても気がおさまらないというのなら、あとでまたけんかをしたらどう?」

「そうね。このろくでなしとのけんかは、ひとまずお預けにしておくわ」ジュヌヴィエーヴはぴしゃりと言った。

見あげたことに、ソアは口を閉ざしていた。自分にもそれだけの自制心があればいいのに、とジュヌヴィエーヴは思った。

ベサニーがふたりのあいだに割りこんで両方の腕をとり、決然たる足どりで通りを進んでいった。

ジュヌヴィエーヴは早足でバーのなかへ入った。歌手は休憩中で、音響装置からリズミカルな音楽が流れており、フロアはダンスをしているカップルでいっぱいだった。彼女はまっすぐヴィクターのところへ歩いていき、彼をフロアへ引っぱりだした。

「どこへ行っていたんだ?」ヴィクターが尋ねた。

「通りを少し行ったところ」ジュヌヴィエーヴは答え、ヴィクターの腕の下でくるりとまわった。彼のいい点は、幼いころから互いによく知っていて、一緒にうまくダンスを踊れるところだ。今夜、ジュヌヴィエーヴは彼を利用することに少しも後ろめたさを覚えなかった。ヴィクターは知りあったばかりのセクシーな女性にどれほどダンスが上手か見せたいときは、決まってジュヌヴィエーヴをフロアへ引っぱりだしたからだ。今、ヴィクターを相手に激しく体を動かしていると、彼女は鬱積《うっせき》したエネルギーが発散し、怒りがとき放たれていくのを感じて心地よかった。

「今日のきみはいったいどうしたんだ？」ヴィクターがいぶかしげにきいた。「腹を立てたいのはぼくのほうだよ。きみはぼくのパートナーだ。それなのにきみときたら、あの男と組んだとたんに金貨を発見するんだからな」

ジュヌヴィエーヴはヴィクターの腕の下で再びくるりとまわり、また彼と向かいあった。

「わたしだってあなたと潜りたいわ、本当よ」彼女はきっぱりと言った。

「どうしてぼくたちはこれまで何も発見しなかったんだろう？　そうか、わかった。きみは海中で死体にばかり気をとられていたからだ」

「やめなさい、ヴィクター」

彼はにやりとした。「いやなこった！」

「いいこと、ヴィクター……」

「よせよ、ジェン。そうかっかするな」

かっかするな、ですって？　そう、たしかにそのとおり、仕事から外されたくないなら気持ちを静めなければ。わたしは今の仕事から外されたくない。責任者はソアかもしれないけれど、ここはわたしの地元なのだ。わたしはここでの仕事に参加したいし、参加するに値する。

それに、遺物を発見したのはこのわたしなのだ。

「ジェン?」ヴィクターが言って、物思いにふけっているジュヌヴィエーヴを現実へ引き戻した。

「えっ?」

「みんなは次の店へ行こうとしているみたいだよ」

「じゃあ、わたしたちも行きましょう」

まずいことに、次の目的地へ行くにはオードリーの看板の下を通らなければならなかった。ジュヌヴィエーヴは努めて看板を無視し、通りをどんどん進んでいった。彼女はソアの前を歩いているマーシャルに追いついて腕を組んだ。普段と同じようにさりげない口調で彼と話をしようとしたが、自分でもやけにおしゃべりになっているのがわかった。彼女は気持ちを落ち着けようとした。

先ほどのバーで、ジュヌヴィエーヴはビールを一滴も飲まなかった。二軒めのバーへ入った彼女はバーテンダーを呼び、一杯めは自分のおごりだと仲間たちに強調してからビールを注文した。そしてビールが運ばれてくると、自らひとりひとりに配った。ソアにさえも。

ジュヌヴィエーヴはテーブルに座っていたくなかったので、ヴィクターをフロアへ連れだそうとしたが、彼は首を振って断った。なおも誘うと、ヴィクターは疲れているので踊りたくないと言った。

「よかったら、ぼくがお相手しよう」ソアが言って立ちあがった。

「あら、おかまいなく」

「いいよ、遠慮しなくても」

「わたし、だれにもダンスを無理じいしたくないの」ジュヌヴィエーヴは言った。

「嘘《うそ》ばっかり」ヴィクターが口を出した。

ジュヌヴィエーヴは顔を真っ赤にしてフロアへ出ていった。バンドはルンバを演奏していた。彼女は体をどう動かしたらいいのか途方に暮れたが、どうやらソアはどこかでルンバの踊り方を習ったことがあると見え、彼女を巧みにリードした。状況が違っていたら、彼は身長もジュヌヴィエーヴにぴったりだし、最高のパートナーになっていただろう。

「こんなこと、してくれなくていいのに」ジュヌヴィエーヴはささやいた。

「いい音楽だ。店もいいし」

「ここは暮らしやすくて、すばらしい土地なのよ」

「そうだろうな」

「あら、珍しい。あなたは人の言うことをなかなか信じないのに」

「きみがめったに真実を話さないからだよ」

「たぶん、わたしたちはそれぞれ違うものを真実と見なしているんだわ」

「じゃあ、言い換えよう。きみは真実と見なしているものを、ぼくに話そうとさえしないんだね」ソアはなじるように言った。

「あなたは真実を知りたくないのよ」ジュヌヴィエーヴは早口に言って目を伏せた。それから再び視線をあげ、ソアの目を見て続けた。「それに、あなただって真実を話すのが得意ではなさそうじゃない」

ソアはわずかに身を引いてジュヌヴィエーヴを見つめ、唇をゆがめた。「ほう?」

「あの金貨を発見したのはわたしよ。あなたは賭《かけ》に負けたのに、船を手放したくないものだから、自分が信じたいことだけを信じているんだわ」

彼は笑った。「発見したのはぼくだ。それなのに、きみはセックスをするのがいやだから、自分の信じたいことだけを信じている」

ジュヌヴィエーヴは耳の付け根まで真っ赤になった。「そんなこと、重要ではないわ」

「ぼくにとっては重要かもしれないよ」ソアはまた笑った。「いいとも。この件については引き分けとしよう」

彼女は眉をつりあげた。「わたしが勝ったから?」

「ぼくが勝ったからさ」

ジュヌヴィエーヴは首を振った。「いいこと――」

「引き分けだ」ソアが断固たる口調で言った。

なぜかわからないが、ジュヌヴィエーヴは心底ほっとした。ソアの船を奪いたくないのはたしかだった。

それにセックスをするのもいやだ……本当に？　ええ、ソアとなんて絶対にいやよ！

〝どうして？〟頭のなかの声が、ジュヌヴィエーヴをいたぶった。

なぜなら、彼はどうしようもない愚か者だから。そして見下すような態度でわたしに接するから。

とはいえ……セックス、セックスだけなら……ソアは見るからにすばらしい体をしている。ふれただけで気持ちが高ぶりそうなほど……。

「引き分け、ね」ジュヌヴィエーヴはどうにか言った。「よく言うわ。あなたはわたしをプロジェクトから外そうとしているくせに」

「ジュヌヴィエーヴ、ぼくは心配なんだ。たしかにきみはすごく優秀なダイバーだと思う。でも……あまり調子がよくなさそうだ」

「心配してもらう必要などないわ。子供じゃないんだから。長いことひとりで生きてきたのよ」

「そうなのかい？」

ジュヌヴィエーヴはソアの腕の下でくるりとまわった。「両親はわたしが十九歳のときに交通事故で死んだわ。わたしはひとりっ子なの」彼女は説明した。

「お気の毒に」

「もう何年も前の話よ」

「不幸なことや痛ましいことは、いくら年月がたっても忘れられないものだよ」

「でも、人はつらい思いに耐えて生きていくすべを学ぶものでしょう」

突然ジュヌヴィエーヴは、音楽がやんでふたりともダンスをやめたのに、まだ自分がソアにもたれていることに気づいた。

ジュヌヴィエーヴは後ろへさがった。「休戦にしましょう。でも、お願い、あとをつけたり、わたしの心配をしたりするのはやめてちょうだい。わたしが何かとんでもないことをしでかしたら話は別だけど、そんなことはしないわ。誓ってもいい、わたしは礼儀正しく振る舞うし、プロのダイバーとしてまじめに働くから」

「ぼくたちが仕事をしているあいだは、かい?」ソアが言った。

その質問の意味がジュヌヴィエーヴはよくわからなかった。「もちろん、わたしたちが仕事をしているあいだは」彼女はとにかくうなずいて言った。

ふたりはテーブルへ戻り、ジュヌヴィエーヴはアレックスとヴィクターのあいだの席に座った。向かい側の席からベサニーがにこやかにほほえみかけた。

「あなたたちが踊っている姿はとてもすてきだったわ」

「おい！」ヴィクターが抗議した。「ジェンはぼくと踊ってもすてきに見えるよ」

「でも、ふたりはけっこう仲がよさそうに見えたじゃない」ベサニーは言った。

「きみたちは仲がよくないのか？」アレックスがきいた。

ジュヌヴィエーヴはビールをごくりと飲んだ。「わたしたちは仲よくやっているわ」彼女はベサニーをにらんで言った。

「もちろんよ」ベサニーが言った。

「もちろんだ」ジャックがおうむ返しに言って、ビールを掲げた。「われわれみんなに乾杯だ。幸せなわれら大家族に」

テーブルを囲んでいる全員が乾杯をした。そのうちにジュヌヴィエーヴは緊張がほぐれて気持ちがよくなり、ジャックやマーシャルを相手に踊った。リジーとザックもフロアへ出ていった。

やがて、ついにマーシャルが宣言した。「よし、これでお開きにしよう。明日は仕事だ」

帰りは、来たときよりも通りの人影がまばらだった。そのころには、ジュヌヴィエーヴは靴を両方とも脱ぎ捨てていた。コテージへ続く浜辺まで来ると、ひんやりした砂が素足に心地よかった。

美しい夜だった。昼間の暑さはやわらいで、雨の気配はまったくなく、海からは穏やかな微風が吹いている。

「おやすみ。明日の朝は八時きっかりに集合だぞ」マーシャルが大声で言った。

「八時だって？」ヴィクターがぼやいた。「まさか、また歴史の講義があるんじゃないだろうな」

「いいや。だが、船がどのように分断されたかをコンピューターで計算してプリントアウトしたものが届くから、それを見る予定だ」ソアが言った。

アレックスがうめき声をあげた。「ぼくたちが何百回となく沈没船の捜索に携わったことを、あいつらは知らないのか？」

「文句を言うな」マーシャルが言った。「見ておけば、いずれ役に立つかもしれないぞ」

「はいはい」ヴィクターはそう言うと、手を振って歩み去った。ほかのみんなも同じように手を振って別れていった。ジュヌヴィエーヴは自分のコテージ目指して足を速めた。

突然、彼女は一刻も早くなかへ入りたくなった。

砂浜にひとりでとり残される前に。

だが、コテージに入ってもまったく安心できなかった。寝るのが怖かった。

ここは自分のコテージで、ほかにはだれもいないのだから、好きなようにしていい。そこでジュヌヴィエーヴはすべての明かりとテレビをつけ、気持ちを奮い立たせて歯を磨き、顔を洗って、ベッドへ入る準備をした。

ふと、ひと晩じゅう明かりがついていることにだれかが気づいたら不審に思うかもしれないと考えたが、気にしないことにした。それから、ベサニーに電話をかけて今夜は一緒に過ごそうと頼もうかとも思ったが、本当にパニックに陥っているのならともかく、ベサニーに迷惑はかけたくなかった。わたしはパニックに陥ってなどいない。少なくとも今のところは。

ＳＦ専門のチャンネルでいい映画をやっていた。ジュヌヴィエーヴは異星人の存在を信じていないので、よその星から来た生物に地球が乗っとられる場面を見ても怖くはなかった。しかし、いつしか寝入って目が覚めたら幽霊の映画をやっていたときに備えて、リモコンは手から離さなかった。

どうか朝までぐっすり眠れますように、とジュヌヴィエーヴは祈った。今の仕事でだれにも文句をつけられない優秀なダイバーぶりを発揮するには、たっぷり寝ておく必要がある。

「それはひどすぎるんじゃないか」アレックスがビール瓶を両手で挟んで言った。アレックス、ジャック、ヴィクターの三人は、最後にもう一杯やろうとティキ・バーへ来たのだった。時刻はまだ十一時にもなっていない。今夜はバーをはしごして大いに飲み騒ぐ予定だったのに、だれひとりとしてビールを三本以上は飲まなかった。

すばらしい夜だった。さわやかな風が吹いていて、蚊は一匹もいない。ティキ・バーの外のテーブルは涼しくて気持ちがよかった。客は彼ら三人だけだ。

ジャックは頭がどうかしたのかと言わんばかりにヴィクターを見つめていた。「何をやりたいって?」彼は尋ねた。

「いいかい」ヴィクターはいたずらっぽく目を光らせて身を乗りだした。「ジェンは何かを見たと思いこんでいる。そこである仕掛けをして彼女をちょっぴり怖がらせてから、それが本物ではないことを気づかせて、みんなで大笑いしようって寸法だ。そうすれば彼女だって、緊張がほぐれて楽になるだろう。ちっともひどくはないよ」

アレックスが首を振った。「ヴィクター、見え透いた嘘をつくな。きみは単に彼女を怖がらせたいんだろう。事実を直視しろ。きみは子供のころからジェンが好きだった。その彼女がソアに興味を持ち始めたものだから、きみはいらだっているんだ」

ヴィクターは顔をしかめて椅子に深く座りなおした。「ばかばかしい。ジェンはぼくの親友だぞ。ぼくも彼女も友情を壊すようなまねは断じてしない。それに彼女はソアを嫌っている。見ていてわからないか? おっと待った。今言ったことをほかでしゃべらないでくれよ、ジャック。あんたが彼のチームの一員だということを、つい忘れてしまっていた」

ジャックが眉をつりあげた。「おまえさんたちはまだ聞いていないのか? おれたちはもう別々のチームじゃないんだぜ。ひとつのチームになったんだ。幸せな大家族に。でも、ひとつ教えておいてやろう、ヴィクター。われわれの前で繰り広げられているのは憎悪劇なんかじゃないぞ」

「じゃあ、なんだ？」

「熱い恋愛劇さ」ジャックはそう言ってにやりとした。「嘘じゃない。あのふたりのあいだで何かが起きている」

「彼はジェンを正気じゃないと考えているんだぞ」ヴィクターがきっぱり言った。

「だったらきくが、おまえさんは正気には見えない女と寝たいと思ったことはないのか？」ジャックが尋ねた。「あれほどセクシーで美しい女に出会ったら、たとえ頭がどうかしているように見えようと、男ならだれでもベッドをともにしたいと思うものさ」

「ジェンは彼を嫌っている。ものすごく」ヴィクターは断言した。「それに彼女はそう簡単に男と寝たりはしない」

「きみの言うことを聞いていると」アレックスが笑って言った。「妹を気づかっている兄貴みたいだ。そのきみが彼女をかつごうというのかい？」

「やるのか、やらないのか？」ヴィクターがアレックスにきいた。

「いったい何をしようというんだ？」ジャックがきいた。

「たいしたことじゃないよ。朝、ジェンが起きたら目につくように、彼女のコテージのポーチに金髪のマネキンを置いておくんだ」ヴィクターは言った。「最初は驚いても、マネキンだと気づいたらジェンはきっと大笑いする。それでこの数日間の恐怖なんか、どこかへ吹っ飛んでしまうだろうよ」

「こんな夜中にどこでマネキンを手に入れるんだ？　どこかあてでもあるのか？」ジャックがきいた。

「ぼくはここの生まれだよ。デュヴァル通りにある店の店主の半数は、ぼくの知りあいだ」ヴィクターはにやりとして言った。

ジュヌヴィエーヴがようやく眠りに落ちたのは、異星人たちが繭のなかで進化しおえたあたりだった。

いつ安らかな眠りが終わって夢が始まったのか、まったくわからなかった。彼女には暗《くら》闇《やみ》しか見えなかった。

やがて、その暗闇からあの女性が現れた。

女性は決然たる足どりで近づいてくる。夢のなかで、ジュヌヴィエーヴはうめき声を漏らした。

〝あっちへ行って〟彼女は懇願した。

女性は白い雲をまとっていた。ふわふわとなびいている、美しいネグリジェのような雲だ。彼女が歩くにつれて長い金髪がなびく。まるで、絶えず潮の流れや陸から吹き寄せる微風を受けているかのようだ。大きな目は悲しみに満ちていた。

〝気をつけなさい……〟女性が口を動かした。

〝あっちへ行ってちょうだい！　ああ、お願い、あっちへ行って。わたしにはあなたを助けられない。どうすればいいかわからないのよ。なぜわたしを苦しめるの？〟ジュヌヴィエーヴは声なき声で懇願した。

〝気をつけなさい……〟

〝何に気をつけろというの？〟

返事はなかった。ジュヌヴィエーヴは小さな物音で眠りから起こされた。その音は、彼女を悪夢から呼び覚ますほどの現実味を帯びていた。

夢の世界から引き戻されたジュヌヴィエーヴは、ベッドに横たわったまま目をしばたたいた。明かりは寝る前と同じく、ついたままになっている。テレビの画面では、宇宙船が星々のあいだを矢のように飛んでいた。彼女はまばたきして周囲を見まわした。何も変わったところは見あたらない。わたしを目覚めさせたあの物音はなんだろう？

彼女はベッドの上で向きを変えてテーブルの上の時計を見た。五時半。起きるのに早すぎる時刻ではない。

ジュヌヴィエーヴはベッドの反対側から這《は》いでてバスルームへ向かった。また髪に海草が絡まっているのではないかと思うと、鏡をのぞくのが怖かった。けれども映った姿は、髪が乱れている以外に変わったところはない。安堵《あんど》の吐息をついた彼女は洗面台の上へ身をかがめて歯を磨き、顔を洗った。タオルをとって顔をふき、ためらってから再び恐る恐る鏡をのぞいた。自分の顔の横に別の顔が映っているかもしれないと思ったのだ。

しかし、何も映っていなかった。ジュヌヴィエーヴはキッチンへ行ってコーヒーメーカーをセットしながら、どうして目が覚めたのだろうと首をひねった。コーヒーができるまでの時間を利用してバスルームへ戻り、水着を着て、その上にタオル地の上着を羽織った。コーヒーができあがった。

戸外では、朝の到来を告げるピンクと黄色の筋が空を美しく彩り始めている。天候を確かめようと、ジュヌヴィエーヴは玄関のドアを開けて外へ出た。

そして、すさまじい恐怖に襲われた。

ジュヌヴィエーヴが見ているのは顔だった。彼女と同じくらいの背丈をした女の顔だ。口から悲鳴がほとばしりそうになった。

だが、ジュヌヴィエーヴはなんとかこらえた。やがて恐怖に代わって怒りがわきあがり、彼女は歯ぎしりした。

金髪のかつらがわずかにずれて、一部が耳にかぶさっている。マネキンは奇妙な角度に設置され、いくらでも自由に関節を曲げられるかのように一方の腕を高く掲げていた。

「許せない」ジュヌヴィエーヴはつぶやいた。それから犯人たちが彼女の反応を見るためにまだ近くにひそんでいるかもしれないと考えて、もう一度大声で言った。おそらく彼らはいたずら好きの若者のようにどこかに隠れ、ジュヌヴィエーヴが悲鳴をあげるのを待っているのだろう。

ジュヌヴィエーヴは悪態をつき、マネキンをポーチの端へ引きずっていった。

「これが壊れて、あなたたちはこれを借りた人から大金を請求されればいいんだわ」ジュヌヴィエーヴはさらに大声で言った。「ねえ、そこにいるんでしょう?」彼女は叫んだ。

「最高よ、本当に、おかしいったらないわ」

ジュヌヴィエーヴは緊張と怒りに体をこわばらせてしばらくそこに立っていたが、やがてヴィクターと彼の共犯者たちに、この悪ふざけの代償を払わせてやろうと決意した。首謀者はヴィクターに間違いない。彼女はマネキンをポーチからおろして砂の上を引きずっていき、海のなかへ捨てた。そして手の汚れを払い、コテージへ戻った。彼女の反応を見ようと隠れている者がだれもいないようなのが腹立たしい。マネキンが捨てられることに気づいたヴィクターが慌てて飛びだしてくるのを期待していたのに。

コテージのなかへ入ったジュヌヴィエーヴは満足感に浸ってカップにコーヒーを注《つ》ぎ、それを持って朝のニュースを見ようとベッドルームへ戻った。

ベッドに近づいた彼女は、底知れぬ不安が心のなかに忍びこんでくるのを感じて立ちどまった。

素足が踏んでいるベッドのわきのラグを見おろす。

ラグはびしょ濡《ぬ》れだった。すさまじい寒けが体を貫き、ジュヌヴィエーヴは目を閉じた。〝うろたえてはだめ〟と自分に言い聞かせる。〝あの愚かな連中のだれかが、ここへも入ったんだわ。それだけのことよ〟

いいえ。彼らはわたしの夢について知らない。わたしが、歩きまわっている死んだ女を見たり、彼女の警告を聞いたりしていることを、彼らが知っているはずはない。

〝気をつけなさい〟

ジュヌヴィエーヴはうめき声をあげ、ぐったりとベッドに座った。

怒鳴り声や血も凍るような悲鳴が聞こえたのは、そのときだった。ジュヌヴィエーヴはコーヒーのカップを握りしめて外へ走りでた。

隣のコテージからソアも出てきた。

彼は眉間《みけん》に深いしわを寄せて、波打ち際のほうを見ている。

「何かあったのかしら？」ジュヌヴィエーヴはつぶやいた。

ソアの向こうに、波打ち際に集まっている人々が映った。彼らは何かの周囲をうろうろしながら騒いでいるが、それが何なのかジュヌヴィエーヴには見えなかった。

彼女の気持ちは沈んだ。波打ち際にベサニーがいた。それからマーシャルと、このリゾート地の所有者であるバートも。さらにリジーとザックもいて、気味が悪そうに何かを見おろしている。

「警察に電話しろ！」マーシャルの怒鳴り声が聞こえた。

「なんですって……」ジュヌヴィエーヴは言った。

「死体だ」ソアは彼女のほうをちらりとも見ずに、波打ち際へ目を向けたまま言った。「死体を見つけたんだ」

「まあ、そんな！　いいえ、本物の死体じゃないわ。だれかがマネキンを使って、わたしにいたずらをしたのよ。そのマネキンをわたしが海のなかへ捨てたの」

ソアはジュヌヴィエーヴを見て、眉間のしわをいっそう深くした。

「いいや。あれは死体だ」

「違うったら！」

口をきく前にジュヌヴィエーヴが正気でないことに気づくべきだったと言わんばかりに、ソアは首を振った。それから、波打ち際にいる一団のほうへ駆けだした。

ジュヌヴィエーヴはコーヒーのカップをポーチの手すりに置くと、ソアを追って走りだした。それはわたしに仕掛けられた、たちの悪い冗談なのよ、と教えてあげるつもりだった。

「ねえ、だからそれは――」ジュヌヴィエーヴはベサニーの横をすり抜けながら言いかけた。

けれどもその瞬間、彼女はそれを見た。

波打ち際に横たわっているのはマネキンではなかった。その上を小さな蟹《かに》が何匹も這いまわり、海草が絡まっている。

それは女の死体だった。

死斑《しはん》が浮きでて灰色になり……ところどころかじられている。死体は仰向けに横たわり、見えない目をコテージのほうへ向けていた。

6

それからの数時間は、浜辺で発見された死体の話題で持ちきりだった。みんなは震えあがり、悲しみ……そしてほっとした。被害者が知らない女だったからだ。その女性は死ぬことによってみんなの生活へ入りこんできたが、だれも生前の彼女を知らなかった。

午前十時までに死体は運び去られた。昨日、金貨を発見して仕事への意欲をかきたてられたばかりなのに、今日の作業は中止になった。死体が発見された以上、あとは警察の仕事だ。警察のだれひとり、その女を知らなかったし、いまだに彼女が何者なのか判明していない。それでも刑事や科学捜査班が浜辺や埠頭《ふとう》周辺をしらみつぶしに調べているし、至るところに立入禁止の黄色いテープが張られて、警官が好奇心旺盛《おうせい》な観光客や地元の野次馬たちを遠ざけておこうと奮闘している。あたりがこうも騒然としていては、たとえ作業を行っても仕事に身が入らない。

数時間が過ぎた。ジェイや彼の同僚の警官に話をするよう求められたとき以外、だれもティキ・バーを離れようとしなかった。

ジェイといちばん長く話したのは死体を最初に発見したジャックで、ほかの者たちも知っている限りのことを話したものの、実際のところ、話すべきことはないに等しかった。死体は少なくとも数日のあいだ海のなかにあったようで、そのあと浜辺へ打ちあげられたものらしい。どこで海へ入ったのかは、今のところわかっていない。これから数日かけて科学捜査班や検死官が手がかりを分析したり、死体を解剖したり、潮流や潮の満ち引きを検討したりして、どこで海に入れば発見場所の浜辺へ流れ着くのか結論を出そうとするだろう。

すでに死体の顔写真をもとにして、コンピューターによる生前の顔の復元画がつくられていた。夕方のニュースでその顔が映しだされるはずだ。キーウェストだけでなくフロリダ州全域に、さらには必要とあれば国じゅうに。運がよければ、すぐにでも女性の身元は判明するに違いない。

警察はまだなんの発表もしていないが、ソアはその女性がどんな運命をたどったのかわかる気がした。足首にできていた無残な傷跡は、重しを結わえつけられて海へほうりこまれたことを示している。それが生きているうちなのか、死んだあとなのかは、わからないが。検死官なら、その疑問に答えを出せるだろう。

「やれやれ、おれたちみんな、きみが幻を見ているとばかり思っていたんだものな」突然、ジャックがジュヌヴィエーヴを見て言った。

物思いにふけっていたジュヌヴィエーヴは、ジャックに話しかけられてはっとした。

「なんですって？」

「ほら、きみは海のなかで女を見たと言ったじゃないか。実際、海のなかに女がいたんだ」ジャックが言った。

ソアは最初、ジュヌヴィエーヴがうなずくだろうと思った。もちろん、喜んでうなずくのではない。こんな状況をだれが喜べるだろう？　しかし、少なくとも自分の頭は正常だったと知って、彼女はうれしがるのではないだろうか？

ところがジュヌヴィエーヴは、ジャックを見つめ返しただけだった。

「全員できみのいた付近を捜したのに、どういうわけかあの死体を発見できなかったな」ジャックが言った。

「珊瑚《さんご》か何かに引っかかっていたのかもしれないよ」ヴィクターが言った。「どうしてかはわからないけど」彼はどことなく不機嫌そうに見えた。

ジュヌヴィエーヴは何も言わず、いまだに警察や野次馬が右往左往している浜辺のほうを振り返った。まだ立入禁止のテープが張られているのは、死体が打ちあげられていた地点の周囲だけだった。

「びっくりしたわ」リジーがつぶやいた。

ジュヌヴィエーヴは仲間たちのほうへ注意を戻した。「あのマネキンはどうなったのかしら?」彼女はヴィクターを見て言った。

ヴィクターは真っ赤になり、やがて顔をしかめた。「ぼくたちの計画をだれに聞いたんだい?」彼はジュヌヴィエーヴに尋ね、非難するようにジャックをにらんだ。

「おいおい！　おれはひとこともしゃべってないぜ」ジャックは抗議して、大きなどくろのイヤリングを直した。「あの計画は中止することにしたんだろう」

「そうだよ」アレックスが言った。

「だったら、どうしてきみはぼくたちがたくらんでいたことを知っているんだ?」ヴィクターがきいた。彼らの会話を聞いているうちに、ソアはだんだん落ち着かなくなってきた。するとと、哀れな女の死体が浜辺に横たわっていたときに、ジュヌヴィエーヴがマネキンのことをしきりに口走っていたのはそういうことだったのだ。

ジュヌヴィエーヴがヴィクターを見て首を振った。「あなたって最低ね、ヴィクター！　今朝起きて外へ出たら、ポーチにマネキンがあったのよ。わたしが出てくるのを待っていたみたいにドアの前にあった。海のなかへ投げ捨ててやったわ」彼女は見るからに不愉快そうだった。

「それが本物の死体になったのね」ベサニーがささやいた。

「いやはや、なんてこった」マーシャルがうめくように言った。「みんな、いったいどうしたっていうんだ?　ヴィクター、きみはジュヌヴィエーヴのコテージのポーチにマネキンを置いたのか？」

「誓ってもいい、そんなことはしていないよ」ヴィクターが反論した。

「あら、そう？　たしかにマネキンがあったのよ」ジュヌヴィエーヴがきっぱりと言った。

「ぼくがやったんじゃない」ヴィクターがジュヌヴィエーヴを見て抗議した。「アレックスがそんなことをするのはひどすぎると言ったから、やめたんだ。ぼくはそれできみを驚かせたあとに笑わせて、今回の一件から立ちなおってもらおうと考えたんだけどね」

「ふうん、なるほど。彼女に立ちなおってもらおう、か」ザックが言い、妻に向かって苦笑しながらその手を握りしめた。「それにしても奇妙じゃないか？　ジュヌヴィエーヴが海のなかで女を見て、そして今度は……」

「よしてくれ」ヴィクターが首を振って言った。「ぼくもジェンと一緒に潜ったのに、女なんか見なかったぞ」

「ぼくたち全員が海へ潜ったが、だれひとり、その……女を見つけられなかったんだよな」アレックスが言った。

「わたしだって何も見なかったわ」ベサニーが同意した。

「海は不思議な場所だもの」リジーが指摘した。「海は驚くべきことができる。いろんな秘密を隠しておけるのよ。だけど、わたしたち、あの女性を発見できてもよかったはずだわ」

「警察の潜水士たちだって潜ったんだからな」ザックがあとを継いだ。「実際のところ、われわれがいくら知っていると思いこんでいても、海は広大で、珊瑚は人の目をあざむく……ものを隠してしまうんだ。いいかい、われわれは二百年近く、だれの目にもとまらなかった船を捜しているんだぜ」

「そのとおりだ」ジャックがジュヌヴィエーヴを見て続けた。「おれたちみんな、きみにつらい思いをさせてしまったな」

ジュヌヴィエーヴがジャックにちらりとほほえんでみせた。「みんな、悪いけど、わたしは失礼させてもらうわ。わたしたちが午前中ずっと避けていた記者たちが、こちらへ戻ってくるみたい。早くここを逃げださないと。今日一日お休みをもらえるのなら、片づけておきたい用事があるの」

彼女は自分のコテージへ向かって歩きだした。ソアも急いで立ちあがる。「ぼくも今日のうちに用事を片づけておこう」

マーシャルがうめき声をあげて頭をかいた。いらだっている証拠だ。「休みにしたのは間違いだったかもしれない。海へ仕事に出たほうがいいかもしれんな」

「今日はシェリダンの講義を受けることになっていたんじゃなかったっけ?」アレックスがにやにやして尋ねた。「船について。それと、船が海中でどのように分断されるかについて。ぼくたちはまるで二歳児みたいに扱われているよな」

「マネキンを盗んできてジュヌヴィエーヴのポーチへ置いておくつもりだったのなら、きみたちは二歳児同然だぞ！」マーシャルがしかった。

「そんなことはしていないったら！」ヴィクターが抗議した。

「ソア、これからでも海へ出たほうがいいと思わないか？　シェリダンは警察の車が何台もあそこにとまっているのを見て講義をとりやめたが、この時間ならまだ潜ることはできる」マーシャルは言った。

「だめだよ！」アレックスが反論した。「いったん休みにすると言っておきながら、仕事をさせるなんて」

「そうだな、きみの言うとおりだ」マーシャルはしぶしぶ認めた。「仕事を再開するのは月曜日でもかまわないだろう」彼は言った。「たぶん」

「じゃあ、月曜日に」そう言って、ソアは彼らと別れた。ジュヌヴィエーヴはまだコテージを出ていないと確信し、自分のコテージへ戻る。シャワーを浴びたり服を着替えたりするのと、ジュヌヴィエーヴのコテージを見張るのとを同時にはできないが、さっとシャワーを浴びるあいだコテージから目を離していても問題はないだろう。

　なんということだ。ぼくはジュヌヴィエーヴをつけまわしている。とり憑《つ》かれ始めている。なぜだ？

　とりあえずの理由は、とソアは自分で自分の質問に答えた。ジュヌヴィエーヴが海のなかで見た女と浜辺に打ちあげられた死体とをジャックが関連づけて、ジュヌヴィエーヴは正しかったことを証明したように思えたとき、彼女があまりにも奇妙な態度を示したからだ。

ソアは服を着てリビングルームに立ち、窓の外へ目をやった。

やれやれ、ぼくはただジュヌヴィエーヴをつけまわしているだけでなく、卑しいストーカーになり始めている。

ジュヌヴィエーヴがコテージから出てきた。小麦色の肌や輝かしい赤褐色のふさふさした髪によく似合う淡い黄色のホールタードレスを着ている。彼女はリゾート地の外へ向かって歩きだした。

ソアは歯をくいしばってためらったあと、あとをつけ始めた。

ほかの人たちはひとり、またひとりと去っていった。ヴィクターは自分のほかにベサニーしか残っていないことに気づいて顔をしかめた。それにしても、あの立ち去り方はジュヌヴィエーヴらしくなかった。いつもの彼女なら、みんなにどんな予定があるか尋ねたり、自分の予定を説明して一緒にどうかと誘ったりするのに。

今日はなんだか気味の悪い日だ、とヴィクターは思った。

ついに彼は立ちあがって自分のコテージへ戻った。

なかへ入ったところで、玄関のすぐ内側の床が湿っている気がして立ちどまった。濡《ぬ》れた跡がついたてを迂回《うかい》してベッドルームへ続いている。ヴィクターはその跡をたどった。ベッドを見た彼は悲鳴をあげそうになった。そして、あやういところで悲鳴をのみこんだ。

ベッドの上にずぶ濡れのマネキンが横たわっていた。

青く塗られた視力のない目がヴィクターを見あげている。濡れたぼさぼさの金髪のかつらが斜めにずれており、プラスチックの両腕が助けを求めるかのように彼のほうへのばされていた。

これはいったい……。

ヴィクターの胸に言いようのない恐怖心がこみあげてきた。こんなものがコテージにあるところを見つかったら……よりによって浜辺で本物の女の死体が見つかったときに……くそっ！

こいつをどこかへ処分しなくてはいけない。できるだけ早く。

どうやって？　だれにも見とがめられずに処分するにはどうすればいい？

そもそも、だれがどうやってこんなものをぼくのコテージへ持ってきたのだろう、とヴィクターは首をひねった。

運びこんだのはだれだ？

そして、なんのために？

ジュヌヴィエーヴはデュヴァル通りを南へ進んでいく。

彼女は何かに気をとられて周囲に注意を払っていないようだったので、あとをつけるのは難しくなかった。ジュヌヴィエーヴは通りしなに何人かの店主と挨拶《あいさつ》を交わしたが、品物を見るために足をとめることはなかった。〈ラ・コンチャ・ホテル〉で、彼女は〈スターバックス〉に立ち寄った。ソアは近寄らずに建物の壁に寄りかかって待った。

「ここは幽霊が出るんですって」女の声がした。つばの広い日よけ帽をかぶった女性で、黒いサングラスをかけ、手にガイドブックを持っている。「ハーブ、幽霊が出るのよ。町でいちばん高いビルで、これまでに何人も屋上から飛びおりたらしいわ」

「ほう、そうか、幽霊が出るんだな。チェックインできるだろうか？」ハーブと呼ばれた男が尋ねた。彼はふたつの大きなスーツケースを紐《ひも》で引きずり、重そうなバックパックを背負っていた。彼はソアにほほえみかけた。人のいい男らしい。

「まあ、ハーブ、ごめんなさい」妻に言われてハーブは肩をすくめたが、相変わらず愉快そうな顔をしていた。ふたりはまるで生まれたときから一緒だったように見える。幸せな結婚生活を送ってきたのだろう。ソアまであたたかい気分になった。

ソアがハーブに親指をあげて合図すると、ハーブはにっこりして先へ進んでいった。

ジュヌヴィエーヴがコーヒーの入った紙コップを持って出てきて、再び南へ向かって歩きだした。ソアはあとをつけた。

ほんの数ブロック進んだところで、ジュヌヴィエーヴが急に横へ折れた。ソアも続いた。その道路の両側には古い家並みが続いていて、どの家もきれいに手入れがされていた。〝貸し部屋あり〟の広告を貼《は》りだしている家もあれば、朝食つきの小さなホテル《B&B》であることを示す看板を掲げている家もある。ある家などは大胆にも〝キーウェストで最高のB&B〟と表示していた。ジュヌヴィエーヴはさらに進んでから一軒の家へと続く私道に入った。ステップを三段あがったところに立派なポーチがあって、玄関ドアの上半分には美しいカットグラスの窓がついていた。

彼女はポケットから鍵束《かぎたば》を出してドアを開け、なかへ入って、ドアが自然に閉まるのに任せた。

ソアは道路に立ってしばらくその家を観察してから、ゆっくりと近づいていった。驚くほど見事な古典様式復古調の邸宅だ。二階建てで、屋根裏はアーチ形になっており、一階にも二階にも建物をぐるりと囲むベランダがついていて、手すりにはヴィクトリア朝様式の凝った装飾が施されている。おそらくジュヌヴィエーヴが丹精こめて手入れをしているのだろう、壁のペンキは新しく塗られ、芝生はきれいに刈られて、どこにも欠点らしきものは見あたらない。彼が足をとめて眺めていると、驚いたことにドアがぱっと開いた。

ジュヌヴィエーヴがポーチへ出てきて両手を腰にあて、ソアをにらみつけた。まいったな。これでぼくはただのストーカーではなくなった。現場を押さえられたストーカーだ。

「いつまでもそこに立って家を眺めているつもり？　それともなかへ入りたいの？」ジュヌヴィエーヴがきいた。

「いや、その……」

「わかっているわ。あなたはキーウェストを見物していただけなんでしょう？」ジュヌヴィエーヴは皮肉たっぷりに言った。

ソアは首を振った。「いいや。きみのあとをつけていたんだ」

「どうして？」

「心配だったからさ」

ジュヌヴィエーヴは両手をあげた。「なぜ？　わたしは正気を失ってなどいないのよ。実際に海のなかに死体があったんですもの」

「心配だったんだ」ソアは繰り返したあとで正直につけ加えた。「きみの反応が奇妙だったから」

「わたしたちはみな人間的な感情を持っているわ。ああいうものに接したら……だれだって恐ろしいと思うのは当然よ。これまでに幾度となく捜索や回収任務に携わっていても、あるいは無残な状態に変わりはてた死体を数多く見てきても、そんなことは関係ない。ああいうものを前にしたら、やっぱりぞっとするわ」

「ああ、もちろんだ。ただ……きみがずいぶん混乱しているように見えて……いや、気にしないでくれ。きみの言うとおりだ。あれは悲惨な発見だった」

ジュヌヴィエーヴは長いあいだソアを見つめていたあとで肩をすくめた。「家のなかを見たい？　もっとも、あなたは建築物や古い建物にたいして興味があるようには見えないけど」

ソアはほほえみ、ジュヌヴィエーヴについて家のなかへ入った。「残念ながら、それはきみの思い違いだよ。ぼくは歴史が好きなんだ。この家はキーウェストでもっとも古い建物のひとつに違いない」

「いいえ、そんなに古くないわ。いちばん古い建物は、現在は博物館になっているの。〈難破船博物館〉よ。この家が建てられたのは一八五八年。何代も前の先祖が建てたの。彼は沈没船引きあげの仕事をしていたのよ」ジュヌヴィエーヴはにっこりした。「南北戦争の嵐《あらし》が吹き荒れたとき、彼はこの屋敷も財産もすべて失うところだったらしいわ。テイラー要塞《ようさい》は北部連邦軍の手に落ちたけど、ほとんどの人は南部連合国の支持者だった。先祖のウォレスは封鎖破りの密輸をすることで祖国にもっとも貢献できると考えたのね。結局、彼はザカリー・テイラー要塞に駐屯していた北部連邦軍所属の友人につかまった。幸い、その友人もちょっとした起業家精神の持ち主だったので、収益を折半することで見逃してくれたの。おかげでウォレスは絞首刑を免れ、こうして今もわたしにこの家が残されているというわけ」

ソアは客間を見まわした。屋敷は典型的な南部の造りになっていて、玄関からまっすぐ建物の裏手へ廊下が通じており、空気が循環して部屋を涼しく保つようにできている。玄関ホールと客間が建物の前半分を占め、客間の窓の下にはアンティークのソファが置かれて、その近くに小型のアップライトピアノがあり、さらに暖炉の前のラグの上には安楽椅子が何脚かあった。廊下の左手の階段は二階へ続いている。

「一階のここは」ジュヌヴィエーヴが廊下を進みながら説明を続けた。「書斎になっているの。その昔、先祖たちが沈没船引きあげの事業をしていたときは、オフィスとして使っていたみたい。そしてここがキッチン。もともとここは一階のベッドルームで、キッチンは外にあったんですって。一八〇〇年代の終わりにキッチンは焼け落ちたけど、裏手に今も離れが残っているわ。祖母がそれを鳥小屋につくりなおさせたの」

ジュヌヴィエーヴは過剰に饒舌《じょうぜつ》になっている、とソアは察した。よどみなく愛想のいいしゃべり方をしてはいるが、神経質になっているようだ。

「こんなことを言ったら失礼かもしれないが」ソアは歩きながら言った。「この家は今なら大変な値段で売れるだろうね」

「ええ、そうよ」ジュヌヴィエーヴは認めた。

「この家を賭《か》けるようにぼくが言わなくてよかったと思っているんじゃないか？」ソアはきいた。

ジュヌヴィエーヴは目を伏せ、口もとにちらりと笑みを浮かべた。「わかっているでしょう、あの賭《かけ》に勝ったのはわたしなのよ」軽い口調で言う。「それにわたしはもう〈ザ・シーカー〉に乗ったから知っているけど、あの船だって大変な値段で売れるんじゃないかしら」彼女は向きを変えて階段のほうへ戻っていった。「上には部屋が四つと屋根裏部屋がひとつあるの。この島には、これよりもはるかに大きな家がたくさんあるわ。〈アーティスト・ハウス〉へ行ったことがある？　今はすごく贅沢《ぜいたく》なB&Bになっているのよ。そこにかつて、キーウェストでは有名な気味の悪い人形、ロバートが住んでいたの。その人形の所有者に起こる不幸な出来事はすべてロバートのせいにされたし、今だってキーウェストで起こる災厄はすべてロバートのせいにされている。今、ロバートは〈イースト・マルテロ博物館〉に展示されていて、観光客のフィルムを使い物にならなくしていると言われているわ」

ふたりは階段のてっぺんに着いた。

「ここがわたしのオフィスよ」ジュヌヴィエーヴは半開きになっていたドアを大きく押し開けた。窓に白いカーテンがかかっていて、年代物の机がコンピューターデスクとして使われていた。壁にたくさんの写真が飾ってある。どれが幼いジュヌヴィエーヴと両親の写真なのかは尋ねるまでもなかった。彼女の両親も背が高く、母親は娘と同じようにふさふさした赤褐色の髪をしていた。

「おや、あれはジャックだな」ソアはシュノーケルをつけた子供たちが年上の男を囲んで立っている写真を見て言った。

「ええ、ジャックよ。十五年ほど前にとった写真。彼はすばらしかったわ。特別の野外授業があると、PTAはいつも彼を雇いたがった。わたしたちは彼を本物の海賊だと信じていたの。彼はいろんな物語を話してくれたわ」

ソアは別の一枚の写真の前へ歩いていった。それはジュヌヴィエーヴと〈ディープ・ダウン・サルヴェージ〉の仲間たちを写したものだった。スキンヘッドを麦藁《むぎわら》帽子で隠したマーシャルを真ん中に、一方の側にベサニーとアレックス、もう一方の側にジュヌヴィエーヴとヴィクターがいる。ジュヌヴィエーヴは腕をマーシャルにまわし、ヴィクターは彼女の肩を抱いていた。彼らは強い絆《きずな》で結ばれた幸せな一団に見える。実際の彼らも、ソアにはそう見えた。ただし……。

ヴィクターはジュヌヴィエーヴの単なる親友なのだろうか？　少し独占欲が強すぎるのではないか？

アレックスはどうだろう？　キーラーゴ出身のアレックスは、ここではよそ者だ。彼は見かけどおり本当に気立てのいい若者なのか？

それよりも、どうしてぼくは急にそんなことが気になりだしたのだろう？　なぜなら浜辺で死体が発見されたからだ、とソアは自分の問いに答えた。

「あれはこの家のなかでわたしがいちばん気に入っているものなの」ジュヌヴィエーヴがたいそう古い紋織りのソファベッドを指さして言った。「祖母は〝失神ソファ〟と呼んでいたわ。彼女は昔の若い女性がどんなふうに振る舞ったのかを細かく教えてくれた。祖母はわたしが出会ったなかで、もっともたくましい精神の持ち主だったわ」

ジュヌヴィエーヴはそこを出て隣の部屋へ向かった。

「この部屋をわたしがメディアセンターに変えたの。技術的にすごく難しかっただけあって、今では自慢の部屋よ」彼女は言った。

ソアはなかをのぞいた。立派なステレオと大きなスピーカー、大画面テレビ、ＤＶＤプレーヤー、それと心地よさそうな家具がそろっていて、棚には何百冊もの本や雑誌、ＤＶＤ、ＣＤが並んでいる。

「たいしたものだ」ソアはほめた。

「ジャクソンヴィルのあなたの家はどんなふう？」ジュヌヴィエーヴが尋ねた。「いえ、言わないで。きっと超現代的で、快適な設備が何から何まで備わっているんでしょう」

「いいや。ぼくの家はたぶんこの家よりも数年は古いんじゃないかな。でも残念ながら、きみと違って修繕に手をかけてこなかった」

「古い家を買ったの?」

「修繕するつもりで買ったんだよ。ただ、あまり家にいないものだから、結局はほったらかしになっている。たぶん買うべきではなかったんだ。歴史保存委員会にとっちめられるかもしれないな」

ジュヌヴィエーヴはうつろな笑みを浮かべて階段をおり始めた。ソアはあとに従った。彼女は階段をおりきったところで向きを変え、廊下を奥へ進んでそのまま裏庭へ出た。数多くの植物が植えられているわけではないものの、あちこちに花が咲いていて、素朴な感じのする魅力的な庭だ。

地面よりも一段高くなった花壇にブーゲンビリアが咲き誇っていた。ジュヌヴィエーヴが、その花壇を指さして言った。「あれをつくろうと地面を掘っていたら、骨が出てきたの」

「ほう?」

ジュヌヴィエーヴは振り返ってソアを見た。「とても古い骨よ。そういうものを担当している政府の機関へ連絡したら、法人類学者がやってきたわ。そして、数百年前に滅んだカルーサ・インディアンの骨だと結論づけたの。だれもたいして驚かなかった。なにしろこの島へはじめてスペイン人がやってきたときは、至るところ骨だらけだったんですもの」

「そうだね。カヨ・ウェソ。骨の島」ソアは言った。ジュヌヴィエーヴの目は相変わらず悩ましげで、口調はどことなく奇妙だった。彼女はソアがいることをわずらわしく思っているようには見えなかった。むしろ、彼の存在を喜んでいるようにさえ見える。

いるのがソアだから喜んでいるのではない。ジュヌヴィエーヴは自ら仲間たちのもとを去っておきながら、まるでひとりになるのをいやがっているようだ。

「きみは何かを話したがっているみたいだな」ソアは水を向けてみた。「それがなんなのかぼくには見当もつかないが、その気になったらいつでも話してかまわないよ」適切な言い方ができただろうかと不安だった。

どうやら適切ではなかったらしい。それとも、ジュヌヴィエーヴは心の悩みを打ち明ける気がないだけだろうか？

「ばかなことを言わないで。コーヒーをどう？」彼女は尋ねた。

ソアは笑った。「さっきティキ・バーで一生分のコーヒーを飲んだよ」

「ソーダ水やビール、ほかの飲み物もあるけど？」

少しためらってから、ソアは言った。「どこかへ昼食を食べに出かけるというのはどうだい？　ぼくのおごりで」

ジュヌヴィエーヴは首をかしげて思案したあと、昼食に出かけるのは彼女の予定にとっても都合がいいと判断したようだ。「わたしがごちそうするわ」

「食事代をだれが持つかということになると、きみはやけに神経質だね。別にデートをしようというわけじゃない。忘れないでくれ、ぼくは経費で落とせるんだよ」

彼女は首を振った。「店はわたしが選びたいんだけど」

「どうぞ」

「ありがとう」

ジュヌヴィエーヴは裏口のドアに錠をおろして玄関へ向かい、ドアの横にあるヴィクトリア朝様式の小さなテーブルにのっている郵便物を調べた。

「急ぎのものはないわ」彼女はつぶやいた。「出かけましょう」

ジュヌヴィエーヴは外へ出てドアに鍵をかけ、デュヴァル通りに出ると、もと来たほうへ進んでいった。

「どこへ行くんだ?」ソアは尋ねた。

ジュヌヴィエーヴは愉快そうな顔をしてソアを見た。「〈ハードロック・カフェ〉へ」

「きみはそんなところよりもキーウェストらしい雰囲気の店が好みだと思っていたよ」

「〈ハードロック・カフェ〉はすてきなお店よ」

ジュヌヴィエーヴについて〈ハードロック・カフェ〉へ行ったソアは、入口で出迎えた若いウエイターたちと彼女が知りあいだとわかっても驚きはしなかった。それに、ジュヌヴィエーヴが屋内のテーブルを選んだことにも驚かなかった。深南部で生まれ育った人々はたいてい、屋外で日差しを浴びたり庭園の雰囲気を楽しんだりしながら食事をするよりも、エアコンのきいたところでの食事を好む。

このカフェが歴史的に由緒ある家を買いとって開店したのは一八〇〇年代の終わりで、この地域によく見られる鎖の装飾のほかに、昔の造りの一部がそのまま店の装飾として使われていた。階段をあがりきったところで、ジュヌヴィエーヴはジミー・バフェットのサイン入りギター、エルヴィス・プレスリーやビートルズに関係のある品々をあれこれ指さしてみせた。

飲み物を注文したあとで、この建物は幽霊が出没するのだとジュヌヴィエーヴは教えた。その日の午後に彼女が選んだのは、小さな傘が飾りに添えられたキーウェスト名物のカクテルだった。

「この島で幽霊の出ないところなんてあるのかい？」ソアは尋ねた。

ジュヌヴィエーヴは肩をすくめた。「あのウエイトレスにきいてみたら？」

ソアはウエイトレスを手招きした。かわいらしい大学生で、ジュヌヴィエーヴがこの人に幽霊の話をしてあげてと頼むと、目を丸くした。

「ここは本当に幽霊が出るんです」ウエイトレスはソアに向かって断言した。

「ほう？」

「昔、ここでひとりの男性が自殺しました。自殺した人って、必ず死んだ場所へ幽霊になって戻ってくると言いますよね」

「なるほど」

「本当です。そのあと、また別の男性が一階で死にました……でも、幽霊になって出てくるのはミスター・カリーだけじゃないかとわたしは思います。父親は大金持ちだったのに、彼はわずか一年で遺産を使いはたしたんですって。そのせいで、妻は彼を捨てて出ていってしまったそうです」

「泣き面に蜂《はち》というやつだな」ソアは愉快そうに言った。

「このあいだ、わたしがひとりでここに残っていたら、黒い影があたりをすばやく動きまわるのが見えて……洗いたてのタオルが動いたんです。それから、いつだったかブレットがテーブルの用意を整えたら、フォークやナプキンがほかのテーブルへそっくり移ってしまいました」ウエイトレスは目を見開いて続けた。「嘘《うそ》じゃありません。今ではわたし、夜ひとりではここに残らないことにしています」

ソアはウエイトレスが話を聞かせてくれたことに礼を述べた。彼女が立ち去ると、ジュヌヴィエーヴのほうを向いてグラスを掲げ、眉をつりあげた。「つまり、きみはこの店に幽霊が出ると信じているんだね？　きみも黒い影が動きまわるのや、ものが移動するのを見たのかい？」

ジュヌヴィエーヴは首を振った。「いいえ、わたしは一度も見たことはないわ」

「ほう？」

「この店ではおもしろい話をすることになっているの」彼女は言った。「でも、幽霊の存在を信じている人は大勢いるわ」

　ソアは顔をしかめてテーブル越しに手をのばし、ほとんど無意識にジュヌヴィエーヴの手に重ねた。「夜は黒い影ができるものだ。光が変化するときには影ができる。どのテーブルをセッティングしたのか忘れることはだれにでもあるよ。あるいは、ほかのウエイターがフォークやナプキンを別のテーブルへ移したのかもしれない」

　ジュヌヴィエーヴは手を引っこめてグラスをとりあげた。「あなたのおっしゃるとおりだわ」

　料理が運ばれてくると、ジュヌヴィエーヴは幽霊から話題を変えて、いつからダイバーの仕事に興味を持ったのかとソアに尋ねた。

「子供のころ、すごくおもしろい本を読んだのがきっかけだ」ソアは答えた。「ぼくの生まれ育った近くを流れているセントジョーンズ川で発見された沈没船の物語でね。夢中で読んだよ。きみはどうなんだい？」

「わたしの場合はずっと続いてきた家業よ。祖父は第二次世界大戦のとき、潜水兵だったの。わたしは歩けるようになる前から海で泳がされていたんじゃないかしら」

「そういうものなのか、コンクとして育つというのは？」

ジュヌヴィエーヴは肩をすくめた。「ほとんどの人はそうね。わたしの友人のなかには水が嫌いな人もいるわ。だけど、そういう人もキーウェストは愛しているの。ここの通りや町の雰囲気、夕暮れが好きなのね。はじめてここへ来てキーウェストの魅力にとり憑かれ、そのまま住み着いてしまう人たちだっているわ」彼女は首をかしげて悲しげにほほえんだ。「知っている？　この島は実際にコンク共和国なのよ。一九八二年にフロリダキーズからマイアミへ流れこむ不法移民や麻薬密輸が政治的な大問題になって、政府は国境警備隊にフロリダ市で国道一号線を封鎖するように命じ、それによって問題を抑えこもうとしたの。その結果、交通渋滞が発生して、人々は入ることも出ることもできなくなった。キーウェストの市長はマイアミの裁判所へ出向いて封鎖差し止め命令を出すように要請したけど、なんら手を打ってもらえなかったので、キーウェストはアメリカ合衆国からの分離独立を宣言したというわけ。反逆からわずか数分後、コンク共和国の〝首相〟は海軍基地の提督に降伏を申し入れ、対外援助と戦後復興支援の名目で十億ドルを要求したの」ジュヌヴィエーヴは肩をすくめた。「それが功を奏したのか、今では地元の重要な観光産業のひとつになっているわ。その気なら、あなたもコンク共和国のパスポートやTシャツや……なんでも買うことができるのよ」彼女はほほえんだ。

ジュヌヴィエーヴの気分が明るくなったのを見てうれしくなり、ソアはにっこりした。

そのとき会計伝票が届けられ、ジュヌヴィエーヴが手をのばした。「経費で落とすよ」

ソアは言って、伝票をとりあげた。

ソアが伝票の上に代金を置くと、ジュヌヴィエーヴが立ちあがった。「じゃあ、出ましょうか。昼食後の一杯を飲みに行きましょう。次の店ではわたしが払うわ」

数分後、ふたりは〈キャプテン・トニーズ・サルーン〉にいた。

「きみはぼくを市内観光に連れまわしているのかい？」ソアはきいた。

「ここはもともと〈スロッピー・ジョーズ〉があった場所なの。もっとも、当時はその名前で呼ばれてはいなかったけれど。わたしの記憶が正しければ、一九三〇年代に賃貸料が値あげされたとき、店主のジョー・ラッセルはあがった分の家賃の支払いを拒んだ。そして店の客たちに頼んで、お酒の瓶やテーブルなんかを通りの先の、現在〈スロッピー・ジョーズ〉がある場所へ運んでもらったのよ」

「なるほど」

「何を注文する？」ジュヌヴィエーヴはソアに尋ね、木の幹のそばのテーブルで待つよう手ぶりで示した。その木はカウンター近くに生えていて、天井をつき抜けていた。

「ビールにしよう」ソアは言った。

ジュヌヴィエーヴがカウンターで飲み物を待っているあいだに、ソアは示されたテーブルの椅子に腰をおろした。上を見あげると、垂木が何百というブラジャーで覆われているのが見えた。なかには署名入りのブラジャーもある。

ひとつ向こうのテーブルに、六歳くらいの少年と五歳くらいの少女を連れたふたりの女性が座っていた。子供たちが飲んでいるのはシャーリー・テンプルと呼ばれる飲み物らしい。一方、女性たちはあまり見たことのないカクテルをすすっている。女性のひとりがソアに気づいて顔を赤らめた。子供連れでバーにいることを気にしているのだろう、と彼は推測した。「わたしたち、観光客に人気のある場所を全部まわろうとしているんです」その女性が言った。

ソアはほほえみ、道路に近いほうのテーブルを指さした。そこに座っている男性は、十一歳か十二歳くらいの少年をふたり連れていた。「別にかまわないと思いますよ」彼は言った。

女性はほっとしたようだった。もうひとりの女性が振り返り、ソアを見て笑みを浮かべた。「大丈夫だって、わたしも彼女に言ったんです」ふたりめの女性は言って、しばらく彼を見ていた。そして急に目を見開き、テーブル越しに身を乗りだして友人になにかささやいた。ふたりはソアをまじまじと見つめ、それから顔を赤らめて視線を交わし、ひそひそと話し始めた。

ふたりの女性は再びソアのほうを見てほほえんだ。一方の女性のささやき声が聞こえた。「本当にハンサム……」ソアにも人並に虚栄心がある。彼はきまり悪さを感じると同時に大きな満足感を覚えた。

それにしても、彼女たちはどこでぼくのことを知ったのだろう? ダイビング雑誌を読むような女性には見えないが。

もっとも、それを言うなら……。

なぜかソアの胸に不安が広がった。今朝、浜辺には大勢の記者やカメラマンがいた。ソアたちのグループのほとんどはインタビューに応じるのを慇懃《いんぎん》に断った。ソアもマーシャルも、今携わっているプロジェクトと若い女性の殺人事件とを結びつけられたくなかったのだ。しかしソアが気づいたところでは、アレックスとリジーはうまく記者たちから逃れる前にいくつかの質問に答えていた。

ジュヌヴィエーヴが飲み物を持ってやってくると、ソアはブラジャーのほうへ手を振ってみせた。

「きみのもあのなかにあるのかい?」彼は尋ねた。

「いいえ」

「おもしろいね」ソアは言った。

ジュヌヴィエーヴがにっこりした。「ここへ来たのは、その木を見せるためよ」彼女は説明した。

「そうなのかい?」

「その木でひとりの女性がしばり首にされたという伝説があるの」

「伝説だって?」

「彼女の幽霊がここに出ると言われているわ」

「また幽霊の話か?」

「キーウェストはどこもかしこも幽霊だらけよ」ジュヌヴィエーヴは肩をすくめた。「みんな、そう言っているわ」

「でも、きみはそんな話を信じていないんだろう?」ソアはきいた。

「ええ」彼女は認めた。

そのとき、ひとつ向こうのテーブルで少女が甲高い声をあげ始めた。「いや! いやよ、ママ、いやだったら! あそこには女の人がいるんだもの」

「アシュリー、静かにして。いいこと、そんなのはただの作り話なの」母親は困りきっていた。「アシュリー、お願い、一緒に行ってあげるから。今行っておかないと、お漏らししちゃうでしょう」

「ちょっと失礼」ジュヌヴィエーヴがソアに断って立ちあがり、歩いていって少女のかたわらにしゃがんだ。そして、母親にちらりとほほえみかけた。「あなたはトイレに行きたいのね?」彼女は少女に話しかけた。「トイレに女の人の幽霊が出るというお話を聞いたんでしょう?」

「その女の人は、前に小さな男の子を傷つけようとしたんですって」少女は目を見開いてジュヌヴィエーヴに訴えた。「男の人から聞いたけど、今もその女の人はトイレにいるのよ」

「ねえ、ちょっと考えてみて」ジュヌヴィエーヴは言った。「あなたが幽霊になってこの世に戻ってきたら、トイレなんかをうろついていたい？　そんなのいやよね！　もっとすてきな場所がいっぱいあるじゃない。わたしは生まれたときからこの近くに住んでいて、小さいころによくママやパパにここへ連れてきてもらったの。しょっちゅう、あのトイレを使ったわ。あなたのママが一緒に行ってくれるんですもの、大丈夫よ、約束する」

母親が感謝の目をジュヌヴィエーヴに向けた。「この子たちに幽霊の話をたくさん聞かせすぎたのがいけなかったんです」母親は申し訳なさそうに言った。

ジュヌヴィエーヴは笑った。「もう怖くなくなったでしょう？」彼女は少女にきいた。

少女が急に笑いだした。「やだあ！　トイレなんかうろうろしたくないよね」

ジュヌヴィエーヴは立ちあがった。母親の女性も立ちあがって少女の手をとった。「ありがとうございました」女性はためらったあとで続けた。「あなた方はダイバーなんでしょう？　そして、あなたが例のダイバーなのね」

ジュヌヴィエーヴは眉をひそめた。「たしかにわたしはダイバーだけど」彼女はもごもごと言った。

「テレビに映っていましたよ」女性は声を低めて言った。「あなたが」

「えっ？」

「今朝、浜辺で発見された死体をあなたは見たんですよね。海のなかで。何日か前にあなたは死体を見たけど、警察の潜水士は見つけられなかった。それが今朝になって浜へ打ちあげられたんでしょう」女性はそっと言った。

「ママ！」少女が母親の手を引っぱった。幽霊がいようといまいと、トイレに行きたくて我慢できなくなったのだろう。

「あの……キーウェストを楽しんでくださいね」ジュヌヴィエーヴはそう言うと、くるりと向きを変えてテーブルへ戻った。顔が真っ青だった。彼女はまだ飲み物を飲んでいなかったが、テーブルへ戻ってからも手をふれようとしなかった。「出ましょう」ソアに向かって言う。「お願い」

ソアは大股で足早に追いかけたが、追いついたときはすでにジュヌヴィエーヴは道路を半ブロックも進んでいた。

「ジュヌヴィエーヴ！」

彼女は足をとめてソアを振り返った。

「どうしたんだ？」彼はジュヌヴィエーヴの両肩をつかんで言った。「今朝、浜辺じゅう記者やカメラマンでいっぱいだったことは、きみも知っていたじゃないか！」

「あの死体を海のなかで見たなんて話は、どの記者にもしなかったわ」ジュヌヴィエーヴが言い返した。

「だったら、ほかのだれかが話したんだろう。どうしてそんなに動揺しているんだ？　そもそも、現にきみは海のなかで死体を見たはずじゃないか？　だったら、何がまずいんだ？」

ジュヌヴィエーヴはすぐには答えなかった。中年男性が犬を連れて通りを歩いていくのを、ただ興味深そうに眺めていた。

「あれを……そんなに大げさに報道するべきではなかったのよ」ようやくジュヌヴィエーヴは言った。

「女性がひとり殺されたんだ」ソアは静かに言った。「重大ニュースだよ。とりわけ殺人事件などはめったに起きない、ここのような土地ではね。人の口に蓋《ふた》をしておくことはできない」

「わたしたちは巻きこまれてはいけないわ」彼女はささやいた。

そして首を振った。ソアはジュヌヴィエーヴの両肩をきつくつかみ、自分のほうに顔を向けさせた。

「ジュヌヴィエーヴ、たしかに悲しい出来事ではあるが、すべてつじつまが合う。きみは最初から正しかった。海のなかに女の死体があったのは事実だったんだ」

ジュヌヴィエーヴがソアを見つめ返した。その目が不意に曇って苦痛の色が浮かんだ。

そして彼女の口から、痛ましいとも言えるかすれた笑い声が漏れた。「あなたはわかっていないのよ」

「わかっていないって、何が？」

「わたしは海のなかで女の人を見たわ」

「そうだね」

「いいえ、違うの。わたしは海のなかで女の人を見た。でも、あの死体とは別の人だったのよ！」

ソアはうつろな目でジュヌヴィエーヴを見つめた。彼女はソアの手から身を引き離し、逃げるようにデュヴァル通りの人込みのなかへ姿を消した。

7

ジェイは長年、警官をやっている。

これまでいろいろとひどいものを見てきた。なかでも国道一号線で処理した自動車事故には目を覆うものがいくつもあった。

しかし、その日の午後は……。

ジェイが現場担当の市の警官だったのに対し、チャーリー・グリッサムは郡から派遣されてきた警官だった。彼らは殺菌された涼しい遺体保管所のなかで、検死官のドクター・フリーランドの説明を聞いていた。どんな場合でも冷静さを失わない、この無愛想な検死官は、事務的な態度で遺体の特徴をひとつひとつ指摘していった。

足首が――足首の残っている箇所が非常に問題にされた。ジェイはこれまで不快なものを数多く見てきたにもかかわらず、気分が悪くなった。たぶん遺体保管所内のにおいのせいに違いない。清潔に保たれてはいるが、そこには化学薬品と死臭がたちこめていた。おそらく膨張した遺体の内部にガスが充満していて、それが体外へ漏れだしたのだろう。そのにおいを消す消毒薬は今のところどこにも存在しない。あるいは、ジェイの気分が悪くなったのは、今や生の戯画と化した女の顔のせいだったかもしれない。何もかも現実離れしているようでありながら、同時に痛ましいほど現実的だった。

「海へほうりこまれたときは、彼女はまだ生きていた」ドクター・フリーランドがふたりの警官に言った。「溺死《できし》、それが死因だ。彼女は結わえつけられた縄を必死にほどこうとした。ほら、ここを見たまえ、足首の皮膚がはがれ落ちているのがわかるだろう。それから指を見てみるといい。彼女が死に物狂いで自由になろうとしたのがわかる。縄はわたしがとり除いておいた。きっと鑑識課のほうで、縄から何か有益な情報を発見できるだろう。それからここは……」彼は足首の肉が裂けて白い骨がのぞいている部分を指し示した。「彼女がようやく縄から自由になったところだ」ふたりに向かってうんざりしたように顔をしかめる。「海が残酷な場所であることはだれでも知っている。魚が肉や縄の繊維を食べた……そして彼女は水面へ浮かびあがったわけだ」ドクター・フリーランドは警官たちを見あげた。「潮の流れを計算に入れると、彼女が海へほうりこまれたのはキーウェストの南西沖と思われる。たぶん、ほうりこまれてからずっと海の深いところにいたんだろう。死後五日ないし七日は経過している」

フリーランドはさらにいくつか見解を述べた。爪のあいだはすでにこそげてあるが、その検査結果が鑑識課から届くにはもうしばらく時間がかかる。彼女は死ぬ少し前にセックスをしていた。それが合意によるものであったかどうか、証拠からではなんとも言えないが、おそらく合意によるものではなかったろうというのがフリーランドの考えだった。いずれにしても犯人はコンドームをつけていたので、ＤＮＡを採取して人物を特定するのは不可能だ。

フリーランドは目をあげてふたりの警官を見た。「数日中には、もっと詳しい結果を出せるだろう。こんなことを言うのは残念だが、殺人犯はきみたちのすぐ近くにいるんじゃないかな」

ジャックはニュースを何度見ても飽きなかった。テレビに映っている自分はなかなか格好いい。

彼はバーカウンターのなかのテレビ画面を見あげた。今日はどのチャンネルも朝の死体発見をニュースでとりあげ、その現場を放映した。もちろん、死体そのものは映さなかったが。今も画面には死体が発見された浜辺と警官たち、科学捜査班、あたりをうろついている野次馬たちの姿が映しだされている。それから何人かの観光客の反応が示され、さらにしぶしぶ記者の質問に答えているマーシャルの姿が数秒間映されたあと、ジャックが画面に現れた。最高だ。仲間のダイバーのひとりが死体を発見した事実について彼が語っているあいだに、カメラが移動してジュヌヴィエーヴの姿をはっきりとらえた。彼女は微風を受けて赤褐色の髪をなびかせ、何かに憑《つ》かれたような悲しいまなざしで海を眺めている。ニュース番組の編集者はその場面を効果的に利用していた。海は情け容赦なく死体を片づけてしまうので、犯行を隠しておきたい殺人者の意図はうまくいけば成功したかもしれないというジャックの説明を音声で流す一方、画面のほうはティキ・バーの柱にもたれて海を眺めるジュヌヴィエーヴを映しだしている。彼女はまるで海の女神のように見えた。あるいは昔の船の船首像のように。自分も同じ運命をたどるのではないかと恐れているかのようだ。ジャックもなかなか見栄えがよく、このふたりのおかげでニュースは単なる殺人事件の報道以上の番組になっていた。とはいえ、殺人事件を〝単なる〟という言葉で片づけていいわけではない。ただ、潜水の仕事と殺人とは本来なんの関係もないのだ。それに冷たい言い方かもしれないが、人間は毎日死んでいる。それでも、やはり殺人事件はセンセーションを起こす。ジャックも興奮を抑えきれなかった。セクシーな自分の姿がテレビで世間に流されたのだ。すばらしいではないか。

　ジャックは最初、ベサニーが隣の椅子に座ったことに気づかなかった。グループのだれかがまだ近くにいるとは思ってもいなかった。

「こんばんは、ジャック」ベサニーが軽い口調で声をかけてきた。

　彼は振り返ってベサニーを見た。彼女はテレビ画面を見ていた。

「本当に悲しいことね。人生はこれからだっていうのに、彼女は悪い人間と出会ってしまった。はっきりはわからなかったけど、まだ若そうに見えたわ」

テレビ画面を見あげたジャックの胸にかすかな痛みが走った。彼を見つめ返している女は愛らしく、何か言いたそうな表情を目に浮かべている。

「二十五歳から三十歳のあいだ……そんなところだろう」ジャックは言った。

ベサニーはかすかに身震いして彼に視線を向けた。「ジャック、彼女はここで殺されたのだと思う？　キーウェストで？」

「あらゆる可能性が考えられるだろうな」ジャックは答えた。「だが、海岸を北へ行ったあたりで殺された可能性がいちばん高い。おそらくマイアミビーチのクラブに出入りしていた、きれいな女たちのひとりだろう。きみが心配する必要はないよ。いつもたくましい男たちに囲まれているんだから、そうだろう？」

ベサニーは笑った。「ええ、そうね」彼女はテレビを見あげて再び身震いした。「これからしばらくは、あなたたち男性にくっついていたほうがよさそう」

ジャックはベサニーの肩に腕をまわしてぎゅっと抱きしめた。「おれなら四六時中くっついていてやるよ、かわい子ちゃん《キューティー》」事実、ベサニーはかわいかった。彼女とジュヌヴィエーヴは常に互いを引き立てている。一方は背が高くてセクシー、もう一方は小柄でかわいらしい。少なくとも外見は。ジャックは愛情のこもった目で愉快そうにベサニーを見つめた。高校時代には彼女も若者の例に漏れず乱れた生活を送っていたようだが、完全にそれを卒業して、ジャックの目から見ても魅力ある大人の女になった。

「ところで」ベサニーはささやき、ビールを手渡してくれた夜間担当のバーテンダー、ブルースにうなずいて謝意を示した。「あなたは今日、何をしていたの？」

ジャックは一瞬考えた。「そうだな。昼食を食べて、ビールを飲んだ。ここへ来て座って、ビールを飲んだ。夕食を食べて、ビールを飲んだ。きみは？」

「自宅へ行ってきたわ。わたしの家はこの島の北東の端、ローズヴェルト大通りを外れたところにあるの。ジュヌヴィエーヴの家ほど近くないのよ」ベサニーは肩をすくめてにっこりした。「その気になれば、わたしたちのほとんどは夜、自宅へ帰れるけど、リゾート地のコテージに寝泊まりするほうがはるかに楽だし、格好いいんですもの。あなたは今もストック島に住んでいるんでしょう？　ここからわたしの家までと、あまり距離が違わないわね」

「そう、おれは今もストック島に住んでいる」ジャックは言った。「ジュヌヴィエーヴのところみたいに古いヴィクトリア朝様式の家を欲しいんだが、今どきああいうものを買うにはすごい大金がいるからな」

「ひょっとしたら、わたしたち、そういう家を買えるだけの大金を手にできるかもしれないわ。船を発見できたら」ベサニーが言った。

「ああ、そうかもしれない」

肩に手を置かれて、ジャックはびくりとした。「やあ、ジャック。ぼくにビールをおごってくれないか？」

ジャックは振り返った。ヴィクターだった。彼らのグループとキーウェストについてたしかなことがひとつあるとすれば、夜にこのバーで待っていれば、いずれ全員が姿を現すということだ。

ヴィクターは明るい口調を装っているものの、緊張しているように見えた。ビールを飲まずにはいられないように。

「いいとも。まあ、そこへ座れ」

頼みもしないのに、ブルースがヴィクターにビールを持ってきた。「今夜の最初の一杯は店のおごりです。あのニュースからして、みなさん飲まずにはいられないでしょう」

「ありがとう」ヴィクターは瓶からごくごく飲んだ。

「あなたは今日、何をしていたの？」ベサニーが彼にきいた。

ヴィクターは不機嫌そうに肩をすくめた。「何って、あれやこれやさ。すませておかなくてはいけない用事がいろいろあってね」

三人はそれきり黙りこんで再びテレビを見つめた。画家によって復元された死んだ女の顔がちょうど画面に現れたとき、アレックスが到着した。彼はブルースが持ってきたビールを受けとった。「少なくとも似顔絵が公開されたからには」アレックスは言った。「いずれ身元が判明するだろう。あの哀れな女を捜している人が、だれかいるに違いない」

「ジャックが出ている」またインタビューの場面になったとき、ヴィクターが言った。

ジャックはもう先ほどと同じ喜びは感じなかった。ヴィクターの言い方が気に入らない。その口調からは、どことなく辛辣《しんらつ》な響きが感じられた。

「ジャック、あんたはすっかり有名人だな」別の声が言った。振り返ったジャックの目に、腕組みをして立っているマーシャルの姿が入った。マーシャルの声にはうんざりしたような響きがこもっていた。

「邪険にしてあの女記者を怒らせるより、話をしてやったほうがいいと思ったんだ」ジャックは言い訳がましく言った。

「あの記者にジュヌヴィエーヴが海のなかで死体を見たことや、われわれが捜しても見つからなかったことを話す必要があったとは思えない」マーシャルが言った。

「いいじゃないか。あの日、警察の潜水士たちでさえ見つけられなかったんだぜ」ジャックは応じた。「ブルース、マーシャルにビールを持ってきてやってくれ」

次のニュースに変わっても、彼らは相変わらずテレビを見ていた。フロリダ市で交通事故が発生して大渋滞になり、フロリダキーズから市内へ入ることも出ることもできなくなったとアナウンサーが報じているとき、ジェイ・ゴンザレスが店内へ入ってきた。彼はしばらくジャックの横に立っていたが、だれも彼に気づかなかった。

「みじめな一日だった」しばらくしてジェイが言った。

「あなたなら詳しいことを知っているんじゃない?」ベサニーが尋ねた。

「まだ仮報告書しか受けとっていない。検死官によれば、彼女は海のなかに五日から七日はいたそうだ」ジェイが言った。

ベサニーはごくりとつばをのみこんだ。「死因は……溺死だったの? それとも……最初に殺されて、そのあと重しをつけて沈められたの?」

ジェイは表情を曇らせてベサニーを見た。「重しをつけて沈められ……溺《おぼ》れ死んだ」

彼女は体を震わせた。「さぞかし怖かったでしょうね。ええ、そうよ、きっと彼女は自分が殺されるのをわかっていた……必死に息をしようとしたんだわ……」

「どこで彼女が殺されたのか、警察は見当をつけているのかい?」ヴィクターがきいた。

「海のなかだ」ジェイはそっけなく答えた。

そのとき、ジュヌヴィエーヴが入ってきた。全員が振り返り、カウンターへ近づいてくる彼女を見た。「ジェン!」ヴィクターが手にしたビールの瓶を掲げて呼びかけた。

歩いてくるジュヌヴィエーヴを見て、ジャックは賛嘆の念を禁じえなかった。まったく、たいした女だ。さりげない身ぶりのなかにも品のよさが感じられる。彼女はジェイの隣のスツールに腰かけた。

「何か新しいことがわかった?」ジュヌヴィエーヴがジェイに尋ねた。

ジェイが頭をさげて低い声で答えたので、ジャックには彼の言葉が聞きとれなかった。ジュヌヴィエーヴが深刻な表情をしてジェイに何かささやき返したが、それもジャックには聞こえなかった。

「また今度話すよ。そのうち夕食を一緒にどうだい?」ジェイが普通の声で言った。「きみは毎晩、このみじめな連中につきあわなくてもいいんだろう?」彼はからかった。

ジュヌヴィエーヴが応じた。「ええ。それにわたし、どうしてもあなたに話しておきたいことがあるの」

彼女の声は低かったが、ジャックにもはっきり聞きとれた。

そこへソア・トンプソンが入ってきた。ジャックは自分の雇主をしげしげと見た。ソアはジャックがこれまで会ったなかでもっとも背が高い男でもなければ、もっともたくましい男でもない。それなのに実に堂々として見える。存在感がある。きっと歩き方のせいだろう。それとも、ただそこにいるだけでそう感じさせるのだろうか? ソアが室内に入ってくると、どんなに足音を忍ばせて歩こうが、どんなに声を低めて話そうが、たちまち全員が彼に気づくのだ。

「やあ」ソアはそれだけ言って、カウンターのスツールに座った。

「ブルース、われらが北部の仲間にビールを!」アレックスが大声で言った。

「北部だって?」ソアが言った。

「ジャクソンヴィル出身なら北部の人間みたいなものだよ」

ソアは肩をすくめて笑ったが、ジャックには彼がぼんやりしているように思えた。ソアがジュヌヴィエーヴのほうへ視線を走らせ、彼女がジェイの横に座っているのを見て安心したらしいことに、ジャックは気がついた。ソアは明らかに彼女のことを心配していたのだ。どうして心配する必要があるのだろう、とジャックは首をひねった。今朝、死体が発見されたことを考えれば、今ではジュヌヴィエーヴの頭がどうかしているようには見えない。

テレビ画面は再び被害者の似顔絵を映し、アナウンサーがこの女性の身元確認につながる情報の提供を視聴者に呼びかけていた。

「どうなるんだろう」アレックスが言った。「シェリダンの講義をまた受けたくはなかったけど、こんなふうに逃れたいとは思わなかったな」

「シェリダンの講義なら、このあとまだ予定があるぞ」マーシャルが冷たく言い放った。

「月曜の朝に」

「今度の講義は、そう退屈ではないはずだ」ソアがテレビに目を向けたまま、全員に向かって言った。「シェリダンは船の模型を製作した。けっこうおもしろいんじゃないかな」

「おい、だれかザックとリジーを見たか?」マーシャルがきいた。

「あのふたりは市内観光をすると言っていたよ」ヴィクターが答えた。「コンク・ツアー・トレインに乗ってオーデュボン・ハウスやヘミングウェイの家なんかを見てまわるそうだ。そのあと遊覧船に乗って、夕日を眺めながらディナーをとるんだとさ」

「なんてロマンティックなの」ベサニーが言った。

「ベサニー、男に遊覧船に乗って夕日を見ようと誘われたら、そいつの顔をとっくり眺めてやったほうがいい。頭のねじがゆるんでいるに決まっているからな」ヴィクターが言った。

「そんなことないわ。わたしはここで生まれ育ったけど、今だって船から夕日を眺めるのはロマンティックだと思うもの」

「きみがそう思っていてよかったよ。なぜって、仕事の遅れをとり戻すために、月曜日は遅くまで海へ出ていることになるからな」マーシャルが口を挟んだ。「みんなですばらしい夕日を眺めながら帰港することになるだろう」

ジャックが見ていると、ジュヌヴィエーヴがスツールからすべりおりてベサニーに何かささやき、ベサニーがうなずいた。それからジュヌヴィエーヴはみんなに向かってもう失礼すると断り、手を振って出口へ向かった。

グループの全員がジュヌヴィエーヴの後ろ姿を見送っていることに、ジャックは気づいた。奇妙だ。みんなはいまだに彼女のことを心配しているように見える。あるいは……。

疑っているように。

ジャックは首を振ってビールをごくりと飲んだ。ジュヌヴィエーヴ。彼女はいったいどうなってしまったのだろう？

ソアは用事があるともなんとも言い訳をしなかった。ジュヌヴィエーヴが去るとすぐに、彼も立ちあがって店を出ていった。

いいとも、ぼくは間違いなくストーカーだ。ストーカーでけっこう、とソアは心のなかでつぶやいた。彼はこれまで以上にジュヌヴィエーヴのことが心配だった。

彼女はバーから一ブロック先で立ちどまり、ソアが追いつくのを待った。

「わたしは大丈夫よ」ジュヌヴィエーヴはきっぱりと言った。

「きみが心配でならないんだ」ソアは言った。

「心配しないで」一日一緒に過ごしたあと、不思議なことにジュヌヴィエーヴはソアにだけは心配されたくなくなった。彼を好きになりたくなかったのに、好きになってしまったのだ。ソアに尊敬され、感心してもらいたい。自分で言うのもなんだけれど、冷静で、頭の切れる、セクシーな女と思われたい。いちばん望んでいないのは、彼に心配されることだ。

「きみときたら、急にぼくの前からいなくなってしまうんだからな」ソアが言った。「きみは逃げていった。デートの終わり方として、あれはないだろう」

「わたしたちはデートをしていたわけじゃないわ」

「友人として一緒に昼食をとったり一杯飲んだりしたのだとしても、あんなふうに消えるなんてあんまりだ」

ジュヌヴィエーヴは顔を赤らめた。「ごめんなさい。ただ、あのときは……ええ、今日は大変な一日だったから」

彼女はいつまでも歩道に立っているのを気詰まりに感じ始め、あてもなく歩きだした。ソアは何も言わずに並んでついてきた。しばらくして彼が口を開いた。

「ジュヌヴィエーヴ、あれはどういう意味だったんだ？　きみは海のなかで見た女と浜辺で発見された女は別人だと言ったね？」

彼女は首を振った。「たぶん、わたしの思い違いだったんだわ」

「そうかもしれない」ソアがやさしく言った。

「はれ物にさわるみたいに接するのはやめて。まるで、わたしが病院へ収容されようとしている人間みたいじゃない」ジュヌヴィエーヴは言った。

ソアはかすかな笑みを浮かべて首を振った。「そんなつもりはないよ。海のなかではいろいろと驚くべき現象に遭遇するものだ。水は人の目をあざむくし、彼女は、そう、彼女の死体はいい状態ではなかった。きみが海のなかで見たときは、周囲で揺れている海草や泳ぎまわっている魚のせいで彼女が生きているように見えて、今朝見たときは同じ人だとわからなかったのかもしれないよ」

「そうね」ジュヌヴィエーヴはつぶやいた。

「でも、きみはそう思っていない」

「わたしは今、そうねと言ったじゃない」

「もうひとつ考えられるのは、きみは違う女を見たのかもしれないということだ。こちらのほうがはるかに恐ろしいし、深刻な問題をはらんでいる」

ジュヌヴィエーヴは鋭い目でソアを見つめた。「どういう意味？」

ソアがため息をついた。「つまり、殺人者の手にかかって死んだ女性がふたり以上いるということだよ」

寒けがジュヌヴィエーヴの背筋を伝った。彼女は恐怖を払いのけようとした。

「すまない」ソアがささやいた。

「いいえ……あなたの言うとおりだわ」

「今のところ、このあたりの人々はだれも慌てふためいてはいないようだ。悲しいことだが、みんな他人事だと考えているんだろう。ぼくとしてもパニックが生じるのは望んでいないが、女性は用心したほうがいいと思う」ソアは小声で言った。「それで、どこへ向かっているんだ？」

ジュヌヴィエーヴは立ちどまってうつろな笑い声をあげた。「正直なところ、わたしにもわからないの。ただ、あの場にいづらくて出てきたのよ」

「おかしな日だ」ソアが言った。「きみはあちこちのバーへ入っては、たちまちそこから逃げだす。まるで仲間と一緒にいたくないように見えるかと思うと、ひとりになるのもいやがっているように見える」

「そのとおりだわ。自分でもどうしたいのかわからないの」ジュヌヴィエーヴは打ち明け、ためらってから続けた。「いまだに今朝のいたずらはヴィクターかアレックスのしわざに思えて、怒りがおさまらないのよ。朝起きて外へ出たら、コテージのポーチにマネキンがあったから、海に捨ててやったわ。そのあとそれが消えて……浜辺に本物の死体があったの」

「そんなことは気にしないほうがいい」ソアが言った。「今朝、彼らがその話をしていたね。ヴィクターは自分のしわざではないと言ったが、実際に死体が発見されたとあっては、自分がやったとは絶対に認めたくないだろう。いいかい、ジュヌヴィエーヴ、あまり気に病まないことだ。頭がどうかなってしまうぞ。今起こっている事態にはなんらかの原因があるはずだ。しばらく待って、それがなんなのか見きわめようじゃないか」

「ねえ！」だれかが背後から呼びかけた。

ふたりは振り返った。ベサニーが急ぎ足でこちらへやってくるところで、その後ろにほかの人たちもいた。ジェイも一緒だ。彼は歩きながらジャックと話をしている。

「これからみんなで夕食を食べに行くの」ベサニーが追いついて言った。「あなたたちも一緒に来ない？」

「昼食を食べたばかりなの」ジュヌヴィエーヴは応じた。

ソアは腕時計に目をやった。「おいおい、食べたのは六時間も前だよ」

「あなたたち、昼食を……一緒に食べたの？」ベサニーがきいた。

ジュヌヴィエーヴは頬が赤く染まるのを感じた。「たまたまソアがキーウェストの通りをうろついているのを見かけたのよ」軽い口調で言う。「彼は北部の人だから」彼女は言い添えた。「道に迷ったのかもしれないと思って」

「みんな、イタリア料理の店に行かないか？」マーシャルがぎこちない雰囲気を破って尋ねた。「新しいレストランだが、そこのオーナー兼シェフがおれの最初のダイビング・コーチの息子でね。できるだけ力になってやりたいんだ。なかなかいい店だと評判だぞ」

「オーナーは本当にイタリア人？」アレックスがきいた。

「そうじゃないが、心底イタリア料理が好きなんだそうだ」マーシャルが請けあった。

「重要なのはそこだね」ヴィクターが言った。「ジェン？　きみも行くだろう？」

全員でレストランを目指して進んでいくとき、ベサニーはジュヌヴィエーヴやソアと並んで歩いた。ソアが足をとめてマーシャルと話し始めたのを機に、ベサニーがジュヌヴィエーヴの腕をとってささやいた。「明日の約束を忘れていないでしょうね？」

「オードリーと会う約束のこと?」

「ええ」

「もちろんよ。忘れたりしないわ」

「ひょっとして、あなたにはほかの予定があるんじゃないかと思ったの。それならそれでかまわないんだけど」

ジュヌヴィエーヴは眉をひそめて親友を見つめた。「もう予定があったら、別の予定を入れるはずがないじゃない」

「だって、あなたは今日さっさといなくなったでしょう。あなたのことが心配だったのよ。今だって心配だわ。わたしはてっきり、あなたは喜んでいるだろうと思ったのに。いえ、喜んでいるというより、ほっとしているだろうって。だって、自分の頭がどうかしているのでもなければ、幻を見たのでもないことがわかったんですもの」

ジュヌヴィエーヴは返事をするのをためらった。ほかのみんながすぐ近くにいるところでこんな会話を続けたくない。「その話は明日にしましょう、いいわね?」

「いいわ。だけど……あなたはもうオードリーに会う必要を感じていないんじゃないかと思ったの」

「オードリーに会うのは、彼女が古い友人だからよ」

そのとき、マーシャルとソアがふたりに追いついた。「レストランはその角を曲がったところだ」

レストランに入って席に着くとき、ヴィクターがすかさずジュヌヴィエーヴの隣に座った。反対側の隣に座ったのはジャックだ。全員が着席するのを見はからったかのようにソアの携帯電話が鳴りだした。ジュヌヴィエーヴの耳に、リジーと話すソアの声が聞こえた。今いる店を説明して、ザックと一緒に来るようリジーに言っている。ほどなくふたりが現れたところを見ると、そう遠くにはいなかったようだ。どうやら遊覧船から夕日を眺めるのはとりやめにしたらしい。リジーとザックがテーブルの上座に着くあいだに、ジェイが殺人事件についてわかったことをふたりに説明した。やがてマーシャルが、これから食事をするのだからもっと楽しい話をしようと言った。

レストランのオーナーはビル・ブレトンという名前の若い男性だった。彼は来店してくれたことへの礼を述べたあと、前菜以外は大皿に料理を盛って各人がとり分ける家族方式の食事をすすめ、全員が賛成した。ワイン通を自任しているアレックスがみんなのためにボルドーを選んだ。そのあと話題は、ザックとリジーが今日一日何をして過ごしたのかに移った。

「ロバートという例の人形を見たわ」リジーが言った。「本当に気味が悪かった。あんなものを子供に与えるなんて、いったいどういう親かしら。ロバートに関するさまざまな手紙が壁じゅうに貼《は》ってあったわ。なかにはロバートに感謝をささげる市長からの手紙もあったのよ」

「ロバートに何を感謝するっていうんだ？　気味の悪い人形であることをかい？」アレックスがきいた。

「前世紀のはじめごろからこの付近一帯で起こった悪いことの責任を、すべて引き受けてくれたことへの感謝よ」

「わたしの家でも似たようなことがよくあったわ」ベサニーが言った。「わたしは五人きょうだいなの」彼女は説明した。「何かいたずらをしても、決まってわたしたちはしていないと言い張った。母はだれのしわざかわからなくて途方に暮れると、全員を並ばせてにらみつけ、この家にはおまえたちのほかに目に見えないいたずら者が住んでいるに違いないと言ったわ」

「目に見えないいたずら者は、いつだって近くにいるみたいね」ジュヌヴィエーヴはヴィクターを見て言った。

ヴィクターがジュヌヴィエーヴを見つめ返した。彼は傷ついているようにも、憤慨しているようにも、そして奇妙なことにおびえているようにも見えた。

「なあ、ぼくが本当にいたずらをしたのなら」ヴィクターは静かに言った。「いさぎよく認めるよ」

「今朝、わたしのコテージのポーチにマネキンがあったことは事実だわ」ジュヌヴィエーヴはヴィクターに言った。

「それは信じるよ。だけど、置いたのはぼくじゃない」

「おい、見ろよ」その場の緊張をほぐそうと、ジャックがテーブルへ置かれた大皿の料理を指さして言った。「いやあ、マーシャル、いい店へ連れてきてくれたじゃないか。見るからにうまそうだ」

「烏賊《いか》料理ね」ベサニーが言った。「わたしの大好物よ」

「胡椒《こしょう》がかかっていておいしそう」リジーが歓声をあげた。

小皿が配られてワインの追加が運ばれてきた。他人が見たら、わたしたちは仲のいい友人同士の集まりに見えるだろう、とジュヌヴィエーヴは思った。事実、そのとおりだ。彼女は何年もこの仲間と一緒に仕事をしてきた。キーウェストのすぐ隣の島出身のジャックは昔からの知りあいだし、ジェイはすっかり彼らにとけこんでいる。リジーとザックもいい人たちだ。それにジュヌヴィエーヴは、知らず知らずのうちにソア・トンプソンに引かれただけでなく、いつしか胸が苦しくなるほど魅了されていた。ただし……。

ただし、ジュヌヴィエーヴは食事のあいだじゅう、横にいるヴィクターの存在を意識しつづけた。それも普段とは違う感覚で。ヴィクターはベサニーを除けばジュヌヴィエーヴのいちばんの親友だ。彼は二度とマネキンのことを口にせず、ジュヌヴィエーヴもその話題は持ちださなかったが、それは絶えずふたりのあいだにわだかまっていた。だれかがポーチにマネキンを置いたのだ。ヴィクターでないとしたら……。

「アレックスだ」ヴィクターがジュヌヴィエーヴの耳もとでささやいた。

「なんですって？」彼女はささやき返した。

「きっとアレックスに違いない。マネキンを置いておこうって相談したんだよ。その場にはジャックもいた」

「ねえ、ヴィクター、もうそんなことはどうでもいいの。あのとき、わたしはちっとも怖くなかったし、今だって全然怖くないわ。そうね、だれかがいたずらをしたのは事実よ。そのあと本物の死体が見つかったから、いたずらが単なるいたずらではなくなった。でも、もう終わったの。あのばかげたマネキンもどこかへ消えたわ。だから、もう問題ではなくなったのよ、わかった？」

ヴィクターは大きく息を吐いてジュヌヴィエーヴを見つめた。「たしかに問題ではないよ……きみが本当にぼくを信じてくれるのなら」

「信じるわ」

「きみはぼくを信じていると、ぼくに信じこませたいだけなんだ」ヴィクターはぼそぼそと言った。

「ヴィクター、やめて。わたしはまったく気にしていないんだから」

「きみが気にしていないことが、ぼくは気に入らない。わからないのか？」

ジュヌヴィエーヴはヴィクターの肩に腕をまわしてすばやく抱きしめた。「あなたはわたしの兄も同然よ。とても気にかけているわ。わかったわね?」

ヴィクターは体をこわばらせたままだ。ジュヌヴィエーヴにできることは何もなさそうだった。彼女の向かい側ではマーシャルとソアが、錨《いかり》をどこにおろして捜索海域をどこまで広げるべきかについて真剣に話しあっている。ジェイとベサニーが頭を寄せあってひそひそ話をしているのを見たジュヌヴィエーヴは、なぜかふたりが密談をしているような気がして驚いた。テーブルの向こう端では、リジーがキーウェストの建築物について熱弁を振るっている。

「きみにジュヌヴィエーヴの家を見せてやりたいよ」ジャックがリジーに言った。

「あなたの家は由緒ある建物なの?」リジーが興奮してジュヌヴィエーヴに尋ねた。

「ええ」ジュヌヴィエーヴは応じた。彼女は肘をついてテーブル越しに身を乗りだし、マーシャルの視線をとらえて言った。「日曜日にわたしの家でバーベキュー・パーティーをしようかしら」

マーシャルはにやりとした。「おれの承認を求めているのかい?」

「あなたの意見を聞かせて」

「大いに賛成だね」

「すてき」リジーが喜びの声をあげた。そこへパスタが運ばれてきた。ラザーニャ、ペーストのかかった海老《えび》入りの極細パスタ、マリナラソースのかかっている穴あきパスタ。ジュヌヴィエーヴは皿をアレックスにまわした。奇妙なことに、アレックスは彼女をじろじろ見ているようだった。

マネキンでいたずらをしたのはアレックスだったのかしら？　わたしがいつまでもこだわっているから、気をもんでいるの？

でも、わたしはもうこだわっていない。

食事をしているあいだに、ジュヌヴィエーヴは全員が奇妙な目つきで自分をじろじろ見ていることに気づいた。

今夜はわたしの正しさが実証された夜だというのに。実際に海のなかに女の死体があったのだから、わたしは頭がどうかしていたのではないとみんなが認めたはずなのに。

ただし、海中で見た女と浜辺へ打ちあげられた女は別人だった。

ジュヌヴィエーヴは家へ帰ることにした。海辺のコテージではなくて自宅へ。ポーチにマネキンが置いてあったり、近くに死体が打ちあげられたりしたコテージで眠るなんてまっぴらだ。夜中に幽霊たちが水を滴らせながらやってきて、気をつけろと恐ろしい警告をしたコテージなどで眠るのは。

食事が終わったのは遅かった。パスタのあとで魚と肉料理が出され、そのあとデザートとコーヒーとリキュールが出た。やがて彼らはぞろぞろと通りへ歩みでた。全員が海へ向かって歩きだしたとき、ジュヌヴィエーヴだけがじっと立っていた。「じゃあ、みんな、また明日ね。日曜日にわたしの家でバーベキュー・パーティーをするから忘れないでちょうだい」

　ソアが顔をしかめてジュヌヴィエーヴを見た。

「ジェン、家に帰るのかい？」ヴィクターが心配そうな口調できいた。

「ええ、家に」ジュヌヴィエーヴは軽く応じた。

「大丈夫か？」マーシャルが尋ねた。やはり心配そうな口調だが、なぜ心配する必要があるのか、彼自身がわかっていないようだった。

「大丈夫よ。家はこの通りを行った先ですもの」

「みんなできみを送っていこう」突然、アレックスが言いだした。

「ああ、それも悪くないな」ジェイが同意した。

「まだあちこちに観光客がうろうろしているわ」ジュヌヴィエーヴは笑って言った。「わたしは本当に大丈夫。おやすみなさい。さあ、みんなも帰って」

　だが、ソアがベサニーとマーシャルとジェイの横を大股で通り過ぎて、ジュヌヴィエーヴのかたわらへやってきた。「ぼくが家まで送ろう」ソアは彼女に言った。「大丈夫だ。みんなは帰ってくれ」ほかの人たちに向かって言う。「全員で送っていくなんてばかげている」

「それもそうだ。いくらぼくらだって、そんなばかげたことはできないよな」ヴィクターがそっけなく言った。

「いやだわ、こんなに大げさな話にするつもりはなかったの。ごめんなさい」ジュヌヴィエーヴは言った。「わたしは生まれたときからここに住んでいるのよ。家はほんの数ブロック先なんだもの、送ってもらう必要などないわ」

「ソアが送っていくと言っているんだ、そうしてもらえばいい」ジェイが言った。「ソアが帰りたいと言うんだったら、ぼくが送っていってもいいよ」

ジュヌヴィエーヴは断った。「もう行くわ、じゃあね！」

彼女は通りを歩きだした。だが、相談しているみんなの声が聞こえた。

「いいとも、ぼくが送っていこう」ソアの声がして、あっというまにジュヌヴィエーヴに追いついた。

ジュヌヴィエーヴはソアを見て首を振った。「わたしなら大丈夫だってば。本当よ」

「気にしなくていい。きみのあとをつけるつもりはないよ。玄関まで送っていくだけだ。どこかに殺人犯がいるのはたしかだからね」

ジュヌヴィエーヴはやれやれと首を振った。身近の現実的な危険にもっと注意を向けるべきだとはわかっていたが、実際は注意を向けていなかった。これ以上、幽霊を見ませんようにと、そればかり願っていた。「通りはまだ人でいっぱいよ。送ってもらう必要なんてないのに」ためらったあとで続ける。「悲しいことだけど、きっと被害者は売春婦か麻薬の密売にかかわっていた女性に違いないわ。あるいは夫に内緒で刺激を求めた若い妻かもしれない。わたしたちはそういう種類の女ではないもの、同じ危険にさらされていると は思えないわ」

「いいから歩こう。あれこれ言いあっているうちに着いてしまうよ」

ソアは玄関先までついてきた。ジュヌヴィエーヴはドアの鍵《かぎ》を開けて彼を見あげた。ソアはすぐそばに立っている。大きくて、力強い。彼女はソアとふれあっているような気がした。彼の香りがする。オーデコロンのいい香り、かすかな海のにおい、きれいに日焼けした肌のにおい。ジュヌヴィエーヴの心臓が早鐘のように打ちだした。まるでふたりのあいだに磁力が働いているか、電流が走っているかのようだ。彼女はソアがふれてくるだろうと確信した。もしふれてきたら……。

「なかへ入ったら、錠をおろすんだよ」ソアが厳しい声で命じて後ろへさがった。「さあ、入るんだ」

ジュヌヴィエーヴはドアを開けて家のなかに入った。「ありがとう」

それでおしまいだった。ソアは去り、ジュヌヴィエーヴは胸にわきあがった喪失感と落胆の大きさに驚いた。自分の感情を詳しく確かめたくはない。ソアを憎んでいたときのほうがずっと気楽だった。彼は仕事では絶対に女と遊ばない。ベサニーはそう言った。雑誌にもそう書いてあった。でも、ソアは自分の船を賭《か》けるのと引き換えに、わたしとの一夜を要求したのだ。あれは気まぐれだったのかしら？　それとも単なるうぬぼれだったの？

いずれにせよ、少なくともわたしに魅力を感じたことはたしかだ……。

セックスと愛とのあいだには違いがある。ジュヌヴィエーヴはソアが相手にする大勢の女のひとりになりたくなかった。彼女は歯をくいしばった。もうこれ以上、自分を苦しめるつもりはない。男性のことでも……。

幽霊のことでも。

ジュヌヴィエーヴは水中ナイフを手にして全部のドアを確認してから、家のなかをクロゼットに至るまでくまなく調べてまわった。ばかげているとは思ったが、だれもひそんでいないことを確かめずにはいられなかった。これまで家にいて恐怖を覚えたことなどないので、こんなことまでしなければならないのが腹立たしい。かつて彼女は、幽霊が存在すればいいと願ったことがあった。そうしたら両親が目の前に現れて、自分たちは大丈夫だ、今もふたり一緒に天国からおまえを見守っている、とささやいてくれるかもしれないと思ったのだ。

だが、そんな幽霊は一度として現れなかった。

しばらくするとジュヌヴィエーヴは、家じゅうの明かりをつけっぱなしにしてあるとはいえ、自宅にいることに次第に安心感を覚えてきた。ここはわが家だ。何もかも現実的で、見慣れたものばかり。この家を訪れる幽霊などいるはずがない。

彼女は郵便物や支払いずみの請求書に目を通し、コピーしておいた〈マリー・ジョゼフィーン〉に関する資料を丹念に読んだ。船そのものよりも、海賊のガスパリラのほうに興味をそそられた。どうやらガスパリラという男は残虐な性格の持ち主だったようだ。ガスパリラは恋に落ち、そして拒絶され……嫉妬《しっと》に狂って、愛した女性を殺したのだろうか？　彼女の体に重しをつけて海へほうりこんだの？

現在の殺人者がしたように？

たとえそうだったとしても、今起こっていることと、どんなつながりがあるのだろう？　偶然の一致よ、とジュヌヴィエーヴは自分に言い聞かせた。それとも、純然たる狂気のなせるわざなのかしら？

それ以上考えたくなくて、ジュヌヴィエーヴは書類を押しやった。いったん立ちあがってそこを離れ、再び戻ってきて書類を机の引き出しへ入れると、カップに紅茶を注《つ》いでリビングルームへ向かった。テレビはわざとつけないでおいた。例の殺人事件のことはすでに知っている。その件に関していいニュースを聞けるとは思えない。

ようやくジュヌヴィエーヴはベッドに入った。われながら驚いたことに、気がついてみると自分が選んだ夜着を批判的に眺めていた。大きなＴシャツ。その着古した綿のＴシャツはとても着心地がいい。胸のところにコーヒーカップを持ったドーピーの絵。あやしい魅力を持つ女が身にまとう夜着ではない。

わたしは寝るときにいつもこんなものしか着ない、とジュヌヴィエーヴは思った。かまうものですか、どのみちわたしはひとりで寝るのだから。

しかしベッドへ入ったものの、ここ数日の夜と同じく、明かりを消す勇気がなかった。それにテレビの音がないのは寂しい。彼女はテレビをつけ、ニュースをやっていないチャンネルを慎重に選んだ。

ジュヌヴィエーヴは眠るのが怖いと思いながらもなんとか眠ろうとし、とうとう寝入った。

またもや海賊たちが現れた。ぼろぼろの汚らしい服を着て、海のなかを歩いてくる。骸《がい》骨《こつ》のような腕からぼろきれが垂れていた。きらめく武器が振りかざされた。腐った唇から朽ちた歯がのぞいている。

彼らはジュヌヴィエーヴをとり囲んだ。彼女をにらんだまま近づいてくる……。

そのとき、あの女性が現れた。髪をなびかせ、長く白いドレスをまとった女性が。その悲しそうな笑み。ささやき声。

〝気をつけなさい〟

すさまじい恐怖がジュヌヴィエーヴを襲い、人間の魂が生き残るための戦いを繰り広げる、本能が支配する場所を揺り動かした。

彼女は目覚め、あえぎながら起きあがった。

部屋のなかにはだれもいなかった。明かりはついたままだ。

テレビは古いホームドラマをやっている。

ジュヌヴィエーヴは激しく身震いして、無理やり呼吸をしようとした。そして立ちあがろうとした。

立ちあがりかけたとき、水が見えた。

おびただしい海水がベッドの周囲を濡《ぬ》らしていた。

8

ソアはまっすぐベッドへは行かなかった。歩いてコテージへ帰る途中、まだジェイ・ゴンザレスがダイバーの一団と一緒にいるのを目にした。彼らは散会する前にティキ・バーへ寄って、最後の一杯をやることにしたようだ。ソアはジェイに興味を引かれた。

「それで、きみはどう思う?」カウンターのジェイの隣に腰をおろして、ソアは尋ねた。ビールをすすっていたジェイがソアをじっと見た。なんの話をしているのか、よくわかっているのだ。「どう思うかって?」ジェイはぼそぼそと言った。「正気じゃない人間が野放しになっているんだと思うよ。もちろん、そういうやつはいつだってどこかにいるものだが、そいつはこの近辺にいる」

「犯人は地元の人間だと考えているのか?」

「いや、そうじゃない。もっとも、ぼくは殺人者が地元の人間でないことを願っているからね。もちろん、犯人がこの島の出身者だと考える理由は何ひとつない。このあたりの海は、フロリダ州南部の連中にとっては遊び場みたいなものだ」ジェイは言葉を切り、ビールの瓶を掲げた。「だが、あの女性はこのあたりで殺されたんだろうか？　そのとおり。死体が打ちあげられた場所から推測して……キーウェストの近海で殺されたに違いない。でも、彼女が船から投げ捨てられたのはたしかなんだし、船はどこかからだってやってこられる」

「あの死体には重しがつけられていた。そこから何か手がかりが得られるんじゃないか？」

「縄の切れ端がついていたが、たとえ調べてみたところで、国じゅうのあらゆる金物店や船舶用具店で売っているものだということが判明するだけだろう。重しについては、どんなものが使われたのか、まったく見当がつかない」ジェイは真剣なまなざしでソアを見つめた。「もう一度、警察の潜水士が海へ潜って、ジュヌヴィエーヴが最初に死体を見たあたりを捜索することになっている。もし使われた重しを発見できれば、有力な手がかりになるだろう。もちろん死体の身元が判明すれば、それが何よりも事件の解明に役立つだろうけれどね」

海のなかで見た女と浜辺へ打ちあげられた女は別人だったというジュヌヴィエーヴの話を、ソアは自分の胸にしまっておくことにした。「われわれも海へ潜るときは、手がかりになりそうなものがないか注意しておくよ」彼はジェイに請けあった。そしてためらってから言い添えた。「もう一度、死体を見せてもらえないかな？　検死官とも話をさせてもらえたらありがたいんだが」

ジェイは驚いた表情で、ソアをまじまじと見つめた。それから顔をしかめた。「たぶん手配できるだろう。きみたちは政府から〈マリー・ジョゼフィーン〉の捜索を請け負っているのだから、きみたちが海中で発見するものは、きみたち自身にとっても、われわれにとっても、同じくらい重要な意味を持つんじゃないかな。明日、ぼくのほうから連絡するよ」ジェイがソアに名刺を渡したので、ソアも彼に名刺を渡した。

そのとき、ベサニーがスツールからすべりおりておやすみの挨拶《あいさつ》をした。アレックスとヴィクターが彼女のあとを追うように出ていき、すぐにリジーとザックも帰っていった。しばらくしてマーシャルもあくびをして立ち去り、残ったのはジャックとジェイとソアだけになった。ジャックは愛する故郷が忌まわしい殺人事件によって汚されたとかなんとか不平をこぼし、首を振りながら帰っていった。クリントさえも寝に行ってしまい、ジェイとソアが別れたときは店にだれもいなかった。

ソアがコテージへ帰ってちょうどシャワーを浴びおえたとき、ドアをノックする音がした。

今は午前二時。バーのはしごをしている人たちにとっては遅い時刻とは言えないが、それにしても……。

彼は腰にタオルを巻いてドアへ歩いていった。

「ソア？」

　ジュヌヴィエーヴの声がしたので、ソアは驚いた。

　彼がドアを開けると、ジュヌヴィエーヴが駆けこんできた。ソアが半裸であることにさえ気づかないようだ。

　だいたい、ジュヌヴィエーヴ自身のいでたちが奇妙だった。たった今まで眠っていたかのように髪はくしゃくしゃで、それがかえってベッドを出たばかりのセクシーな魅力を放っている。着ているのは大きなTシャツで、ソアは前に彼女が似たような服を着ていたのを見た覚えがあった。彼女はハイヒールのサンダルを履き、手には小型のバッグをさげている。

「いったい……どうしたんだ？」ソアは尋ねた。

　ジュヌヴィエーヴはさっさとリビングルームへ歩いていってソファベッドに腰をおろし、ソアを見あげた。

「わたし……眠れなくて。あなたがまだ起きているかもしれないと思ったの」

「何かにおびえているのか？」ソアはきいた。

「いいえ」ジュヌヴィエーヴは作り笑いを浮かべて嘘《うそ》をついた。

「そうかな。きみは安全な自宅にいた。それなのにわざわざそこを出て、忌まわしい殺人の犠牲者が発見されたばかりだというのに、ここまで町のなかを歩いてきたのか？　ただ夜中におしゃべりをしたくなっただけで？」

ジュヌヴィエーヴはまっすぐソアを見つめた。「ええ」

「なるほど」ソアは彼女の目を見つめ返した。「そうか」しばらくして言った。「ぼくは光栄に思うべきだろうね」

ジュヌヴィエーヴは驚いた顔をした。友人を差しおいてソアのところへ来たのは不自然きわまりないことに、ようやく気づいたようだ。

口ではなんと言おうと、ジュヌヴィエーヴが何かにおびえていることをソアは見てとった。

「何かあったのか？」彼は尋ねた。

思案するかのように、ジュヌヴィエーヴはゆっくりと首を振った。「いいえ」

「なるほど」ソアはジュヌヴィエーヴから三十センチほど離れたソファベッドの上に腰をおろし、膝の上でゆったり手を組んだ。「きみはぼくと離れていることに耐えられなくなったんだね？」

ジュヌヴィエーヴは目を細めた。「あなたはたしかにいい人よ」彼女はささやいた。「そういう気にさわることさえ口にしなければ」

「それはどうも」

「どういたしまして」

「きみだっていい人だよ」ソアは言った。

彼女が鋭い視線を向けた。「頭がどうかしていないときは、でしょう？」

ソアはほほえんだ。「きみはただのいい人なんかじゃない。それはきみ自身がよく知っているはずだ。きみは十代の若者のエロティックな夢から抜けだしてきたような魅力にあふれている。そればかりか、部屋のなかをぱっと明るくさせる笑顔の持ち主で、頭が切れ、好奇心が強くて……」彼はにっこりした。「しかも優秀なダイバーだ」

ソアの賞賛の言葉に心底驚いたのか、聞いているうちにジュヌヴィエーヴの目が大きく見開かれていった。

「どうした？　はっきり言うよ、ぼくはきみに引かれている。魅了されていると言ってい い。ありきたりの女だと思っていたら、一夜のセックスと引き換えに船を賭《か》けたりしなかっただろう」ソアは苦笑して言った。そして、タオルを巻いただけの姿で本音を打ち明けたのはまずかったかもしれないと思った。

ジュヌヴィエーヴは頬を赤く染めて視線をそらした。「まるで女を相手にするのが苦手みたいな言い方ね」彼女はささやいた。「雑誌ではあなたのことを……なんと呼んでいたかしら？　ああ、そうそう。青銅の神。ヴァイキングの冒険家。海のインディ・ジョーンズ」

「ぼくは用心深くてね、雑誌や新聞に書いてあることは信じないことにしているんだ」ソアはきっぱり言った。

ジュヌヴィエーヴがほほえんだ。

「それはそうと、きみはぼくと寝るためにここへ来たんじゃないんだろう?」ソアは静かに尋ねた。「それとも、そのために来たのかな。だとしても、ひとりで寝るのは怖いので、だれでもいいから一緒に寝てくれる人のところへ行こうと考えてここへ来たのなら、ぼくはいやだね」

ソアの言葉を聞いて、ジュヌヴィエーヴはますます頬を赤らめた。彼女はソアから目をそらしたままだった。「わたしが賭《かけ》に負けたという事実があるじゃない」彼女はぼそぼそと言った。

「それに関しては議論の余地があるよ。そう認めるのは簡単ではないが。ぼくは負けを認めるのが苦手だからね」ソアは言った。

「わたしがあなたに引かれていることを認めたとしたら?」ようやくジュヌヴィエーヴはソアのほうを向いた。

ぼくは愚か者だ、とソアは思った。男の風上にも置けないやつだ。ここにジュヌヴィエーヴがいるというのに……いい香りをさせて、ぼくとふたりきり、ほんの数センチ離れたところに。彼女の体温と香りが触手をのばして、ぼくの五感に攻撃を加えてくる。それなのにばかげた理由から、ぼくはジュヌヴィエーヴを拒んでいる。本当は彼女が欲しくてたまらないくせに。

ソアは自分自身をののしった。ジュヌヴィエーヴの肌は黄金色に輝いている。形よく盛りあがった胸の線をあらわに見せている薄いTシャツに覆われた、やわらかそうな肌。いったいぼくはどうなってしまったんだ？　今までこれほどばかげた規則を自らに課したことはなかった。こちらの求めている女がぼくを求めてきたら、いつもそれで充分だったのに。

「朝までいていいよ、ここで寝ればいい」ソアはつぶやいた。「無理してぼくと寝なくてもいいんだ」

ソアにはジュヌヴィエーヴの鼓動が感じられるようだった。ほんの少し手をのばせば、彼女にふれることができる。そうして数分間ふれていれば、ジュヌヴィエーヴを自分のものにできるだろう。彼女の心と体を高ぶらせ、時間も場所も忘れさせて、一緒に快楽にふけることができるのだ。どうしてそうしない？　ぼくのほうこそ、頭がどうかしたのだろうか？

ジュヌヴィエーヴが口もとに意味ありげな、あるいは辛辣《しんらつ》と言ってもいい笑みを浮かべてソアを見あげた。「あなたはわたしに魅了されているんじゃなかったの？」彼女は言った。そのささやき声は、まだ苦しみ方が足りないと言わんばかりにソアを苦しめた。ジュヌヴィエーヴの声の響きが彼の肌にふれ、血管のなかに忍びこみ、血と一緒に体内をめぐって内側から肉をなでるような気がした。

「ぼくは純粋な欲望以外の理由でするセックスがあるとは信じていないんだ」ソアは言った。

「あなたはわたしが欲しくないの？」ジュヌヴィエーヴがきいた。

またもや彼女の声のあの響き。喉を鳴らす猫を思わせる、かすれた声。

「ぼくがセックスをしたいのは、ぼくを欲しいと思ってくれる相手とだ」

「青銅の神を欲しがらない人なんているかしら？」

「ぼくは慎み深い人間であろうと努力している。正直なところ、きみを前にして慎み深くしているのは簡単ではないけどね」ソアは白状した。

驚いたことに、ジュヌヴィエーヴが立ちあがって頭からTシャツを脱いだ。下に着ているのは繊細なレースのショーツだけだった。それと革紐《かわひも》のついたハイヒールのサンダル。赤褐色の長い髪が、むきだしの肩から豊かな胸のふくらみにかかっている。彼女の体は健康そのもので、美しい曲線を描く腰も、平らな腹部も、日焼けした肌も、見る者の欲望をかきたてた。

ジュヌヴィエーヴの脚の長さは見事だった。ヒールの高いサンダルがそれをさらに強調している。上のほうも……。

「女は相手の男性を魅力的と思わなかったら、一夜のセックスを賭けたりしないものよ」

そう言って、ジュヌヴィエーヴはほほえんだ。ソアの欲望を揺り動かし、魂にまでくいこんでくる笑みだった。それから彼女はベッドルームへ歩いていった。リビングルームとのあいだを隔てるついたてにぼんやり映ったジュヌヴィエーヴのシルエットが、彼の心をさらにあおりたてた。

ソアは驚きのあまり呆然《ぼうぜん》として、しばらく座りこんだままでいた。それからさっと立ちあがり、ジュヌヴィエーヴのあとを追った。

部屋の明かりがやわらかな光を放つなか、ふたりはベッドを隔てて向かいあった。ジュヌヴィエーヴはサンダルを脱ぎ捨て、ベッドをまわりこんでソアのところへ来ると、体をぴったり押しつけて彼の首に両腕をまわし、指を髪のなかへ差し入れた。タオルが落ちたが、ソアは拾おうともしなかった。

ジュヌヴィエーヴが爪先立ちになって唇を求めてきた。ソアは彼女が背のびをしなくてすむように頭をさげた。ジュヌヴィエーヴはソアが彼女を求めていると確信したらしく、まるでひとつにとけあおうとするかのように、ほてった体を押しつけてくる。ソアは彼女の顎をつかんで唇を重ね、舌を口の奥深くへ差し入れた。彼のなかで緊張が一気に高まり、純粋な欲望が嵐《あらし》の海のうねりのように襲ってきた。ジュヌヴィエーヴの唇をむさぼるソアの血は彼女の味わいに、香りに、感触にわきかえった。彼女はあまりにも甘く、さわやかで、ソアが夢見てきたものすべてを備えている。そんなジュヌヴィエーヴを彼は拒絶しようと決意していたのだ。生命力と情熱にあふれる彼女の美しい体は、まさに罪そのものだった。

　ジュヌヴィエーヴにキスをしたソアは、歓《よろこ》びのあまり少しだけわれを失ったように感じ、彼女の肌を両手でなでた。すると彼女が震えていることが感じられ、ソアは唇を離した。

「怖いのかい？」ソアはそっと尋ねた。

「あなたが？」ジュヌヴィエーヴがささやいた。「ええ、怖いわ」からかいの口調ではあったが、彼女の言葉は真実だった。それがどんなふうに真実なのか、彼にはわからなかった。

「夜も……怖いのか？」ソアはなおも尋ねた。

「ええ、それも」ジュヌヴィエーヴは認めた。

　ソアはジュヌヴィエーヴが夜を恐れる理由を知りたかった。どんな悪魔が彼女を苦しめているのだろう？　だが、焼けるような欲望が正気に打ち勝った。知ったことか。今この瞬間は……分別などくそくらえだ。ソアの口が再びジュヌヴィエーヴの口を求めた。ジュヌヴィエーヴの指が背中を伝いおりてヒップに達したのを感じたソアは、彼女をぎゅっと抱きしめてベッドへ倒れこみ、上に覆いかぶさった。彼女の口から大きく息が漏れる。ソアを見るジュヌヴィエーヴの目はきらきら輝き、口もとにはまた例の笑みが浮かんだ。見る者の欲望をそそるセクシーな笑みが。ジュヌヴィエーヴの指が彼の胸をなでて下へ移動し、屹立《きつりつ》したものを握った。ソアは低いうめき声をあげて再び体を重ね、キスをしながら両手で肌をまさぐったあと、今度は唇で彼女の肌をむさぼった。夢中で愛撫《あいぶ》し、鎖骨に沿って唇を這《は》わせ、指と舌で羽根のように軽くふれる。それから手を乳房にあてがって乳首を口に含んだ。さらに手を下にすべらせて腹部をなで、繊細なレースのショーツにふれる。彼はこするように体を下へずらし、肌と肌を隔てている薄い生地の上で舌を躍らせながら、指をレースのなかへすべりこませた。

ジュヌヴィエーヴがソアの下で体を揺り動かした。彼はレースの細い紐を見つけてショーツをとり去り、脚のあいだをまさぐった。ジュヌヴィエーヴの全身を興奮の震えが走るのを感じ、さらに愛撫して彼女を熱狂の高みへと駆りたてる。ジュヌヴィエーヴは叫び声をあげて身をそらし、キスを求めてきた。世界が自分たちの熱い鼓動の響きで満たされるのを感じながら、ふたりはしっかりと抱きあった。それからソアは彼女の脚をつかんで自分の体にまわさせ、一気に押し入った。ジュヌヴィエーヴとひとつになったソアは、彼女の体の狂ったような脈動を感じ、炸裂《さくれつ》しそうな自分の欲望を必死にこらえようとしたが、あまりにも甘美な高まりをどうすることもできなかった。ジュヌヴィエーヴが身をこわばらせ、腕のなかで身もだえするのを感じた彼は、自らをとき放って絶頂へとのぼりつめた。ソアはジュヌヴィエーヴを放すことができず、彼女もそのままじっとしていたいようだった。ぎゅっと抱きしめると、彼女の体にかすかな震えが走った。ソアは抱きあったままジュヌヴィエーヴのかたわらに横たわり、いつまでもこうしていたい、いつまでも彼女とつながっていたいと願った。やがてふたりの肌を覆う汗が冷たくなっているのに気づいたソアは、いっそう強く彼女を抱きしめた。互いの鼓動がゆるやかになって普通の速さになるのを聞き、ジュヌヴィエーヴのなかの小さな震えや動きを感じながら、彼女の髪に顔をうずめた。

やがてソアは気持ちを奮い立たせて上半身を起こし、ジュヌヴィエーヴを見た。彼女がしっかりしたまなざしで見つめ返してくる。

「今のは……」ソアは言いかけて言葉に詰まった。

ジュヌヴィエーヴがにっこりした。「悪くなかったわ」口もとにからかうような笑みを浮かべて言う。

「悪くなかった、だって？」

「本物の北欧の神を相手にしているみたいだった」

「それならよかった」ソアは言った。

「雷鳴や稲妻を感じたわ」ジュヌヴィエーヴはささやき、手をのばしてソアの顔にふれた。

「神より、もっとすばらしかったかも……」

「そんなことはありえないさ」ソアは言った。ジュヌヴィエーヴが目を伏せたので、彼女が何を考えているのか読みとれなかった。「はっきり言っておくが、男を台座にのせてあがめてはいけないよ」彼は忠告した。

「あなたはあがめてもらいたくないの？」ジュヌヴィエーヴがソアの目を見つめて、軽く問い返した。

ソアは首を振った。「台座から転げ落ちたくないからね」そして、彼はまじめな口調で尋ねた。「どうしてぼくが怖いんだい？」

「正直に言うと、あなたが怖いわけではないの」ジュヌヴィエーヴはつぶやいた。

「だったら、何を怖がっているんだ？」

「わたし自身を」ジュヌヴィエーヴはつぶやき、視線をそらした。それから再びソアを見あげた。その場の状況を考えれば奇妙としか言いようがないほどとり澄ました、はにかんでいるような声で尋ねる。「わたし、ここにいてもいい？」

「冗談を言っているのかい？」

「わたし――」

「もしきみが帰ろうとしたら、ぼくは祖先たちと同じように暴力に訴えて、きみの頭を殴りつけて力ずくで引きとめるからね」ソアはまじめな顔で断言した。

ジュヌヴィエーヴの目に浮かんだ感謝の色を見て、ソアは彼女の性的な魅力に欲望をかきたてられたのと同じくらい激しく心を揺さぶられた。あるいは、もっと激しかったかもしれない。

「ありがとう」

「どういたしまして」

ジュヌヴィエーヴは笑い、ソアの腕に身を任せた。彼は片肘をつき、ジュヌヴィエーヴの背中をゆっくりとなでた。

「さっき口にしたことの意味を説明してくれないんだね」

「わたし、なんて言った？」ジュヌヴィエーヴが小声で尋ねた。

「きみは自分自身を怖がっているって」

腕のなかで身をこわばらせたジュヌヴィエーヴの緊張が伝わってきた。「別になんでもないわ」彼女はささやいた。

ソアはもっと強く問いただしたかったが、やめておいた。今は真実を知りたいという思いよりも、ジュヌヴィエーヴにくつろいだ気分でそばにいてもらいたいという気持ちのほうがまさっていた。ソアは枕《まくら》に頭をのせ、優美な線を描いている彼女の背中をずっとなでていた。しばらくして、ジュヌヴィエーヴが眠ったのが感じられた。ソアのセックスの手腕に関するジュヌヴィエーヴの言葉が何を意味していたのかは理解できなかったが、彼女が安心しきったように眠っているのを見て、彼は深い満足感を覚えた。

夜がふけたころ、ジュヌヴィエーヴが身じろぎをしたのを感じてソアは目を覚ました。

今度のセックスは彼の腹部をなでるジュヌヴィエーヴの指の動きで始まり、やがてふたりはひとつに結ばれた。まもなく完全に目覚めたソアは、最初のときと同じくらい激しく、熱く、われを忘れて愛を交わした。やがて訪れたクライマックスも先ほどに劣らず強烈で、あとには甘美な余韻が続いた。ふたりは気だるさに身を任せて言葉もなく横たわり、ジュヌヴィエーヴはすっかり信頼しきったようにソアに寄り添って、再び眠りの世界へ入っていった。

ソアは眠っているジュヌヴィエーヴを眺めた。彼女は信じられないほどすばらしい。情熱的で、生き生きとしていて、刺激的だ。ジュヌヴィエーヴとベッドをともにするなんて、ぼくはどうかしている。なぜなら彼女は……。

幽霊を見ているから。それなのにぼくときたら、まるで渦のなかへ引きこまれるようにジュヌヴィエーヴの世界へ引きずりこまれた。むざむざそんな事態を招くなんて、ぼくは頭がどうかしているとしか言いようがない。なぜなら……。

完全に正気を失っている相手に恋をするのは、狂気の沙汰《さた》でしかないからだ。

ジュヌヴィエーヴは自分がしたことを後悔する気はさらさらなかった。これまで彼女は、軽い気持ちでだれかとベッドをともにしたことは一度もない。そんな関係になるときは、必ずどこかに真剣な思いがあった。もちろん、ソアとばかげた賭をしたときは別だ。けれども、そのときでさえ……彼を途方もなく傲慢《ごうまん》で不愉快な人だと思っていたにもかかわらず、一方では強く引かれていた。最初は、ただ性的な魅力を感じていただけかもしれないけれど。朝になって目を覚ましたジュヌヴィエーヴは考えにふけった。残念ながら、こうしてソアの腕に抱かれていると本当に心地よくて、不思議なほど安心していられるし、彼が魅力的だということを認めざるをえなくなる。ソアは傲慢でもなければ、不愉快な人でもない。わたしは彼が好きだ。もっと困ったことに、単に好きというだけではなく、心酔している。

ゆうべのソアは親切だった。

親切ですって？　わたしが欲しいのは親切などではない。もっとも、わたしたちは信じられないほど相性がよかったが。だからといって、ソアがわたしの正気を疑っていないことにはならない。なんといっても、わたしはソアの前で裸になり、彼をベッドへ誘ったのだ。そんな女性を拒絶する男性は、そうはいないだろう。

わたしたちは永遠の誓いを交わしはしなかった。いずれにせよ、わたしはそんな関係を望んではいない。本当の結びつきは単なるセックス以上のもの、お互いに対する真の理解でなければならない。とはいえ……わたしはソアに引かれている。ふたりの関係を単なるなりゆきで終わらせたくはない。

ソアのそばで眠ったら、夢に幽霊たちは出てこなかった。眠っているあいだでさえ、わたしは彼との強いつながりを感じ、守ってもらえると安心しきっていた。

ソアが起きあがった。彼がバスルームへ入ってシャワーを浴びる音を、ジュヌヴィエーヴは聞いた。数分後、ソアは腰にタオルを巻いて簡易キッチンへ行き、コーヒーをいれ始めた。彼女がベッドを出てシャワーを浴びに行き、同じようにタオルを巻いて出てくると、ちょうどコーヒーができたところで、ソアがカップに注《つ》いでくれた。

「おはよう。ここに泊まったことを後悔しているんじゃないか?」ソアが尋ねた。

ジュヌヴィエーヴは首を振った。「わたしは自分の意志でここへ来たのよ、覚えているでしょう?」

「ぼくには、いまだにきみが来た理由がわからないんだ」ソアが言った。

それがそんなに重要な問題かしら、とジュヌヴィエーヴは尋ねたかったが、それをこらえて代わりに言った。「おいしいコーヒーね」

「前もって分量ごとのパック詰めになっているから、だれがいれてもおいしいんだ」

ソアはジュヌヴィエーヴをじっと見ながら言った。そしてコーヒーのカップを置き、彼女の肩に腕をまわした。

「夜が明けたら、きみは帰ってしまうんじゃないかと思っていたよ」

「そんなつもりはなかったわ」ジュヌヴィエーヴは静かに言った。

「ここに泊まったことをだれにも知られないよう、こっそり出してもらいたいんじゃないのかい?」ソアが愉快そうな声できいた。

「いいえ。わたしが泊まったことを、あなたがだれにも知られたくないというなら話は別だけど」ジュヌヴィエーヴは応じた。

それを聞いて、ソアの顔に笑みが広がった。その笑みが何を意味しているのか、ジュヌヴィエーヴには理解できなかった。

「ただ、ベサニーと昼食を一緒にとる約束をしてあるの。古い友達と会うことになっているのよ」

「ああ、そうか。例の神秘主義者だね」ソアはさも不気味そうな声で、その言葉を口にした。

ジュヌヴィエーヴはさりげない口調を保とうとした。「ほかの人に話してもらっては困るんだけど、オードリーは幽霊など見えないことを自分で認めたわ。彼女は職業として占い師を選んでいるだけだけれど、かなり繁盛しているみたい。キーウェストでするのに悪い仕事ではないわ」

ソアはうなずき、先を待った。

「でも正直なところ」ジュヌヴィエーヴは後悔をにじませた口調で言った。「わたしが着てきたのは人に見られてもかまわない服ではないし、もうだれかが起きだして外へ出ているかもしれない。もっとも、今さらそんなことを言っても無駄かもね。ハイヒールのサンダルにパジャマ代わりのTシャツ姿で、町を歩いてきたんですもの」

「サンダルは捨てればいい。Tシャツは水着の上に着ているふりをすればいいさ」ソアがまじめな口調で言った。「どうってことないよ。それでも気になるのなら、ぼくに鍵《かぎ》を貸してくれ。きみのコテージへ行って、適当な服を持ってきてあげよう。でもその前に、どうしてサンダルにTシャツ姿でキーウェストの通りを歩いてきたのか、理由を話してくれないか？」

ジュヌヴィエーヴはソアの言葉の後半を無視した。朝の光のなかで見る彼は、いつにも増して背が高く、たくましくて、実務的な人間に見える。分別があって、きまじめで、現実世界に住んでいる人間に。自分に注がれるソアの視線と肩に置かれた彼の手を感じながらその場に立っていると、ジュヌヴィエーヴはますます強く彼に引きつけられた。五感だけでなく心をいたぶる小さな痛みを感じる。この男性は完璧《かんぺき》だ。わたしが愛するものを、この人も愛している。それに、ソアはわたしが考えもしなかった常識の持ち主のようだ。わたしは彼と……。

そう、わたしはソアと寝たい。でもそれだけではなく、彼と一緒に朝食をとり、浜辺を散歩して……彼の腕のなかで丸くなって映画を見たり、乗馬に出かけたり……いつまでもともに過ごしたい。

「わたしのコテージへ行って、服をとってきてくれたらありがたいわ」ジュヌヴィエーヴは言った。

「いいとも」

だが、相変わらずソアはジュヌヴィエーヴを見つめている。やがて彼の顔に笑みが浮かんだ。その笑みを見て、彼女はソアが何を感じているのかを悟った。欲望が熱い奔流となってジュヌヴィエーヴの体を走り抜け、筋肉を震わせた。

ソアがジュヌヴィエーヴの手からコーヒーのカップを受けとって片づけ、再び彼女を腕のなかに抱いた。ベッドへたどり着いたときには、ふたりのタオルはどこかへ消えていた。彼のささやきやしぐさのすべてがエロティックだった。それは単に、ソアが信じられないほどすばらしい恋人だからかしら？　それとも彼だから？　ジュヌヴィエーヴはぼんやりと考えた。肌にあたるソアの息が興奮をあおる。彼の指の感触……潤いのあるキス。ジュヌヴィエーヴがソアにふれると……彼の筋肉を伝わる緊張の波や脈打つ鼓動を感じて、いっそう気持ちが高ぶった。最後に訪れたのは、野火のように広がる甘美な興奮と苦悩、熱望、強烈な絶頂感……そして体にまわされたソアの腕の感触だった。彼はジュヌヴィエーヴをこの世でもっともすばらしい女と思っているかのように、いとおしげに抱きしめていた。

やがて、後悔の低いため息が漏れた。「もう一度、コーヒーをいれたほうがよさそうだね」ソアはささやいて立ちあがった。ジュヌヴィエーヴはシャワーの音を聞き、バスルームへ行って一緒にシャワーを浴びたいという衝動に駆られた。

でも、今日は予定がある。大事な予定が。

ものすごく重要な予定だ。

バスルームから出てきたソアを見て、ジュヌヴィエーヴは驚いた。まるで仕事上の会議にでも出かけるかのように黒いスラックスをはき、シャツを着ていたからだ。けれども、ソアがなにも説明しようとしないので、これから彼がどこへ何をしに行こうと自分が口を出すことではないと思い、彼女はきかないでおくことにした。

「コテージの鍵を貸してくれ。どんな服が欲しいか教えてくれたら、探してくるよ」ソアが言った。

三十分後、ソアはジュヌヴィエーヴに言われた服を抱えて戻ってきた。彼女は礼を言い、シャワーを浴びて服を着た。バスルームから出てきたときには、ソアはポーチでコーヒーを飲んでいた。

「ぼくたちの関係は、いずれみんなに知れ渡ってしまうだろうな」砂浜の向こうを眺めながら、ソアは言った。「きみのコテージへ行くときに、ジャックとアレックスにでくわしたよ」彼はジュヌヴィエーヴに笑いかけた。「たぶん今日は、ぼくたちの話題で持ちきりだろう」

ジュヌヴィエーヴは肩をすくめた。「あなたが気にしないなら、わたしも気にしないわ」

ソアが真剣なまなざしを向けてきたので、ジュヌヴィエーヴは驚いた。「ぼくは人に隠しておかなくてはいけないようなことは、めったにしない」彼は言った。「だれかにどうしてもと頼まれれば別だが」彼女に向かってにっこりする。「これは一夜限りの情事ではないんだろう?」

その率直な問いかけになぜかジュヌヴィエーヴは体がぞくぞくして、再び熱い興奮を覚えた。

「もう二度とあなたとベッドをともにできないとは思いたくないわ」ジュヌヴィエーヴはそっと言った。

「じゃあ、またあとで会おう」

ジュヌヴィエーヴはほほえんで砂浜を歩きだしてから、立ちどまって振り返った。「たぶん、あとでティキ・バーへ行くと思うわ」

「今日は用事があるんだが、それをすませたら必ず行くよ」

その言葉だけで有頂天になるなんてどうかしていると思いながら、ジュヌヴィエーヴはさりげなく手を振ってベサニーのコテージへ向かった。

ベサニーは一部始終を窓から見ていたのだろう、ジュヌヴィエーヴがポーチの手前まで来ると、ドアがぱっと開いた。

「おはよう」ベサニーが言った。顔いっぱいに笑みを浮かべている。

「おはよう」

「それだけ？」ベサニーはジュヌヴィエーヴの腕をつかみ、コテージのなかへ文字どおり引きずりこんだ。「おはよう、だけ？」そう言って、まじまじとジュヌヴィエーヴの目をのぞきこむ。「まあ、驚いた。あなた、彼と寝たのね！」

「ベサニー……」

「詳しく話して！」

「いやよ」

「知っていたわ。あなたたちが一緒にいるのをはじめて見た瞬間にわかったの。まるで空中を電気が走っているみたいだった。ふたりが見つめあっているのを見ているだけで、こっちまで熱くなったわ」

「もういいわ、わかったわよ」

「彼はすばらしかった？」ベサニーが熱っぽい口調できいた。

「ベサニーったら！」

「どうだったの？」

「ええ。さあ、もう昼食に出かけられる？」

「昼食ですって？　あなたときたら、彼のコテージで夢のような夜を過ごしたばかりだというのに、もう昼食の心配をしているの？　あなたがここに来ていることが、わたしには信じられないわ」

ジュヌヴィエーヴはうめいた。「ベサニー……」ためらってから続ける。「ねえ、わたしには今も助けが必要なのよ」彼女は静かに言った。

ベサニーは急にまじめな表情になり、ジュヌヴィエーヴをぎゅっと抱きしめた。「きっと何もかもうまくいくわ。本当よ。でも……待って」彼女はジュヌヴィエーヴの目をじっと見つめた。「また何か起こったのね。ああ、なんてこと！　だからあなたは彼のコテージへ行って泊まったんだわ。ゆうべ、あなたは自宅に帰った。それなのにここへ戻ってきたのは、何かあったからでしょう？」

「何もないわ。だれかと一緒にいたかっただけよ」

「嘘つきね」

「ひとりきりでいたくなかったの」

ベサニーは鋭い視線をジュヌヴィエーヴに注いだ。「ふうん。あなたはずっと昔から、わたしを知っている。それにヴィクターだって。アレックスはわたしたちのチームの一員だし、マーシャルは……そう、おじさんみたいな存在だわ。それにあなたはジャックを子供のころから知っているじゃない。それなのに、あなたはだれのところへ行った？　ソア・トンプソンのところよ」

「ベサニー、もう出かけないと」

「そうね、出かけましょう。歩きながら詳しい話を聞かせてもらうわ」

「じゃあ、とうとうジェンをおまえさんのねぐらへ引きずりこめたんだな?」ジャックがにやにやしながら言った。「それは光栄に思うべきだ。あの子は男と遊びまわるような娘じゃない。えり好みが激しいのさ。言い寄ってくる男はたくさんいるから、よりどりみどりってわけだ。それにしても、彼女は最高だっただろう? いや、すまない、体験をもとに言ったんじゃないよ。ただ、ジェンが成長していく様子を見てきたから、そう思っただけだ。小さなころから、彼女はさぞかしすばらしい女になるだろうという気がしていたからな」

「彼女は美しい女性だ」出がけにティキ・バーへ寄ったことを後悔しながら、ソアは言った。ジュヌヴィエーヴが去って十分もしないうちにジェイから電話がかかってきて、一時間後にストック島の警察署で会う約束をした。ここへ寄ったのは、この店ならすぐに朝食がとれることを知っていたからだ。だが、すでにジャックが来ていて、オムレツを食べていた。ジャックが話しおえたところへヴィクターが現れた。

ソアは料理を注文したばかりなので、逃げるわけにいかなかった。

「おやおや……発見を一緒にするふたりは、寝るのも一緒なのかい?」ヴィクターがからかって、ソアやジャックと並んでカウンターのスツールに腰かけた。

ヴィクターがふたりの関係を知っているのは、ジャックがジュヌヴィエーヴの話をしていたからではないらしい。夜遅くに彼女がソアのコテージへ入っていって、今朝そこから出てきた様子が、大画面のテレビに生中継されていたのも同然だった。

「ジェンが幸せならかまわないよ」ジャックが相変わらずにやにやしながら言った。ソアの下で働いているにもかかわらず、まるで父親が娘の相手に警告を発しているような口ぶりだ。

「彼女が幸せなら、ぼくも幸せだ」ソアはさらりと言った。

「へえ？」ヴィクターは朝番のバーテンダーからコーヒーのカップを受けとり、ソアのほうを向いて言った。「でも、あんたは彼女は正気じゃないと考えているんだろう？　まあ、そんなことはどうでもいいか。ぼくだって、ジェンみたいな女性が進んで身を任せてきたら、喜んで受け入れるからな。たとえ相手の頭がどうかしていると思ってもね。だって、ベッドのなかでは正気である必要などないから。それどころか、少しばかり常軌を逸しているほうが楽しいんじゃないかな」

朝食などくそくらえ。ソアは立ちあがりながらも、ここにいる連中はジュヌヴィエーヴの友人なのだ、彼女のことを心配しているのだと考えようとした。それに、認めなければならないが、彼は後ろめたさを感じてもいた。

ソアは心の片隅で、距離を保っていたいと願っていた。ときおり幻覚症状を起こす女性と深い関係になりたくなかった。

「これから人と会う約束があるんだ。朝食は抜きにするよ」ソアは言った。

ソアがティキ・バーを去ろうとしているところへ、アレックスがやってきた。「やあ、聞いたよ、新しい関係が進行中なんだって?」

「うるさいぞ、アレックス」ソアはつぶやいて、駐車場へ向かった。

9

オードリーは昔と同じように美しく、どこまでも正常に見えた。三人は普通の人があまり行かないバハマ人街の近くにある〈ピアーズ〉という店を選んだ。店主のアンソニーが彼女たちのために特別のテーブルを用意してくれるのを待つあいだに、アンソニーはわたしの力を信じているのよ、とオードリーがふたりに教えた。

「どんな力？」ベサニーが尋ねた。「厳密に言うと」

「わたしが持っていない力のことよ」オードリーは残念そうに説明した。「あら、用意ができたみたい。ほら、あの噴水のそばのテーブルよ」三人がそこへ行って椅子に座るとき、オードリーは背の高いやせこけたバハマ人の店主にふたりを紹介した。

アンソニーはにっこりしてまずベサニーと握手をしたが、ジュヌヴィエーヴの手を握ったとたんに顔から笑みが消え、深刻な表情になった。

「あなたは助けを求めて来たのですね」アンソニーは重々しい口調で言った。

にわかに不安を覚えて、ジュヌヴィエーヴは首を振った。「ここには友達と昼食を食べに来ただけです」軽い口調で応じる。「すてきなお店ですね。今まで一度も来たことがないなんて、自分でも信じられないくらい」

アンソニーはジュヌヴィエーヴの言葉を受け流さなかった。彼女のほめ言葉に礼を述べさえしなかった。彼は首を振り、ジュヌヴィエーヴの理解できない言葉でなにかつぶやいたあと、彼女に言った。「わたしがあなたのために祈りましょう、われわれの特別の祈りを。死者がわれわれにまじって歩いていることを、わたしたちは知っています。ほかの人たちは愚かなのです。恐れているのです。そして見えないふりをしていれば、死者が去ってくれると考えています。しかし、それは間違いなのですよ。死者がこの世へ戻ってくるのには理由があるのです」

アンソニーは暗い表情でジュヌヴィエーヴにうなずきかけ、身震いをして三人に明るくほほえみかけた。

「どうぞ昼食を楽しんでください」

彼が去ったあと、三人は驚きのあまり、しばらく口をつぐんでいた。

ベサニーがテーブル越しに手をのばしてジュヌヴィエーヴの手に重ねた。「単なる偶然よ。彼はわたしたちのだれかに何か言わずにいられなかったんだわ。そして、たまたまあなたを選んだだけ」

「とんでもない！」オードリーが大声をあげた。「アンソニーはわかっているのよ」

ベサニーは目を見開いてオードリーを見た。「あなたは偽者なんでしょう。自分でそう言ったじゃない」

オードリーはため息をついた。「ええ、たしかにわたしは偽者よ。だからといって、本物の霊能者に知りあいがいないわけではないの。本当に不思議なものが……幽霊が見える人たちの噂《うわさ》をいろいろ聞いているわ」

「どういう意味?」ベサニーがきいた。

オードリーはジュヌヴィエーヴを見た。「勝手なようだけど、わたし、電話したの……ある人に」

「まあ、そんな」ジュヌヴィエーヴは低くうめいた。

オードリーは首を振った。「ううん、あなたはわかっていないのよ。わたしはその人の電話番号を友達から教わったんだけど、その友達もまた友達から教わったの……彼は政府のための調査を行っているんですって。彼は本物よ」

ジュヌヴィエーヴはため息をついた。「どうして本物だとわかるの?」

「だって、わたしはその人に関する記事を全部読んでいるし、セミナーにも出かけたりして……。信じてちょうだい、わたしが苦労しながらもこの商売をなんとかやっているのは、この業界の事情に通じているからなのよ。どの仕事でもそうでしょう? わたしは研究や調査を行うの。だから、わたしみたいな偽者について書かれたものか、それとも本物について書かれているのか、読めばわかるのよ。彼のことを調べてみたらいいわ。名前はアダム・ハリソン。〈ハリソン調査社〉という会社をやっているんだけど、彼も会社も仕事を求めてはいない。彼はお金のためにやっているんじゃないの」

「だったら、なぜ……」ベサニーが疑わしげに尋ねた。

「彼は何年も前に大切な人を亡くしたんですって。とにかく、彼にはこの世に存在しないものが見える人や、死者からのメッセージを受けとることができる人を見分ける特技があるのよ。彼自身にそんな能力はないけど、ほかの人に能力があるかどうかはわかるの。彼自身には幽霊が見えなくても、アンソニーが言ったように、なにもわかっていないわけではないんだわ。彼は知っているのよ」オードリーはハンドバッグから一枚の折りたたまれた紙をとりだして、ジュヌヴィエーヴに渡した。心霊現象の雑誌から切りとったものらしかった。「それを読めばわかるわ。今、あなたのまわりで不気味な出来事が起こっているんでしょう?」

　ウエイトレスが注文をとりに来たので、ジュヌヴィエーヴはオードリーの質問に答えるのを待った。

「ええ、不気味な出来事が起こっているわ」ウエイトレスが去ると、ジュヌヴィエーヴは小声で言った。

「あまりに不気味なものだから、彼女ときたら、ソアと関係を結んでしまったの」ベサニーがにやにやして言った。

オードリーはじっとジュヌヴィエーヴを見つめた。「あのソア・トンプソン？　すてきじゃない。もっとも……そうね、あなたにとって事態が変化するかもしれないわ」

「どんなふうに変化するの？」ジュヌヴィエーヴは尋ねた。

「それは、その、彼はひとりの女性と長くはつきあわないことで有名よ」オードリーはもごもごと言った。「だけどそれを言うなら、あなたは変わっているから」

わたしは変わっている、ええ、そのとおりよ。もっと悪いわ。はるかに悪い。わたしは頭がどうかしているんだもの。

「ありがとう」ジュヌヴィエーヴはつぶやいた。

オードリーは首を振った。「ごめんなさい、言い方がまずかったわ。でも、変わっているってどういうことか、わかるでしょう？」彼女は尋ねた。

「どういうこと？」

「そうね、あなたも知ってのとおり、わたしは自分が偽者だと言いつづけている。だけど、あなたに起こっていることを詳しく知らなくても……不気味な印象を受けるわ。まるで、あなたの周囲に霊気が漂っているような感じ。事実、このあいだの晩、あなたたちが帰ったあと、わたしは怖かった。ふたりが去ったあとに、黒い影のようなものが残っているみたいな気がしたの」

「彼女のせいよ、わたしではないわ」ベサニーが慌てて言った。

「ベサニー！」ジュヌヴィエーヴはぴしゃりと言った。

「ごめんなさい」

「とにかく心配いらないわ。さっき話したように、アダム・ハリソン本人が来ることになっているの。彼があなたと話をするでしょう。たぶん、調査員を二、三人連れてくるんじゃないかしら」

「オードリー、だめよ！　そんなことをしてもらっては困るわ。あなたは信じないかもしれないけど、こんなことが知られたら、わたしはすぐに今のプロジェクトから外されてしまうのよ」ジュヌヴィエーヴは抗議した。

「その人たちは大騒ぎなんてしない、目立たないように行動する人たちなの。信じてちょうだい。アダムは思慮深い人よ」

「まるでその人を知っているような話し方をするけど、実際は知らないんでしょう。あなたは友達から彼の電話番号をもらって、その友達はほかの友達からもらったんだもの」ジュヌヴィエーヴは言った。

「ジュヌヴィエーヴ、お願い、わたしを信じてちょうだい」オードリーが懇願した。

「信じているわ。ただ、わたしに相談しないで勝手に人を呼ぶようなことは、してもらいたくなかったの」ジュヌヴィエーヴは低い声で言った。

「あなた、これからもずっとおびえつづけてみじめな思いをしたいの?」オードリーがきいた。

「きっと大丈夫よ」ベサニーが穏やかに言った。「思慮深い人たちみたいだし、慎重に振る舞ってもらえば、だれにも気づかれないんじゃないかしら」

「気が進まないわ」ジュヌヴィエーヴは疑わしげに言った。

オードリーがひらひらと手を振った。「ほとんどの人は、幽霊なんて楽しい冗談だと考えている。みんな、ちょっと怖い思いをしては喜んでいるのよ」

「それは実際に幽霊を見ていないからだわ」ジュヌヴィエーヴは言った。

「少し心を開いてごらんなさい。たぶんその幽霊はあなたを助けようとしているのよ」オードリーはため息をついた。「わたしの前にも幽霊が現れて、宝物を見つけさせてくれたらいいのに」

「わたしが見つけたのは硬貨一枚だけよ」ジュヌヴィエーヴは言った。「とうてい宝物とは言えないわ」

「でも、彼女はあなたを宝物のところへ連れていこうとしている。彼女の望むようにさせなさい」オードリーは言った。そして再びハンドバッグに手を入れて、束ねた書類をとりだした。「あなたたちが捜している船について調べてみたわ。もちろんあなたたちもすでに調べたでしょうけど、わたしなりに調べたい理由があったの」彼女は鋭い目でジュヌヴイエーヴを見た。「あなたは海のなかで見た女性と浜辺で死体となって発見された女性が同一人物だとは思っていないんでしょう？」

ジュヌヴィエーヴはびっくりしてオードリーを見た。「どうしてあなたはそれを……。いいえ、いいわ。知りたくない」

「わたしは知っているの」オードリーが言った。「だから聞いてちょうだい、ガスパリラはひとりの女性に夢中だった。興味深いわね。だって、彼ならその気になれば略奪だろうが強姦《ごうかん》だろうがいくらでもできたはずだもの。ひょっとしたら、男の人というのは手に入らない女を欲しがるものなのかしら。いずれにせよ、ガスパリラは船長の娘のアンに心を奪われていた。ところがせっかく彼女をつかまえてみたら、彼女はアルドという若いスペイン人を愛していて、ガスパリラをはねつけたの。彼は荒々しい気性の持ち主として有名だったし、当時はちょっと逆らっただけでしばり首になる時代だった。人間の命など虫けら同然だったのよ。ガスパリラにとって、処刑は自分をはねつけた女への当然の罰だったんでしょうね。だから、あなたの前に現れる幽霊はアンではないかしら、船長の娘の」

「そうかもしれないわね」ジュヌヴィエーヴはつぶやいた。

「そう考えればつじつまが合うわ。彼女はあなたを好いている。たぶん彼女は知っているのよ、あなたの関心はただ宝物だけに向けられているのではないことを。それはともかく、アダムが来ればきっと不可解な出来事の原因をとき明かして、あなたに幽霊が見える理由を説明してくれるでしょう。あなたも心安らかに毎日を過ごせるようになるわ」

「それで、わたしは夜をどう過ごしたらいいの？」ジュヌヴィエーヴはきいた。

「簡単よ」オードリーはにっこりした。「毎晩、その魅力的な男性と寝ればいいの」


海水や塩分や飢えた海の生き物たちによって遺体はかなりの損傷を受けていたにもかかわらず、いまだにその若い女性が美しかったことは見てとれた。かつては。解剖のあとで再び縫いあわされた状態であっても、彼女が見事な骨格に恵まれていたという事実は隠せなかった。やわらかな髪は生まれながらの金髪だ。足首に残る跡は彼女が必死に縄をほどこうとした証拠であることを検死官が説明しているときに、ジェイの携帯電話が鳴った。検死官は淡々とした口ぶりで、ソアに肺のなかの水や眼球の血痕《けっこん》について説明を続けた。その口ぶりがあまりにも冷静なので、ストレッチャー越しにふたりの視線が合ったとき、ソアは検死官の目に悲しみの色が浮かんでいるのを見て驚いた。「かわいそうな娘だ」検死官が言った。「人生はまだこれからだったというのに。彼女は若かった。もっと生きたかっただろう」彼は静かに言い添え、ソアを見あげて続けた。「わたしには彼女と同い年くらいの娘がいる。この仕事を始めてもう何年にもなるが、人間が人間に対して行うこのような非人間的行為を前にすると、いまだにたじろがずにはいられないよ」

ジェイが部屋へ戻ってきた。「彼女の名前がわかった」彼は言った。「アマンダ・ワースという名前だ」

「家族は？」検死官がきいた。

ジェイは首を振った。「まだわからない。名前がわかったのは、警察へ匿名の電話があって、彼女がだれなのかを教えたからだ。彼女が何者だったのかを」

「それで、彼女は何者だったんだ？」ソアはきいた。

ジェイは困ったような顔をしてソアを見た。「マイアミの売春婦だ。どこか北のほうから南へ流れてきたらしい。これはぼくの推測だが、彼女はまず海辺でバーのウエイトレスとして出発し、そのあと、ある種のクラブで男たちと親しくしたほうがずっと金になることを知ったんじゃないかな。そうして何年もたつうちに、もっと若い娘たちが入ってくる。そうなると金のある男たちはだんだん興味を示さなくなる。彼女にとって商売は下降線をたどり始めた」ジェイは首を振った。「使い古しの老いぼれさ、それも三十歳で。やがて彼女はコカイン常用者になり、路上で客を拾うようになったというわけだ」

「悲しいことではあるが、驚くようなことじゃない」ソアは言った。「彼女はマイアミで悪い男と知りあったんだろう。男は彼女を船に乗せて海へ……そう、マイアミの船。きみたち警察にとって、わずかながら手がかりができたじゃないか」

ジェイは首を振った。「匿名で電話をかけてきた男は彼女をよく知っているようだった。その男の話によると、一週間ほど前、彼女はずいぶんはしゃいでいたそうだ。それで男は、彼女が単なる売春婦と客の関係ではなくなりそうな相手をつかまえたに違いないと思ったらしい」

「それで?」ソアは先を促した。

ジェイはソアを見てため息をついた。

「電話をしてきた男によれば、彼女は南へ行くと話していたそうだ。相手の男が彼女に自宅を見せたがっているからって。キーウェストの自宅を」ジェイは悲しげにまた首を振った。「まいったよ。犯人はこの島の人間だ」

「だとしたら、住民は用心する必要があるな」ソアは静かに言った。言い知れぬ不安に襲われて気持ちが落ち着かない。彼は理性的に考えて恐怖を払いのけようとした。なんといっても、ソアが知っている人々は、一緒に働いている人々は、売春婦でもコカイン常用者でもない。それに殺された女性はジュヌヴィエーヴのような赤褐色の髪ではなくて金髪だった。それを思いだしたソアは、髪の色が必ずしも殺害の動機に結びつきはしないだろうと考えたものの、なんとなくほっとした。ただ、ベサニーは金髪だ。彼女はもっと用心したほうがいいかもしれない。

困ったことに、ソアの考えは奇妙な方向へそれていった。自分ではそんなつもりがなかったのに、気がついてみるとすっかり巻きこまれ、心をかき乱されている。そう、まさしくかき乱されているとしか言いようがない。ぼくは幽霊が見える女性に心を奪われ始めている。そして、この町を殺人者が徘徊《はいかい》している。

そこにはなんのつながりもない、とソアは自分に言い聞かせた。

ソアとジェイは検死官に礼を述べてその場をあとにした。別れ際にソアはジェイに尋ねた。「きみの上司はぼくに警察のコンピューターを使わせてくれるかな?」

ジェイは肩をすくめた。「大丈夫だろう。きみのコネがあれば……断る理由はないさ。コンピューターで何を調べるつもりだ?」

ソアはためらった。「失踪《しっそう》者と……殺人事件だ」

「ここの犯罪発生率はそう高くないぞ」ジェイがいくぶん身構えた口調で言った。

「だったら、それだけ調べるのが楽でいい」ソアは応じた。


今日のおれは何かにとり憑《つ》かれている、いったいどうなってしまったんだ、とマーシャルはいぶかった。重要な発見というものは数日でなされるのではなく、数週間、あるいは数カ月かかるものであることは知っていた。たしかに硬貨を一枚発見したが、戦闘が行われた直後の船に嵐《あらし》がとどめの一撃を加えたことを考慮すれば、残骸《ざんがい》は一キロ半から二キロにわたって散らばっている可能性がある。

ひとりで潜るのはほめられたことではない。トップクラスのダイバーが、そうしてよく命を落とす。加えてマーシャルには仲間がいる、優秀な仲間が。

そのなかにはジュヌヴィエーヴ・ウォレスも含まれる。彼女は突然、狂気の世界へ迷いこんでしまったけれど、それでも最初の発見をした。だから……。

だから土曜日の今日、全員が仕事を休んだ。みんなは今、何をしていることやら。おそらくいやな出来事を忘れようとしているのだろう。浜辺に死体が打ちあげられるなんて、そうめったにあることではない。

マーシャル自身も気分があまりすぐれなかったが、海へ潜りたいという衝動を抑えきれなかった。それはじりじりする無意味な渇望のようだった。まるで彼にしたくないことを、すべきでないとわかっていることをさせようとして、だれかが背中を押しているような感じだ。しばらくマーシャルはその衝動と闘った。そして昼食をとったあと、すぐにひとりで海へ出た。目指す場所に到達した彼は潜水位置を示す旗を浮かべて海に潜った。

このあたりの珊瑚礁《さんごしょう》は自分のてのひらのように熟知している。この近海で長年過ごしてきた人間にとっては目印になるものがあるのだ。ちょうど陸地に高い建物や銅像、道路の曲折などがあるように。マーシャルはジュヌヴィエーヴとソアが金貨を発見した場所を知っていた。彼らはそこに位置を示すための真っ青な目印を残しておいた。

マーシャルの下の海底を枝珊瑚が覆っていた。この近辺には脳珊瑚もたくさん群生していて、魚も種類が多い。彼のまわりをさまざまな色をした無数の魚が勢いよく泳いでいく。ちょっとした凹凸や周囲と異なるものがないか注意して砂を探りながら、マーシャルは海底近くをゆっくり移動していった。

そうやって丹念に調べながら六メートルほど移動したとき、右の腿に最初の軽い衝撃を感じた。

マーシャルはさっと身構え、ふくらはぎに結わえてある水中ナイフへ手をのばした。

まず頭に浮かんだのは鮫《さめ》だった。

そう考えても怖くはなかった。仕事柄、これまで何度も鮫には遭遇している。レモン鮫《ざめ》、撞木《しゅもく》鮫、葦切《よしきり》鮫、汚れ鮫。ここは海洋で、鮫が生息しているのはあたりまえだ。ほとんどの場合、鮫はダイバーたちに近づいてこない。しかし、まれに興味を抱いた鮫が近寄ってくることがある。ときには鼻先でダイバーをついたりもする。そんなときは水中ナイフを空気タンクにがんがんたたきつけたり、鼻面に強烈なパンチをお見舞いしてやったりするだけで、かなり大きな鮫でも簡単に追い払えることをマーシャルは知っていた。

それとも、今のははただったのだろうか？　はたのなかには成長すると相当な大きさになるものがいる。性格はおとなしい。実際、ダイバーたちはしばしば一匹のはたが毎日同じ珊瑚礁周辺を泳いでいるのを見かけることがあって、そういうときはよくはたに名前をつける。ときには観光客たちがやってきて、人懐こいはたをなでたりすることもある。

しかし、マーシャルが周囲を見まわしても何も見えなかった。彼をやさしくつついた可能性のある体重三百キロ近いはたは、どこにもいなかった。さっきのが鮫だったとすると、信じがたい速さで泳ぎ去ったことになる。

マーシャルはたっぷり時間をかけて四方八方を見まわした。何もいない。彼は海底を調べる仕事に戻った。そしてさらに六メートルほど移動した。

そのとき、また衝撃を感じた。

その感じはちょうど……。

押された。ぐいとつかれた。

そう、まるで〝おまえにここにいてもらいたくない〟と言っているようだった。

ばかばかしい。おれは子供じゃないぞ。経験豊富な分別のある大人だ。そんなばかげたことを信じてたまるか。

そうは思ったものの、マーシャルの心に不安が広がり、さっき海へ潜りたいという衝動に負けたように、ここから逃げだしたいという衝動に負けそうになった。おれは理性的な人間だぞ、と彼は自分に言い聞かせた。そしてレギュレーターを通して聞こえる自分の呼吸音に耳を傾けながら、その場にじっとしていた。

しばらくして、マーシャルは仕事を再開した。

次のひとつきはすぐにやってきた。しかも今度のは強烈だった。彼は水中をはじき飛ばされた。

マーシャルは一瞬たりとも考えはしなかった。周囲を見まわしさえしなかった。一目散に浮上して必死に船を目指して泳いだ。泳ぎ着いて飛びこみ台へフィンをほうりあげ、マスクを顔からとっているときに、今度はぐいと引っぱられるのを感じた。脚を。その強い力は、彼を水底へ引きずりこもうとしているかのごとく……。

〝いやだ〟マーシャルは思った。〝こんなのはごめんだ〟

再び足首を強く引っぱられて……。

「おい、やめろ！」

甲高い悲鳴があがった。その悲鳴は青空を切り裂き、まばらな白雲を散らすかと思われた……。

悲鳴をあげたのはマーシャルだった。

ジュヌヴィエーヴとベサニーが昼食から帰ってきたとき、ティキ・バーにはだれもいなかった。ベサニーがあくびをした。「わたしはお昼寝をするわ」彼女は言って、ジュヌヴィエーヴを見た。「いいえ、やっぱりやめる。あなたをひとりにしたくないの」

「わたしは大丈夫よ。これから一生、ほかの人のそばで過ごすことなんてできないわ」ジュヌヴィエーヴはきっぱり言った。

「そうね。でも、あなたがそのアダムとかいう人と会うまでは待ちましょう」

埠頭《ふとう》のほうへ視線をやったジュヌヴィエーヴは、マーシャルの船がないことに気づいた。

彼女はベサニーのほうを向き、友人の最後の言葉を無視して言った。「マーシャルは海へ出たんだわ」

「彼はじっとしていられないのよ」ベサニーが言った。

「こういう仕事は時間がかかるものだから、ゆっくりやろうと言ったのはマーシャルよ。仕事にいやけが差さないよう、生活を楽しむことを忘れてはいけないとも言ったわ」ジュヌヴィエーヴはベサニーに指摘した。

「釣りにでも行ったんじゃないかしら」ベサニーがほのめかした。

「ひとりで？」ジュヌヴィエーヴはきいた。

「どうしてひとりだってわかるの？」

「それもそうね。わからないわ」

ベサニーがまたあくびをした。

「さあ、早くお昼寝をしに行ったらどう？」ジュヌヴィエーヴは言った。

「ううん、それより何かして過ごしましょう、ＤＶＤを見るとか」

あたりを見まわしたジュヌヴィエーヴは、ヴィクターのコテージのドアが半開きになっていることに気づいた。「いいえ」彼女はきっぱりと言った。「見て」ベサニーの肩に両手を置き、ヴィクターのコテージのほうを向かせる。「わたしはひとりじゃないわ。ヴィクターのところへ行くから。最近、どんな女性を口説き落としたかきいてやるの。彼のことだから、きっと大喜びで話してくれるはずよ。わたしなら大丈夫。あなたはお昼寝をしに行きなさい」

「今、彼は口説き落とした女性をもてなしている最中じゃないって、どうしてわかるの？」ベサニーがきいた。

「だって、ドアが開いているもの」ジュヌヴィエーヴは答えた。

「わかった、あなたの言うとおりだわ。だけど、もしわたしが必要になったら――」

「そのときはすぐにあなたのコテージへ行く。約束するわ」

ベサニーはジュヌヴィエーヴを抱きしめ、またあくびをして、自分のコテージのほうへ歩きだした。

砂浜を横切り、ジュヌヴィエーヴはヴィクターのコテージを目指した。

コテージのポーチへあがったところで立ちどまった。殴ったりたたいたりしているような音が、なかから聞こえてくる。ノックしようかやめようか迷っていると、ドアが大きく開き始めた。

「ヴィクター」ジュヌヴィエーヴは呼びかけた。

そして息をのんだ。

両手に頭を持ったヴィクターが立っていた。マネキンの頭だ。ごわごわした髪が頭に張りついている。大きく見開かれた視力のない青い目がジュヌヴィエーヴを見つめていた。

彼女はたちまち目を細めて友人をにらみつけた。

ヴィクターはうろたえているようだった。「ジュヌヴィエーヴ、ぼくは――」

「ろくでなし」ジュヌヴィエーヴは低い声で言い、背を向けて歩きだした。

「違うんだ！」ヴィクターが叫んだ。

ヴィクターはジュヌヴィエーヴの肩をつかもうとしたが、彼女はその手を振り払った。彼がジュヌヴィエーヴの前へまわりこんだ。手には今も不愉快な頭を持っている。

「きみはわかっていない」ヴィクターが熱っぽい口調で言った。

ジュヌヴィエーヴは足をとめてヴィクターに冷たい視線を注いだ。「わかっていないですって？」冷ややかに言う。「けっこうよ。そこをどいてちょうだい、このろくでなし」

「ジュヌヴィエーヴ、聞いてくれ。誓ってもいい、マネキンを置いたのはぼくではないんだ」彼は懸命に主張した。

ジュヌヴィエーヴはヴィクターをにらんで歯ぎしりした。彼とは幼いころからの知りあいなので、そういう悪ふざけくらいはやりかねないことはわかっていた。本物の死体が打ちあげられたので、ヴィクターは慌てて海からマネキンを回収してきたと考えるのが、いちばん理にかなっている。

だが、ジュヌヴィエーヴを見つめるヴィクターの目は、心からの謝罪と偽りのない誠実さをたたえているようだった。

「あら、そう」ジュヌヴィエーヴはさらりと言った。「あのマネキンがどこからともなくあなたのコテージに現れたってわけね」

「本当にそのとおりなんだ。なんなら、これから教会へ行って祭壇の前で誓ってもいいよ、やったのはぼくじゃない」

ヴィクターを信じようと思い始めているわたしは愚か者かしら？　現に彼は頭を持ってそこに立っているというのに？

「わかった、わかったよ。たしかにぼくは、きみのコテージのポーチにマネキンを置いておいたらおもしろいだろうと考えた。だけどそれは、きみを傷つけるためじゃない。きみは永遠にぼくの親友みたいなものだ。ぼくは断じてきみを傷つけようなんて思わない。絶対に。マネキンで驚かせれば、きみを現実へ引き戻せるかもしれないと考えたんだ。でも実行はしなかった。嘘《うそ》じゃないよ」

「じゃあ、だれがやったの？」ジュヌヴィエーヴは静かに尋ねた。「そしてそのマネキンが、なぜ今あなたのコテージにあるの？」

ヴィクターは首を振った。彼はものすごく演技が上達したか、それとも真実を語っているかのどちらかだ、とジュヌヴィエーヴは考えた。「わからない」ヴィクターが答えた。

「どうして頭を持っているの？」

彼は真っ赤になって目をそらしたが、すぐジュヌヴィエーヴに視線を戻してしっかりと見つめた。頬は紅潮している。「ここにマネキンがあることを知られたくなかった。それで今、解体していたところだ。ばらばらにして、ごみ収集箱へ捨てに行こうと思って」

「なるほどね」

「なあ、ジュヌヴィエーヴ、まだ信じられないのなら、このあたりの商店を一軒一軒きいてまわったらいい。ぼくはどこへもマネキンを買いに行かなかったし、貸してほしいと頼みにも行かなかった」

「そうね、調べてみるわ」ジュヌヴィエーヴは言った。

「ぼくはやっていないよ」ヴィクターが弁解がましく繰り返した。

浜辺に視線を走らせたジュヌヴィエーヴは、アレックスがコテージを出てティキ・バーのほうへ歩いていくのを見た。いつ来たのか気づかなかったが、リジーとザックがティキ・バーに座っているのも見えた。

「だったら、その証拠物件を隠したほうがいいんじゃない?」ジュヌヴィエーヴはそっと言った。

ごくりとつばをのみこんだヴィクターはジュヌヴィエーヴの視線をたどってティキ・バーを見やり、うなずいた。「ジェン、ぼくは断じて……」

「いいわ、あなたを信じる。だけど、あとになって嘘をついていたのがわかったら……いいこと、友達だったら、こんなひどいことはしないものよ。冗談ならまだ許せるわ。もっとも、わたしにしてみれば少しもおもしろくないけれど。でも、さらに嘘の上塗りをしようものなら……」

「ぼくは嘘などついていない」

「だったら、その頭を隠しなさい。状況が状況なんだから」

「ああ」ヴィクターは頭を腕の下へさりげなく隠しながらコテージへ向かって歩きだし、途中でジュヌヴィエーヴを振り返った。「きみも来るかい？」彼はおずおずときいた。

「ええ」ジュヌヴィエーヴはそう言って、ヴィクターのあとに従った。

コテージのなかは無血の虐殺現場とでも言うべき不気味な様相を呈していた。両腕がベッドにのせてあり、両脚は床に転がっている。胴体部分はソファベッドの上へほうりだしてあった。そしてその横に白いドレスがくしゃくしゃに丸めて置いてある。

「なんてこと」ジュヌヴィエーヴは息をのんだ。

「おい、こいつはマネキンだよ。本物じゃない」ヴィクターが言った。

ジュヌヴィエーヴはやれやれと首を振った。ヴィクターはコーヒーメーカーのそばに丈夫なごみ袋をいくつも用意してあった。彼女はドアの横に立ち、ヴィクターが片方の腕をごみ袋へ入れるのを眺めていた。

「手伝ってくれないのかい？」ヴィクターがきいた。

「ヴィクター、捨ててしまわないほうがいいんじゃないかしら。だれのしわざか、つきとめる必要があるもの」ジュヌヴィエーヴは言った。

「どうして？」彼が尋ねた。

「どうしてって？　何が起きているか知るために決まっているじゃない！」

ヴィクターは首を振った。「これをだれかに見られたら、ぼくのせいにされる。わかるだろう？」

「いたずらを仕掛けられたのはわたしよ。そのわたしが腹を立てていないのなら、問題ないでしょう？」

「きみはぼくを信じてくれても、ほかのやつらはどうかな？　きみの新しい恋人は信じるわけがない、それははっきりしているよ！」

「でも、ヴィクター――」

「手伝ってくれるのか、くれないのか？」

「手伝わないわ。あなたはわたしの友達よ、そしてわたしはあなたを信じる。だからこそ、張本人を見つけることが重要なのよ」

ヴィクターはかたくなに首を振った。「これはたちの悪いいたずらだ。ぼくのせいにしようとして、あとでだれかがここへ運びこんだんだ。早く処分しなくちゃならない。そいつはそのうち気になりだして、マネキンがどうなったのか知りたがるだろう。彼は――あるいは彼女は、人にいろいろきいてまわり始めるかもしれない」

ジュヌヴィエーヴは腕組みをした。「彼女ですって？　こんなことをしでかす女性がどこにいるっていうの？　はっきり言っておくけど、ベサニーではないわよ」

「公正を期してつけ加えたんだ」ヴィクターは腹立たしげに言った。「でも、ぼくたちはリジーと彼女の夫のことをどれだけ知っている？」

「まあ、やめてよ！」

「いいとも、じゃあ、彼女は忘れよう。それとザックも。彼がやったとはとうてい思えないからね。あの夫婦はユーモアのセンスがこれっぽっちもなさそうだ」

「そうね。だって、こんなおかしいことはないものね」

「頼むから、だれかがやってくる前に処分するのを手伝ってくれよ」

ジュヌヴィエーヴはヴィクターをじっと見つめた。彼を信じるなんて、やっぱり愚かかしら？「いいわ。だけどさっきも言ったように、あとになってあなたが嘘をついていたとわかったら……」

「そんなことにはならない」ヴィクターがぴしゃりと言った。

「わかったわ。それで、ばらばらにしたマネキンを袋に詰めたら、次はどうするの？」

「散歩に出て、あちこちのごみ収集箱へほうりこんでいくのさ。そうだ、途中で飲み物をおごってやろう」

「気前のいいこと」ジュヌヴィエーヴはつぶやいた。胴体から切り離された脚をつかみあげたとき、驚いたことに胃がむかむかした。

これは本物ではないのよ。ジュヌヴィエーヴは自分に言い聞かせた。

じゃあ、幽霊はどうなの?

ジェイはソアにコンピューターを起動させてプログラムの使い方を教えた。ここまではなんの問題もなかった。ジェイの上司たちはソアには政府とのつながりがあると信じ、現在行われている沈没船捜索の責任者である彼には当然、この地区の犯罪に関する情報を知る権利があると考えたようだ。

ソア自身、はっきりした理由はわからなかったが、気がついてみると過去二十年以上にさかのぼって記録を調べていた。

ファイルにはマイアミデード郡とモンロー郡の双方にまたがる犯罪が含まれていた。大都市における暴力犯罪の発生率は恐ろしく高いが、南下してジミーバフェットヴィルへ近づくにつれ、減少傾向を示す。それでも記録には殺人事件がいくつか残っていて、そのほとんどは解決ずみだ。妻を殺害した夫。夫を殺害した妻。大がかりな麻薬密売。過失致死。未解決事件や、解決はしたものの疑惑が残る事件に関するファイルもあった。プールで溺《おぼ》れ死んだ二歳児。その子には重い先天性の障害があった。わが子の行く末を悲観した母親が、思いあまって殺したのだろうか? 警察は疑念を抱いたようだが、証拠がなかったため事故として処理され、母親は裁判にかけられなかった。

しばらくすると、ジェイは書類仕事があるからと言い残して部屋を出ていった。ひとり残されたソアは、自分はいったい何をしているのだろう、何を探し求めているのだろう、と首をひねった。

彼は行方不明者の記録へ進んだ。

行方不明者の多くは発見されている。いなくなった子供は必ずしも誘拐されたわけではなく、家出の場合のほうが多い。そして家出人が逃げこむ先として、フロリダキーズはもってこいの土地だ。温暖な気候、楽な仕事、気前よく施しをする観光客。オハイオ州出身の青い目に金髪をした十六歳の少女、ダイナ・マッシーはバスでフロリダキーズへ来た。路上で物ごいをしながら二カ月間暮らしたあと、警官に尋問された。精神的にまいっていた彼女は家へ帰りたいと思いながらも、父親の反応が怖くて帰れずにいた。写真には、彼女を迎えに来た両親がすべてを許すと涙ながらに語っている場面が写っている。フォートローダーデール生まれのドナルド・リートはそれほど幸運ではなかった。彼もまた家出をし、見つかって家へ送り返された。ファイルの脚注には、フォートローダーデールへ戻った彼が車にひき殺された旨が記されている。

車を運転していたのは彼の父親だった。

ソアは二十二歳以上の被害者を探すことにした。

しかし、画面を切り替える寸前、未解決のままになっている行方不明者の報告書を見つけた。マイアミから送られてきた写真に写っている少女、マリア・リコは美しい金髪をしている。彼女が姿を消したのは、ちょうど今から一年前。友人たちは暴力的な継父に殺されたのではないかと疑ったが、警察はそれを裏づける証拠を何ひとつ見つけられなかった。彼女は家出をして南へ行ったのではないかと言う友人たちもいた。インターネット上で知りあった〝友達〟の男が、機会を与えてくれさえしたら、継父の手が届かない安全な隠れ場所を提供してもいいと彼女にほのめかしていた。

だれもその友達の正体を知らなかった。彼女の写真がキーウェストじゅうに貼《は》られたが、目撃者はひとりも現れなかった。

ソアは少女の写真をじっくり見た。姿を消したときの年齢は十七歳。写真で見る限りは完全に大人の女性だ。昨日の朝、浜辺で死体が発見されたとき、なぜ警察のなかにこの家出少女と死体の女とを結びつけて考える者がいなかったのだろう？　あとでジェイにきいてみる必要がある。そう心にとどめて、ソアは先へ進んだ。

キーウェストに直接関係があって未解決になっている最初の行方不明事件は、八年近く前のものだった。女性の名前はシェイ・アレクサンドリア。生まれたときの名前はメアリー・ブラウンだが、世界を股にかけて活躍するスーパーモデルになるつもりだったので、それにふさわしい名前に変えた。金髪の美人だ。とり澄ました彼女の写真が、画面から飛びだしてくるかのようだった。

ニューヨークで働いているときに、フロリダ州南部の砂浜で水着姿になる仕事が舞いこんだ彼女は、醸造会社の宣伝ビデオ撮影のためにキーウェストへ来た。酒がふんだんに振る舞われたパーティーの終了後、彼女は姿を消した。パーティー会場をひとりで出たきり、宿泊しているホテルの部屋へ戻らなかったのだ。途中で襲われたことを示すものは何もなかった。

彼女はパーティー会場をひとりで出た。

そしてわずか五ブロックのあいだに忽然《こつぜん》と消えうせた。事件は未解決のままだ。

ソアはファイルをさらに調べていった。近隣の住民の疑惑を招きながらも未解決のまま残されている行方不明者の事件が、ほかにふたつあった。ただし、消えた女性たちがフロリダキーズへ向かったというたしかな情報はない。だが、どちらの場合も興味をそそる点があった。とりわけ、朝になって姿が消えているのがわかった点を考えあわせると。

ソアは再び殺人事件のファイルに戻り、特にキーウェストに関係する事件にしぼって見ていった。

ある箇所で目が釘《くぎ》づけになった。

ホープ・ゴンザレス。

三十二歳で死亡。夫のジェイ・ゴンザレスは生き残った。

〝ジェイの妻か?〟

死亡状況に疑わしい点があったので、ホープ・ゴンザレスの遺体は解剖された。最終判定は事故による溺死《できし》だった。

ソアは椅子に深く座りなおし、詳細な記述に目を通していった。事故のあった日、ホープとその夫は船で海へ出ていた。ジェイの話によれば、ふたりがシュノーケルをつけて珊瑚礁近くを泳いでいたとき、突然、ホープが波の下へ消えた。ジェイは彼女を捜して船へ引っぱりあげ、必死に助けを呼んだあとで心肺機能蘇生法《そせいほう》を施した。

ホープの死は疑惑を招いたが、ジェイ・ゴンザレスは起訴されず、内部調査も行われなかったので、妻の死による悪影響は何もこうむらなかった。事件簿ではそうなっている。

ソアは人の気配を感じた。目をあげると、机の横にジェイが立っていた。「ぼくがこれを見つけることを、きみは見越していたんだな」ソアは言った。

「もちろん」

「なぜ話さなかった?」

「どうせきみが見つけるのはわかっていたからだ。それに、だれかからすでに聞いているかもしれないと思った。ホープ……ホープが死んで数年になる。だれも彼女のことを忘れてはいない。だれも彼女を忘れはしないだろう」

「だれも疑わなかったのか、その……」

「ぼくが妻を殺したのではないかと?」ジェイが問い返した。

ソアは両手をあげた。

「ぼくは妻を愛していた」ジェイは言った。彼は袖《そで》をまくった。腕に傷跡があった。「ぼくは彼女を愛していたんだ」

「きみは自殺を試みた。そのことで警察はきみを首にしなかったのか？」ソアは疑わしげに尋ねた。

「ばかなことを言うな。これは事故でできた傷だ。妻が死んだのは、ぼくが数カ月間、傷病休暇をとっているときだった」

ソアはうなずいた。

「ぼくは優秀な警官だ」ジェイは自信に満ちた声で静かに言った。

ソアはうなずいて立ちあがった。「休憩中なんだろう？　コーヒーでも飲みに行かないか？　今見つけたことで、きみにききたいこともいくつかあるんだ」

「いいとも」

ふたりは警察署の建物を出た。ソアの心にはホープ・ゴンザレスの写真がくっきり焼きつけられていた。

なぜなら、ホープもまた金髪だったからだ。そしてとても美しかったから。

10

「ケチャップは充分にある？」ベサニーがきいた。

買い物を手伝ってもらう必要など、ジュヌヴィエーヴにはなかった。だがヴィクターと一緒にマネキンを処分したあと、気がついたらティキ・バーに座っており、話題が明日に予定されているバーベキュー・パーティーのことになって、焼いた肉や野菜にかけるものを買っておかなければならないことを思いだしたのだった。そして今、彼女はベサニー、ヴィクター、アレックスと一緒に食料品店に来ていた。

「ケチャップならあるわ」ジュヌヴィエーヴは言った。

「たくさん用意しておいたほうがいいよ」アレックスがにやにやして言った。「ヴィクターは何にでもケチャップをかけるから。焼いた魚にまでかけるんだ」

「おい、魚はアメリカの野菜だってことを忘れたのか？」ヴィクターがむきになって言った。

「なんでもいいけど、とにかくケチャップはあるわ」ジュヌヴィエーヴは請けあい、カートを指し示した。「ビールにワイン、ソーダ水、水。あばら肉、鶏肉、ハンバーガー、魚は市場に寄って買えばいいわね。あとはフルーツサラダ、コールスロー……」

「それと普通のサラダ」ヴィクターが言った。「最近のレストランが食通向きと考えているらしい、あの気味悪い草みたいなのが入っていないやつだよ」

「フライドポテト、とうもろこし、オニオンリング」ジュヌヴィエーヴは続けた。「ほかに何かある?」

「なあ、デザートは?」アレックスがきいた。「それと前菜も」

「ベサニーがキーライムパイを焼くことになっているわ。あと、コンク・フリッターも彼女がつくってくれる」

「それからコンク・チャウダーをつくろうと思うの」ベサニーが口を出した。

「きみが料理するのかい?」ヴィクターが疑わしげにきいた。「万が一に備えて、クッキーとアイスクリームも買っておいたほうがよくないか?」

ベサニーがヴィクターの腕を軽くたたくと、彼はにやりとした。

「帰りに、新しくできた菓子店にも寄っていかない? たくさん買いこんだからって、無駄になるわけじゃないんだもの。余ったらみんなで分けてコテージへ持ち帰ればいいわ。アイスボックスに詰めて月曜日に海へ持っていってもいいしね」ジュヌヴィエーヴは提案した。

アレックスがうめき声をあげた。「やれやれ。月曜日か」

「わたしはまた海へ潜れるのがうれしいわ」ジュヌヴィエーヴは言った。本心だったが、そう思っている自分に大きな驚きを覚えた。あの幽霊がまた現れるだろうか？　浜辺で発見された哀れな女性とは違う幽霊が。

なぜ、あの幽霊はいつまでもわたしの前に現れつづけるのだろう？　ジュヌヴィエーヴはその理由を知りたかった。あの幽霊はわたしにどうしてほしいの？　なぜか彼女は、幽霊が何かを伝えたがっているのだと感じた。取り引きかしら？　わたしが助けてあげたら、幽霊は宝物を見つける手伝いをしてくれるの？　でも、わたしはお金もうけのためにこの仕事をしているのではない。もちろん、ほかのみんなと同じように生活費を稼ぎたいのはやまやまだけど。それにしても……。

わたしは幽霊にとり憑《つ》かれているのだ。幽霊と対決するほうがまだましだ……とはいえ、何よりましだというのだろう？

何度も怖い思いをするよりもましだ、と彼女は考えた。

「ぼくだって早く海へ潜りたいと思っているよ」ヴィクターが言った。

「ぼくもだ」アレックスが言って顔をしかめた。「でもその前に、月曜の朝は教授の講義を受けなくちゃならない。金曜日に受ける予定だったやつを。さぞかし退屈だろうな。いつも教授の授業に出ている学生たちは、窓から飛びおりたがっているに違いない。だいたいぼくたちは、朽ちて砂や珊瑚《さんご》に覆われている昔の木造船を捜しているんだよ。元の船がどんな様子をしていたか知ったからといって、なんの役に立つというんだ？　いや、ちょっと待て！　ぼくたちはすでに知っているじゃないか。絵を見たんだから」アレックスはうんざりしたように首を振った。

「役に立つわ」ベサニーが言った。

「どんなふうに？」アレックスがきいた。

ヴィクターがアレックスの肩に手をのせた。「州から資金を引きだすのにさ。州から資金をね」

ジュヌヴィエーヴとアレックスがレジの列に並び、ヴィクターとベサニーはヴィクターのトラックをとりに行った。店の前へ持ってきておけば、出てすぐに荷物を積める。ジュヌヴィエーヴは買った品物を会計待ちのベルトの上へのせ始めた。振り返ったときにアレックスが心配そうに見つめているのに気づき、彼女はびっくりした。

「なんなの？」ジュヌヴィエーヴはきいた。

「大丈夫か？」アレックスが問い返した。

「ええ……どうして？」

アレックスは首を振った。「ぼくの知ったことではないけどさ」

ジュヌヴィエーヴはため息をついた。「なんなのよ？」

「いや、その……なんでもない」

「そう」

「でも……」

「ねえ、アレックス、話してしまったらどう?」

「きみはおびえているんだろう?」アレックスがそっと尋ねた。

ジュヌヴィエーヴは眉をひそめた。「どんなふうに?」

「うーん、海のなかでとり乱したときと同じように、と言ったらいいかな。ぼくは普段きみが胸のうちをさらけだす相手ではないけど、いつもそばにいるし、きみのことを気にかけている……それをわかってほしいんだ。ジェン、きみは怖いからあの男と寝ているんじゃないだろうね?」

怒りとショックで、ジュヌヴィエーヴの顎がこわばった。

「ぼくに関係ないことはわかっているけど、それでも……いや、やっぱりぼくにも関係がある。ぼくたちは家族みたいなものだ。ひとりで自分のコテージで寝られないのなら、ぼくのところのソファで寝たらいい。心配するな、手を出したりはしないよ。なんなら、きみがベッドに寝て、ぼくはソファベッドでもいいんだ」

ジュヌヴィエーヴの怒りはたちまち消えた。アレックスの目には気づかいの色があふれている。

ジュヌヴィエーヴはほほえもうとしたが、しつこい疑念がいつまでも消えなかった。マネキンでいたずらをしたのがヴィクターでないとしたら、次に疑わしいのはアレックスなのだ。

「わたしを怖がらせたくないのなら、なぜマネキンであんないたずらをしたの？」ジュヌヴィエーヴはそっけなくきいた。

アレックスは赤くなりもしなければ、後ろめたそうな顔もしなかった。「なんだって？」彼は問い返した。そしてわずかに頬を紅潮させた。「なあ、ぼくたち、たしかに相談はしたよ。だけど実行はしなかった」

ジュヌヴィエーヴはアレックスを見つめ、この人が本当に真実を述べているかどうかを見抜く能力が備わっていればいいのに、と願った。

女性店員が咳払《せきばら》いをしてふたりの注意を引いた。「お支払いはクレジットカードかデビットカードですか？　それとも現金で？」

「デビットカードで」アレックスが言ってカードを出した。

「いいえ、わたしが招待したんだから」ジュヌヴィエーヴは言った。

「きみは自宅を提供するんだ」

「でも、わたしが言いだしたのよ」

「ねえ、どちらでもかまわないけど」店員がガムをぱちんと破裂させて言った。「お客さんが後ろに並んでいるんですよ」

「ぼくに払わせてくれ」アレックスが言った。

「わかったわ。ありがとう」ジュヌヴィエーヴは折れた。

アレックスとジュヌヴィエーヴが店から出てきたのを見て、ヴィクターとベサニーがトラックから飛びおりて荷物を積むのを手伝った。

先ほどの打ちあわせどおり、彼らは菓子店へ寄ってデザートを買った。万が一の場合に備えて。

「わたしはしょっちゅうキーライムパイをつくっているのに、それでも信用できないの？」ベサニーが憤慨して尋ねた。

「海へ出るときは、いくらおやつがあっても困りはしないさ」ヴィクターがベサニーをなだめた。「もっとも、明日はこれまで食べたこともないほどうまいキーライムパイにありつけるって確信しているけどね」

「あなたにはひと切れだって食べさせないわ」ベサニーが怒って言った。

「あのさ、実はぼくも料理ができるんだ」ヴィクターが言った。

「心配しないで、あなたの腕前を試す気はないから。キッチンはすごく狭くて、もうベサニーが使うことに決まっているの」ジュヌヴィエーヴはきょうだいげんかの仲裁でもするように片手をあげて言った。

ジュヌヴィエーヴの家へ着いて四人で荷物を運びこむと、キッチンはたちまち袋でいっぱいになった。

彼女のいちばん古い友人のヴィクターはここを自分の家のように考えているのか、すっかりくつろいだ様子で、もごもごと言い訳をしてソファにのんびり座り、テレビのチャンネルを替えていた。スポーツ番組を探しているのだ。アレックスがすぐに加わった。

「明日、氷を買ってこないとね」ベサニーがカウンターの上にソーダ水とビールの瓶を並べて言った。「冷蔵庫に入りきらないわ」

「おーい！」アレックスが呼んだ。

「なあに？」ジュヌヴィエーヴは応じた。

「こっちへ来てごらん。浜辺の死体の身元が判明したそうだ」

「みんなはどこだ？」ソアはきいた。リゾート地へ戻ってきた彼はまっすぐティキ・バーへ来ていた。

ジャックがひとり座って、憂鬱《ゆううつ》そうな顔でビールをすすっていた。ソアに話しかけられて、彼は子犬みたいに目をあげた。「知らないね。ここへ来れば話し相手が見つかるだろうと思っていたのに」彼は言った。そしていくつか先のテーブルを指さした。「はじめて見るカップルだ。新婚旅行か何かで来たんだろう」声をひそめる。「男のほうはネイティブ・アメリカンのようだな」

ソアはジャックが指さした魅力的な男女をちらりと見やり、ジャックの向かい側の椅子に座った。そしてクリントに手を振ってビールを頼んだ。

「どこへ行ってきたんだ?」ジャックがきいた。

「あちこちさ」ソアはあいまいに答えた。「だれも見なかったのか?」

「おまえさんがききたいのは、ジュヌヴィエーヴを見たかどうかだろう?」

「そうじゃない。みんなをひとりも見なかったかときいているんだ」ソアは平静な声で応じた。

ジャックはにやりとした。「わかったよ。たぶんザックとリジーはグラッシーキーの〈海豚《いるか》研究センター〉へ行ったんだろう。リジーは海豚が大好きなんだとさ。いつか行ってみようと話しているのを聞いたことがある。それからマーシャルは……船がなくなっているから、海へ出てどこかへ行ったんじゃないか。コンクの三人とアレックスの居場所は知らないな」

クリントがビールを持ってきたので、ソアはほほえんで謝意を示し、どうしてこんなにいらいらするのだろうと首をひねった。なぜだ? 殺人者がキーウェストに野放しになっているからか?

ソアがビールをひと口飲んだとき、ジャックがテーブルにこぶしをたたきつけて笑い声をあげた。「おれはなんてまぬけだ。彼らがどこにいるか知っているぞ！」

「どこだい？」

「ジュヌヴィエーヴのところさ。明日、バーベキュー・パーティーがあるのを忘れちゃいないだろう？」

ソアは立ちあがった。「行ってみるよ」

ジャックも立ちあがった。「おれも行こう。これ以上、こんなところにひとりでいるのはうんざりだ」

彼らがジュヌヴィエーヴの家へ着くと、玄関に出てきたヴィクターがふたりを油断のない目つきで見た。「おやおや、続々と集まってきたな」そう言ったきり、ヴィクターはふたりの行く手をふさぐように戸口に立っていた。ぼくを入れたくないのだな、とソアは確信した。ジャックはなんといってもコンクのひとりだ。

「何をやっているんだ？」ジャックが陽気に尋ねた。彼はまるで自分の家へ入るような態度でヴィクターを押しのけて入った。

「ニュースを見ていただけだよ」ヴィクターが不機嫌そうに答えた。「キーウェストの独身女性は用心するようにと警告していた。浜辺で発見された被害者の身元が判明したそうだ。ふたりともテレビを見なかったのかい？　おかしいな、この町ではどのバーもそのニュースを流しているはずなのに」

「おれが一日じゅうバーでのらくらしていると思うのか？」ジャックはむっとしたように言ったあとで、にやりとした。「それで、ビールはあるのかい？」

「自分でとりに来て、ジャック」ジュヌヴィエーヴがキッチンから呼びかけた。

ジャックはキッチンへ向かった。ソアはソファに座ってテレビを見た。だが、ニュースは終わって天気予報をやっていた。メキシコ湾で発生した暴風雨がキーウェストとは逆方向の西へ進路をとっている。

「不気味だな」ヴィクターがソアの隣に座ってつぶやいた。

「暴風雨が？」

「殺人者はこの近辺の出身だと警察は考えているらしい。テレビで言っていたように、観光産業に害が及ばなければいいんだが」

「たいていの人間は自分が被害者になるかもしれないなんて考えないさ」ソアはヴィクターに言った。「とりわけ死んだ女が売春婦だったとくれば」

「そうならいいけどね。われわれは観光産業で生活しているようなものだから」ヴィクターがささやいた。

「心配には及ばないよ」ジャックが機嫌よく言いながらキッチンから出てきて、ソアにビールをほうった。ソアは意表をつかれたが、幸いにも受けとめることができた。「何年か前にマイアミの八番通りで売春婦が何人も殺される事件があったが、不安に駆られる人はいなかった。なぜなら殺されたのが売春婦ばかりだったからだ。仮におれが売春婦だったら、長いあいだ音信不通になっている親戚《しんせき》を捜して、犯人が逮捕されるまでそこへ身を寄せるね」

「ジャック、どうしてそんな冷たい言い方ができるの?」カクテルを手に戸口へ現れたベサニーがとがめた。「あなただって、あのかわいそうな女性の死体を見たじゃない」

「言い方がまずかったなら謝るよ。でも、おれは仕事柄、死んだ人間を大勢見てきた。人間はだれしも命をかけて生きている。ああいう娘は、たいていの人間よりも余計に命をかけて生きているんだ。それはそうと、今夜はここでディナーにするのかい?」ジャックはきいた。

「ほらね、やっぱり」アレックスが笑い声をあげた。「彼はちっとも同情なんかしていないんだ」

「おれは腹が減るやら寂しいやらで我慢できないよ。今日はきみたちみんな、おれを残してどこかへ行っちまった。午前中に例の教授を見かけたときは、こいつでもいいから一緒に昼食を食べようかと思ったほどだ」

「男の人たちって意地悪ね」ジュヌヴィエーヴがキッチンから出てきて言った。彼女の目がソアの目と合った。「彼はそんなに悪い人ではないわ。学究肌だというだけよ」

「口先だけのダイバーさ」アレックスが鼻を鳴らした。「自分では何もできないもんで、ぼくたちにああしろこうしろとうるさく指図したがるんだ」

「そんなこと言わないの」ジュヌヴィエーヴが忠告した。

「食べるものはあるかい？」ジャックがどくろのイヤリングをいじりながらきいた。

「食料を大量に買いこんでおいた」ヴィクターが言った。

「あれは明日の分よ」ベサニーがきっぱりと言った。

「どこかへ食べに行こう。景気のいい音楽をやっているところがいいな」アレックスが考えにふけりながら言って、みんなを見まわした。「やっぱりジャックの言うとおりだと思う。ああいう死に方をしても当然な人間がいるとは言いたくないけど……彼女は売春婦だったんだ」

「はじめてまともなことを言ったじゃない」ジュヌヴィエーヴが断固たる声で言った。

「ああいう死に方をして当然だなんて言える人はひとりもいないわ」

そのとおり、ああいう死に方をして当然の人間などひとりもいない、とソアは思った。行方不明になっている家出少女についてはどうだろう？　それからスーパーモデル志望だった例の美人は？

それに、ジェイ・ゴンザレスの妻。

「ソア、どうしたの？」考えこんでいるソアに気づいて、ベサニーが尋ねた。

彼は肩をすくめて作り笑いをした。「ぼくもアレックスに賛成だ。料理がうまくていい

「いいわ。じゃあ、今夜は〈ホッグズ・ブレス〉にしましょう」ベサニーが言った。全員が彼女を見た。「だって、だれかが決めなくてはいけないでしょう」

ソアは立ちあがった。「よし、〈ホッグズ・ブレス〉だ」

彼らはギターの弾き語りをしているミュージシャンの近くのテーブルを選んだ。ソアはシンセサイザーを弾きながら歌う才能ある歌手を大勢見てきたが、この男は別格だった。彼は曲の合間に客たちと冗談を交わした。ぼくはコンクではなく、コンクになりたいと願っている人間にすぎません、と彼は言った。そして一回めの演奏の終わり際に、きまじめな口調でこう語り、礼儀正しい人間でもあることを示した。「みなさん、キーウェストにようこそ。われわれはみなさんを大歓迎しています。どうぞお酒をたっぷり召しあがってください。それからもちろん、ぼくのオリジナル曲をおさめたCDをたくさん買ってください。しかし、どんなにお酒を飲んでも正気だけは失わないようにお願いします。特に女性の方は知らない男性に気をつけて、危険な場所には近づかないように。それと今回の事件に関して、ひとつお願いがあります。警察にとって役立ちそうなことを見たり聞いたりしたら、どうか通報してください。ぜひまたぼくの演奏を聴きに来てくださるよう、それからもっとCDを買って、キーライムパイをたくさん食べてくださるよう、重ねてお願いします。どうもありがとうございました」

ソアは立ちあがった。彼はジュヌヴィエーヴに手を握られたのを感じた。店に入って椅子に座るとき、ソアは今度こそ彼女の隣に座ると決意して実行したのだった。ジュヌヴィエーヴは眉根を寄せて、物問いたげに彼を見ている。ソアは彼女に笑いかけた。「あの男が気に入ったから、CDを何枚か買ってやろうと思ってね」

ジュヌヴィエーヴがほほえんでソアを見つめると、彼のなかで何かがはじけた。深みにはまりかけている。溺《おぼ》れかけている。だが、それも悪くないように感じられ、自分をとめることができなかった。「すぐに戻ってきて」

ソアはCDを三枚買った。一枚はジャクソンヴィルの事務所にいる秘書に、一枚は自分のために、一枚はリジーとザックに。きっとふたりは大喜びするだろう。CDを買うとき、ソアはそのミュージシャンがダイビングに詳しいことを知った。「あなたはマーシャルのチームと仕事をしているんでしょう？　それにジェンと？」彼女の名前を口にするときの声にやさしさが感じられた。「彼女のこと、気をつけてやってください。彼女はキーウェストの宝、いわば夕焼け空みたいなものです」

ソアがテーブルへ戻ると、ベサニーがしゃべっていた。「早く犯人をつかまえてもらいたいわ。人々に注意を呼びかける必要があるのはわかるけど、この島の経済は観光でなり立っているんですものね」

「ここには海軍もいるよ」ヴィクターが自信なさそうに言った。

ベサニーは身震いした。「考えてもごらんなさい。殺人者がのうのうと歩きまわっているのよ。今もその人物はこの中庭にいて、わたしたちと同じように音楽を聴きながら夕食を食べているかもしれない。わたしたちが道路を歩いていくとき、すぐ横を歩いているかもしれないんだわ」

ちょうどベサニーがそう言いおえたとき、目をあげたソアは、カジュアルなシャツにジーンズというでたちのジェイ・ゴンザレスが入ってくるのを見た。

ひょっとして……。

いや、ジェイはぼくを遺体保管所へ連れていき、検死官に会わせてくれた。そればかりか、警察のファイルを見られるように手配までしてくれたのだ。

隠蔽《いんぺい》工作だろうか？

わかっているのは、この男から目を離してはならないということだ……だが、いつまでそうする必要がある？

野放しになっている殺人者がつかまるまで。

ソアが自分でも気づかずにいつまでもジェイを見つめていると、ジュヌヴィエーヴが彼をつついた。「もういい？」

「何が？」

「みんな、帰る用意ができているんだけど」彼女はいぶかしげな表情で言った。

「支払いは?」

ヴィクターが咳払いをした。「ぼくの番だ。会計伝票はもうぼくが持っている」

「食事代は必要経費で落とせるんだよ」ソアは指摘した。

「それは知っているけど、なんだか紐《ひも》にでもなったような気がしていやなんだ」ヴィクターはにこにこしながら言った。「それに今夜の分がいちばん安くてすみそうだしね。手ごろな値段のところへもってきて、リジーとザックとマーシャルがいなかったから」

彼らが店を出るとき、ジェイが手をあげて挨拶《あいさつ》をしてきた。ジュヌヴィエーヴがソアから離れてジェイのところへ行き、彼を抱きしめて短く言葉を交わした。ソアは気に入らなかった。彼女をジェイから引き離したいという衝動を抑えるのに苦労した。

ジュヌヴィエーヴがこちらへ戻ってくるとき、ジェイがほほえんでソアに手を振った。しかたなく、ソアは作り笑いを浮かべた。地元の警官に連続殺人犯の疑いをかけていることを悟られるのはまずいだろう。あの男はぼくが遺体を見たり、警察のファイルを調べたりできるよう手配し、いろいろと骨を折ってくれた。ジェイには借りがある。

しかし……。

ますますおかしなことになってきた。ぼくはだれも彼をも疑い始めている。

それはそんなに悪いことではないかもしれない。殺人者はだれかでなければならないのだから。

もしかしたら、われわれのよく知っているだれかかもしれない。

「明日会いましょう、ジェイ」ジュヌヴィエーヴが呼びかけた。

「ああ、明日会おう」ソアは繰り返した。

「必ず行くよ」ジェイが応じた。

ソアは顔に笑みを張りつけたままだった。いいとも。あの男がわれわれに会いたいのなら、いつでも会いに来ればいい。いつでもジュヌヴィエーヴに会えばいい。このぼくが彼女のそばにいるときなら。

店を出たところで、ジュヌヴィエーヴがソアと腕を組んできた。「今夜は自宅へ帰ろうと思うの」彼女は言った。「ほら、明日のパーティーの準備があるでしょう」

「それはぼくに来てほしいということかい？」

「ええ」

「いいよ」ソアはかすかにほほえんでジュヌヴィエーヴのほうを向いた。「でも、ぼくたちはみんなと一緒にリゾート地のほうへ向かっているじゃないか」

ジュヌヴィエーヴは小さく笑った。「ええ、わかっているわ。マーシャルの船が戻っているか確かめたいのよ」彼女はまじめな口調で言った。

だが、マーシャルの船は見あたらなかった。

ジュヌヴィエーヴが不安げにそのことを口にした。

「マーシャルのことだ、仕事が休みだからって、どこかへ出かけたのさ」ヴィクターが言った。「そうだ、彼の携帯電話にかけてみよう」

だが、マーシャルは電話に出なかった。

「捜索願を出したほうがいいんじゃないかしら」ジュヌヴィエーヴが言った。

ヴィクターはうめいた。「おいおい、彼はれっきとした大人だよ。それに、いなくなってまだ二十四時間もたっていない。子供じゃあるまいし、自分の行動くらいわきまえているだろう。あの船には大量の燃料が積める。ひょっとしたら、本土まで行ったのかもしれないよ」

「でも、心配だわ」ジュヌヴィエーヴは言った。

「ジェン……」ヴィクターが彼女の肩に両手を置いた。「マーシャルは大柄で力も強い。大丈夫だよ。殺人者がねらうのは金髪の美人なんだ、彼が襲われる心配は万にひとつもない。明日には元気な姿を見せるだろう。わかったね？」

「いいえ」ジュヌヴィエーヴは言った。そしてため息をついた。「だけど、どうしようもないわね」

「大丈夫さ、ジェン。ヴィクターの言うとおりだ。発見されたのは女の死体なんだよ」ジャックが言った。「マーシャルみたいな男の死体じゃない。彼なら自分の身は自分で守れる。あの女を殺したやつは……反撃してくるに決まっているマーシャルみたいな荒くれ男ではなくて、女が好きなんだ」

しばらくのあいだ、全員が口をつぐんでいた。やがてベサニーが言った。「ヴィクター、わたし、あなたのソファで寝させてもらうわ」

「わたしの家へ来てもいいのよ」ジュヌヴィエーヴが言った。彼女の口ぶりが、ソアにはなんとなく神経質に聞こえた。ぼくの思いすごしだろうか？　実際に彼女が神経質になっているとすれば、それは今夜ぼくとふたりきりで過ごすことにしたせいか？　それともベサニーがヴィクターとふたりきりになりそうだからか？

「あなたたちふたりのところへわたしが？　いいえ、遠慮するわ！」ベサニーは笑い声をあげ、あくびをした。「さあ、ヴィクター、行きましょう。その前にコテージへ戻って、明日の朝のための用具や何かをとってくるわ」

ヴィクターはうめき声を出した。「ぼくのコテージからきみのコテージまで、歩いて一分もかからないじゃないか」

「歯ブラシがいるのよ」ベサニーは言い張った。

「わかった、わかったよ」ヴィクターはしぶしぶ言った。

「ねえ、わたしが歯ブラシをとってくるのは、あなたのためでもあるのよ」

「本当に？　ぼくたち、そんなに親密な関係になるのかい？」ヴィクターがからかった。

ベサニーが彼をにらみつけた。

ヴィクターは笑った。「心配するなよ。妹と寝るみたいな気味の悪いことなんて、できるわけがないだろう」

「わたしは気味が悪いっていうの？」

ヴィクターはほかの人たちを見まわした。「彼女と議論して、ぼくに勝ち目があると思うかい？」

みんなは笑ったが、ソアはジュヌヴィエーヴが相変わらず不安げな表情をしているのを見て、なぜだろうといぶかった。

彼らはおやすみの挨拶をして別れた。家への道をたどるあいだ、ジュヌヴィエーヴは黙りこくっていた。

「どうしたんだい？」ソアは尋ねた。

ジュヌヴィエーヴが驚いた顔をしてソアを見た。「別にどうもしないわ。ただ、警察が殺人犯はフロリダキーズの出身だと信じているのが気になって」

ソアは首を振った。「きみはベサニーの心配をしているのか？」

「もちろん違うわ。彼女はヴィクターと一緒だもの」ジュヌヴィエーヴは慌てて否定した。

「じゃあ、ヴィクターを疑っているのかい？」ソアは穏やかな口調で尋ねた。

「ばかげたことを言わないで！　わたしは小さいときからヴィクターを知っているのよ」

ジュヌヴィエーヴはほほえんだ。彼女の口調は真剣であると同時に、どことなく確信がなさそうだった。

ソアは立ちどまった。

「もし少しでも心配なら……」

「心配などしていないわ」ジュヌヴィエーヴはそう言い張ってソアを見つめ、首を振ってほほえんだ。「本当よ。ベサニーが今夜どこに泊まるのかを、みんなが知っているんですもの」

ソアはうなずき、ふたりは再び歩きだした。

「マーシャルの居場所がわかれば安心できるのに」しばらくして、ジュヌヴィエーヴがつぶやいた。

「マーシャルは屈強な男だ。きっと大丈夫だよ」

ジュヌヴィエーヴはまたしばらく口をつぐんでいた。やがて彼女はソアを見た。その目つきから、ジュヌヴィエーヴの心配はマーシャルだけでなくソアにも向けられているのだと彼は確信した。「どんなに大柄でけんかが強くても、殺される可能性はあるわ……不意打ちで襲われたら」

「マーシャルは大丈夫だ」そう断言しながらも、ソアはいぶかった。ぼくは本気でそう信じているのだろうか？　だとすれば、マーシャルはどこにいるんだ？

そしていったい何をしているのだろう？

ソアは黙って歯をくいしばり、無理やり平静な表情を保とうとした。彼は歩きながらジュヌヴィエーヴの肩に腕をまわした。「マーシャルはきっと明日には姿を見せる。ぼくが請けあうよ」

「マーシャルはバーベキュー・パーティーのことを知っているんだから、参加しないつもりならそう言ったはずよね」ジュヌヴィエーヴは言った。「そうでしょう?」

言葉とは裏腹に、ジュヌヴィエーヴはまだ心配そうだった。家へ着いたとき、ソアはもう一度彼女を安心させようとして言った。「マーシャルは大丈夫だ、それにぼくたちも」

ジュヌヴィエーヴはためらったあとでうなずいた。「明日になってもマーシャルが現れなかったら、彼を捜しに行きたいの、いいでしょう? それにジェイにも連絡しないと。心配で気が気ではないわ。マーシャルは人づきあいがよくて、いつもわたしたちと一緒に行動していたのよ」

「いいかい」ソアは穏やかに言った。「きみたちはみんな友達で、きょうだいみたいに仲がいい。でも互いにデートはしない。マーシャルはなかなかのハンサムだ。たぶん彼はデートに出かけたんだよ」

それを聞いて、ジュヌヴィエーヴはほほえんだ。「そうね、きっとそうだわ」

「きみはこれほど心配したかな、仮に……」ソアは慎重に言葉を選んでから続けた。「これが起こっていなかったら?」

「いいえ」ジュヌヴィエーヴは認めた。

「わかった。明日、マーシャルがバーベキュー・パーティーに来なかったら、警察に連絡して、ぼくたちも捜しに行こう。見つけたときに、きっと彼はびっくりするんじゃないかな。それどころか腹を立てるかもしれないよ。おれにも私生活がある、それを尊重してもらいたい、と言ってね。さてと、きみの家のなかにあやしい者がいないか調べてみよう。きみが納得するまで何度でも。そして、しっかり戸じまりをするんだ。そうすればなかにいるのはぼくたちふたりだけ、安心してぐっすり眠れるだろう？」

ソアの言葉にジュヌヴィエーヴは元気づけられたようだった。家のなかへ入ると、ソアは彼女を従えて家じゅうを二度調べてまわった。

「クロゼットのなかもベッドの下も異状なしだ」ソアは断言した。「戸じまりも万全だ。きみに危害を及ぼす者はいないよ。ぼくを除いては」彼はからかった。

「あなたは今でも、わたしの頭がどうかしていると思っているのね」ジュヌヴィエーヴが言った。

ソアはジュヌヴィエーヴと向かいあって立ち、彼女の肩に両手を置いた。「ぼくはきみを美しいと思っているよ」彼はささやいた。

ソアの本心からの言葉は、その場にふさわしかった。

どんなふうに階段をあがってベッドルームへ入ったのか、ソアは覚えがなかった。気がつくとジュヌヴィエーヴが腕のなかにいて、知らないあいだに衣類がどこかへ消え、ふたりは熱く湿った肌を重ねていた。ある時点でいくらか正気をとり戻したソアはささやいた。「きみが心配なのはわかるよ。でも、そんな必要はない……そんな必要はないんだ……」

ふたりの目が合った。ジュヌヴィエーヴの口もとにかすかな笑みが浮かんだ。「できるものなら、あなたの体のなかへ隠れてしまいたいわ」そう言うなり、彼女は再び唇を重ねてきた。ふたりの肌はますます熱く燃えあがり、手足が絡みあった。

欲望が高まって爆発寸前の状態にありながら、なぜそれ以外の考えが頭に残っているのか、ソアは不思議だった。だが、ジュヌヴィエーヴはさまざまな意味において体も精神も美しかった。背が高くて活力にあふれ、有能で誇り高く……セクシーなふっくらした唇、官能的な動きをするヒップ……。ソアの口は彼女の肌をじっくりと味わい、彼の体と心臓と頭は激しく脈打って……。

めくるめく快感のうちにソアは絶頂に達したが、力が抜けてぐったりするはずなのに力がみなぎるのを覚えて、ジュヌヴィエーヴのかすかな動きにも欲望を呼び覚まされた。時間は延々と続くように思われた。やがて彼女がソアに身を寄せて丸くなった。そしてふたりは眠りこんだ。

そのあとの夜中に何が起こったのか、ソアは永遠に理解できないだろう。彼は自分の鋭敏さを誇りにしてきた。そうした感覚の鋭さは、海軍兵士として中東で任務にあたっていたときに身につけたものだ。安全が絶えずおびやかされる外国の港で潜水していたときは、敏感であることがソアを救った。普段の彼は、針が落ちる音でもぱっと目覚める。

　ところがこのときのソアは、かたわらでジュヌヴィエーヴが震えているのを感じてゆっくりと目覚めた。頭に靄《もや》がかかっているかのようだった。奇妙な湿りけに囲まれていることに、彼はようやく気づいた。

　海のにおいがするような気がした。

　頭のなかの靄が少しだけ晴れ、ようやくソアはジュヌヴィエーヴを抱いておらず、彼女は少し離れて寝ていることに気づいた。ソアは彼女に腕をまわし、聞き耳を立て、再び襲ってこようとする靄と闘った。

「ジュヌヴィエーヴ？」

　返事はない。彼女が身を寄せてきた。まるでソアの皮膚の下へ潜りこもうとするかのように、肌を押しつけてくる。

「どうかしたのか？」

「なんでもないわ」ジュヌヴィエーヴがささやいた。

「でも……」

「怖い夢を見たの。でも、あなたがいてくれる。だから……大丈夫よ。わたしは大丈夫」

最初は震えた声だったのが、次第に落ち着いた声に変わった。

ジュヌヴィエーヴに信頼されていると感じて、ソアはいっそう強く彼女を抱きしめた。「ぼくがついているよ」彼は言った。

「わかっているわ」ジュヌヴィエーヴがささやいた。彼女はそれきり黙ってソアに身を寄せていた。彼女のそばに横たわっているだけでこれほどの幸福感を味わえることに、ソアは驚きを覚えた。

ただジュヌヴィエーヴを抱いているだけで。

ソアは彼女の額にキスをした。

彼はまだ疲れていた。そして満足していた。そしてもっと眠りたかった。

靄が戻ってきた。闇《やみ》。疲労。ソアは疲労感と闘いつつ、ジュヌヴィエーヴの震えがおさまるのを待った。そしてそれがおさまったとき、彼は眠りに身をゆだねた。

朝になってジュヌヴィエーヴがいつ目覚めたのか、ソアは知っていた。目覚めるべきときに目覚めたソアは、彼女が最初に身じろぎをしたのにも、彼の腕から離れて起きあがったのにも気づいていた。

ソアが目覚めているのを知っていたジュヌヴィエーヴは、彼の唇にキスをした。

彼が手をのばすと、ジュヌヴィエーヴはするりと身をかわした。「もう遅いわ」彼女は言った。「もうすぐ十二時よ。まもなくみんながやってくるわ」

ソアは奇妙な疲れを覚え、目を閉じてしばらくベッドに横たわっていた。無理もない、ふたりは夜の大半を目覚めたまま過ごしたのだ。

けれどもソアは、まるでひと晩じゅう……闘っていたような気がした。セックスのあとのような気だるさはあったが、それは心地よいもので、満足感があり……。

くそっ、この感覚は何かが違う。

とうとうソアは起きあがった。

そして動きをとめた。大気中に何かが感じられた。鼻孔をくすぐるにおい。ソアは一瞬首をかしげ、そして悟った。

海水だ。紛れもない海のにおい。

ソアはベッドを見つめた。ベッドはまだ……湿っていた。彼は自分に言い聞かせようとした。ぼくたちは熱烈なセックスをしたのだ、シーツが濡《ぬ》れるほどのセックスを。

彼はベッドをまわりこんで反対側へ行った。

ジュヌヴィエーヴの寝ていた側の床が、びしょびしょに濡れていた。ソアは身をかがめてカーペットにふれた。彼の周囲に濃厚なにおいが立ちのぼった。

海水だ。

11

「こちらはわたしのおじのアダムよ」ジュヌヴィエーヴの家へ入ってきたオードリーが、うやうやしく紹介した。「アダムおじさん……こちらがお話ししたみなさんよ」

ふたりはいちばん最後にやってきた。いちばん早く来たのはジェイ・ゴンザレスで、すぐあとにベサニーとアレックス、ヴィクターが到着した。そのあとに来たのがザックとリジーだ。しばらくしてジャックが今朝釣ったばかりの大きなはたを携え、大いばりでやってきた。ジャックが到着したのは、オードリーと彼女のおじが現れる直前だった。

マーシャルはいまだに行方がわからない。

オードリーのおじだというアダムに、ソアは最初から疑念を抱いた。そのいちばんの理由は、アダムがオードリーと一緒にやってきたからだということは認めざるをえなかった。なぜオードリーに対してこんなにいらだちを覚えるのだろう？　おそらく、それは彼女が霊媒師であり、手相見であり、タロットカード占い師だからに違いない。

アダムは背が高く、ひどくやせていて、年齢は六十歳から七十歳のあいだに見えた。にもかかわらず、力強い容貌《ようぼう》と魅力的な灰色の目をしたハンサムな男だった。穏やかな話し方をする礼儀正しい態度の持ち主で、ひとりひとり紹介されるたびに興味深げに相手を見つめた。

だが、アダムがソアを見つめる時間は少し長すぎるように感じられ、ソアは落ち着かない気分に陥った。今まで心を読まれていると感じたことはなかったが、アダムにはそんな印象を受けた。ソアの心は乱れ、アダムがジュヌヴィエーヴと話しているのを見たとき、不快感はさらに高まった。彼女はアダムに向かって親しげにほほえみかけ、楽しそうにおしゃべりをしていた。

「おい、魚をさばくのを手伝ってくれないか？」ジャックが声をかけてきた。

「ああ、いいよ」

もちろんソアは手伝いたくなかった。オードリーとアダムとジュヌヴィエーヴのあいだで交わされている会話に聞き耳を立てていたかった。

くそっ、ここは自制しなければ。

ソアはジャックと一緒に外へ出た。ジュヌヴィエーヴは魚を洗って料理するための立派な道具をそろえていた。ジャックから手渡されたナイフは鋭く、まるでバターを切るように楽々と魚の内臓を抜き、切り身にすることができた。

「マーシャルのやつ、いったいどこへ行ったんだろうな？」ジャックがきいた。

「なんだって？」

「マーシャルだよ、聞いていなかったのか？　おまえさんの同僚の。おれたちの仕事のもうひとりの責任者の。来ないなんて、やつらしくもない。マーシャルはバーベキューが大好きなんだ。それにジェンの家も」ジャックが言った。

「そうなのか。でも、警官が来ているんだ。マーシャルの行方がわからないことを彼に教えたほうがいいかもしれない」ソアは言った。

「それはかまわないが、あとでみんな、こっぴどくどやしつけられるだろうよ」ジャックがそっけなく言った。「あいつはどこかへ女としけこんでいるのかもしれない」彼はにやりとした。「だから携帯電話にも出ないのさ。だって、そうじゃないか、お楽しみを邪魔されたい男なんかいやしない。おれの言う意味がわかるだろう？」

ソアは答えなかった。彼は早く魚を切ってしまおうと焦っていた。

ヴィクターが冷えたビールの瓶を両手で挟むように持って家から出てきた。「何か手伝うことはあるかい？」彼は尋ねた。

ジャックは切ったばかりの切り身の山を指さした。「今さら遅すぎる」

「すまない」

「いいんだよ」ジャックは言った。「おれは眠っていても魚くらいおろせる」

ジャックがアルミホイルの箱をとりだすあいだ、ヴィクターはほかのことに気をとられているようだった。

「ごちそうになること請けあいだぞ。アルミホイルにくるんでバターを少し加え、ライムのしぼり汁を垂らして塩と胡椒《こしょう》を振り、にんにくの薄切りをひとつ……これほど新鮮な料理はない。さぞかしうまいだろうな」

「ああ、そうだな」ヴィクターがつぶやいた。

「どうかしたのか?」ソアはきいた。

ヴィクターはびくりとしてソアを見た。「いいや、別に」

ソアは肩をすくめ、ジャックの指示どおりに魚をくるみ始めた。

「あの男だけど」ヴィクターがだし抜けに言った。

「あの男?」ジャックが問い返した。「オードリーのおじさんか?」

「彼がどうしたんだ?」ソアはさりげない口調できいた。

「あの人は……なんだか気持ちが悪いよ」ヴィクターが言った。

「風呂に入っていなくて不潔だとか?」ジャックがきいた。

「いや、そうではなくて……不気味な感じがするんだ。あの目……色が薄くて。肌も異様なほど白い」

「彼は太陽と快楽の土地の生まれではないんだろう」ソアは低い声で言ったものの、内心では不安を覚えた。だが、あの男の外見が不気味なのではない。そうではなくて、なぜか不安を感じるのだ。不思議だ。いったい彼は何者だろう？

考えてみれば、このところのソアはあらゆるものに不安を覚えていた。そんなふうに不安を抱くのはよくない。とりわけ、今回のようなものは。世界は既知の危険であふれている。荒海へ出ていくときに不安になるのはかまわない。飛行機の墜落事故のあとで、沼地へ遺体捜索に出かけるときに気持ちがなえるのも当然だ。

しかし、これは……。

「よし、ヴィクター。役に立ちたいんだろう？　ジャックを手伝ってやってくれ。ぼくはオードリーのおじさんがどんなふうに気持ち悪いのか、見に行ってくるよ。かまわないね？」

ソアは返事を待たずに家へ入り、キッチンへ手を洗いに行った。ジュヌヴィエーヴがやってきて横に立った。その目がきらめいている。彼女は今までにないほど生き生きとし、心安らかで、幸せそうに見えた。光り輝いていた。ソアは胃のあたりが引きつるのを感じた。ジュヌヴィエーヴはゆうべのことについてひとことも話さなかったし、ソアのほうでも話す機会がなかった。彼が一階へおりたときは、客が到着し始めていたからだ。

ジュヌヴィエーヴはソアに笑いかけて鼻にしわを寄せた。「魚って、においはひどいけれど、洗ってしまえばおいしく食べられるものね」

ソアはジュヌヴィエーヴに片腕をまわして唇に軽くキスをした。だれに見られようとかまわなかったし、彼女も気にする様子はなかった。ジュヌヴィエーヴは熱のこもった抱擁を返してきた。

「どうかしたのかい？」ソアは尋ねた。

ジュヌヴィエーヴは肩をすくめた。「わからないわ。ただ、心から重しがとり除かれたような気がするの」

ジュヌヴィエーヴは歩み去ろうとした。

ソアは彼女を引き戻した。

「あのアダムという男は何者なんだ？」彼は尋ねた。

ジュヌヴィエーヴは後ろへさがってソアの目を見た。「とてもいい人よ」

ソアが手をふいてリビングルームへ行くと、ステレオから音楽が流れていた。アダムとオードリーはソファに腰をおろし、ベサニーとアレックスは何かのダンスのステップを踏んでいる。リジーが踊りながらそのふたりを見て笑い声をあげ、ザックは彼女に、足を踏まないよう気をつけないと思い知らせてやるぞと警告していた。ジェイはビールをすりながら彼らを眺めている。

ソアはアダムの隣に腰をおろした。

「どちらからいらしたんですか？」ソアは慇懃《いんぎん》に尋ねた。

「ヴァージニア州からだ。きみは？」

アダムの口調はミントジュレップや南部の微風を連想させるなめらかな響きと、高い教養を思わせる完璧《かんぺき》な優雅さを備えていた。

「ジャクソンヴィルです」ソアは答えた。「なぜこんな南方まで来られたんです？　オードリーと一緒に過ごすためですか？」彼は尋ねた。ソアの反対側に座っているオードリーが顔を赤らめた。占いをしてもらいに来た客を相手にするときはもっとうまい演技をしたほうがいい、とソアは忠告したかった。オードリーの態度には、後ろめたさがありありと感じられる。

「ここキーウェストは、訪れるのにもってこいの土地だ」アダムが言った。

「そうですね」ソアは同意しながらも、内心で舌打ちをした。この男は船遊びや釣りの好きな人間にはとうてい見えない。ましてや海へ潜るのが好きな人間には。暑さを好むようにも思えなかった。それにアダムは、キーウェストにはびこっているみだらな遊びをするには年をとりすぎている。

「きみとはもっと静かな場所で、ぜひふたりきりで話をしたい」アダムが言った。またもやソアは心を読まれているという印象を受けた。読まれている、だって？　いや、違う。この男はぼくをひと目見るなり、心の奥底まで読みきってしまったかのようだ。なんとも気味が悪い。

ソアは肩をすくめた。「明日、ぼくたちはまた海へ潜ります。残念ながら、陸で昼休みはとれません」

「きみはいつも朝食を食べるのかね？」アダムは尋ね、口もとにかすかな笑みを浮かべた。

「もちろんです」

「では、朝早くに会って一緒に朝食をどうだろう？」

返事をためらっているうちに、ソアはオードリーに見つめられていることに気づいた。大きく見開かれた彼女の目は真剣な表情をたたえていた。「そうしたほうがいいわ。あなた方はもっと知りあうべきではないかしら」オードリーは言った。その声はかすかに震えていた。

アダムとは会って話をする必要があると、ソアは考えた。ふたりきりで。悪夢を追い払うには死者なり幽霊なりと交わる必要があると、この男がジュヌヴィエーヴを説き伏せる前に、一度じっくり話しあっておかなければならない。

海水。ベッドのわきのカーペットが海水で濡《ぬ》れていた。

いや、違う。あれはジュヌヴィエーヴがシャワーを浴びて、しずくをカーペットに垂らしたのかもしれない。海のにおいは偶然だったのだ。フロリダキーズはどこへ行っても、絶えず大気中に海のにおいが漂っている。

ばかばかしい。彼らは寄ってたかって、ぼくを奇怪な空想世界へ引きずりこもうとしているのだ。そんなことをさせてたまるものか。「では、朝早くに会いましょう。ぼくは七時半までに埠頭《ふとう》へ行かなければならないので、六時でどうです？」

「いいとも。わたしは〈ラ・コンチャ・ホテル〉に泊まっている。そこで食事をしよう」

ソアはうなずき、陰鬱《いんうつ》な気持ちが顔に出ていないことを願いながら立ちあがった。

彼がジュヌヴィエーヴを捜しに行くと、彼女はキッチンで生野菜をトレーにのせていた。ソアに手をとられて、彼女は眉をつりあげた。「にんじんなんか、あとまわしでいいよ」ソアは言った。ジュヌヴィエーヴはほほえみ返したが、彼がキスをしようと抱き寄せたときも、心ここにあらずといった様子だった。

そのとき、ヴィクターの大声がしてふたりの邪魔をした。魚が焼けたのでみんな皿を持って裏庭へ出てきてくれ、ハンバーガーやチキンもすでに用意ができているぞ、と叫んでいる。

「わたしもあとから行くわ。その前に、あのごみを片づけてしまいたいの」ジュヌヴィエーヴはそう言ってリビングルームへ行き、空き瓶を片づけ始めた。ソアもついていって手伝った。

ヴィクターが飲んだビールの空き瓶がコーヒーテーブルの上に置いてあった。瓶をとりあげたソアは、ぎょっとしてまじまじと見た。

まるで怒り狂った猛禽《もうきん》類の鉤爪《かぎづめ》で引っかかれたかのように、瓶のラベルがずたずたになっていた。

興味深い一日だったことは間違いない。その理由が、ジュヌヴィエーヴにはわからなかった。事態は何も変わっていないのに、アダム・ハリソンと会っただけでなぜか気持ちが明るくなった。

これからも夢に幽霊たちが現れるかしら、とジュヌヴィエーヴは考えた。

ぼろぼろの服をまとった海賊たち。ちぎれた服からつきでた骨、恐ろしい顔、武器を握った手。彼らは深い海の底を足音もたてずに行進してきて、彼女につきまとう……。

白いドレスをまとった美しい女性。見えない潮の流れに髪をなびかせたその女性が、腐りかけた海賊たちからジュヌヴィエーヴを守ろうとするかのように立ちはだかり、警告の言葉をささやく……。

〝気をつけなさい……〟

ジュヌヴィエーヴの心を、魂を悩ます夢。

そのたびに、彼女は夢にあらがって目を覚ます。

そして恐怖にさいなまれながら、恐ろしい数秒間を過ごすのだ。万力のように胸をしめつけられ、心をわしづかみにされて。息苦しくなったジュヌヴィエーヴは必死に呼吸をしようとする。昼間の光の力を再び信じようとする。幻が消えて自分以外にだれもいないとわかったときでさえ、彼女は自分自身の正気を疑うあまり、何も話せない。今朝目覚めたとき、ジュヌヴィエーヴはかたわらに実体のある男性がいることを感謝した。彼の存在に力づけられて、真に迫った恐ろしい奇怪な夢の一部始終を話してしまいたいという衝動に駆られたが、そうする勇気がなかった。

これ以上ソアに正気を疑われたら、本当に頭がどうかなってしまうと思ったのだ。きっとアダム・ハリソンが変えてくれるだろう……すべてを。そう信じたので、ジュヌヴィエーヴはバーベキュー・パーティーのあいだ、ずっと天にものぼる心地だった。

ただ、ひとつ気がかりなことがあった。それを心配しているのは自分だけだとジュヌヴィエーヴは考えていたが、ベサニーのキーライムパイとコーヒーが供されたときに、そうではないことがわかった。

「なあ、ジェイ」ヴィクターが言った。「ちょっと心配なんだ。今日、マーシャルが来なかっただろう」

ジェイはキーライムパイをフォークで口へ運びかけた手をとめて、ヴィクターを見た。

「マーシャルの心配をしているのか？」

「昨日も今日も、彼の姿を見た者がいないんだ」ジャックが説明した。

ジェイはたいして心配しているようには見えなかった。「マーシャルは……マーシャルだ。彼にも私生活がある。きみたちはなんでも打ち明けあっているようだが、きっと彼にも黙っていたいことはあるだろう、もし……」

「女とよろしくやっている最中なら？」アレックスがあとを引きとった。

ジェイは肩をすくめた。

「捜索願を出すべきだと思うわ」ジュヌヴィエーヴは言った。

「わたしが思うに」ベサニーが言った。「どうせ今まで待ったんだし、もう少し様子を見たらどうかしら。明日になってもマーシャルが仕事に来なかったら、それこそ本気で心配しなくてはいけないでしょうけど」

ベサニーの言うとおりだと、あちこちからささやき声があがった。ジュヌヴィエーヴはそんな悠長なことはしていられないと彼らを説得しようとしたが、そのときには全員がデザートを食べるのに忙しくて耳を貸してくれなかった。

少しして、彼らはそれぞれ帰り始めた。最初に帰ったのはジェイで、彼はジュヌヴィエーヴを抱きしめ、招いてくれたことへの礼を述べてから、用心するように忠告した。

「わたしはいつだって用心しているわ」ジュヌヴィエーヴはきっぱりと言った。ジェイが彼女の肩越しにソアを見た。

「そうだな、できるだけ一緒にいるのがいいだろう……たぶん」ジェイはつぶやいた。

ジュヌヴィエーヴはほほえんだ。「ソアはいい人だと、わたしは信じているの」

ジェイはうなずいた。「時として、われわれは論理と信念に基づいて行動しなければならないんじゃないかな？」

ジュヌヴィエーヴは同意し、そのうちディナーをともにする約束はまだ有効だとジェイに念を押してから、おやすみの挨拶《あいさつ》をして別れた。

次に帰っていったのはオードリーとアダムだった。

ジェイと同じようにオードリーもジュヌヴィエーヴを抱きしめたが、オードリーの抱きしめ方は激しかった。「気をつけてね。それと、ありがとう。すごく楽しかったわ。あなたとゆっくり過ごしたのは本当に久しぶりだもの」

ジュヌヴィエーヴも抱擁を返した。「ありがとう」彼女は言った。

オードリーはにっこりした。「どういたしまして。わたしのアダムおじさんはすてきでしょう?」

「ええ、本当にすてきな人ね」

続いてアダムが別れの挨拶をした。彼と握手をしたり、目が合ったりしただけで、ジュヌヴィエーヴの気持ちは軽くなった。「じゃあ、明日の晩に。そのときに話をしよう」アダムが言った。

突然、ジュヌヴィエーヴは不安を覚え、ソアを捜して肩越しに振り返った。

「大丈夫だよ」アダムが言った。「明日、わたしは彼と一緒に朝食をとることになっている」

ジュヌヴィエーヴは驚いて目を丸くした。

だが、アダム・ハリソンは首を振った。「わたしを信じなさい。少しも心配はいらない。手伝ってくれる人たちを、すでにこちらへ呼んでおいた」

「本当に？」

「わたしには息子がついているし、リゾート地にひと組の夫婦が来ている。ニッキとブレントのブラックホーク夫妻で、きっときみはふたりを好きになるだろう。ブレントは長年わたしと一緒に仕事をしてきた。ニッキのほうも……特殊な能力を備えている。まもなくきみは彼らに会うだろう。わたしには特殊な能力はないが、直感が備わっている。何もかもうまくいくよ」

ジュヌヴィエーヴは歩み寄ってアダムの頬にキスをした。そんなことをした自分に驚き、彼女はどぎまぎした。

アダムはただほほえんで、ジュヌヴィエーヴの手を握りしめた。「われわれは声なき者の声に耳を傾けることを学ばなければならない」彼は静かに言った。「それではまた」アダムはオードリーと腕を組んで帰っていった。

不意に静寂が漂った。ジュヌヴィエーヴはあたりを見まわした。残っている客は全員が口をつぐみ、去っていくふたりを見送っていた。

やがてヴィクターが口を開いた。「あの男ときたら、気味が悪いな」

「同感だね」アレックスが言った。

ジュヌヴィエーヴは、ヴィクターとアレックスの後ろに暗い顔をしたソアが黙って立っているのを見た。

ソアも同じように考えているのだ。ジュヌヴィエーヴはそう感じた。

「それを言うなら」ジャックが言った。「オードリーだって、ちょっと気味の悪いところがあるぞ」

「みんな、どうかしているわ」ジュヌヴィエーヴは非難した。「あなたたち男性にとっては、ダイバーでない人、一日の大半を海中で過ごさない人は、みんな気味が悪いんでしょう」

「手伝いが必要かしら?」ベサニーがジュヌヴィエーヴにきいた。ジュヌヴィエーヴが首を振ると、ベサニーは言った。「じゃあ、そろそろ失礼させてもらうわ。みんなも帰りましょう。明日の朝は早いのよ」

「講義があるんだったな」アレックスが嘆いた。

「ええ、そうよ。それとマーシャルが来るように祈りましょう」ジュヌヴィエーヴはささやいた。

「マーシャルはきっと来るさ」ヴィクターがジュヌヴィエーヴの肩に手を置いて言った。

「きっと来る。あのマーシャルのことだもの」

ヴィクターは兄のようにあたたかくジュヌヴィエーヴを抱きしめた。彼女はヴィクターにほほえみかけた。「そうね」

「ちょっと、ヴィクター、わたしを置いて帰らないで」ベサニーが言った。

「もちろん、そんなことはしないよ」ヴィクターは応じ、ふざけて目をくるりとまわした。

そのときになってジュヌヴィエーヴは、驚いたことに今日一日、殺人者がフロリダキーズをうろつきまわっている事実にだれもふれないで過ごしたことに気づいた。

またしばらく静寂が続いた。「じゃあ、そろそろザックとわたしも失礼するわ」リジーが言った。「ジュヌヴィエーヴ、ありがとう。とても楽しかったわ」

ジュヌヴィエーヴはにっこりした。彼女はリジーとザックが好きだった。

「さあ、みんな帰って」ジュヌヴィエーヴは笑って言った。

「やれやれ、みんな、お似合いだよな」全員が玄関へ向かっているとき、アレックスがため息まじりに言った。「ほら、この組みあわせを見てごらん。リジーとザック、ベサニーとヴィクター、ぼくと……ジャック」

「おい、おれは絶対におまえとなんか寝ないぞ」ジャックが断言した。

「さっさと帰りなさい！」ジュヌヴィエーヴはいっそう大きな笑い声をあげて言った。

ようやく全員が出ていき、ジュヌヴィエーヴはドアを閉めることができた。振り返るまでもなく、ジュヌヴィエーヴは黙ったまま彼女を見つめているソアの存在を感じた。

ジュヌヴィエーヴは振り返ってドアにもたれ、腕組みをしてソアを見つめた。「なんなの？」神経質な声で尋ねる。

ソアは首をかしげてジュヌヴィエーヴを見つめ返し、穏やかに言った。「ヴィクターに同意したくはないが、しかし……」

ジュヌヴィエーヴはもたれていたドアを離れてキッチンへ向かった。「わたしはアダムを気に入ったわ」彼女はぴしゃりと言った。

そして汚れた皿を洗いにシンクへ行った。ソアがついてきて、後ろからジュヌヴィエーヴの肩に両手を置いた。「わからないのか？」彼は静かな声できいた。「あの男は……ある種の……よし、率直に言おう。あの男はオードリーと同じく頭がどうかしている。彼はきみが心に育ててきた恐怖と空想を、ますますふくれあがらせようとしているんだ」

ジュヌヴィエーヴはスポンジを置き、くるりと振り返った。「あなたはそんなふうに考えているのね？　わたしには途方もない空想癖があって、それを奔放に働かせているのだと」ソアの目に浮かんでいる表情に気づいて、彼女は先を続けるのをためらった。ジュヌヴィエーヴは自分がソアから大切に思われており、ふたりのあいだには一緒に寝ることよりもはるかに重要なことが進行しているのだと考えていた。だが、彼の澄んだ目は冷ややかだった。きみは完全に正気を失っている、これからもそんな空想を続けると言い張るのならもうつきあいきれない、とソアが考えているのを、彼女は実際に聞いた気がした。

ジュヌヴィエーヴはソアを手放したくなかった。だからこんなことを口にするのはつらかったが、なんとか落ち着き払った声で言うことができた。

「あなたがわたしのそばにいたくないのなら、引きとめはしないわ」

　ソアはしばらく黙っていた。やがて彼は言った。「ぼくはきみのそばにいたいからいるんだ」長いため息をつく。「さてと、ぼくたちは疲れているし、明日は長い一日になるだろう。それに……」

「それに、なんなの?」

「外には殺人者がいる」ソアは低い声で言った。

　ジュヌヴィエーヴは首を振った。「それを理由にここへ泊まろうというのなら、お断りよ」彼女は言った。

　ソアの目に、ジュヌヴィエーヴの大好きなあたたかい光が戻った。「ぼくは体が大きいからね、簡単にはほうりだせないよ」

　そして彼は、これ以上会話を続けていると結局は出ていかざるをえなくなるとでもいうようにジュヌヴィエーヴから離れた。

「明日は早く起きなければならない。目覚まし時計を五時半にセットしておこう。そのあとで六時半にセットしなおしておくよ。きみはその時間でいいんだろう?」

「ええ」ジュヌヴィエーヴは答えた。

「ぼくのところにEメールが来ているか確かめたい。きみのオフィスのコンピューターでログインしてもかまわないかな?」ソアがきいた。

「もちろんかまわないわ」

「後片づけを手伝えというのなら、手伝うけれど?」

ジュヌヴィエーヴは首を振った。「ひとりで充分よ。ありがとう」

ソアはキッチンから出ていった。残りの皿を洗いおえたジュヌヴィエーヴは、ためらったあとでそれらをタオルでふき、棚へきちんとしまった。これから一週間をコテージで過ごすことになるかもしれないので、出しっぱなしにしておきたくなかった。それ以外のこまごました雑用を終えるのに思いのほか時間を要したが、彼女が二階のベッドルームへあがったときも、ソアはまだ来ていなかった。ジュヌヴィエーヴは、オフィスへ行って彼の肩越しにコンピューターの画面をのぞきたい衝動に駆られた。

ためらったあげく、ジュヌヴィエーヴはやめておくことにした。顔を洗って歯を磨き、さっとシャワーを浴びに行く。魚のにおいが体にしみこんでいる気がした。バスルームから出て体をふき、再びためらった。裸でベッドに入っていたら、あつかましいと思われるかもしれない。逆にTシャツを着てベッドにいたら、滑稽《こっけい》かしら?

ジュヌヴィエーヴは目を閉じて唇をかみ、しばらくその場に立ち尽くした。わたしはソアに夢中になっている。彼はわたしが男性に求めるものすべてを備えた、夢にまで見てきた人だ。頭が切れ、知性的で、ユーモアがあって……ダイバーで、海を心から愛している。

アトラスのようにたくましい体とすばらしい容貌の持ち主。そしてわたしにふれたり、愛を交わしたりするときの彼の手の動きときたら、言葉にできないほど刺激的でありながら、なぜかとてもやさしい。

ジュヌヴィエーヴはベッドに入って明かりを消し、暗闇《くらやみ》を見つめた。廊下からかすかな光が差しこんでくる。

あの人はそこにいるのだ、廊下を少し行ったところに。すぐ近くなのに、ひどく遠く感じられる。

ジュヌヴィエーヴが起きあがって明かりをつけようとしたとき、ようやくソアが入ってきた。彼はジュヌヴィエーヴの眠りを妨げまいとしてか、暗がりのなかを静かに歩いた。

ソアが上掛けの下へ潜りこんできたとき、ジュヌヴィエーヴは彼のほうに体を向けて指先で軽く彼の胸をなでた。ソアが彼女を腕のなかに抱いた。

ソアはこれまでと同じように愛を交わした。エロティックに、ゆっくりと、いたぶるように……。彼に誘惑され、じらされて、ジュヌヴィエーヴは狂おしい欲望のうちに闇への恐怖を忘れた。意識にあるのは、肌を隅々まで這《は》う唇の感触、ソアの体の並外れた力、狂ったように打つ鼓動、一気に高まる高揚感、身もだえ、セックスと官能のめくるめく世界への突入だけだった。彼女は欲求をとき放ちたいと願うかたわら、永久にこのままでいたいと願った……。

これまでと同じく、ソアはジュヌヴィエーヴを抱いていた。

それでいて……。

ジュヌヴィエーヴはどこか違うものを感じた。ソアは考えにふけっているのか、黙りこくっている。そのうちに彼女は怖くなった。ソアを失ってしまうのではないか、これが彼なりの別れの告げ方ではないかと不安だった。

早くも気持ちがなえ始めたのを感じ、ジュヌヴィエーヴは弱気になっているのを悟られまいとして、じりじりとソアから離れだした。

ソアがジュヌヴィエーヴを抱き寄せて額にキスした。彼女はソアの唇から言葉が出かかっているのを感じたが、何を言うつもりだったにせよ、結局、言葉は発せられなかった。

本物、

本物。

海軍情報局所属のソアの親友、ラウル・テリー大佐はアダム・ハリソンについてそう述べた。本物。

本物なんてものは、この世に存在しない。それがソアの考えだ。

しかし、インターネットで調べたところ、異常な出来事に関するいくつかの記事にアダム・ハリソンの名前が出ていた。〈ハリソン調査社〉のホームページはなかった。広告もまったくない。とにかく見つけることはできなかった。ただし、それらの記事のなかに政府に言及したものがあったので、ソアはインターネットで検索していくうちにラウルの名前を見つけ、彼に連絡をとった。ラウルの返事はソアを仰天させた。

本物。

ありえない。ぼくたちは現実世界に生きているのだ。

かたわらでジュヌヴィエーヴが身じろぎをした。ソアは彼女を抱き寄せ、夜の闇のなかで自分をののしった。だまされてたまるか。

とはいえ……。

ソアは自分が恐れていることに気づいた。体が大きいから精神も強靭《きょうじん》だなどとうぬぼれていたわけではないが、自分を良識ある知性的な人間だと信じていた。ジュヌヴィエーヴが手の届かないところへ行ってしまう、そんな思いを日ごとに強く感じることは恐ろしい。

彼女を守れないということは。

ソアは暗闇のなかで歯ぎしりした。殺人者が野放しになっている。それはたしかな事実だ。おそらくその男は臆病《おくびょう》者で、弱者を餌食《えじき》にしている。ジュヌヴィエーヴが危険にさらされていると信じる理由はない。殺人者が殺したのは売春婦なのだ。

だが、ほかにも行方不明者がいる。

海水……。

塩水のにおいが、突然ふたりを包んだように思われた。

「ジュヌヴィエーヴ」ソアは不安に駆られてささやき、彼女を抱き寄せた。目を開けたジュヌヴィエーヴは暗がりでソアを見つめ、眠たそうにほほえんだ。「いつまでもぼくのそばにいてくれ」彼は切迫した声でささやいた。ジュヌヴィエーヴがかすかに眉をひそめた。そんな言葉を口にしてみたところでどうにもならない、とソアは思った。彼女は明らかに、ぼくと一緒にいるつもりなどない。

だが、ともかくソアは同じ言葉を繰り返した。

「いつまでもぼくのそばにいてくれ」

ソアはジュヌヴィエーヴをやさしく抱いた。そのあとで、暴力的とも言えるほど激しく愛を交わした。そして肌を重ねて横たわった。

ジュヌヴィエーヴが腕のなかで寝入ってからも、ソアは眠りたくなかった。だが、朝まで眠らずにいようと思ったにもかかわらず、いつしか眠りこんだ。愛する女性と手足を絡ませて。

ソア自身、その存在を信じてすらいない悪霊どもを、彼の体が遠ざけておけるとでもいうように。

またもやそれはやってきた。

海のにおい。

塩、波、風。

そして彼女は彼らが近づいているのを知った。陰鬱な様子でゆっくり行進してくる男たち。さまざまな色をしたおんぼろのフロックコート。ぼろぼろになった漂白していない綿の白いシャツ。

朽ちつつある肉体。

腐りかけの肉。

白く光る骨。

いまだに見つめているような、くぼんだ眼窩《がんか》……。

行進してくる。次第に近寄ってくる……。

こちらには喇叭《らっぱ》銃、あちらにはサーベル。

骨もあらわな頭皮にしがみついているわずかな髪、斜めにかぶった帽子。ちぎれそうな耳たぶに危なっかしくぶらさがっている、リング状の金のイヤリング。

ジュヌヴィエーヴは恐怖と闘った。彼らがまわりをとり囲んで自分をつかまえようとしているのだという確信と闘った。それでも彼らはやってくる、近くへ……近くへ。

するとそのとき、いつものように例の女性が現れた。美しく若い女性。周囲に漂う髪。見えない水になびいている白いドレス。

深い悲しみをたたえた目。彼女の唇があの言葉を形づくる。

〝気をつけなさい〟

ジュヌヴィエーヴは本能的な恐怖にあらがい、生存本能に促されて目を覚まそうとした。その一方で、彼らが無意識の心のなかへ入ってくるまで待たなければならないこともわかっていた。彼らに最後まで語らせるために。

何に気をつけろというの？　ジュヌヴィエーヴは声を出さずに尋ねた。

女性のふっくらした美しい唇が動き始めた。海賊たちの唇が完全に腐って落ちていることを考えると、彼女の唇が完全な形を保っているのは不思議だった。

けれども彼女の言葉は、耳もとで鳴り響いたけたたましい目覚まし時計の音にかき消された。

ジュヌヴィエーヴはぱっと起きあがった。大きくあえいで、深く息を吸う。夢がもたらした恐怖よりも騒音による狼狽《ろうばい》のほうが大きかった。室内を見まわすと、部屋は薄暗かった。

ソアはいなかった。

五時半の目覚まし時計の音を聞いた覚えはない。おそらくソアは自力で起き、それから約束どおり六時半にセットしなおしたのだろう。ジュヌヴィエーヴは長々と息を吐いてぎゅっと目を閉じ、今日一日のために気持ちを奮い立たせてから立ちあがろうとした。

ベッドがずぶ濡れの状態だった。カーペットに足をのせてみると、それも濡れそぼっていた。彼女は震えながら裸でカーペットの上に立ち、泣きだしたい衝動をこらえた。しゃがんでみると、海のにおいがした。「なんなの?」ジュヌヴィエーヴは叫んだ。「いったい何が望みなの?　あなたはわたしに何を言いたいの?　教えてよ」

早朝の暗がりのなかで、答えは返ってこなかった。

ジュヌヴィエーヴは悪態をついてシャワーを浴びに行った。

ソアが到着したとき、ホテルのダイニングルームにはふたりの男が一緒に座っていた。アダムが着ているのは暑さをしのぐためのカーキ色のショートパンツとあつらえの半袖《はんそで》シャツで、若いほうの男が着ているのはジーンズに九〇年代のロックグループの広告が入っているTシャツだった。ソアがアダムに挨拶をする前に、その若者が口を開いた。「はじめまして。ぼくはジョシュ、アダムの息子です。どうぞよろしく」

ソアはいくぶんそっけなくうなずき、自分も椅子に腰をおろした。

「ミスター・ハリソン、はじめに申しあげておきます。ゆうべ、ぼくはあなたについていくつか調べさせてもらいました」

ジョシュの目が見開かれた。アダム・ハリソンはほほえんだ。「かまわないよ。わたしも当然きみが調べるだろうと思っていた」

「ぼくの昔の同僚たちは、あなたについて好意的な評価しか口にしませんでした」

ウエイトレスが来てソアにコーヒーを注《つ》ぎ、料理の注文をとった。ジョシュは手を振って食べないことを示した。アダムはイングリッシュ・マフィンとオレンジジュースを頼んだ。ソアは卵料理にトーストを注文した。海へ潜る前に腹いっぱい食べるのはよくないが、まったく食べないのはもっとよくない。

ソアはアダムをじろじろ見ながらコーヒーをすすった。「きみはわたしに、この島から出ていくよう言いに来たんだろう」アダムが言った。

ソアは眉をつりあげ、マグカップを置いた。「あなたは、われわれのプロジェクトが幽霊に呪《のろ》われているとぼくを説得する気ではないでしょうね」

「きみの大切な女性が苦しんでいても、きみはまったく気にならないのかね?」アダムが尋ねた。

「あなたは彼女が本当に幽霊を見ているような言い方をしているが、それは事態をいっそう悪くするだけだと思います」ソアは静かに言った。

「きみはわたしが政府のために働いていることを知っているんだろう?」アダムが言った。

「ええ、知っています」ぼくたちはにらめっこをしているのだ、とソアは思った。「それからぼくは、リンカーンの幽霊がホワイトハウスに出没すると何人もの大統領が断言してきたことも知っています」

「出没しますよ」ジョシュが口を挟んだ。

　ソアは彼の言葉を無視した。

「ミスター・ハリソン、浜辺で女性の死体が発見されました。フロリダキーズには重大な危険がひそんでいます。実在の殺人者がもたらす危険が。夜中にうろつきまわる幽霊や得体が知れないものの話をして、人々の心をまどわすのはよくありません」

「幽霊は必ずしも悪いものではありませんよ」ジョシュが眉をひそめて真剣に言った。

「機会さえ与えてやれば、彼らは現実世界で役に立ってくれるんです」

「それはそれは」ソアがつぶやいたところへ料理が運ばれてきたので、彼は口をつぐんだ。

「わたしの立場を理解してください」ウエイトレスが去ったところで、ソアは続けた。

「理解しているよ」アダムが言った。「きみの邪魔にならないよう、わたしも部下たちも最善を尽くそう」

　ソアは味わうことなく食事をした。「うちのダイバーたちをわずらわせないでほしいんです」彼はようやく言った。

　アダムが身を乗りだした。「いいかね。きみはわたしを調べた。わたしが誠実な人間であることは知っているはずだ。わたしに機会を与えてくれ。それと、われわれが問題にしているのは複数のダイバーではない。ひとりのダイバーであることは、きみもわたしも承知している。しかも彼女はきみにとって単なるダイバー以上の存在だ」

「あなたは彼女を怖がっている」ジョシュが口を出した。

ソアは若者を険しい目でにらんだ。

「今、起こっていることのために、あのすばらしい女性に背を向けてはいけないよ」アダムが穏やかに忠告した。

その言葉によって呼び覚まされた罪悪感が、ありありとぼくの顔に表れたのではないだろうか、とソアはいぶかった。そうだ、今回の一連の出来事でぼくは不安になっている。ぼくはジュヌヴィエーヴを抱きしめて守ってやりたいと願いながら、その一方で背を向けたいと考えている。深みにはまる前に逃げだしたいと……。

「ぼくは幽霊の存在を信じていません」ソアはきっぱりと言った。

「でも、いずれ信じますよ」ジョシュが悲しそうな口調で静かに言った。

ソアはため息をついた。「今日じゅうにここを出ていけなどと言えないのはわかっています。その代わり、ご承知おきください。ぼくはあなたのしていることを一瞬たりとも信じません。くれぐれも注意深く行動してくださるようにお願いします」

アダムはやれやれと首を振った。「さっきも言ったように、きみたちの邪魔をしないよう最善を尽くそう。しかし、わたしにも果たすべき仕事がある。いつかきみもわたしが来たことを感謝するだろうと信じているよ」

驚いたことに、気がついてみるとソアは卵料理をすっかり平らげていた。どうやら憤慨などまったくしていない、まともな人間として食事をしたようだ。彼は立ちあがった。「われわれはなんらかの合意に達することができるものと期待していました」そっけなく言う。

　アダムの顔にゆっくりと浮かんだ屈託のない笑みがソアをいらだたせた。「いいや、きみはわたしを脅せば追い払えるだろうと期待していたんだ。しかし、きみの立場はよくわかる。わたしは少しも腹など立てていない。それではまた会おう。仕事の成功を祈っているよ」


　熱いシャワーを長く浴びて体も気持ちもしゃきっとしたジュヌヴィエーヴは、海へ潜るのに備えて水着を着て、その上にタオル地の上着を羽織った。

　階下へおりてみると、ソアがコーヒーを残してくれていた。ジュヌヴィエーヴはほほえみ、わたしはなぜこんなにたやすく感動したり悲しくなったりするのだろうと首をかしげた。

　その理由は、ソアがわたしと一緒にいてくれなかったからだ。わたしの頭が本当にどうかなり始めているから。

　キッチンで食器を洗っているうちに、ジュヌヴィエーヴの胸にまた怒りがわいてきた。病院へ閉じこめられでもしない限り、わたしは仕事をして今の生活を続けなければならない。

彼女はコテージへ持っていくものを集め、家じゅうの戸じまりをした。

玄関を出てドアに鍵《かぎ》をかけたとき、背中から首筋へぞくぞくする感覚が走るのを感じて凍りついた。

彼女はあたりを見まわした。まだ早朝で完全に明るくなってはいない。至るところに暗がりが残っている。

そしてその暗がりから、だれかがうかがっているのが感じられた。こちらを見つめている。

ジュヌヴィエーヴは舌打ちをした。まったく、ばかばかしいったらないわ。

決然たる足どりで、彼女は道路へ出る道を歩きだした。背後で茂みや木々がざわざわと葉を鳴らしているようだ。思わず早足になる。

道路にはほかにだれもいなかった。

ジュヌヴィエーヴは道路を進みだしたが、相変わらず見つめられているような感じは消えなかった。怒りを覚えて立ちどまり、くるりと振り返る。だれもいない。それに物音ひとつしない。小鳥のさえずりさえも。

彼女は再び歩きだした。

そのとき、足音が聞こえた。芝生と舗道の上を急いで駆ける足音。

ジュヌヴィエーヴはさっと振り向いた。あの茂みのそばに……黒い人影。

彼女は一目散に駆けだした。

やがてデュヴァル通りへ出た。

ちょうどそこへ、一軒の朝食つきの小さなホテルから配達人の男性が出てきた。

彼女はあやうくその男性とぶつかりそうになった。

「おはよう」男性は陽気に言った。

ジュヌヴィエーヴは立ちどまって大きく息を吸った。心臓がどきどきしている。彼女は勇気を出して振り返った。

通りにはだれもいなかった。

12

結局、ジュヌヴィエーヴは数分遅れ、彼女が着いたときは全員がそろっていた。配達人の男性は彼女が震えているのに気づいて心配し、親切にもペットボトル入りの水をくれた。すぐに落ち着きをとり戻したジュヌヴィエーヴは、お礼に〈スターバックス〉でカフェラテをごちそうした。

そんなことがあったものの、その日の朝はいい一日になるだろうと予感させた。澄みきった空、吹き寄せる心地よい微風。潜水にはもってこいの日和だ。

ヘンリー・シェリダン教授は、船の模型を用いた講義の準備をすっかり整えていた。ひとつだけ足りないものがあった。

マーシャルだ。

ジュヌヴィエーヴが到着したときは、すでにマーシャルがいないことが話題になっていた。マーシャルのせいか、それともほかに何か原因があるのかわからないが、ソアは見るからにいらだった様子をしていたので、ジュヌヴィエーヴは彼に近寄らないでおこうと考えた。

「マーシャルらしくないな」ヴィクターが言った。

「まったくだ」アレックスが同意した。

「本当に心配だわ」ベサニーも言った。

マーシャルがおらず、代わりにジェイと、見たことのない美しいふたり連れがいた。女性はきれいな金髪の持ち主で、男性のほうはその際立った容貌《ようぼう》からネイティブ・アメリカンの血を引いていることがわかる。ジュヌヴィエーヴはピクニック用テーブルのベンチのベサニーの隣にそっと座り、小声で尋ねた。「どういうこと？　ジェイと一緒にいる人たちはだれ？　何がどうなっているのかさっぱりわからない。マーシャルがいなくて、見たこともない人たちを連れたジェイがいるなんて。でも、マーシャルがここにいない理由をだれか知っているんでしょう？」

「彼は避けられない用事があって本土に足どめされているんですって。だからジェイがここへ来ているの。ゆうべ、マーシャルから警察署へ電話があったらしいわ。わたしたちに連絡するのが遅れて、みんな心配しているかもしれないから、だれか行って説明してくれと頼んだみたい。用事がすみ次第、戻ってくると言ったそうよ」

「ふうん、それでジェイが来ているのね？」ジュヌヴィエーヴはきいた。

ベサニーは肩をすくめてうなずいた。「たぶんそのせいで、ソアは大昔の雷神みたいな顔をしているのよ。怒っているんだわ、きっと。ソアは厳格な運営管理をし慣れているのに、これまでのところ、わたしたちの潜水作業はさんざんだったから」

「みんな、静かにしてくれ。ぼくもきみたち同様、マーシャルがいないのを残念に思っているが、彼は責任感のある男だから、避けられない用事で足どめをくっているというのならそのとおりだろう。しかたがない、われわれだけで進めようじゃないか」ソアが厳しい口調で言った。

全員が黙りこんだ。

「よろしい、それでは始めましょう」シェリダンが宣言した。彼は指示棒で船の模型を指し示しながら話を進めた。「〈マリー・ジョゼフィーン〉が進水したのは一八〇三年十月で、一八一六年にイギリス人が買いとりました。排水量八百二十トン、全長四十八メートル、満載時の喫水四・三メートル。長砲が三十門と艦首砲が二門、搭載されていました。これらの大砲は海底のどこかに沈んでいます。帆柱は粉々に吹き飛ばされ、船殻には多数の穴があいて、暴風雨が襲来したときには、船はすでに浮かんでいるのがやっとの状態だったでしょう。海賊のひとりが残した航海日誌の損傷に関する記述をもとに、われわれはコンピューターで沈没時の様子を再現してみました。急激に海水が浸入したため、船は沈没し始めると同時にまっぷたつに裂けたに違いありません。そこへ襲来した暴風雨は最大瞬間風速が毎秒九十メートルはあったと推定されます。そうした状況からして、船の大きな残《ざん》骸《がい》は一キロ半から二キロ近く運ばれたと考えられますから、われわれは非常に広範囲を捜索しなければなりません。あなた方の手がかりになるのは、やはり大砲ということになるでしょう……」シェリダンはブリーフケースから書類の束を出した。「これらはコンピュータによるイラストで、船の残骸が現在どのように見えるかを示しています」

「まるで珊瑚《さんご》みたいだ」アレックスがつぶやいた。

「そのとおり。あなた方は船の一部を目の前にしながら、それが船だとは気づかないかもしれません。だからこそ、この講義が重要な意味を持つのですよ。目には見えないものを見るすべを学ぶ必要があるのです。このイラストを目に焼きつけておいてください。〈マリー・ジョゼフィーン〉は必ず海底のどこかにある、そしてあなた方の発見した硬貨から して、あの近くにある可能性が大きい。あとは発見するのみ。ええ、そうです。では、今日はこれで終わりにしましょう」

シェリダンは満足そうな顔で引きさがった。彼が提供したイラストを見るダイバーたちの目は真剣そのもので、あくびをする者はひとりもいなかった。

「ありがとうございました、教授」ソアがしっかりした声で礼を述べた。

ほかの者たちが顔をあげ、合図があったかのように拍手を始めた。シェリダンの顔が真っ赤に染まった。

「ありがとう。成功を祈っています」

「そうだ、教授」ジャックが言った。「今日はあなたも一緒に船で海へ出ませんか?」

シェリダンの顔から血の気が引いた。「お誘いはうれしいが、潜水の仕事は専門家に任せておきましょう」彼は言った。

ジュヌヴィエーヴは、相変わらず不機嫌そうな顔つきのソアにジェイが話しかけているのを見た。ソアはジェイが連れてきた男女を振り返って大声でいくつか質問をしてから、自分にとってはもはやどうでもいいことだと言わんばかりに肩をすくめた。そして、突然ジュヌヴィエーヴに気づいたとでもいうように振り向いた。彼の眉間《みけん》のしわが深くなった。

「きみはぼくと組む」ソアは言った。

「おい、ぼくと組むのはだれだ?」ヴィクターがきいた。「ジャックか?」

「わたしよ。かまわないかしら?」金髪の女性が言って、ほほえみながらヴィクターに歩み寄った。「はじめまして。わたしはニッキよ」

「よろしく、ニッキ」たちまちヴィクターの顔がほころんだ。

「すまない、みんな」ジェイが言った。「最初に紹介しておくべきだった。こちらはニッキとブレントのブラックホーク夫妻で、ふたりは政府のために働いている。いいね、ぼくに文句を言わないでくれ。われわれは人手も船も不足しているので、ふたりに協力してもらうことになったんだ。ジャックとブレントはソアの船の甲板上に、ぼくは警察の巡視艇上にいる予定だ」

「おれの船を使ってもいいよ」ジャックが申しでた。

「うわあ、遠慮しておくわ」ベサニーがふざけて言った。

「おいおい、あれでもペンキさえ塗れば、なかなかのもんだぜ」

「安心してくれ。警察の巡視艇には、きみたちが必要とするものはなんでもそろっている」ジェイが言った。

「巡視艇なら文句はない。協力を感謝するよ」ソアが言った。

「そうだな」アレックスが首を振ってささやいた。「マーシャルのやつ、いったい何を考えているんだろう？」

「今日一日、われわれだけで最善を尽くそう。何か質問は？」ソアは尋ねた。「それでは仕事にかかろう」

彼は潜水器材の入っているバッグをつかんだ。

ジュヌヴィエーヴはニッキが自分と並んで歩いていることに気づいた。彼女はちらりとニッキにほほえみかけた。「はじめまして、わたしはジュヌヴィエーヴよ。お会いできてうれしいわ。じゃあ、あなたは潜水の経験が豊富なのね？」

ニッキもちらりとほほえんだ。「潜水は得意よ」いったん言葉を切って続ける。「本当はあなたと一緒に潜りたいんだけど……船に乗れるだけでも感謝しなくてはね」

「そうなの」ジュヌヴィエーヴは言ったが、実際は何がどうなっているのかさっぱりわからなかった。「いつもなら、ヴィクターはわたしが組む相手なの。彼の甘い言葉にだまされないでね。ダイバーとしてはすごく優秀よ」

「わかっているわ」

「本当に？」

「優秀でなかったら、このプロジェクトに参加していないはずだもの」

ジュヌヴィエーヴは思わずにっこりした。ニッキの言うとおりだ。

埠頭《ふとう》に到着して船の近くでふたりは別れた。ジュヌヴィエーヴはニッキの後ろ姿を見て眉根を寄せた。昨日のバーベキュー・パーティーのときにアダム・ハリソンは、ジュヌヴィエーヴが抱えている問題を解決するのを手助けしてくれる人たちをこちらへ呼んでおいたと言った。

精神科医を呼んだに違いない、とそのときは考えて不安になった。

今になって、アダムが言ったのは幽霊退治屋《ゴーストバスター》のことだとわかった。

政府とつながりのあるゴーストバスターですって？　それほど不思議なことではないのかもしれない。

「待って！」ジュヌヴィエーヴは呼びかけた。

ニッキは立ちどまって振り返り、期待のこもった笑みを浮かべてジュヌヴィエーヴを見た。

「あなたはアダムのもとで働いているのね」ジュヌヴィエーヴはやんわりと言った。「彼がそう言っていたわ」

ニッキはうなずいたものの、前を行くソアにちらりと視線を走らせた。

ジュヌヴィエーヴは大声で笑いだしそうになった。おかしなことに安堵《あんど》感を覚えた。「だれにも話さないわ」彼女はきっぱりと言った。

船で目的の海域へ向かう途中、ソアはジュヌヴィエーヴとひとことも言葉を交わさなかったが、ブレント・ブラックホークと穏やかに話している声が彼女の耳に届いた。ブレントはなめらかな声の持ち主で、ジュヌヴィエーヴはなぜソアがたちまち彼を受け入れたのか理解できた。ブレントはいかにも男らしく、物静かで謙虚ながら堂々たる態度をしている。屈託のない笑み。どんな嵐《あらし》をも乗りきれる男の風貌《ふうぼう》をしていた。

そのブレントがジュヌヴィエーヴのほうを見てほほえみ、ウインクした。

ソアを見たジュヌヴィエーヴは、彼が気づいていることを悟った。なぜかソアはニッキとブレントがここへ来た理由を知っている。そして、知っていながらも礼儀正しく振る舞っているのだ。

どうしてだろう？　ソアは彼らを鮫《さめ》のいる海へほうりだす機会を待っているのかしら？

エンジンの音が小さくなって船が停止した。ジュヌヴィエーヴが空気タンクの留め金をとめたところへブレントが来て、立たせてくれた。再びふたりの目が合った。彼の目には励ますような表情が浮かんでいる。彼女は礼を述べ、船尾にいるソアのところへ行った。ソアは長いことジュヌヴィエーヴを見つめていたが、やがて飛びこみ台へ歩みでて海へ入った。彼女もあとに続いた。

ソアが先を進み、ジュヌヴィエーヴはついていった。

海底を目指して潜りながら、彼女はときどき水深計に目をやった。十五メートル……十六・五メートル……十八メートル。右手に珊瑚がある。左手三メートルのところには断崖《だんがい》があって、そこからさらに三メートルから六メートルくらい下へ落ちこんでいる。水中を見まわすと、十二メートルほど離れたところにヴィクターとニッキがいた。

ジュヌヴィエーヴはゆっくりと進んだ。水は澄み、潮の流れは穏やかだ。ソアは絶えず振り返っては彼女がいることを確認している。ジュヌヴィエーヴは彼と三、四メートルの距離を保ちつづけた。澄んだあたたかい海水とレギュレーターの規則正しい音が気持ちを落ち着かせてくれる。かたわらを蛍光色の魚がすばやく泳ぎ過ぎた。大きなはたが一匹、枝珊瑚のそばを悠然と泳いでいるのを見たジュヌヴィエーヴは、ゆうべの食事を思いだしてなんとなく気がとがめた。このはたは人懐こい性格なのか、彼女のほうへまっすぐ泳いでくる。ジュヌヴィエーヴは手をのばして大きな体をやさしくなでた。この大きさなら、わたしより七十キロは重いのではないかしら、と彼女は思った。

ソアが進むのをやめてジュヌヴィエーヴを見ていた。彼女を待ち伏せしていたのが友好的な魚だけであったことを喜んでいるようだった。

再びソアが前進を始めた。

そのとき、はたに代わって例の女性が現れた。

ジュヌヴィエーヴは去っていくはたを見送った。

彼女はごくりとつばをのみこんだ。そして無理やり息をした。女性は金髪と白いドレスを水になびかせ、大きな目で悲しげにジュヌヴィエーヴを見つめている。彼女の姿を透かして、鮮やかな色をした何種類もの熱帯魚が見えた。

ジュヌヴィエーヴは息をとめた。心臓が鈍い音をたててゆっくりと打っている。

女性が手招きをした。

ジュヌヴィエーヴはついていった。

女性にばかり気をとられて、ジュヌヴィエーヴはソアのことをすっかり忘れていた。彼に足首をつかまれてぐいと引き戻されるまで。ソアは水中マスクのガラス越しに、怒った目つきで彼女をにらんでいた。

ジュヌヴィエーヴはにらみ返して指さした。ソアが首を振ると、彼女は手袋をはめた手を合わせて懇願するしぐさをした。

そして返事を待たずにソアから離れた。

前方で女性が待っていた。

彼女の足もとに棚状に堆積《たいせき》した砂があったので、ジュヌヴィエーヴはそっと掘り始めた。背後にソアを感じた。彼が信じたがっていないのを感じた。

けれども、ソアはジュヌヴィエーヴの横へやってきて砂を掘るのを手伝った。

どのくらい掘りつづけただろう。ジュヌヴィエーヴにわかっているのは、大量の砂をとりのけたことだけだった。周囲の水が沈泥で濁り始めたが、ソアは彼女のそばを離れず、いつまでも掘りつづけた。

ジュヌヴィエーヴがかたいものを掘りあてたときも、ソアはたいして驚いたふうには見えなかった。

箱！

それは金属の箱だった。小さな金庫ほどの大きさで、大切な形見か重要な書類をしまっておくための箱のようだ。表面にこびりついている海の生き物を通して、細かなエッチングが施されているのが見えた。海も砂も、そして時間でさえも、繊細に描かれた花や鳥の模様を完全に消すことはできなかった。

ソアがまじまじとジュヌヴィエーヴを見た。彼は大喜びしてもいいはずだった。ところが彼のまなざしには、ジュヌヴィエーヴを美しいと思いながらも遠ざけておきたいという気持ちがありありと表れていたので、彼女はたじろいだ。

彼は箱を持ちあげて船へ戻ろうと合図した。ジュヌヴィエーヴはうなずいてあとに従った。幽霊に礼を述べようと振り返ったときには、女性はすでに消えうせていた。

数分後、ふたりは船へたどり着いた。ソアは大切な箱をジャックに渡し、フィンと水中マスクをとって甲板上へほうった。そして飛びこみ台から身を乗りだしてジュヌヴィエーヴが海からあがるのを手助けしようとしたが、目を合わせるのは避けていた。

「彼女がまた見つけたんだ」ソアの口調はそっけなかった。

「すごいじゃないか！」ジャックがほめた。「なあ、ジェン、今まできいたことがなかったが、きみは賭事《かけごと》をやるかい？　もしやるんだったら、いつかおれと一緒にルーレットをやろう」

ブレントも船尾へやってきた。ソアはブレントがジャックから箱を受けとるのを冷たい目で眺めた。「なかに何が入っているのか、きみはもう知っているのか？」ソアが尋ねた。

ブレントは肩をすくめた。「これはたぶん、アンの箱だったに違いない」彼は言った。「だとすれば、彼女の生活を詳しく知る手がかりが入っているかもしれないよ」

「彼女はわれわれに何かを伝えたがっている、きみはそう言いたいんだな」ソアが言った。

再びブレントは肩をすくめた。「人は自分が望むものを見たり、自分の望みどおりに予測したりするものだ」彼は冷静な口調で応じた。

「錠がついているわ」ジュヌヴィエーヴは潜水服を脱ぎながら言った。

「箱を研究所へ持ち帰ろう。何百年も昔の品を壊すのはまずいからな」ソアが言った。

「冗談だろう」ジャックが抗議した。「目の前にあるのに我慢しろっていうのか？　錠くらい壊しても、どうってことないさ」

「われわれがしているのは単なる宝探しじゃない。われわれの任務は歴史を保存することだ」ソアが指摘した。

船の後方でリジーが、続いてザックが水面へ頭を出した。船上の彼らを見たリジーは、すぐに発見物があったことを悟った。「信じられない！」彼女は大声をあげ、ジュヌヴィエーヴがいることに気づいて誇らしげな視線を向けた。「あなたって、すごすぎるわ」

「すごすぎる、か」ソアが低くつぶやいた。

ジュヌヴィエーヴは彼の横を通り過ぎた。「アイスボックスにソーダ水が何本か入っていたわね？」

「元気を出して。お祝いしましょう」リジーがジュヌヴィエーヴの表情に気づいて言うのと同時に、ザックが飛びこみ台へあがりおえた。「わたしたちのなかに水中音波探知機《ソナー》よりも優秀な人がいるのね。最高だわ」

感激しきったリジーの口調を聞いて、ジュヌヴィエーヴの口もとに笑みが浮かんだ。

「ありがとう、リジー」彼女はそう言って、挑むようにソアを見た。

ソアはジュヌヴィエーヴに背を向けて無線機を操作した。彼女は僚船を呼びだすソアの声を聞いた。返ってきたジェイの声は雑音まじりで聞きとりにくかったが、彼がなんと言ったかはソアの応答でおおよそ見当がついた。「ああ、すごいだろう。ジュヌヴィエーヴはまるでありかがわかっているかのように、わき目も振らずにたどり着いて箱を見つけた。これから持ち帰るよ。今日の仕事はおしまいにしよう。運がよければ、もうすぐマーシャルから連絡が入るかもしれない」

しばらくして埠頭へ帰り着いたジュヌヴィエーヴは、もう一隻の船に乗っていた仲間たち、それとニッキ・ブラックホークから、いっせいに驚きと喜びの声をかけられた。

祝福しようとジュヌヴィエーヴを抱きしめたニッキが耳もとでささやいた。「そんなにみじめな顔をしていてはだめ。帰ったらシャワーを浴びて服を着替えなさい。そのあとであの駐車場へ来て。ブレントとわたしが待っているから、一緒にオードリーのところへ行ってアダムと話しましょう。そうすれば気持ちがすっきりするわ」

すっきりする、ですって？　そう、そのとおりだろう。

ジュヌヴィエーヴは無理やり笑みを浮かべた。「ありがとう」

ニッキは彼女の両肩をつかみ、厳しい表情で目を見つめた。「心を開きなさい」穏やかに言う。「幽霊はあなたを助けようとしているのよ」

「あの幽霊のせいで、わたしはみんなに正気じゃないと思われるんだわ」

ニッキはほほえんで肩をすくめた。「幽霊ってそういうものよ。今日はあなたと組んで潜りたかったけど、下手に画策して勘ぐられないよう用心する必要があったの。わたししたちが何者で、なぜここへ来たのかを、みんなに知られるのはまずいだろうと思って」

ヴィクターが来たので、ニッキは急いで離れた。ヴィクターはジュヌヴィエーヴを抱きあげてくるくるまわった。「ジェン、きみはあんな北欧の神なんか捨てて、またぼくと組んでくれよ」

まわりにいた全員が笑い声をあげ、ソアですらヴィクターの言葉にほほえんだ。彼はヴィクターに、神と呼んでくれてありがとう、とさえ言った。けれどもそのあと、箱を研究所の教授のところへ持っていくと言い残して足早に歩み去った。

一瞬、ジュヌヴィエーヴはめまいを覚えて目をつぶり、ソアが一緒に来るよう言わなかったことを感謝した。

ジュヌヴィエーヴは埠頭からコテージまで一目散に走り、さっとシャワーを浴びるとおぼつかない手つきで服を着た。体の震えがなかなかおさまらない。いつソアが来て疑わしげに彼女を見つめ、一緒に来るよう命じられるかと気が気でないまま、急いで服を身につける。

だが、ソアは来なかった。

矛盾しているようだが、ジュヌヴィエーヴはもう二度とソアが来ないのではないかと思って気持ちが沈んだ。彼はちょうどわたしが風変わりな水母《くらげ》を見るような目で、わたしを見ているのではないかしら？　水中をふわふわと漂っているときはきらびやかなのに、獲物を触手でとらえるときは恐ろしさを発揮する水母。

いつまでもそんな考えにふけってはいられなかったし、そのつもりもなかった。ジュヌヴィエーヴはコテージを走りでて、ティキ・バーとは反対側の駐車場を目指した。そこにはだれもいなかった。

じっと待つうちに、遅い午後の雲が太陽を隠した。闇《やみ》が不吉な大きい渦巻きとなって空からおりてくるかのようだ。周囲では吹き始めた微風に椰子《やし》の葉が揺れて、さらさらと鳴っている。

ジュヌヴィエーヴは歯をくいしばり、だれかに見られているという感覚を必死で無視しようとした。やさしげな椰子の木々や浜辺葡萄《ぶどう》の陰に、恐ろしい肉食動物がひそんでいるかのようだ。そのとき、何かの音が聞こえた。

動く音。何かが木々のあいだにいる。まるで獣が彼女をつけまわしているかのよう。

ジュヌヴィエーヴは一瞬目を閉じ、頭をすっきりさせようとした。

突然、声がして、彼女は悲鳴をあげそうになった。「やあ、そこにいるのはわれらが深海のヒロインじゃないか」

ジュヌヴィエーヴはくるりと振り返った。ジャックだった。安堵のあまり、彼女はよろめきかけた。

「ジャック！　驚かさないで、死ぬかと思ったわ」

ジャックは肩をすくめた。「どうしたんだ？　おれはきみにシャンパンをおごろうと思っただけだぞ」彼は首をかしげた。「それともビールでいいかい？」期待をこめて言う。「今日、われらが全能のリーダーが早めに仕事を切りあげたんで、かなりびっくりしたよ。これからは毎日、長時間こき使われると覚悟していたからな。それで、どうだい？　飲み物をおごろうか？」

「ごめんなさい、ジャック。これからオードリーと会うの」ジュヌヴィエーヴは言った。「でも、そのあとでどうかしら？」

「約束だよ。おれはいつもの場所をぶらついている。きみが小指を曲げて合図したら、すぐに飛んでいくよ」

ジュヌヴィエーヴはほほえんだ。「ありがとう、ジャック」

ジャックは手を振り、向こうの道路を目指して駐車場から歩み去った。彼の姿が歩道の雑踏へ消えるのと同時に、ブレントとニッキが近づいてきた。「お待たせ」ニッキが快活に言った。彼女はジュヌヴィエーヴの腕に腕を絡めた。「元気を出しなさい。あなたはすごいお金持ちの有名人になるのよ。いえ、ちょっと待って。このプロジェクトは政府から資金が出ているんだったわね。あなたは少しお金持ちの有名人になるんだわ」

わたしは正気になりたいだけよ、とジュヌヴィエーヴは思った。心の声はさらに続いた。わたしは正気になりたい。そして愛されたいの。

「きみが幽霊を見るのには理由があるんだ」ブレントが静かに言った。「いつでも幽霊を見るようになるの？」

ジュヌヴィエーヴは悲しげな笑みをブレントに向けた。

ブレントは笑った。「いいや。ときとして人は……そう、自分が見たいものだけを見る。われわれのことをなかなか理解してもらえないのは、それが理由だ。アダムは実際に何か不可思議な現象が起こっていることを確認してから、部下を呼び寄せるようにしているんだよ」

ジュヌヴィエーヴは、このブレント・ブラックホークという男性には確固とした何か――狂気のなかの正気とでも言うべきものが備わっているのを感じた。

彼女はためらったあとで尋ねた。「じゃあ……あなたには幽霊が見えるの？」

「しょっちゅう見ているよ」ブレントはそっと言った。

ジュヌヴィエーヴはニッキに視線を移した。「あなたも……」

「小さいころから見てきたわ。何かを暗示する黒い影を」今度はニッキが残念そうにためらう番だった。「でも、彼らがわたしに話しかけるようになったのは最近のことなの」

午後も遅い太陽の光が再び地上に降り注いでいたが、暑さはやわらぎ始めていた。デュヴァル通りは観光客でにぎわい、あちこちのバーからさまざまな音楽が漏れてくる。彼らとの話は、昼間の光のなかで交わされる、世にも滑稽《こっけい》な会話のようだった。大勢の人々の笑い声、パーティー、休暇……そして生活が営まれるなかで、幽霊の話をしているなんて。

三人はオードリーの店へと続く通路へ入った。すでに来ていたアダム・ハリソンが彼らのためにドアを開けた。どうやらアダムはブレントやニッキとかなり親しいらしく、ふたりとあたたかな挨拶《あいさつ》を交わした。このときもジュヌヴィエーヴは、アダムがいることで心強さを覚えた。

「いらっしゃい、ジェン！」オードリーがうれしそうに呼びかけた。客間へ入ったジュヌヴィエーヴは、コンピューターから出力した紙や雑誌や本がそこらじゅうに散らばっているのを見た。

「今、ふたりで手あたり次第に調べていたところだ」アダムが説明した。「〈マリー・ジョゼフィーン〉への襲撃や、船を襲った嵐、沈没などについて。オードリーとはまだ少しし か話をしていないが、それでも彼女からこれまでに知ったことをいろいろと教えてもらった。きみたちが来たら、わかっている事実や、現在起こっていることについてじっくり話しあい、なんらかの答えを導きだそうと考えていたんだ」

「今日、ジュヌヴィエーヴが小さな箱を発見しました。個人の宝石箱か何かのようです。鍵《かぎ》がかかっていました」ブレントがアダムに説明した。

「ほう?」アダムが言った。「幽霊がきみをそこへ導いたのかな?」

ジュヌヴィエーヴはうなずいた。

「その幽霊はあなたが好きなんだわ」ニッキが明るく言った。

「すてきね」ジュヌヴィエーヴはつぶやいた。

「幽霊がきみを選んだのは、きみなら助けてくれることを知っていたからかもしれないよ」ブレントが言った。彼は言葉を切り、ジュヌヴィエーヴを見て先を続けた。「ある人々には第六感が備わっている。もっとも、ほとんどの人はそれを否定したがるけどね。当然だろう、幽霊が見える人間をだれが正気だと思ってくれる？　おそらくきみにはずっと昔から、この世のものでない存在を感じる力が備わっていたのだが、そうした存在が接触を試みてくるようになったのはここ最近だ。その幽霊はきみを同種の魂の持ち主と見なしたんだろう。それはいいことなんだよ」

「いいことですって？　彼女のおかげで、わたしは何度も心臓発作を起こしかけたのよ」ジュヌヴィエーヴは抗議した。

「なるほど。しかし、きみはもう彼女に慣れたはずだ」ブレントが言った。彼は常に淡々とした冷静な話し方をするので、奇妙な内容でも筋が通っているように聞こえた。

「それにしてもわからないのは」ニッキがそう言って椅子に腰をおろし、書類の束をとりあげて顔をしかめた。「なぜジュヌヴィエーヴが海賊たちを見るのかということよ。記録から推測するに、生き残ったのは海賊で、海へ沈んだのは船の乗組員だったんでしょう。何が起こったのかをわたしたちが知っているのは、海賊の手紙や日誌を通してですもの」

「そう、そこが興味深いところだ」アダムが同意した。

「それに考えてみれば」ニッキが言った。「例の幽霊がなぜ〈マリー・ジョゼフィーン〉に乗っていた女性だとわかるの？　殺された女性の死体が浜辺で発見されたじゃない」彼女は指摘し、ためらってから続けた。「ということは、ほかにも被害者がいるのかもしれない。ほかの幽霊が」

「きみは彼女を見たのか？」アダムがニッキに尋ねた。

ニッキは首を振って否定した。「海へ潜ったとき、わたしはジュヌヴィエーヴと一緒ではなかったんです。わたしたちは幸運でした。ソア・トンプソンはわたしたちを潜らせてくれました。彼はわたしたちをあなたの部下だと知っていたんです、アダム」

アダムは重々しくうなずいた。「そうか。彼女はジュヌヴィエーヴを二度も海賊の宝物のところへ導いた。となると、やはり彼女は〈マリー・ジョゼフィーン〉に乗っていた女性だと考えるべきだろう」

しばらく沈黙が続いた。

「ジュヌヴィエーヴ、きみにはばかばかしく思えるかもしれないが、われわれは交霊会をしようと考えているんだ」ブレントが言った。

「交霊会を？」ジュヌヴィエーヴは弱々しく言った。考えただけでぞっとした。「でも……外はまだ明るいわ」彼女はぼそぼそと言った。

「明るかろうと暗かろうと問題ではないよ。まあ、たしかに幽霊はどちらかと言えば暗闇を好むが」ブレントは淡々と言った。「しかし、彼らは真昼でも往来を歩きまわっている。彼らが一種の任務を帯びていることだってよくあるんだよ」

ジュヌヴィエーヴはたじろいだ。まったくわたしたちときたら、なんてばかげた会話をしているのかしら！

彼女の胸のうちを感じとったらしく、ブレントがほほえんだ。「さっきも言ったように、ぼくは小さいころから彼らを見てきた」彼はにっこりした。「幸い、ぼくにはネイティブ・アメリカンの血が流れている。世間の人々は、ぼくたちのような人間には神秘主義の傾向があると信じているんだ」ブレントはためらった。「なかには救いがたい幽霊たちもいる。彼らが通りをうろついているのは、自分が犯した悪い行為に対して自らを罰しなければならないと思いこんでいるからだ。心の平安を得られない限り、彼らはあの世へ旅立てない。だが、ときには生者の世界で起こっていることを正そうと決意して、干渉してくることもあるんだよ」

ジュヌヴィエーヴはうなずき、ブレントからニッキへ視線を移した。「彼らは殺人事件の解決に手を貸したりするのよ」ニッキが言った。

「それにしても……交霊会ですって？」ジュヌヴィエーヴは落ち着きなく言った。

「心配しなくていい。映画で見るものとは違うからね」アダムが言った。

「このテーブルがちょうどいいわ」オードリーが言った。そして肩をすくめて言い添えた。

「わたしはよくこのテーブルで、死者と接触するふりをするの」

彼らはテーブルを囲んで座った。ブレントとニッキに挟まれていることに気づいたジュヌヴィエーヴは、彼らがそのようにはからったのだと確信した。ふたりと手をつないだとたん、彼女は飛びあがりそうになった。体を電気が流れたような気がしたのだ。

「テーブルの下にいんちきな仕掛けをしてあるんじゃないでしょうね、オードリー？」ジュヌヴィエーヴはきいた。

オードリーは傷ついた様子で彼女を見た。

「ごめんなさい」ジュヌヴィエーヴは小声で言った。

「今日はしていないわ」オードリーがもったいぶった態度で打ち明けた。

「それで……このあとどうするの？」ジュヌヴィエーヴはそっと尋ねた。

「こうして手をつないだまま、きみの幽霊を思い浮かべるんだ」ブレントが言った。

ジュヌヴィエーヴはしっかり手をつないだが、そのあいだもずっとこう考えていた。こんなことをしてなんの意味があるの？　たしかに幽霊を見ているのはわたしだけど、こんなことはあまりにもばかげている。いい年をした大人たちがテーブルを囲んで手をつないでいるなんて。

「心を澄ませなさい」ブレントが深みのある穏やかな声でジュヌヴィエーヴを諭した。

「しばらく目を閉じるといい」

戸外ではようやく夜が訪れようとしていた。人々が待ちこがれていた時刻――キーウェストの夕暮れ。空が美しい色に染まる。世界広しといえど、キーウェストほど夕暮れが美しい土地はなかなかない。最後の陽光が海面でしばしたわむれたあと、太陽が沈むと同時に海も空も急激に変化する。夕闇が垂れこめて……。

ジュヌヴィエーヴは目を開けた。

すると例の女性がいた。


ジェイの運転する車で研究所へ向かう途中、ソアは彼に質問する機会を得た。

「きみの新しい友人たちがアダム・ハリソンの部下であることを教えてくれてもよかったじゃないか」ソアはぶっきらぼうに言った。

ジェイはちらりとソアを見た。「警部の話では、彼らは連邦政府から送られてきたということだった。ハリソンの話は出なかった」

「そうか。それで、きみは少しも疑いを抱かなかったのか？」

ジェイは気まずそうに肩をすくめた。「抱いたよ。でも、そんなことは問題ではないだろう？　どうせきみは知っていたんだ」

「ああ、知っていた」ソアはしばらく黙っていた。「ぼくはハリソンにここから去るよう頼んだが、どうやらそうしてもらえそうにない」

「あの男は慎み深い人間に見えるよ」ジェイが言った。

「そうかい？　息子のほうはずいぶん生意気なやつだった」

「息子だって？」ジェイは驚いた口調で問い返した。

「あの男の息子もこの島へ来ているんだ。ジョシュ・ハリソン。今朝、ハリソンと朝食を食べたときに会った」

「そんなことはありえない」ジェイが言った。

「なぜそう言える？」

「たしかにハリソンには息子がひとりいた。ジョシュという名前だ。きみがだれを、というより何を見たのか知らないが、彼の息子であったはずがない。ジョシュは十年前に自動車事故で死んだんだ」

13

女性はジュヌヴィエーヴを見つめた。海の底や夢のなかに現れたときと違って、このときだけは髪もドレスもなびいているようには見えなかった。

彼女の目は紫色と言っていいほど深いかげりを帯びた青い色をしている。髪の色は日差しを燦々《さんさん》と浴びている小麦畑のようだ。その姿はジュヌヴィエーヴがそれまで見たなかでいちばん鮮明だった。

女性が室内を見まわした。

ジュヌヴィエーヴは呼吸を乱さないよう、まばたきをしないよう必死の努力をした。幻影に消えてほしくなかった。

その女性を見ているのは自分ひとりではないことを、ジュヌヴィエーヴはすぐに気づいた。ブレントが穏やかな声で女性に話しかけた。「やあ。怖がらなくてもいいよ」

だが、幽霊はブレントの呼びかけを無視して再びジュヌヴィエーヴを振り返り、いつもの警告を発した。

「助けて。気をつけなさい」

女性が絹のドレスの白い袖《そで》に覆われた両腕をジュヌヴィエーヴのほうへのばした。「助けて」女性はささやいた。「わたしを助けて。気をつけなさい」

「何に気をつけろというの？　お願い、教えてちょうだい」

「気をつけなさい」

どうしたらいいのか教えてちょうだい」

「助けてあげたいわ」ジュヌヴィエーヴはきっぱりと言った。「あなたを助けてあげたい。

幽霊が突然うろたえた。怖がっているのだ。

幽霊でも怖がることがあるのだろうか、とジュヌヴィエーヴはいぶかった。

あろうがなかろうが、その女性は大きな青い目で慌てふためいたように周囲を見まわし、次第に薄れ始めた。

「待って！　お願い！」ジュヌヴィエーヴは懇願した。

だが、女性は消え、警告のささやきだけが残っていた。

「気をつけなさい」

やがてそれも消え、あとには何も残らなかった。何も。何かがそこにいた形跡すらも。

テーブルを囲んでいる全員にかすかな変化があった。ジュヌヴィエーヴはまずブレントを見てから反対側のニッキを見ると、自分がふたりの手を砕きそうなほど強く握りしめていることに気づいた。テーブルの向こう側から、オードリーが恐ろしそうにジュヌヴィエーヴを見つめていた。

　ジュヌヴィエーヴは小声で言った。「ブレント、あなたも彼女を見たのね」

「ああ」

「ニッキは？」

「何かが……彼女がここにいたのはわかったわ」

「オードリーは？」

「何も見えなかった」オードリーが悲しそうに認めた。「わたしはただの神秘主義者にすぎないの」

　ジュヌヴィエーヴはほほえんだ。「それだって立派な生き方のひとつよ」彼女は言った。

「人間のなかには生まれつき並外れた視力の持ち主もいれば、生まれつき近眼の者もいる。すぐれた曲芸師になる者もいるし、偉大な数学者になる者だっているんだよ」アダムがやさしく言った。

「ええ、だけど……」オードリーがため息まじりに言った。

「彼女はなぜあんなふうに消えてしまったのかな」ブレントが思案しながらつぶやいた。

「〝気をつけなさい〟とか〝わたしを助けて〟とか言われても、なんのことだかわからないわ」ジュヌヴィエーヴは言った。彼女自身、驚いたことにまったく恐怖を感じなかった。それどころか……ほっとしていた。現に幽霊は存在するのだ。

オードリーの顔がぱっと明るくなった。「わたしにはわかる。その気の毒な女の人は殺されたのよ。だからちゃんと埋葬されなかった。彼女はわたしたちにお葬式をしてもらいたいんだわ」

「まあ、オードリー」ジュヌヴィエーヴは言った。「わたしたちは彼女が何者なのかも知らないのよ」

「でも、彼女は海賊たちとよく一緒にいるんでしょう？　ところで、さっきは海賊たちも一緒にいたの？」オードリーが尋ねた。

ジュヌヴィエーヴは首を振った。

「だとしても、あなたは〈マリー・ジョゼフィーン〉を捜しているんでしょう。その船は嵐《あらし》に見舞われて沈没する直前に、海賊たちの襲撃を受けた。じゃあ、幽霊はきっと船長の娘のアンだわ。わたしたちが海で立派なお葬式をして、彼女の魂に安息を与えてあげましょうよ」

「それはどうかしら……」ジュヌヴィエーヴはつぶやいた。

ニッキが肩をすくめた。「お葬式をしても害はないでしょう」

「いや、あるかもしれない」アダムが言った。

「どうして？」オードリーが尋ねた。

「本当にきみは彼女に消えてもらいたいと思っているのかね？」アダムがジュヌヴィエー

ヴに尋ねた。

「もちろんよ！　彼女が幽霊なら……過去の苦しみや精神的なショックにさいなまれてさまよっているのなら、もちろん彼女に安らぎを与えてあげたいわ」ジュヌヴィエーヴは言った。「そう思うのが当然でしょう？」

「彼女はきみを宝物のところへ導いてくれるじゃないか」ブレントが言った。

ジュヌヴィエーヴは一瞬考えた。「ほかの人たちをがっかりさせたくはないけど……でも、わたしたちが発見への正しい道を歩んでいるのは明らかよ。彼女を旅立たせてあげる方法があるのなら、喜んでそうするわ」

「わたしがベラミー神父に頼んであげてもいいわ」オードリーが申しでた。「アンのためにお葬式をしてあげましょう」

「そのためにはソアの許可が必要だと思うの」ジュヌヴィエーヴはそわそわと言った。

「それに報道関係者がかぎつけたら、どうなるかわかったものではないし」

「そんなの、どうってことないわ。人の興味をそそる、すてきな物語に仕上げられるんじゃないかしら」ニッキが言った。

ドアをノックする音がして全員がぎょっとした。オードリーがさっと立ちあがり、コーヒーテーブルの上の書類をかき集めた。「悪いけどドアを開けてもらえる？」彼女はだれにともなく頼んだ。

ジュヌヴィエーヴは玄関へ歩いていった。そしてドアを開け、仲間がそろっているのを見てびっくりした。ベサニー、アレックス、ヴィクター、ジャック、ジェイ、そしてソア。

ソアはサングラスをかけていたので、目の表情は読みとれなかった。

「まあ」ジュヌヴィエーヴはそう言ったあとで、驚いてはいてもおどおどしてはいないように聞こえたのならいいけど、と願った。

「なかへ入ってもいいかい?」ヴィクターがきいた。

「あの……」

「いいわ」オードリーがドアのところへ来てきっぱりと言った。「いらっしゃい、ヴィクター」彼女はヴィクターを抱きしめた。「ジャック……ジェイ。それと、あなたはアレックスだったかしら?」オードリーはアレックスも抱きしめたが、ソアには近寄らなかった。

「どうぞお入りになって」

「紹介はもう必要ないかな?」全員がなかへ入ったところで、アダムが慇懃《いんぎん》に尋ねた。

「ええ」ソアが言った。「こんなふうに大勢で押しかけるつもりはなかったんです。ジェイとぼくはあなたを捜していたんですが、途中でみんなとばったり会ったもので」

「ほう?」アダムが言った。「すると、わたしに用事があるんだね?」

「さっき信じがたい話を聞いたので、あなたなら真相を教えてくれるだろうと思ったんです」ソアは言った。「今朝、ぼくがあなたの息子さんと会ったことをジェイに話したんですが、彼は信じようとしません」

アダムは驚いて口をぽかんと開け、まじまじとソアを見つめた。しばらくして、どうにか話せるだけの落ち着きをとり戻した。「息子は十年前に死んだ」アダムは静かに言った。

ジュヌヴィエーヴはソアの体じゅうの筋肉がこわばるのを見た気がした。彼の顔は石のようだった。

「だったら、今朝われわれと同席していたのはだれです？」

アダムは心底当惑したように眉をひそめた。「ミスター・トンプソン、今朝はわれわれのほかに同席者はいなかった」

「やめてください」ソアがいらだたしげに言った。「あなたはイングリッシュ・マフィンを食べ、ぼくは卵料理を注文して、あなたの息子さんは……」

「息子は？」

「何も注文しなかった」ソアは言った。

一瞬、アダムは視線を落とした。「これまでに息子を見た人はほかにもいる。ときにはわたしも息子の存在を感じることがあるが……」

「いったいなんの話をしているんです？」ヴィクターが尋ねたが、ソアとアダムは彼にまったく注意を払わなかった。

ソアはしばらく体をこわばらせて立っていたが、やがてオードリーのほうを向いた。

「なかへ入れてくれてありがとう。押しかけてきてすまなかったね」彼は愛想よく言い、向きを変えて出ていった。

みんなはソアを見送った。「今のはいったいなんだったんだ?」ジャックがきいた。

ジュヌヴィエーヴがアダムを見ると、彼は見つめ返してほほえんだ。「たぶん、いい兆候だろう」アダムはそれだけ言った。

「おれたちみんな、頭がどうかしているんだ」ジャックが言った。「まあ、ここはキーウエストだからな」誇らしげに言う。

「食事に行きたい人はいるか?」ヴィクターが腕時計を見て尋ねた。

「いるぞ」ジェイが言ったとたん、彼の携帯電話が鳴った。ジェイは失礼と断って電話に出るために外へ出た。

「あとは?」ヴィクターが言った。「ほかにもいるかい?」

「いるわ」ベサニーが小声で応じた。

「ニッキは? ブレントは? オードリーは? アダムおじさんは?」ヴィクターの最後の言葉には微妙なニュアンスがこめられていた。今やアダム・ハリソンが実際はオードリーのおじでないことを全員が直感的に気づいているのだ、とジュヌヴィエーヴは確信した。

「言われてみれば、夕食にするにはいいころあいだ」アダムが言った。「オードリー、きみはどうする?」

「行きます」

ヴィクターがオードリーの肩に腕をまわして玄関へ向かった。

ベサニーがジュヌヴィエーヴを見て、くるりと目をまわしてみせた。ジュヌヴィエーヴは肩をすくめただけだった。


ソアはアダム・ハリソンの宿泊しているホテルへ行った。今朝と同じ従業員がこの時間まで勤務しているとは思えなかったが、少なくともアダムがどのように記帳しているかを調べることはできる。

フロント係は若い女性だった。ホテルの従業員は宿泊客に関する情報を軽々しく漏らしてはいけない立場にあるのを知っていたので、ソアはそれなりの準備をしていった。強制的に答えを引きだすための証明書こそ携えていなかったが、さまざまな団体から発行された正式な身分証明書をいくつか持っていた。それらを示せば、相手は彼を当局とつながりのある人間と思うに違いない。

それらの身分証明書を用いるまでもなかった。フロント係の若い女性はソアが何者なのかすぐにわかったと見え、進んで質問に答えた。「いいえ、ミスター・トンプソン、違います。ミスター・アダム・ハリソンはおひとりで宿泊なさっています。わたしの知る限り、お連れ様はいらっしゃいませんでした。あの部屋は大人が三名まで宿泊してもかまいませんので、もしお連れの方がいるなら、なぜひとりのふりをなさるのか理解できません」彼女はまじめな口調で言った。

ソアは礼を述べて夜の道路へ歩みでた。

そこではいつもどおりの営みが行われていた。目的もなくぶらついている人もいれば、立ちどまってショーウインドーをのぞきこんでいる人、歩道に店を広げている物売りからちょっとしたアクセサリーを買っている人もいる。

ソアは足をとめてそんな光景をぼんやりと眺めた。朝食のテーブルで若い男を同席させるのに、なにもアダム・ハリソンに同宿者がいる必要はない。どこかの若者を雇って芝居をさせればすむことだ。今朝の状況を思い返したソアは、ジョシュ・ハリソンと名乗った男がソア以外のだれとも言葉を交わさなかったことに今さらながら気づき、思わず自分に腹を立てた。あの若者は料理を注文しなかった。ウエイトレスとも、父親のアダムとも話をしなかったのだ。

もちろん、いかさまに決まっている。それにしても、説得力に富んだいかさまだ。地元の高校の演劇部あたりを訪ねたら、きっとあの若者が見つかるだろう。明日の朝、あのウエイトレスをつかまえてきいてみよう。彼女なら、アダムがひとりでなかったことを知っているに違いない。

ソアの胸に怒りがふくれあがるにつれて、困ったことに不安もふくれあがった。怒りを覚えるのは当然だ。潜水作業には何度も邪魔が入っている。当初、ソアはマーシャルを究極のプロだとして売りこまれた。しかし、プロは何があろうと仕事を途中でほうりだして雲隠れするようなまねはしない。それどころか病気で休むことさえしない。こういう仕事から手を引くのは死んだときだけだ。

ソアが歯ぎしりしているところへ、背の高い金髪の女性がホテルから出てきた。魅力的ではあるが、どことなくすさんだ雰囲気を漂わせている。ソアに見つめられていることに気づいた彼女は、にっこりして近づいてきた。「こんばんは。すてきな夜ね。火を持っている?」女性は尋ね、小さなクラッチバッグからたばこを出した。

短いスカートにハイヒールの靴。ブラウスから胸の谷間が大きくのぞいている。

「悪いが、ぼくは吸わないんだ」

女性はうなずいてたばこをクラッチバッグのなかへ戻したが、そのあいだも視線はソアに注いだままだった。「お相手を探しているの?」彼女はそっけなくきいた。

ソアは首を振った。この女は売春婦だ。「すまないな」彼はそっと言った。「気をつけたほうがいいよ、お嬢さん。女性の死体が見つかったことは知っているだろう」

女性はほほえんだ。「でも、食べていかなくちゃいけないでしょう。お邪魔してごめんなさいね、ハンサムさん。さようなら」

彼女は通りを歩み去った。

ソアは向きを変え、ジュヌヴィエーヴのところへ戻ろうと決意して海辺のほうへ歩きだした。さっき、ジュヌヴィエーヴを残して出ていきたくはなかったが、その半面、彼女と距離を置かずにはいられなかったのだ。正確には彼女とではない。狂気から、幽霊や夢にかかわりのあるすべてから遠ざかりたかった……。

自分自身の無力感から、ジュヌヴィエーヴを守れない情けなさから逃れたかった。今日の午後、船をおりてすぐにジュヌヴィエーヴから離れたため、彼女をオードリーや政府公認の幽霊退治屋《ゴーストバスター》たちと過ごさせてしまった。なんとしても引きとめるべきだったのだ。

急ぎ足で歩いていたソアは、ジェイとぶつかりそうになった。

「おっと」ジェイが驚いて言った。

「やあ。みんなと夕食に行かなかったのか？」ソアは尋ねた。ジェイをこれからも容疑者リストに載せておくべきか否か、ソアにはわからなかった。ジェイの妻は不可解な状況下で死んだ。しかもジェイは過去に失踪者《しっそう》たちの届け出があったとき、この島にいた。

「仕事で呼びだされてしまってね」ジェイが言った。

「ほう？」ソアは鋭く言った。

ジェイはやれやれとばかりに首を振った。「新しい死体が発見されたわけではないよ。とにかく本物の死体ではない。清掃局の作業員がごみ収集車を空けに行って、ばらばら死体を見たと思いこみ、震えあがって警察へ連絡してきたそうだ。どうやらだれかがマネキンをばらばらにして、デュヴァル通りのごみ収集箱へ捨てたらしい」

「マネキンだって？　頭も見つかったのか？」

ジェイは不審げな目でソアを見た。「ああ。なぜそんなことをきく？」

「金髪だったかい？」

「そうだ、金髪のかつらがあった」

「それについて何かわかったのか？」ソアは尋ねた。「悪質ないたずらをやっているやつがいるんだ」

ジェイは顔をしかめて首を振った。「ソア、マネキンを処分するのは犯罪ではないよ」

「浜辺で死体が発見された朝、ジュヌヴィエーヴはコテージのポーチにマネキンが置かれていたと言い張った。みんなが大騒ぎしている死体を、彼女は最初マネキンだと思ったが、すぐに本物の死体だと判明したんだ。単なるいたずらにしてはひどすぎるし、調べてみたほうがよくないか？」

ジェイはうめいた。「おいおい、ソア、マネキンをばらばらにするのと本物の人間を殺すのとでは大違いだぞ」

ソアは黙って挑むようにジェイを見つめた。

「わかったよ。明日、時間をとって、マネキンを売ったり紛失したりした店主がいないか調べてみよう。売ったのなら相手はだれか、紛失したのならなぜ盗難届を出さなかったのか、きいてみるよ。それでいいだろう？」

「ありがとう。例の被害者や犯人について、何か新しくわかったことはあるかい？」

ジェイはうんざりしたような視線をソアに向けた。「売春婦が死体となって発見され、証拠になりそうなものはほとんどないときた。きみはどう思う？」

「きみたち警察がいずれ解決するだろうと思っているよ」ソアは言った。

「幽霊がきみにそう言っているのか？」ジェイがいらだたしげにきいた。

「くだらないことを言うな。ぼくはきみが優秀な警官であることを前提に話をしているんだ。茶化すようなまねをするなら、これ以上話したくない」

ジェイはため息をついた。「悪かったよ。まあ、聞いてくれ。ぼくは明日の沈没船捜索には同行できない。警察の人手が足りないんでね。でも、船は貸してやれるだろう」

「あれ以後、マーシャルから警察へ連絡はあったのか？」

ジェイは首を振った。「いいや」

「きみは少しも心配していないのかい？」

「心配しているさ」ジェイは認めた。

「マーシャルは今回のプロジェクトに大いに乗り気だった」ソアは言った。

「知っている。とにかくマイアミの警察署へ連絡しておいた」

「彼がどこにいるのかだれも知らないのか？」

「ああ」

「警察なんだから、マーシャルの電話の通信記録を調べて、彼がどこからかけてきたかつきとめられるはずじゃないか」

「まあね、それにはものすごい量の書類仕事をしなければならないが」ジェイは言った。「でも、やってみるよ。それと今言ったように、きみたちが警察の船を使えるように手配しておいた」

「ありがとう」ソアは言い添えずにはいられなかった。「なにしろわれわれには、ブレントとニッキという強力な助《すけ》っ人《と》がいるからな」

ジェイは肩をすくめた。

「わけのわからない連中が加わって、このプロジェクトもどうなることやら」ソアはぼやいた。

ジェイがにやりとした。「しかたがないさ。いろいろとコネのある人間はどこにでもいる。きみだってコネを利用しているじゃないか」

そのとおりだ。「まあな」ソアは認めた。

ジェイは別れ際に手を振って言った。「みんなはどこかへ夕食を食べに出かける相談をしていた。デュヴァル通りを捜してみたらどうだ？　きっと見つかるだろう」

ソアがみんなを見つけたときにはリジーとザックも合流していた。「すてきな考えだと思うわ」彼らのテーブル目指して歩いていくとき、そう話しているリジーの声が耳に入った。椅子がひとつ空いていた。そのうちにソアが来るだろうと、空けておいてくれたのだ。

「何がすてきな考えだって？」ソアは椅子に腰をおろして尋ねた。

彼の隣にはニッキが、反対側の隣にはオードリーが座っていた。ソアの質問に答えたのはオードリーだった。「お葬式よ」

「葬式がすてきだというのかい？」ソアはきいた。

「かわいそうなアンのために、お葬式をするの」オードリーが言った。「彼女の霊に安らぎを与えてあげるのよ」

きっとソアは雷雲のような形相をしていたに違いない。彼はテーブルの反対側のヴィクターとジャックに挟まれて座っているジュヌヴィエーヴをにらみつけずにはいられなかった。

「お葬式といっても、そう現実離れしたことをするわけじゃないの」オードリーが言った。「ベラミー神父はずっと昔に亡くなった人たちのお葬式をしてほしいと頼まれて、何度も引き受けてきたのよ」肩をすくめて言う。「都合を尋ねてみたら、明日の午前中なら空いているんですって。それとわたし、新聞社に友達がいるの」そこでソアの不審げな表情に気づいたオードリーは、急いで続けた。「彼女なら、いい記事を書いてくれるわ。もちろん、あなたの許可がいるけど。でも、彼女はすばらしい記事になるだろうと考えているのよ。海賊につかまった美しい女性と、その厳格な父親、彼女の人生や恋愛、そして若くして死んだいきさつ。人々の興味をそそる要素は全部そろっている。もちろん、あなたは迷信深くないけれど、船乗りには迷信深い人たちが多いでしょう。そういうわけなの。あなたはどう思う?」

ソアはテーブルを囲んでいる人たちを見まわした。ジャックが肩をすくめた。ヴィクターがにやりとした。ジュヌヴィエーヴはソアを見つめ返しただけだった。

「ねえ、ソア」リジーが口を出した。「いいじゃない。仕事はこれからますますきつくなるわ。やりましょうよ」

ソアはテーブルの向かいにいるアダムを見た。アダムは落ち着き払った様子で見返してきた。

「ミスター・ハリソン、あなたのお考えは?」

アダムは両手をあげた。「やっても害はないだろう」

「どうかしら?」オードリーが心配そうに尋ねた。

ソアはテーブルの反対側のジュヌヴィエーヴを見た。彼女はひとことも口をきかなかったが、期待のこもったまなざしでソアを見つめていた。海底でジュヌヴィエーヴがまっすぐ発見物を目指して進んでいったことを、彼は思いだした。あれは幽霊に導かれていったのだろうか?

ぼくは幽霊の存在をまったく信じていない。

だが、どうやらジュヌヴィエーヴは信じているようだ。それにおそらく、彼女はもうこれ以上死者に何かを見せられるのはごめんだと考えているのだろう。ぼくは一連の出来事を、彼女の心や夢のなかの現象だと思っていたが、実際にベッドやカーペットが海水でずぶ濡《ぬ》れだったとなれば……。

さらに言えば、アダム・ハリソンはぼくをだまして笑い物にしているのかもしれない。ソアはその初老の男を見つめたが、彼が何を考えているのかさっぱりわからなかった。アダムは手のこんだいたずらをしてまわるような人間にはとうてい見えない。

たしかに何者かがマネキンを用いてジュヌヴィエーヴに悪質ないたずらをしたのは事実だが、そのときアダムはこの島にいなかった。ぼくの知る限りでは……。

葬式はこうした奇妙な出来事や悪ふざけに終止符を打つかもしれない。

また一方で、現実に殺人者が野放しになっている。女性に重しをつけて溺死《できし》させた残虐な殺人者が。

なぜぼくはその殺人事件と潜水の仕事が関係しているように感じるのだろう、とソアはいぶかった。

彼はオードリーを見た。「好意的でない記事を書く記者は近づかせないでおこう。それから、みんな」ほかの者たちに呼びかける。「今日は早めに切りあげたが、明日からは一日に少なくとも三回は潜る予定だ。ほぼ正しい場所に到達したのはわかっているが、大型機械を投入する前に、いちばん大きな残骸《ざんがい》のある場所を見つけておく必要がある。マーシャルがいようといまいと」

「まったくマーシャルときたら、どこにいるんだろうな？」アレックスが心配そうにジュヌヴィエーヴにきいた。

「わからないけど、無事なことはたしかよ。ジェイの話によれば」ジュヌヴィエーヴは答えた。言葉とは裏腹に、声に不安がにじんでいる。

「やつらしくもない」ジャックが言った。「おれはマーシャルを子供のころから知っているが、こういう無責任なことをしたのは一度も見たことがないぞ」彼は首を振った。

「ここであれこれ心配したって、しかたがないんじゃないかな？」アレックスが言った。

「料理が来るぞ！」ヴィクターが大声で言って、皿がのった大きなトレーを運んでくるふたりのウエイトレスを指さした。会話は別の方向へそれていった。

「きみのところにするかい？　それともぼくのところに？」レストランを出たところで、ソアがジュヌヴィエーヴの肩に腕をまわしてささやいた。

　その言葉や身ぶりにもかかわらず、ジュヌヴィエーヴはソアの態度にどこかよそよそしさを感じた。ソアが何を考えているのかはわからないが、もっと彼と親密になりたいと願っていたジュヌヴィエーヴとしては寂しかった。

「あなたは本当にこれからもわたしと寝たいの?」彼女はやんわりと問い返した。

「きみがぼくと寝ることを望んでいるならね」ソアはきっぱりと言った。「ところできみは知っていたかい? ジェイが呼びだされたのは、清掃作業員がごみ収集箱にばらばらのマネキンが捨てられていたのを見つけたからなんだ」

ジュヌヴィエーヴはどきりとした。「彼が呼びだされたのは知っていたけど、理由は知らなかったわ。そう、マネキンが。本当なの?」なぜわたしはソアに嘘《うそ》をつくのだろう? ヴィクターをかばっているの? 「不思議ね、どうしてそんなことでジェイが呼びだされたのかしら? マネキンを捨てるのは違法ではないのに」

「たしかに違法ではない」ソアは肩をすくめて認めた。「でも、ばらばらになっていたから、清掃作業員はぎょっとしたんだろう。それに今起こっていることを考えると……」

「じゃあ」ジュヌヴィエーヴはゆっくりと言った。「ジェイが捜査にあたるのかしらね?」

「ジェイはマネキンをだれかに売ったか盗まれたかした者がいないか調べるそうだ」ソアはジュヌヴィエーヴをじっと見つめた。「きみにいたずらをしたやつがいる。それがだれなのか知りたくはないのか?」

「それは知りたいわ。でも正直なところ、今となってはどうでもいいような気もするの。だって本物の死体が発見されたとたん、みんな酔いがさめたように分別をとり戻したんですもの」

「なるほど。それはそうと、きみが海のなかで見た女性と浜辺で死体となって発見された女性は別人だということを、どれだけの人が知っている？　まずはぼくと、それからオードリーにベサニー。ほかには？　たぶんニッキとブレントも知っているだろう。ベサニーは何人に話したのかな？」ソアが鋭い語調できいた。

「ブレントやニッキが無関係なことは明らかよ。そのときは、ふたりはここにいなかったんだもの。ベサニーは秘密を守れる人だわ。だけど、そんなことはどうでもいいんじゃない？　たしかに悪質ないたずらだったかもしれないけど、マネキンは冗談だったと確信しているの。それ以上のものではないって」

「なにかぼくに隠していることがあるね」ソアが穏やかな口調できいた。

ジュヌヴィエーヴは小さくうめいた。「わたしはただ……これ以上問題にしたくないだけよ」彼女は言った。

ソアは何も言わずにまっすぐ前方を見つめていた。「きみたちが予定している明日の葬式が役に立つかどうか見てみよう」ようやく彼は言った。

「アダムと息子さんがどうとかって話していたけど、あれはなんのこと？」ジュヌヴィエーヴはきいた。

「なんでもない」ソアがそっけなく答えた。

「なにかわたしに隠していることがあるわね」ジュヌヴィエーヴはやんわりとソアの言葉でやり返した。

ソアは前を見つめたまま、おどけた顔をした。「ニッキとブレントはリゾート地に滞在している。ちゃんと会う前にふたりを見かけたよ」

「あのふたりが……助けになってくれるかもしれないわ」ジュヌヴィエーヴは頼りなさげに言った。

「少なくとも彼女は潜れる」ソアがつぶやいた。

ぞろぞろと駐車場まで来たところで、彼らはそれぞれ手を振って去っていった。アダムは宿泊先のホテル目指してデュヴァル通りを歩いていった。ヴィクターの姿はいつのまにか消えていた。

「あなたのルームメイトはどこへ行ったの？」ジュヌヴィエーヴはベサニーにきいた。

「金髪の女性を追いかけていったわ」ベサニーが答えた。

「まあ」

「だれも連れてこないとは思うけど」ベサニーは言った。「今夜は彼のところに泊まらないほうがいいかしら」

アレックスが笑った。「女を連れこむつもりだったら、きみに泊まらないよう頼んだだろう」彼はベサニーに言った。「でも、なんならぼくのところへ来てもいいよ」

「大丈夫よ。でも、ありがとう、アレックス」

「おやすみ、ベサニー」アレックスはそう言って歩きだした。「みんな、おやすみ」

ソアの腕はまだジュヌヴィエーヴの肩にまわされていた。「どちらにする？」

「あなたのコテージにしましょう」

彼はうなずいた。ジュヌヴィエーヴはソアに肩を抱かれてやさしく話しかけられたにもかかわらず、彼を失うのではないかという不安を払いのけることができなかった。

なかへ入ってドアに錠をおろしてから、ジュヌヴィエーヴはてのひらでソアの顔にそっとふれた。

「ねえ、率直に言うけど、いったん始めたからといって、それをずっと続けなければならないと思う必要はないのよ……」

ソアがジュヌヴィエーヴを抱き寄せた。「話をする必要があるのかい？」

彼女は首を振った。「いいえ」

「じゃあ、やめておこう」

ソアはジュヌヴィエーヴに両腕をまわした。力強い彼の抱擁と、生命力あふれる肉体がもたらす現実感のなかで、幽霊たちは遠くへ去った。

負け犬。ここにいる男たちは負け犬ばかりだ。

こんなに南へ来るべきではなかったと、アナ・マリア・ストラコウスキーは後悔した。フロリダキーズには金持ちが多いと聞いて来たのに、今までに見たのは年老いた退職者やビール腹の男、目にするのも忌まわしい醜い体をさらしている水着姿の男たちばかりだった。それはまだ耐えられるとしても、我慢ならないのは彼らがけちなことだ。しかも鈍い。彼女が求めているのは楽しませてもらうことでも、一緒に愉快に過ごすことでもなく、商売上の取り引きなのだということを理解していないようだ。それから大人になりきっていない若者たち。ああ、いやだ。どこへ行ってもそんな若者ばかり。そして家庭持ちの男。彼らは贅肉《ぜいにく》のつき始めた妻から目をそらしてはいるものの、なんらかの行動に出るだけの勇気は持ちあわせていない。

そこへ、あの颯爽《さっそう》たるハンサムな男性が……。

きっと彼は一度も女に金を払ったことがないのだろう。でも、それは何時間も前の話。アナはほほえんだ。彼に忠告されたのはうれしかった。最後にだれかが彼女を気づかって忠告してくれたのはいつのことだったか、あまりに昔のことで思いだせないほどだ。アナはずっと昔にアメリカへ来た。そのときはまだ十六歳になったばかりだったが、なぜ彼女の〝身元引受人〟がアメリカへ入国させるために金を出したのか、その理由をちゃんとわきまえていた。当時の彼女は成功への手段としてのみ、体を利用しようと考えていた。アナは生まれ育った村で農場主と結婚するか、あるいはけちで醜い男たちしかいない都会へ出ることだってできた。

不思議だわ、アメリカンドリームってなんだろう？　物事はアナの期待どおりには運ばなかった。だから今、彼女はこんなところで、ただ年を重ねている……。

その点に関しては美容整形でかなりのことができる。アナは年齢のわりに美しく見えるものの、もう若くはないことを認めざるをえなかった。この商売には毎日のように若い娘が入ってくる。若さ。それがキーワードだ。この世界から身を引くべきときに、アナはそうしなかった。その気になれば稼いだ金で教育を受け、社会の階段をあがることもできたのに……。

だからアナはここにいた。新しい土地を求めて。そして、それは失敗に終わろうとしている。

夜がふけるにつれて、通りから若者たちの姿が消えた。バーからバーへとはしごしているとき、アナはひとりの男とぶつかりそうになった。

男は慌てて謝り、よろめいたアナを支えた。そして両手を彼女の肩に置いたまま、顔を探るように見た。

そこにためらいはなかった。男はすぐにほほえんだ。

「やあ……こんばんは」

アナはほほえみ返した。男の着ているものにすばやく視線を走らせる。大金持ちの実業家ではないかもしれないが、かなりの収入を得ていることは明らかだ。

「こんばんは」

「きみは……その、空いているのかい？」

「空いているわけじゃないけど、交渉次第よ」アナはじらすように言った。

「いいとも。交渉なら得意だ」

「わたし、ホテルに部屋をとってあるの」アナはかすれた声で場所を教えた。

男は実際に交渉好きであることがわかった。彼は次々に気のきいたせりふを口にした。

アナは自分たちの向かっている先が、彼女の部屋がある方角とは違うことにさえ気づかなかった。


わたしは大きなうめき声をあげたのかしら、とジュヌヴィエーヴはぼんやりした頭で考えた。潜在意識の深い闇《やみ》の底で、彼女は眠っている自分が絡みあっている男性にいっそう身を寄せるのを感じた。

彼らがやってくるのがわかった。

まだ遠くにいるときから、その存在が感じられた。やがて霧のなかを行進してくる彼らの姿がぼんやりと見えた。時化《しけ》をついて進んでくるようにも見える。

徐々に近くへ……近くへ……彼らは行進してきて、ついにジュヌヴィエーヴをとり囲んだ。

彼女は彼らを見分けられるようになった。ぼろぼろのシャツを着て剣をさげた顎のない男。羽根飾りのついた大きな、くたびれた帽子をかぶった男。ショートパンツに粗悪な革のブーツを履いた男。

そして例の女性。美しい金髪の女性。

ジュヌヴィエーヴはうんざりした。怖いのではなく……ただうんざりした。

なぜなの？　彼女は声なき声で尋ねた。

答えはわかっていた。

「気をつけなさい」

何に気をつけろというの？　お願い、お願い、お願い……。

「真実」

なんの真実？

しゃべろうと口を開いた女性が、激しい苦痛に見舞われたかのように顔をゆがめた。彼女は身もだえして体を折り、次第に薄れ始めた。彼女を連れてきた海賊たちも、一緒に霧のなかへ消えていった。

たいした人だわ。ジュヌヴィエーヴはソアの頑固さを認めないわけにはいかなかった。

彼はかたくなに自分のコテージを、床を、ベッドを濡らしている海水に気づかないふりをした……。

ソアは朝早くに目覚めた。とても早く。まだ暗いうちに。

彼はジュヌヴィエーヴの額にキスした。「海へ出る前にやらなくてはいけないことがある。ぼくの代わりにきみが仕事の手配をしておいてくれ。オードリーが呼んだ神父や記者が信用できる人間か、確認してくれよ」

「もちろん」ジュヌヴィエーヴは寝ぼけまなこで応じた。

「ドアに鍵《かぎ》をかけていくから、きみがここを出るまでかけたままにしておくんだぞ」

「ええ……わかったわ」彼女はぼそぼそと言った。

ソアは出ていった。ジュヌヴィエーヴはベッドに横たわったまま、うとうととしていた。驚いたことに、気がついてみると彼女は幽霊に語りかけていた。

お願い、戻ってきて。わたしは理解したい。あなたを助けてあげたいの。

どうしても真実を知る必要があるのよ。

ソアはホテルへ行って、昨日の朝と同じテーブルの同じ椅子に座った。昨日と同じウエイトレスがやってきた。

「おはようございます」ウエイトレスは快活に言った。

「おはよう」

「今朝は何にいたしますか?」

「昨日、ぼくが何を頼んだか覚えているかい?」ソアは尋ねた。

「卵料理に、トーストに……あとは忘れました。ハッシュドブラウンか、オートミールだったかしら?」

「上出来だ」ソアはほめた。「ハッシュドブラウンを頼もうかな。きみは本当に昨日のことを覚えているのかい?」彼はきいた。

ウエイトレスはにっこりした。「わたしは二十二歳です。まだ耄碌《もうろく》する年ではありませんもっとも、弟はわたしを年寄り扱いしますけど」

「弟というのはそういうものだよ」ソアは言った。「昨日、ぼくと一緒にいた人たちを覚えているかな?」

「ええ、あなたは年配の男性とご一緒でした」

「若い男もひとりいた。十六……十七……もしかしたら十八歳か二十歳くらいかもしれない」

ウエイトレスは首を振り、何かたくらみがあってソアがそんなことを言うのだろうと考えたのか、警戒するような笑みを浮かべた。「すみません。ほかにはだれも見ませんでした」

「彼は食事をせずに一緒に座っていただけだ」

「わたしをからかっているんですね？」

ウエイトレスは笑みを消してソアの顔をじっと見つめた。

「本当にきみは年配の男以外、だれも見なかったのか？」

彼女は返事をためらった。ソアは内心たじろいだ。

正気ではない人間を見るような目つきで見られるのは、こういう気持ちがするものだったのか。

「ごめんなさい。わたしが見たのはひとりの男性だけです。あの、コーヒーでよろしかったですか？」

「ああ、ありがとう」

しばらくしてそこを出るとき、ソアはドアのところで立ちどまった。振り返った彼の目に、ダイニングルームへ入ってくるアダム・ハリソンの姿が映った。

あの若者も一緒で、アダムの後ろに従っていた。背が高く、ひょろりとしているが、ハンサムでひどくきまじめな顔をしている。

「よい一日を、ミスター・トンプソン」ダイニングルームの案内係が呼びかけた。

ソアはうなずき、案内係の男性に近づいた。

「きみはミスター・ハリソンを知っているかい？」ソアは尋ねた。

「ええ。ご立派な方です」男性ははきはきと答えた。

「あの若いほうの男も立派かな?」ソアはきいた。

「若いほうの男ですって?」

ソアはじれったい思いでため息をついた。

「あの若い男だよ」ソアは指さした。

またもやあの目つきだ。

「申し訳ありません、ミスター・トンプソン。どなたのことをおっしゃっているのか、わたしにはわかりかねます」

ジョシュ・ハリソンがまっすぐソアを見て手を振った。

ソアはくるりと向きを変え、その場をあとにした。

通りへ出た。まだ完全に明るくなってはいなかった。

彼は顔をのぞかせたばかりの太陽を見た。今まさに一日が始まろうとしている。

「ぼくは頭がどうかしてしまったんだ」ソアは声に出してつぶやき、怒りのこもった足どりでコテージや埠頭《ふとう》のあるほうへ向かった。

14

ソアが出かけたあと、ジュヌヴィエーヴはうとうとしながらベッドに横たわっていたが、幽霊もほかのだれも訪ねてはこなかった。実際のところ、彼女は幽霊に現れてもらいたかったので、眠ろうとさえした。これからは幽霊を見ても、たいして怖がらずにいられそうな気がしたのだ。加えて、自分が見たり感じたりしたことを、アダムやブレントやニッキ以外のだれにも――とりわけソアには話すまいと決心していた。彼女は恐怖と闘うのではなく、発見するつもりだった……。

真実を。

それが何を意味しようとも。

だが、ジュヌヴィエーヴは眠れなかった。そこで起きあがってシャワーを浴び、コーヒーを飲みながら空が白んでいくのを眺めていた。

眠れないせいだろうか、夜が明けていくのがやけに遅く感じられた。二杯めのコーヒーを飲んでいるとき、不意にジュヌヴィエーヴは後ろめたさに襲われた。ジェイに電話をかけなくては。〝マネキン殺人〟の犯人探しに彼の貴重な時間を浪費させては申し訳ない。だれがいたずらをしたのか本当は少しも気にしていないことに気づいて、彼女は驚いた。今となっては、もはやどうでもいい。ほかの問題のほうがはるかに重要に思える。

やがてジュヌヴィエーヴは、ソアのコテージにひとりで座っていることに飽きてきた。ドアを開けて外へ出る。

まだ明けきっていない空に、どんよりと雲が垂れこめていた。ジュヌヴィエーヴはいつものように早く乱雲が吹き払われることを願った。激しい雷雨はたいてい午後にならないと襲ってこない。けれどもいったん降りだすと、バケツを引っくり返したような雨が二十分ほど降りつづき、そのあとでぴたりとやむ。道路は冠水したようになるが、すぐに太陽が燦々《さんさん》と地上を照らす。

ティキ・バーにはだれもいなかった。それでも、小さなコテージにひとりで座っているよりははるかにましだ。ジュヌヴィエーヴは眉をひそめ、なぜソアはあれほど朝早く出かけたのだろうと考えた。わたしは隠し事をしているかもしれないけれど、それはソアも同じだ。ふたりは話などすべきではない。セックスだけをしていればいい。ただし……。

今回の事件はすべて解明されなければならない。最後には何もかも明らかになるだろうと、ジュヌヴィエーヴは信じるほかなかった。

あまり先走って考えたくはない。今日の午前中に葬式が予定されている。形式的とはいえ、よい行為には違いない。

暗い雲の垂れこめた空の下に座っていると微風が吹き始め、ジュヌヴィエーヴのうなじをなぶって背筋を伝いおりた。彼女は身震いした。気味が悪いと思えるほど不愉快な感じにつきまとわれる。

こらえきれずに、ジュヌヴィエーヴは周囲を見まわして幽霊を探した。

だが、彼女に接触しようとしている霊的な存在はなかった。

次の瞬間、ジュヌヴィエーヴはまたもやだれかに見られている感じがした。

監視されているという不気味な感じ、つけまわされている気配、日常の行動パターンを調べられている感覚、何者かが悪意をもって彼女を見つめつづけている感じ。

ジュヌヴィエーヴは大声で自分をあざ笑いたかった。いつもなら今ごろは仲間たちがコーヒーを手にティキ・バーへ来るはずだが、今朝はまだひとりも姿を見せず、空は厚い雲で覆われている。冷え冷えとした感じがするのは、微風と雲のせいだけだろうか？　椰子《やし》の葉がささやくような音をたてているけれど、だからといってだれかが彼女を見張っているわけではない。

それとも違うのかしら？

ジュヌヴィエーヴは恐怖にとらわれてぱっと立ちあがり、外に出てきたことを後悔した。

「おい、どうしたんだ？」

彼女はくるりと振り返った。ソアだった。曇り空なのにサングラスをかけている。ソアの声を聞いたとたん、ジュヌヴィエーヴの不安は消えた。雲が割れて、暗がりに光があふれた。

彼女は首を振ってほほえんだ。「足音が聞こえなかったから、びっくりしたわ」うれしいことに、ソアはにっこりしてジュヌヴィエーヴを抱き寄せ、唇に軽くキスをした。だが、すぐに体を離した。「みんなが来るよ。ほら」彼は駐車場を指さした。「悪魔祓《ばら》いの祈祷師《エクソシスト》も到着した」

「ベラミー神父はエクソシストじゃないわ」ジュヌヴィエーヴはささやいた。「彼はいい人よ、すぐにわかるわ」

彼女はソアを残して、神父に挨拶《あいさつ》をしに行った。長いあいだ教会へ行っていないことに後ろめたさを覚えながら。

今度の日曜日は必ず行こう、とジュヌヴィエーヴは心に誓った。

驚いたことに、ソアはたちまちベラミー神父を好きになった。神父は薄手のスーツを着てカラーをつけ、潜水器材の入ったバッグを携えていた。彼は自己紹介をしたあとで、邪魔をしないようにするから水へ入ることを許可してもらいたいとソアに頼んだ。彼が監督教会派の神父で、記者のヘレン・マーティンとつきあっていることもわかった。ヘレンも潜水器材の入ったバッグを携えていた。ふたりとも四十代なかばの気さくな人たちで、ソアは彼らに好印象を抱いた。

「とてもすてきなことだと思います。ずっと昔に亡くなった人への敬意のしるしですもの」ヘレンがソアにそう言って、にっこりした。「このあたりの人々は宝物に大喜びする一方で、過去への敬意を大切にしています。きっとすばらしい記事になるでしょう。参加させていただいたことを感謝しています」

相変わらずマーシャルが姿を見せないことを、全員が悪い兆候として暗黙のうちに受け入れているようだった。いったいマーシャルの身に何があったのだろう?

ソアは警察の船にジャック、アレックス、ヴィクター、リジー、ザックを乗せることに決め、自分の船にはブレントとニッキ、オードリー、ベラミー神父、ヘレン、ベサニー、ジュヌヴィエーヴを乗せた。

いつもの珊瑚礁《さんごしょう》近くの海で二隻の船がつながれ、ベラミー神父が儀式を開始した。立派な葬式だったことを、ソアは認めざるをえなかった。ベラミー神父は幽霊に語りかけることはせず、ただ海でさまよっている魂について神に語りかけたあと、荒海で命を落としたアンのために特別の祈りをささげた。花や花輪が海へ投げ入れられた。

ヘレンは一部始終をメモ帳に走り書きした。

その儀式に魔術的なところはいっさいなく、ソアはまったく不愉快な思いをせずにすんだ。

終了後、オードリーが物問いたげな笑みを浮かべてソアの様子をうかがったので、彼はほほえみ返した。オードリーは正しいことをしようと努力しているようだった。

ベラミー神父も気づかわしげにソアを見て尋ねた。「もうわたしたちも海へ入ってよろしいかな？」

「ええ」ソアは答えた。彼がジュヌヴィエーヴを見ると、彼女がうなずき返した。今日も彼と組んで潜ることを了解したしぐさだった。

ベサニーは今日、ニッキと一緒に甲板上に残る。もう一隻の船では、何かあったらすぐ助けに駆けつける用意をしたジャックが、甲板からダイバーたちを見守りながら無線に耳を澄ませている。

長い一日になりそうだ、とソアは覚悟した。もはやこれは高度に専門的で歴史的に重要な潜水作業ではなくなった。

こんなに大勢の部外者がいるようでは。

だが、なりゆきに身を任せるのがいいように思えるときもある。このような仕事をなしとげるのには、何カ月、あるいは何年もかかる可能性があるのだ。今はばかばかしいと思える部分をすべてとり除くことが肝心だ。

〝マーシャルのやつ、いったいどこにいるんだ？〟

ソアはブレントが落ち着き払って空気タンクの留め金をとめるのを見守った。なぜか、ブレントが深い信仰心の持ち主であることを感じた。

それがどうした？　ぼくは十年も前に死んだ若者を見たのではなかったか？

いいや。あの出来事はきっと論理的に説明できるに違いない。あれは手のこんだいたずらだったのだ。でも、なんのために？

「用意はできたかい？」ソアはジュヌヴィエーヴに尋ねた。

彼女の用意はできていた。

ふたりは三度潜った。残念ながら――あるいはありがたいことに、三度とも何事もなく終わった。

今にも雨が降りだしそうな空模様で始まった一日だが、午前中の数時間を除いて雲ひとつない晴天が続いた。雷鳴や稲妻に一度も妨げられることなく、作業を続けることができた。

仕事を終えて船が港へ向かったときは、六時をとうにまわっていた。何も発見できなかったにもかかわらず、全員が満足しているようだった。キーウェストに住んでいながら、ベラミー神父とヘレンはあまりダイビングに出かけないらしく、この日、海中で目にしたものすべてに興奮しっぱなしだった。

埠頭《ふとう》に船を横づけするとき、ソアはジュヌヴィエーヴがブレントにそっと話しかけるのを聞いた。「彼女は安息を得られたかしら?」

「さあ、どうだろう」ブレントが答えた。「わからないね」

船をおりた一団は疲れきっていた。ヘレンは記事を書くために急いで帰っていった。日曜版に載せる予定だという。ベラミー神父は結婚の誓いを新たにしようとしている年配の夫婦に会う予定があるとかで、やはり急いで帰っていった。

アダムが港で待っていた。彼らが潜水器材を船からおろし、ホースで水をかけて洗っているとき、アダムがソアに近づいてきた。

「どうだったかね?」アダムが尋ねた。

「立派な葬式でしたよ。あなたは来なかったんですね」ソアは答えた。

アダムは肩をすくめた。「いくつか調べたいことがあってね」

「何かわかりましたか?」

再びアダムは肩をすくめた。「ああ。少し検討してみる必要があるが」

「なるほど。つまり、あなたは得た情報を教えたくないわけだ」

「正しい情報だとわかるまでは教えるわけにいかないよ」アダムは静かに言った。「わたしはティキ・バーにいる」彼はそう言い残し、背筋をのばして歩み去った。アダムが着ているのは椰子の絵柄の半袖《はんそで》シャツにカーキ色のショートパンツだった。その後ろ姿を見送りながら、ソアは苦笑を禁じえなかった。アダムは周囲の人々にとけこもうとしているらしいが、いくらがんばったところで引退した連邦政府の役人にしか見えない。

ジュヌヴィエーヴは機嫌がよさそうだった。彼女は目をきらめかせてソアにキスをした。満足げな彼女を見て、ソアもうれしかった。

「器材を片づけおえたから、あなたのコテージへシャワーを浴びに行くわ。ティキ・バーで会いましょう」ジュヌヴィエーヴは言った。

奇妙だ。そして悲しむべきことでもある。彼らは宝探しをしているのに、宝を見つけた日のジュヌヴィエーヴはふさぎこんでいた。今日は何も発見できなかったのに晴れやかな顔をしている。ソアにとっては、それがいちばん悲しいことだった。

ジュヌヴィエーヴは歩み去った。途中で一度振り返り、ソアに明るい笑みを向けた。彼はほほえみ返したものの、なぜこれほど暗い気分になるのだろうと首をかしげた。早くこの宝探しが終わればいいのに。

だが、終わるとは思えない。

船を水で洗いおえたときには三十分がたっていた。

ソアはシェリダンに電話を入れた。「われわれの入手したものが何か、きみには信じられないだろうな！」シェリダンが興奮気味に言った。

「ダイヤモンドですか？」

「いいや」じれったそうなシェリダンの声が電話越しに聞こえた。「もっと貴重なものだよ、手紙だ。われわれは慎重に作業を進めている。銀貨も錆《さ》びるほどのひどい腐食があったが、手紙は豚の膀胱《ぼうこう》に包んであったので、傷めないように注意して読んでいるところだ。これは驚くべき発見だよ」

「それはよかった」

「それで、今日はどうだった?」シェリダンが尋ねた。

「何も」

「そうか。明日も海へ出るんだろう?」

「ええ」ソアは電話を切った。

ソアがコテージへ帰り着いたときは、ジュヌヴィエーヴは出ていったあとだった。彼はシャワーを浴びて着替えた。

ティキ・バーの近くへ来たときは、すでに暗くなりかけていた。ジャックとアレックスがチェスをしているのを、リジーとザックが眺めていた。

ヴィクターは少し離れたところで電話をかけている。

ジュヌヴィエーヴはベサニーとアダムのあいだに座り、アダムの横にはオードリーが座っていた。ニッキとブレントも同じテーブルに着いている。

「ソアよ」オードリーが言った。まるで彼の到着をほかの人たちに警告するために口に出したようだ。

沈黙が漂い、全員が視線をあげた。

「ハンバーガーを注文しに行こうとしていたところだ」ブレントが言った。「きみも食べるだろう?」

ソアはうなずいてブレントの隣に座った。「それで、きみはどこから来たんだって?」

「ニューオーリンズだ」

「あのあたりにも珊瑚礁はたくさんある」ソアはそっけなくつぶやいた。

ブレントはゆっくりほほえみ、ビールの瓶の表面にできた水滴を親指でぬぐった。「だれもが地元の海に潜るわけではないよ」

「たしかに。ニューオーリンズ出身のネイティブ・アメリカンとなると、どの種族かな?」

ソアはジュヌヴィエーヴが眉をひそめているのを知っていたし、自分でも無礼きわまりない質問だとわきまえていた。

「血筋について尋ねているのなら、ぼくはダコタ族の血を引いている。母はアイルランド人だ」ブレントが言った。

ニッキが冷ややかな目でソアを見つめていた。「わたしはニューオーリンズ生まれのニューオーリンズ育ちよ」彼女は言った。「デュモンド家の出身なの。わたしたちのパスポートを見たい?」

ソアは首を振った。「どうせきみたちの所持している書類は、すべて完璧《かんぺき》に整っているだろう」彼は静かに言った。

ブレントが立ちあがりかけたのを、アダムが手で制した。

アダムに制止される前にジュヌヴィエーヴが口を開いた。「ミスター・トンプソンがどんなにろくでなしか、すっかり忘れていたわ。ちょっと失礼するわね。電話をかけたいの」

ジュヌヴィエーヴは席を離れた。ソアは椅子の肘掛けをつかんでいる指に力をこめ、不安な面持ちで彼女の後ろ姿を見つめた。もっと慎重に振る舞うべきだった。だが、自分はかつがれているという考えをどうしても払いのけられなかったのだ。

〝かつがれているか、それとも幽霊と一緒に朝食を食べたかのどちらかだ〟

ソアはみんなを見まわした。ベサニーとオードリーは大きな目を見開いて彼をじっと見つめている。アダムは疲れたような笑みを浮かべていたが、目には包容力があふれていた。「非難したいのなら、わたしに対してしたまえ、ミスター・トンプソン。わたしの部下たちに対してではなく」アダムはそう言って、テーブルを囲んでいる人たちに視線を走らせた。「われわれは普通では説明のつかない分野の仕事をしている。この世のものではない存在に関する仕事とでも言おうか」彼はまっすぐブレントに注意を向けた。「きみには幽霊が見えるんだろう？」

「ええ」ブレントがきっぱりと言った。

「それはいつ始まったのかね？」

「子供のときからです」

「そしてきみは？」アダムはニッキに視線を向けて尋ねた。

「わたしはいつも彼らの存在を感じてきました。彼らと会話ができるようになったのは、ある特別な出来事があってからです」

ソアは申し訳なさそうに首を振った。「すみません。失礼なことを言うつもりはありませんでした。ぼくはただ事実を求めているだけです」彼は静かに言った。

「きみが求めているのは白黒のはっきりした単純明快な世界、つまりきみ自身が制御できる世界だ」アダムが言った。「そんなものは現実ではない」

「現実は浜辺で発見された女性の死体です」ソアは応じた。

オードリーが眉をひそめた。「でも、ソア、わたしに理解できないのは、彼女の死がどのような潜水作業と関係しているのかということよ。あるいは、わたしたちのだれかと。彼女は売春婦だった。売春婦は通りで拾う客が何者かなんて知らないでしょう」

「わたしたちのなかに、相手が何者かを本当に知っている人がいるかしら？」ニッキがやんわりと尋ねた。

「何か飲まないか？」ブレントがソアにきいた。「カウンターへみんなのハンバーガーを注文しに行くところだったんだ。ついでにビールでも買ってこようか？　勘定はぼくが払っておくよ」

　ソアは自分がブレントを好きなことを認めないわけにいかなかった。ぼくは無礼な振舞いをしたが、ここにいる人たちから一杯くわせられているとしたら、そのほうがよほど悪い。

「ああ、ビールを頼む」

　ソアはジュヌヴィエーヴから目を離さないようにしていた。彼女はそれほど遠くない場所に立って、熱心に携帯電話で話をしていた。

　だれと話しているのだろう？

　ニッキがにこにこしながら自分を見ていることに、ソアは気づいた。

　彼はニッキに向かって眉をつりあげた。

　彼女が小さく笑った。「あなたって、本当にいい人ね」

　なんのことかわからずに、ソアは片手をあげた。

「あなたは絶えず油断なく見張っている」ニッキが言った。「何を見張っているべきかわかりさえしたら、もっといろいろなものが見えてくるでしょう」

「そんなふうになれるのかな？」

「だれでも経験を積みながら上達するのよ」

どういう意味かニッキに尋ねるまもなく、ベサニーがソアの注意を引いた。「ソア、あの箱について、あれから何か聞いた？　なかに入っていたのは銀貨だったのかしら？　それとも黄金やエメラルドやルビー――」

「手紙だった」ソアは言った。

「手紙ですって？」ベサニーの声には落胆の色がにじんでいた。

「手紙なの？」オードリーは気を引かれたようだ。

「シェリダンは喜んでいたよ」ソアが話しているところへブレントが戻ってきて、ソアに冷えたビールを手渡した。ソアはうなずいて謝意を示した。「昨日ジュヌヴィエーヴが掘りだした箱の中身は手紙だったと、今話していたところだ」

「ほう？」ブレントが興味を示した。「保存状態はどうだった？」

「豚の膀胱に包んであったそうだ」ソアは答えた。

「まあ」オードリーが小さな声をあげた。

「あら、豚の膀胱やほかの臓器は最初のコンドームとして使われたのよ」ニッキが愉快そうに口を挟んだ。

「いやだわ、気持ち悪い」ベサニーが言った。

「だけど想像してごらんなさい」オードリーが言った。「自分が当時の売春婦だったら、気持ちが悪くても使ったんじゃないかしら」

「二十一世紀に生きていてよかったわ」ベサニーが言った。

ジュヌヴィエーヴが戻ってきた。彼女がいるのはソアの後ろだったが、振り返らなくてもそこに彼女がいるのはわかった。

「世紀と言えば」オードリーが思案しながら言った。「ある世紀の幽霊が別の世紀の幽霊と一緒に歩きまわったりするのかしら？　つまり、一七〇〇年代に亡くなった人の霊が一八〇〇年代に亡くなった人の霊と交流したりするのかってこと。あるいは先週亡くなった人の霊と。たとえ交流があったとしても、なんの話をするの？　それに、強い幽霊や弱い幽霊がいるのかしらね？　規則はあるの？　幽霊になるための方法ってあるのかしら？」

ブレントがほほえんでうなずいた。「その多くは単純な信仰心に帰せられるんだ」彼は説明した。「世界じゅうどこへ行っても、たいてい人々はなんらかの信仰を持っている。ほとんどの宗教は、たとえどんなにかけ離れているように見えても、互いにいくつかの共通点があるんだ。ひとつの神を信じている者もいれば、複数の神を信じている者もいるが、ほとんどの人々は人間は単なる肉と血の塊ではない、それ以上の存在だと信じている。われわれの内部にはエネルギーが、霊魂が存在する、と。その霊魂がぼくをぼくにし、きみをきみにしているのであって、人間を形成するにあたってＤＮＡの寄せ集めよりも大きな力を発揮する。一般に肉や血は死んで、塵《ちり》は塵に、灰は灰に帰るが、霊や魂は生きつづけると信じられている。幽霊はなんらかの理由であの世へ旅立てなかった霊魂だという考えは、広く受け入れられているんだよ」

「あなたの話を聞いていると」ジュヌヴィエーヴが言った。「なるほどと思えてくるわ」

ソアは胸を刺されるような嫉妬《しっと》を覚え、われながら驚いた。残念ながらぼくは幽霊退治屋《ゴーストバスター》ではないからしかたがないが、と彼は苦々しく思った。

そのような感情を抱くことには慣れていない。それが気に入らなかった。変える力は自分に、自分だけにあるのだ、とソアは思って歯ぎしりをした。

だが、何をどのように変えればいいのだろう？

「彼らは交流するのだろうかと、きみはきいたね？」ブレントがオードリーに尋ねた。「交流するときもあるよ。規則があるのか？　たぶんないだろう。世界にはまだ科学で説明されていないことが存在するのか？　もちろん存在する。いつかわれわれはすべての答えを得られるだろうか？　おそらく得られない。人生にとって信仰は、ありのままの事実と同じくらい大切なものなんだ」

「わたしが何を考えているか、あなたにわかる？」突然、オードリーがジュヌヴィエーヴを見て興奮気味に言った。「わたしが思うに、あなたが見ている幽霊は海賊とは違う時代に生きた人ではないかしら。だって、あなたの見た女性が海賊たちに殺された人の幽霊だとしたら、彼女は海賊たちを恐れているから彼らには近づかないはずよ。きっと彼女は別の時代の女性で、海賊たちからあなたを守ろうとしているんだわ。あなたはどう思う？」

ジュヌヴィエーヴはうめき声をあげた。「幽霊の話はもうやめましょう」彼女はきっぱりと言った。

「ハンバーガーの到着だ！」不意にヴィクターが大声をあげた。

チェスの勝負が終わって、プレーヤーと観戦者が彼らのところへやってきた。

ソアは立ちあがった。「テーブルをつなげよう」彼は提案した。

彼はジュヌヴィエーヴを見やり、いったいだれに電話をかけていたのだろうと首をかしげた。ソアの視線に気づいた彼女は、彼の目に疑いの色がありありと浮かんでいるのを見て顔を赤らめた。「マーシャルの携帯電話にかけて伝言を残しておいたの。彼のことが心配で」彼女は言った。

「ぼくも何度かマーシャルの携帯電話にかけたよ」ヴィクターがジュヌヴィエーヴに言った。

「彼は見つけてもらいたくないようだね」アレックスが言った。

「警察が調べ始めてもいいころだ」ソアは言った。

「警察はもう調べているわ」ジュヌヴィエーヴはそう言ってケチャップへ手をのばしたが、全員から期待のこもった視線を向けられていることに気づいて手をとめた。「ジェイとも話したの」彼女は頰を赤く染めて打ち明けた。「ジェイはマイアミの友人に電話をしたんですって。マーシャルからの電話は海岸沿いのホテルからかかってきたけど、マーシャルは一度もホテルに宿泊していないそうよ。明日、わたしが捜索願を出すとジェイに言っておいたわ。捜してもらいたくないとマーシャルが考えているのなら、分別を働かせて、何があったのか事情をだれかに伝えてくれればいいのに！」

なぜかソアは確信した。ジュヌヴィエーヴがジェイに電話をかけたのはマーシャルの失《しっ》踪《そう》についてではなく、別の件について話すためだったに違いない。

「心配ないよ、警察がマーシャルを見つけてくれるさ」ジャックがジュヌヴィエーヴに請けあった。「おまえさんも心配するな」彼はソアに言った。「われわれは海底で、もっといろんなものを発見するよ」

それ以降、会話が幽霊にふれることはなかった。みな早く帰って休みたそうだった。きつい潜水作業で疲れていたし、明日はまた今日に劣らぬ厳しい仕事が待っているのだ。

ジュヌヴィエーヴはみんなと少し距離を置いていた。ソアは彼女に声をかけずに自分のコテージへ戻った。そしてジュヌヴィエーヴから目を離すまいと決意して窓辺に立ち、見ていることを気づかれないよう願いつつ、彼女の姿を眺めていた。

ばかげているかもしれないが、いまだにソアはジュヌヴィエーヴの身が心配だった。

ソアが見ていると、ティキ・バーにいた一団が別れ始め、ヴィクターが申しでたのだろう、オードリーを家へ送っていった。アダムが彼らに手を振って歩み去った。ブレントとニッキは手をつないで自分たちのコテージのほうへ歩いていった。ザックとリジーは浜辺のほうへ歩いていく。なにはともあれ、あの夫婦はフロリダキーズで過ごす時間を心から楽しんでいるようだ。

ついにジュヌヴィエーヴがコテージのほうへ歩きだした。

自分のコテージへ行くのだろうか？　それともぼくのコテージへ？　最初、ソアにはわからなかった。

けれどもやがて、ジュヌヴィエーヴが半分ほど歩いたところで立ちどまるのが見えた。彼女は顎をあげたまま身じろぎもしない。微風が長い髪をとらえては吹きあげる。そのわずかな動きがある以外は、彼女は立像のようだった。完璧な姿をした優美な雪花石膏《アラバスター》の彫像のように、その場に立ち尽くしている。

やがてジュヌヴィエーヴはきょろきょろと周囲を見まわし始めた。最初に駐車場とコテージの周囲に生えている木立を見まわした。それから振り返って海のほうを眺めた。

またもやジュヌヴィエーヴはじっと立っていたが、そのうちに歩きだした。ソアのコテージのほうへ歩いてくる。やがて彼女は駆けだした。

こっそり様子をうかがっていたことがばれてもかまわないと思い、ソアがドアをぱっと開けてポーチへ歩みでると、ジュヌヴィエーヴが腕のなかへ飛びこんできた。

「どうした？」ソアは心配して尋ね、ジュヌヴィエーヴの髪をなでて、彼女の背後に広がる夜の闇《やみ》に目を凝らした。

ジュヌヴィエーヴは首を振ってソアを見あげた。「わたし……わからない。ばかげているかもしれないけど、だれかに見られているような感じがしたの。あなたに見られているのは知っていたけど、それ以外のだれかに」

「すまない」

「いいのよ。ありがとう」ジュヌヴィエーヴはそっと言った。

「きみはぼくに腹を立てているんだと思ったよ」

「今だって腹を立てているわ。猛烈に。あなたがあれほど失礼な振る舞いをするなんて信じられない」

「悪かったと思っている。それで、きみはなぜジェイに電話したんだ?」

ジュヌヴィエーヴは息をのんであとずさりした。「それは……マーシャルのことで電話したのよ」

「きみは嘘《うそ》をついている」

「わかった、正直に言うわ。ジェイに電話したのは、わたしとヴィクターとであの忌まわしいマネキンを処分したと教えるためだったの」

ソアは仰天した。

「なんだって?」

「ヴィクターの話では、マネキンでいたずらをする相談をした翌日、コテージのなかにマネキンが置いてあったんですって。わたし、彼を信じるわ。ヴィクターのことは小さなころから知っているの。彼が言うには、相談はしたけど実行はしなかったのに……」ジュヌヴィエーヴは話すのをやめた。「わたしに出ていってもらいたい？」

「いいや。ぼくはきみに正気をとり戻してもらいたいだけだ。するとき、きみはすべてをジェイに話したんだね？」

「もちろんよ！　こんなばかげた出来事を調べるのに、彼の貴重な時間を無駄にさせたら悪いでしょう。それにあなたは曲解しているわ。いくらブレントが嫌いだからといって、あれほど失礼な口をきかなくてもよかったじゃない」

「彼のことは嫌いどころか好きだよ」

「だったら、なぜあんなひどいことを言ったの？」

「なぜって、このあたりで起こっていることが気に入らないからだ」

「あなたが幽霊に打ち勝てずにいるからじゃないの？」ジュヌヴィエーヴが憤慨して問い返した。

ソアも憤慨して言い返そうとしてから思いなおした。くそっ、ジュヌヴィエーヴの言うとおりじゃないか？

「すまない」ソアは冷ややかに言った。「残念ながら、ぼくは幽霊の存在を信じていないんだ？」本当にそうだろうか？　それともぼくは真実を恐れているのか？
　まさにジュヌヴィエーヴの言うとおりだからだ。いったいどうやって幽霊と戦えという
んだ
「だとしたら、あなたはわたしを信じていないんだわ」ジュヌヴィエーヴは平静な口調で
言って、向きを変えた。彼女に去られたくなかったソアは、肩に手をかけて振り向かせた。
「ぼくを置いていかないでくれ」ソアはそっと懇願した。
「あなたを置いていく気などないわ」ジュヌヴィエーヴが応じた。
「わかった、すまない。きみがあんまり怒っていたものだから――」
「そうよ。それはあなたも同じでしょう。でも、あなたを置いていく気はなかった。あな
たはわたしを信じていないかもしれないけど、悲しいことにわたしは、世間で言うところ
の〝関係〟をあなたと結んでしまったから」
「何を言うんだ！　ぼくらは安っぽい関係なんかじゃない」ソアはきっぱりと言った。
　ソアはジュヌヴィエーヴを胸へ抱き寄せた。そう、こういう関係なのだ。怒りはソアを
荒々しいほど情熱的なキスへと導いた。怒っている彼女も同じくらい荒々しくて情熱的だ
った。ジュヌヴィエーヴは美しい。生けるアラバスター。ソアにふれる彼女の肌は灼熱《しゃくねつ》
の溶岩のように熱くなめらかで、エロティックな魅力をたたえている。彼女はソアをいた
ぶり、興奮させ、そして最後に満足させた。ジュヌヴィエーヴを抱いてベッドに横たわっ

ているときも、ソアの胸には、彼女を動揺させているものを撃退できないという挫折《ざせつ》感や怒りがわだかまっていた。

やがてジュヌヴィエーヴはソアの胸に頬をのせ、肌と肌を合わせて丸くなった。ソアは彼女の髪をなでながらいつまでも起きていた。


オードリーが家へ入って靴を脱いでいるとき、ドアの呼び鈴が鳴った。彼女はため息をついて靴をわきへ蹴《け》り、玄関へ引き返した。

ドアを開けたオードリーの前に、知っている男の顔があった。「まあ」彼女は言った。「どうしたの?」

男は彼女を押しのけて入ってきた。

「ちょっと」オードリーはいらだちのこもった声で抗議した。「いったいなにを……」

ドアが閉まった。

オードリーは目を見開いた。男が行動に移ったときも、何がどうなっているのか、彼女はまだのみこめなかった。

のみこめたときは、悲鳴をあげることさえできなかった。


とうとう寝入ったソアは夢を見た。夢のなかで戦いが繰り広げられていた。怒り狂った激しい戦い。十九世紀の高価な衣装をまとった黒褐色の髪の男と、ぼろの服を着た荒々しい容貌《ようぼう》の男が戦っている……。

鋼のぶつかる音と男たちの怒号が響き渡る。言葉がわめきちらされたが、ソアは意味を理解できなかった。

目覚めてもまだ、鋼と鋼のぶつかる音が耳の奥に残っていた。

彼はジュヌヴィエーヴがすっかり目覚めていることに気づいた。彼女はソアの腕のなかに横たわり、体を震わせて夜の闇を見つめていた。

音が次第に小さくなって消えた。

ソアが目覚めたことにジュヌヴィエーヴが気づいて、彼のほうを向いた。

「彼女の魂は安らいでいないわ」ジュヌヴィエーヴはそっと言った。「ああ、なんてこと、彼女の魂は安らいでいない」

ソアはただジュヌヴィエーヴを抱いていた。

けれども彼は知っていた。立ちあがったら、床はずぶ濡《ぬ》れになっているだろう。

海水で。

15

何が起こっているにせよ、よくないことであるのはたしかだ。ジュヌヴィエーヴはコテージの外へ出た瞬間に、そう悟った。

ジェイがティキ・バーでヴィクターと真剣に話しこんでいる。ヴィクターのほうは、怒ったように激しい身ぶり手ぶりで言い返していた。

ソアがすぐ後ろをついてきませんようにと願いながら、ジュヌヴィエーヴは急ぎ足で近づいていった。マネキンの件で、ジェイがヴィクターを叱責《しっせき》しているのは明らかだ。きっとヴィクターは秘密を漏らしたジュヌヴィエーヴに怒りをぶつけるだろう。

そのとおりになった。ヴィクターはそばに来たジュヌヴィエーヴを冷たい目でにらみつけた。「さっきから言っているじゃないか、ジェイ。知らないあいだにマネキンがぼくのコテージに置いてあったんだ。ぼくが盗んだんじゃない。ジェンにいたずらをする相談はしたが、実行はしなかった」

「でも、マネキンを捨てたことは認めるんだな?」ジェイが言った。

「感謝するよ」ヴィクターがジュヌヴィエーヴに皮肉をささやいた。

「ジェイ」ジュヌヴィエーヴは言った。「わたしがあなたに電話したのは、騒ぎをとめるためであって、起こすためではないわ。そのとき話したように、マネキンを捨てるのにわたしが手を貸したのよ」

ジェイはサングラスをかけていたので目の表情は読めなかったが、いらだっているのは明らかだった。「ジュヌヴィエーヴ、問題はマネキンを捨てたことではないんだ。そんなことは違法でもなんでもない。捨てる前にばらばらにすることだってそうだ。しかし、マネキンを盗むとなると話は別で、れっきとした違法行為だよ」

「ぼくは盗んでなどいない」ヴィクターが反論した。

「待って」ジュヌヴィエーヴは言った。「いつ盗難届が出されたの?」

「最初にぼくがきいてまわったときは、〈キー・クロージング〉の従業員はマネキンがなくなっていることに気づいていなかった。ゆうべ遅くに、そこの店主が署へ電話してきたんだ。彼はなくなったことに気づいていたが、どこかのいたずら小僧どもがこっそり運び去ったと考えていたらしい。盗難届を出すつもりはなかったが、ばらばらのマネキンを警察が発見したと聞いて、それが自分の店のものだと教えたくて署へ連絡してきたそうだ」

「〈キー・クロージング〉」ジュヌヴィエーヴはつぶやいた。「オードリーの家のすぐ近くの店だわ」

「きみはオードリーがマネキンを盗んだと言いたいのかい？」ジェイがきいた。

「いいえ」ジュヌヴィエーヴは否定した。

「なあ、ジェイ」ヴィクターが言った。「あんたはぼくをいつから知っているんだ？　マネキンが欲しくなっても、ぼくは盗む必要などない。デュヴァル通りの店主の半分は知りあいだ。買うか借りるかすればすむ話じゃないか。そんなことで本当にぼくを逮捕するつもりかい？」

「いいや。きみがそこの店主に弁償さえすれば」

「でも、ぼくは盗んでいないんだぞ」

いつソアがここへ来るかと気が気でないジュヌヴィエーヴは、彼が加わって問題がややこしくなる前に話をつけさせようと決意した。彼女はふたりのあいだへ割って入った。

「ねえ、ヴィクター、わたしが弁償するわ。それですべて終わりにしましょう」

「だけど、ぼくは盗んでいないんだってば」

「あなたを信じるわ。でも、この問題は今ここで片をつけてしまいましょうよ。お願い」

ジュヌヴィエーヴは懇願した。

ヴィクターはまだ憤懣《ふんまん》やるかたない目つきで彼女をじっと見た。「ジュヌヴィエーヴ、マネキンを盗んだ張本人を探すのは重要なことかもしれないよ」

「どうして？」

ヴィクターは首を振った。「わからない。わかっているのは、盗んだのはぼくではないということだけだ」

「お願いだから、もう終わりにしましょう。わたしたちにはもっと大きな問題があるわ。いいでしょう、ヴィクター?」ジュヌヴィエーヴは言った。

彼はため息をついた。ジュヌヴィエーヴはソアがやってくるのを視界の隅でとらえた。こうなったら、何がなんでもこの話を終わらせなければ。今すぐに。

ヴィクターが首を振って言った。「いいとも。ぼくが弁償するよ」

「いいえ、わたしがするわ」ジュヌヴィエーヴは言い張った。

「ばかなことを言うな」

「またあとで話しあいましょう」彼女は言った。「ジェイ? それでいいわね?」

ジェイがうなずいたところへソアが加わった。

「マーシャルから連絡はあったかい?」ソアがジェイに尋ねた。

「いいや。しかし今日、ジェンが捜索願を出すことになっている。そうなれば、これまでのようにぼくがマイアミデードの警察署にいる昔の友人たちに頼んで非公式に捜してもらうのではなく、正式な捜索に踏みきってもらえるからね」

「絶対に何か変よ」ジュヌヴィエーヴは主張した。

「変ではなくて、いいことかもしれないよ。マーシャルはついに理想の女性を見つけたのかもしれない」ヴィクターが言った。

ジュヌヴィエーヴは首を振って否定した。「今回のプロジェクトはマーシャルにとってすごく大切なものだった。それをほうりだして雲隠れするなんてありえないわ。彼は責任感の強い人よ。そうやって高い評判を得てきたのに、どこかの女性のためにすべてを捨ててしまうなんて、わたしにはとうてい信じられない」

ソアがうなずいた。彼も黒いサングラスをかけていたので、何を考えているのかは読みとれなかった。

少なくともソアはベッドや床を濡《ぬ》らしていた水のことも、コテージに充満していた海のにおいのことも口にしなかった。

「ぼくはコーヒーを飲んでくるよ」ソアが言った。

彼の後ろ姿を眺めていたジュヌヴィエーヴの目に、駐車場からティキ・バーのほうへ歩いてくるアダムの姿が映った。途中でブラックホーク夫妻が一緒になった。アダムは動揺しているように見える。

ジュヌヴィエーヴは眉をひそめ、三人のほうへ急いで近づいていった。

「何かまずいことでも?」彼女は尋ねた。

「たぶん、なんでもないのだろう」アダムはそう言うと、こわばった顔で無理にほほえもうとした。

ジュヌヴィエーヴは首を振った。「話してください」

「きっとオードリーは寝過ごしただけだ。それとも、こんな老人との約束はすっかり忘れてしまったのかもしれないな」アダムは軽い口調で言った。

ジュヌヴィエーヴの心臓が激しく打った。「あなたはオードリーと会うことになっていたんですか?」

「ああ、朝食を一緒に食べる約束だった」アダムは残念そうに打ち明けた。

「それで、あなたはオードリーの家へ行ったんですね? でも、彼女は玄関に出てこなかったんですか?」ジュヌヴィエーヴは尋ねた。

「ねえ、そんなにうろたえないで」ニッキが穏やかな口調でジュヌヴィエーヴをなだめた。

「何か急用ができたのかもしれないわ」

ジュヌヴィエーヴはくるりと向きを変えてジェイのところへ駆け戻った。「オードリーが行方不明なの」彼女はきっぱりと言った。

「行方不明だって?」ヴィクターがびっくりして尋ねた。「そんなばかな。ゆうべはぼくが彼女を家まで送っていったんだよ」

「オードリーは今朝、アダム・ハリソンと朝食を食べることになっていたのに姿を見せなかった。そこでアダムが彼女の家へ行ってみたけど、玄関へ出てこなかったんですって。ジェイ、なんとかしてちょうだい」

「いくら警官とはいえ、彼女の家へ押し入るわけにはいかないよ」ジェイが反論した。

ジュヌヴィエーヴは怒りのまなざしで彼らをにらみつけ、携帯電話をとりだした。「いったいどうしてしまったの？　このあたりの人たちが次々と消えているのに、あなたはそれに気づかないの？」

「マーシャルは消えたわけじゃない。彼は警察署へ電話してきた。大人なんだから、好きなときに休暇をとる権利くらいあるさ」ジェイが応じた。

「そんなの、警察の言い訳よ」ジュヌヴィエーヴはぴしゃりと言い返した。

「ぼくはオードリーを家まで送っていったけど、彼女は大丈夫だったよ」ヴィクターが言った。

ジュヌヴィエーヴはすでにオードリーの番号にかけていた。呼び出し音が鳴りつづけたあとで、留守番電話に切り替わった。

「このメッセージを聞いたら、すぐわたしに連絡してちょうだい」ジュヌヴィエーヴはそう吹きこんでから携帯電話を閉じた。不安がますますふくれあがった。

絶対に何かまずいことが起こっている。なぜこの人たちにはそれがわからないのだろう？

「オードリーの家へ行ってみるわ」ジュヌヴィエーヴは言った。

「鍵《かぎ》を持っているのか？」ジェイがきいた。

「いいえ」

「だったら、行ってどうしようというんだ？　きみが勝手に押し入ったら、ぼくはきみを住居侵入罪で逮捕しなくてはならないんだよ」ジェイがうんざりしたように言った。

「お願い、ジェイ。心配でたまらないの」ジュヌヴィエーヴは言った。

ジェイは目を伏せた。「長年まじめに勤務してきたのに、ぼくは警察を首になるだろうな」彼はつぶやいた。「きみは仕事に行くといい。ぼくがオードリーの家へ行く。それでいいね？　無理やり押し入ってオードリーが怒ったら、ぼくはきみとは二度と口をきかない。ききたくてもきけないだろう。なぜって、ぼくはどこか遠くの町でウエイターか何かの仕事を探さなくてはならないんだから！」

「オードリーは絶対に怒ったりしないわ。みんながどんなに心配しているかを知れば」ジュヌヴィエーヴは断言した。

ジェイは首を振りながら歩み去ろうとした。「オードリーは約束の朝食に来なかった」彼はつぶやいた。「だれだって、一度や二度くらい寝過ごして朝食を抜かしたことがあるだろうに」

「おーい。今日は講義はなしだ。そろそろ船に乗ろう」カウンターでコーヒーを飲んでいるソアが大声で呼びかけた。彼はまだオードリーのことを知らないんだわ、とジュヌヴィエーヴは思った。彼に話して、今日は陸にとどまるべきだと主張したほうがいいだろうか？

いいえ。ジェイが調べてくれるだろう。オードリーと連絡がとれないのは、何か単純な理由からかもしれない。マーシャルと違って、彼女は仕事をほうりだして消えたわけではないし、いなくなってまだそれほどたってもいないのだ。

わたしが潜水作業を中断すべきだと主張する必要はない。わたしは自分の仕事をし、捜索はジェイに任せておけばいい。ジェイは警官で、友人でもある。わたしを失望させることはないだろう。

「行こう！」ソアが呼んだ。

それぞれが潜水器材の入ったバッグを手に埠頭《ふとう》へ来たところで、ソアが今日の割り振りを指示し始めた。

「ジャックは警察が貸してくれた船の甲板上にいてくれ。ベサニーとアレックスはいつもと同じだ。ザックとリジーは彼らと同じ船に乗る。ヴィクター……きみは一回めの潜水ではぼくの船の甲板上に残り、二回め以降にぼくたちと交代しよう。ブレントはニッキと組み、ジュヌヴィエーヴはぼくと組む。みんな、わかったな？」

全員がうなずき、指示された船へ向かった。

船が埠頭を離れるとき、ジュヌヴィエーヴはアダムの姿が見えないことに気づいた。たぶんジェイと一緒に行ったのだろう。きっとふたりでオードリーを見つけてくれるに違いない。そう願いながら、ジュヌヴィエーヴは上着のポケットに入っている携帯電話にふれた。海中まで携帯電話を持っていくことはできないが、鳴ったら出るようヴィクターに頼んでおこう。

ソアは舵《かじ》をとっている。ジュヌヴィエーヴがニッキの横に腰をおろすと、ニッキが彼女の手を握りしめた。「大丈夫よ、心配はいらないわ」

「そうかしら？」ジュヌヴィエーヴはきいた。

「たぶん幽霊は安らかに眠っているでしょう」

「いいえ、違うわ」ジュヌヴィエーヴはきっぱりと言った。

「違うの？」

「彼女は今でも夢に現れるのよ」ジュヌヴィエーヴは言った。「そして部屋をびしょびしょにしていくの」

ニッキは穏やかにほほえんだ。「いいこと、彼女が現れるのはあなたを助けるためなのよ」

「ありがたいお話ね」

ブレントがやってきて、ふたりの会話の最後の部分を耳にし、妻の横ではなくジュヌヴィエーヴの横に腰をおろした。「現れるのには理由があるんだ」彼は断言した。

ヴィクターがニッキの横に座った。「幽霊はマネキンを盗んだり、ものを動かしたりするのかい？」彼はきいた。

ヴィクターが本気で尋ねているのか、それともブレントとニッキをからかっているのか、ジュヌヴィエーヴにはわからなかった。しかし彼の顔を見て、真剣に質問しているのだと確信した。

わたしにいたずらをしたのがヴィクターでないことは知っている。でも、小さな疑惑をどうしてもぬぐいきれない。とりわけ、マネキンを捨てたのが自分たちだとばれてしまった今は。

ブレントは返事をためらい、妻を見てから答えた。「彼らがものを動かす力を持つようになることは知られているが、特定の目的を持ってマネキンを盗むかどうかは……ぼくにもわからない」

「正確なところ、あなた方は何を知っているの？」ジュヌヴィエーヴは尋ねた。「お願い、教えて」辛辣《しんらつ》な口調にならないよう気をつかって頼んだ。

「ほとんどの場合、霊魂は目的があってこの世にとどまったり、戻ってきたりする。そしてその目的は、たいてい生きている人たちをなんらかの形で助けることなんだ」

「錨《いかり》をおろして旗を海へ投げろ」ソアの大声で会話はとぎれた。

ジュヌヴィエーヴはすばやく潜水服を身につけて空気タンクの留め金をとめた。

飛びこみ台の上へ歩みでたジュヌヴィエーヴは、水中マスクをつけながらソアをちらりと見やった。ソアが彼女を振り返ったが、その目からは何も読みとれなかった。

海へ潜ることを恐れている自分に、ジュヌヴィエーヴは気づいた。

このプロジェクトに対する情熱も、仕事に対する愛情も忘れていた。今、彼女がしているのは待つことだけだ。

何か新しい事態が生じようとしている。ジュヌヴィエーヴはそう確信した。

飛びこみ台から飛んだ彼女は体が落下するのを、海水が勢いよく体を包みこむのを感じた。浮力調整ベストから空気を抜き、泡に囲まれて沈み始める。

今日、ソアは昨日よりも少し深い海底を捜索すると決めていたようだ。ふたりは珊瑚《さんご》礁《しょう》へと至る道筋をたどり、そこを過ぎたところでさらに深く潜った。

ジュヌヴィエーヴは自分の呼吸音に耳を傾けた。ごく自然なゆっくりした呼吸。彼女はひとつの空気タンクで長時間作業を続けられることが自慢だった。

周囲を見まわし、よく見て、感じ、大好きなこの光景をしっかり覚えておくのよ。自分に言い聞かせる。

だが、うまくいかなかった。飛びこみ台の上で最初に彼女を襲った恐怖が次第にふくれあがった。気がついてみると呼吸はあまりに速く、あまりに荒くなっていた。心臓が早鐘のように打っている。

次の餌《えさ》のことしか頭にない色鮮やかな小魚が、さっとかたわらを泳いでいった。続いて泳ぎ過ぎたのは黄色の仁座鯛《にざだい》と、縞《しま》模様のかくれくまのみだ。横手のほうでは、淡い色をしたたくさんのいそぎんちゃくがゆるやかな潮の流れにゆったりと漂っている。

ジュヌヴィエーヴは徐々に落ち着きをとり戻した。波の下の世界はいつもと変わりなかった。好奇心旺盛《おうせい》なバラクーダが距離を置いてあとをついてくる。銀色に光るバラクーダが顎をつきだしているさまは、まるでけんか腰の子供のようだ。近づいてきた巨大なはたが彼らをひと目見るなり方向転換して泳ぎ去った。

丈の高い枝珊瑚の向こうに脳珊瑚が広がっていた。先ほどよりもっと多くのいそぎんちゃく。すばやく泳ぎ過ぎる小魚の群れ。砂の上を一匹のひとでがゆっくりと移動し始めた。ジュヌヴィエーヴたちに驚いた小型のえいが砂のなかへ潜った。

死体が視界に入る数秒前に、ジュヌヴィエーヴはその存在に気づいた。心臓が激しく打ち始めた。

最初、彼女は否定した。死体ではないと。

あれは幽霊だ。そう、幽霊以外の何ものでもない。彼女はわたしを宝物のところへ、新しい発見物のところへ導くためにそこにいる……。

だが、そこにいるのは幽霊ではなかった。

本物だった。

浜辺に打ちあげられたものと同じく、本物の死体だった。

広大な枝珊瑚と脳珊瑚の生息地のすぐ向こう側に見えるのは幽霊ではない。

マネキンでもない。

突然、あれはオードリーだという考えがジュヌヴィエーヴの頭にひらめき、確信へと変わった。

心臓が悲鳴をあげているようだった。胃がきゅっと縮んだ。ほんの数メートル先にソアがいたが、彼のところまで知らせに行く余裕はなかった。

ジュヌヴィエーヴは知りたくなかった。

でも、知らなければならない。

彼女はフィンをひとかきして、最悪の事態を覚悟しながら死体に近づいていった。


駐車場を出ようとしていたジェイにアダムが追いついてきた。

ジェイはいらだった。この男はいったいどうしたというんだ？　オードリーと連絡がとれなくなってまだ少ししかたっていないのに、なぜこれほどまでに心配するのだろう？

昨晩はヴィクターがオードリーを自宅へ送っていったという。彼は去る前に、オードリーがなかへ入って錠をおろすのを確認したはずだ。

とはいえ、オードリーはいまだにドアを開けようとしない。ジェイはオードリーの自宅の番号と携帯電話の番号と仕事用の番号に電話をかけてみたが、いずれにも本人は出ず、最初のふたつからは彼女のいつもの陽気な声が、最後のものからは〝商売用の声〟が流れた。その声は、ぜひメッセージを残してください、こちらからご連絡しますと語っていた。

「なかへ入るつもりかね？」アダムが尋ねた。

ジェイはジュヌヴィエーヴに、なかへ入ると約束してきた。オードリーの家についていくるような錠をこじ開ける道具なら、いつでも車に積んである。簡単に開けられるだろう。

「くそっ」ジェイは大声で悪態をついた。

アダムは彼を見つめただけだった。

ジェイは両手を高くあげた。「あなたは偉大な霊媒師なんだから、わかるでしょう。ぼくは入らなくてはいけませんか？　オードリーはなかにいるんですか？　彼女の生死にかかわることですか？」

「すまないね。わたしは霊媒師というよりも、仲介役なんだ」

アダムの口調は冷静そのものだった。もちろん冷静だろうよ、とジェイは思った。ここはアダムの故郷でもなければ、生活の場でもない。ここの人々は彼の友人ではない。キーウェストやここでの出来事は、飛行機に乗って飛び立ったとたん、彼の記憶から消え去るだろう。そうして彼はのんきにまた次の仕事をしに行く……どんな仕事かは知らないが。

「なかへ入るのかね？」アダムが繰り返した。

ジェイはさっきよりひどい言葉でまた悪態をついた。そしてぐるぐる歩きまわったあとで、アダムと向かいあった。

「いいさ、どうなろうとかまうものか。とった魚を食べて生きていくことだってできるんだ」ジェイはつぶやいた。「ここにいてください」

彼はアダムをオードリーの家のドアの前に残して、車へ道具をとりに行った。どれだけ目立たずに錠をこじ開けることができるだろう？　そうするように頼んだのはジュヌヴィエーヴだが、はっきり言って彼女にオードリーのドアを無断で開けさせる権利はない。ぼくにだって、これからしようとしていることをする権利はないのだ。

相当な理由……。

そうとも、相当な理由。ああ、神よ、頼む、だれかほかの人間が――警察の幹部あたりが、相当な理由があったのだと信じますように。

自分が泥棒になったような気分で、ジェイは慎重に錠をこじ開け始めた。

「だれか来るのが見えたら……」ジェイはアダムに言いかけて、またもや悪態をついた。「いえ、気にしないでください。彼らに何ができるというんです？　警官を呼ぶとか？　ぼくが警官です」

ドアが開いた。ふたりはたっぷり一分間、そこにじっと立っていた。

「オードリー？」ジェイは呼びかけた。

ふたりはなかへ入った。そしてしばらくのあいだ、玄関に立っていた。

「オードリー？」ジェイは再び呼んだ。「どこにもさわらないでください」アダムに言う。

「もちろんさわらないよ」アダムがいつものように南部特有の、威厳に満ちたなめらかな口調で言った。

ジェイは小さな家のなかを歩きまわった。争った形跡はどこにもない。

ぼくが錠をこじ開けるまでドアはまったく破損していなかった、と彼は後悔しながら思った。

となると、オードリーは自分で外へ出ていったのか……。

あるいは、だれかをなかへ招き入れたのか。そうだとすれば、だれを……。

ベッドはきちんと整えてある。ということは、オードリーはゆうべこのベッドで寝なかったか、もしくは今朝起きてベッドを整えてから家を出た……それなのにアダムと約束していた朝食の席に現れなかった。いや、違う、彼女はゆうべ、このベッドで寝なかったのだ。

ジェイは暗い気持ちでアダムのところへ戻った。そして首を振って言った。「彼女はここでは寝なかったようです。でもごらんのとおり、争った形跡はありません」

「これからどうするのかね？」

ジェイは目を伏せてため息をついた。「書類仕事が山ほどあるんです。今後二十四時間はオードリーの捜索に着手できません。少なくともマーシャルはいなくなって何日もたつから、行方不明者と見なせますが」

ジェイは大声でひとりごとを言いながらアダムのわきを通り抜けた。

「ここへすぐに科学捜査班をよこすには、上司の同意をもらわなくてはいけない。くそっ！　オードリーは約束のあっただれかが来たのでドアを開けた。そうとも、夜遅く、だれかにドアを開けたんだ。そして今はここにいない、ときた」

「わたしは市内をくまなく捜してみよう」家を出るとき、アダムが穏やかに言った。

「ええ、お願いします」ジェイはささやいた。「ぜひそうしてください」


死体の顔を見ようと前方へまわりこんでいくときになって、ようやくジュヌヴィエーヴはその女性が金髪であることに気づいた。オードリーの髪は赤みがかった黒で、ジュヌヴィエーヴの色に近い。

オードリーではない。オ、オードリ、リ、リーではない、ない！

これから恐ろしいものを見なければならないのに、一瞬、ジュヌヴィエーヴの胸に安堵《あんど》感が広がった。しかし、すぐに血も凍る恐怖が襲ってきた。

彼女はその女性を見たことがなかった。女性が身につけているのは水着のボトムだけで、胸がむきだしになっている。

目が開いていた。

恐怖に満ちた生気のない目がジュヌヴィエーヴを見つめた。

ジュヌヴィエーヴはまばたきし、亜熱帯の海水のなかで凍りつくような思いを味わった。女性が珊瑚の近くを漂っているのは、足首に結わえられた縄が枝珊瑚に絡まっているからだ。足首はすりむけて血が出ている。女性は自由になろうと必死にもがいたのだろう。この人は地上で殺されたのではなく溺死《できし》させられたのだ、とジュヌヴィエーヴは悟った。海底に沈めておくための最初の重しがなんであったにせよ、それに結わえつけられていた縄は切れたのだろうが、そのときにはもう手遅れだった。

血が出ている足首は魚の食欲をそそると見え、何十匹もの魚が群がって肉を小さく食いちぎっている。

ジュヌヴィエーヴは胃がむかむかした。

レギュレーターをつけて水深十八メートルのところにいるにもかかわらず、彼女は悲鳴をあげそうになった。そのとき肩に手をかけられ、ぎょっとして振り返った。

ソア。

彼は深刻な表情をしていた。死体にさわらないようジュヌヴィエーヴを制したあと、浮上するよう身ぶりで示した。彼女はぼうっとしたままうなずいた。ソアは十五メートルほど左手の海底を調べていたブレントに、こちらへ来るよう合図をしてあったようだ。

ブレントが静かに近づいてくる。そのあとにニッキが従っていた。

揺らめいている女性の死体を目にしたニッキの顔に恐怖の色が浮かぶのを、ジュヌヴィエーヴは見た。けれどもニッキはすぐにジュヌヴィエーヴのところへ来て彼女を引っぱり、上へ行こうと促した。ジュヌヴィエーヴはできるだけ早く警察へ連絡する必要があることに気づいた。今さら警察が来たところで、この女性を助けられはしないが、彼女に正義をもたらしてあげなければならない。

ニッキと一緒に浮上していくとき、ジュヌヴィエーヴはまたもや血管のなかを氷が流れるような寒けと、その氷に心臓が包まれるのを感じた。

死体がふたつ。同じ殺され方をしたふたりの金髪女性。

フロリダキーズに野放しになっているのは、ただの殺人者ではない。

連続殺人者が野放しになっているのだ。

ソアにとっていちばんショックだったのは、見たとたんにその女性が何者なのかわかったことだった。

ホテルの外でソアに誘いをかけてきた、あの売春婦だ。

彼女はつい数日前まで生きていたのに、今は死んでいる。

なぜかわからないが、ソアは警察の潜水士が来るまで死体のそばにいなければならない気がした。警察がやってくるまで永遠の時間が流れたように思えた。ブレントも一緒にとどまった。ふたりともいっさい手をふれず、警察が来るまでただ女性の見えない目を見つめていた。

ようやくふたりが海面へ浮上したとき、暗いとばりが船を覆っているように見えた。彼らは宝物と歴史を求めてここへ来たのに、見つかるものといえば恐怖と悲劇だけだ。

ソアの船につながれた警察の船の甲板上にジェイがいた。ソアは装具を外し、潜水服を脱いでから、警察の船へ乗り移った。

ジェイは暗い顔をしていた。「オードリーでないことはたしかなんだな?」

「ああ、たしかだ」

「よかった」ジェイは安堵の吐息をついた。

「オードリーの行方はまだつかめないのか?」ソアはきいた。

「そうなんだよ。新たに死体がひとつ、そしてオードリーもマーシャルも居場所がわからない。いったいどうなっているんだ?」ジェイの声にはいらだちがこもっていた。

そして、おびえが。

「ぼくは彼女を知っている」ソアはジェイに言った。

「なんだって?　いったいだれだ?」ジェイが強い語調できいた。

「名前は知らないが、彼女が何で生計を立てていたかは知っているよ」

「やはり売春婦か?」

ソアはうなずいた。「おとといの晩、彼女はアダムが泊まっているホテルの前にいた。彼女もそこに泊まっていたのかどうかは知らないが、通りで客を探していたよ」彼はためらった。「ぼくは気をつけたほうがいいと彼女に忠告したんだ」

「彼女の誘いには乗らなかったんだな?」

ソアはむっとした。そのあとで、ジェイはただ任務を果たしているだけなのだと考えなおした。

「ああ」

「そうか、わかった。彼女がきみに話しかけ、きみは彼女が売春婦だと知って、気をつけたほうがいいと忠告した。それから?」

「彼女は、食べていかなくてはいけないから、とかなんとか言った。それで終わりだ。そのあと彼女はデュヴァル通りを海のほうへ歩いていった。客を探しに行ったんだろう。きっとだれかをつかまえたんじゃないかな」

ジェイはうなずいた。「そうだな。客をつかまえたに違いない」

「殺人者は無警戒になってきている。少なくとも、その点はたしかだ」ソアは言った。

ジェイが表情を曇らせた。「言い換えれば、殺人は何年も前から行われてきたが、殺人者はだんだん用心深さをなくして、陸地の近くで若い女を溺死させるようになったということか?」

ソアはうなずいた。

ジェイも暗い顔でうなずき返した。「あるいは、殺人者は最近になってフロリダキーズへ来たのかもしれない。それとも、つい最近、殺人を始めたばかりで、死体を確実に海底へ沈めておくことさえできない愚か者なのかもしれない。真相はわかりっこないだろう？ わかっているのは、ぼくの前に死体がふたつと、行方不明者がふたり、幽霊退治屋《ゴーストバスター》が何人もいて、答えは何もないということだ」ジェイは海のかなたを眺めて首を振った。「最初にジェンが死体を見たと思ったとき、こんな事態になるなんてだれが想像した？」むっつりと言って、再びソアに視線を戻す。「もう、きみの乗組員たちを引きあげさせてくれ。全員に、ぼくからききたいことがあると伝えておいてほしい」

警察の潜水士たちが浮上して、なかのひとりが大声でジェイを呼んだ。

彼らは、被害者の体に残る証拠をそこなわないよう工夫された薄いキャンバス地のストレッチャーに死体をのせて運んできた。

驚きの叫びを耳にして、ソアは振り返った。

六メートルほど離れたところに僚船が錨をおろし、リジー、ザック、ベサニー、アレックス、ジャックが船尾に立ってこちらを見ていた。

叫び声をあげたのがだれなのか、ソアにはわからなかった。

彼は自分の船のほうを見やった。

ブレント、ニッキ、ヴィクター、ジュヌヴィエーヴが悲惨な最期を迎えた女性の哀れな死体を眺めている。

「乗組員たちを引きあげさせてくれ」ジェイがそっけなく繰り返した。

「わかった。何かわかり次第、ぼくに教えてくれるんだろうな?」

ジェイがソアをじろりと見た。ソアにはジェイが何を考えているのか想像がついた。おい、わかっているのか? ぼくは警官だが、きみは違う。そこのところをわきまえろ。

ジェイが顔を伏せた。たぶん、口には出さなくても顔に表れた自分の考えを恥じたのだろう。

「いいとも、何かわかったら教えよう。たとえぼくが教えなくても、きみは政府とのコネを利用して調べるんだろう?」

「きみが教えてくれたら感謝するよ」ソアはそれだけ言って、警察の船から自分の船へ乗り移った。そして、もう一隻の船にいるジャックに大声で叫んだ。「船を港へ戻せ!」

埠頭へ向かうあいだ、ソアのいる船上は沈黙が続いた。二隻の警察の船がすぐ後ろをついてきた。

ニュースはたちまち伝わる。埠頭の周囲に集まった群衆を警官たちが制していた。

不思議なことに、あたりには興奮の気配がみなぎっていた。人々は悲劇を目撃するのでなく、自ら歴史的事件の証人になると感じていたのだろうか? ニュースはたちまち広まった。発見されたのが今度も売春婦であることを早くも全員が知っていて、売春婦ではない自分たちは安全だと思いこんでいるようだった。

ソアが船をつないでいるあいだに警察の船が着岸し、遺体袋に入れられた死体がおろされた。警官のひとりは、殺人者と同じくらい用心を怠っていた。

遺体袋が完全には閉じられていなかったのだ。

ふたりの警官が重い遺体袋を船から運びおろすとき、袋の口が開いて、目を開けたままの女性の顔がのぞいた。

ソアの背後で驚きのあえぎ声が漏れた。

振り返ったソアは、口をあんぐり開けて死体を凝視しているベサニーを見た。

ベサニーは彼の視線に気づき、慌てて無表情を装った。

「彼女を知っているのか?」ソアは鋭い声で尋ねた。

ベサニーは激しく首を振った。「彼女を?　いいえ、知らないわ」

「でも、見たことがあるんだな?」ソアはたたみかけた。

「ああ、あるとも」ふたりの背後からジャックが大声で言った。「ヴィクターが追いかけていた金髪娘だ」

どれほど常軌を逸した夢のなかでさえ、ヴィクターはこんな状況を想像できなかっただろう。

16

取調室はテレビで目にした部屋のように殺風景だった。

しかも、刑事たちの口のきき方ときたら……。〝有罪と立証されるまでは無罪〟の原則はいったいどうなってしまったんだ、とヴィクターは首をひねった。

ジェイはその場にいなかった。彼はヴィクターと親しすぎるので、いじめ役は別の人間にやらせたほうがいいと当局は考えたのだろう。事実、今行われているのはいじめ以外の何ものでもなかった。

スアレス刑事はやせて浅黒い肌をした目つきの鋭い男だった。マーツ刑事は……そう、たとえ名前が同じでなくても、ヴィクターは『アイ・ラブ・ルーシー』の登場人物、フレッド・マーツを連想しただろう。マーツ刑事はがっしりした体格の、頭のはげた六十代の男だった。

けれどもコメディ・ドラマの登場人物と違って、彼はあまり愉快な人物ではなかった。

「これまで何人の売春婦を殺した？」マーツがきいた。

「なぜ彼女を殺したんだ？　それと、その前の女を？」スアレスがきいた。「とぼけるなよ。この州には死刑制度がある。死刑になるぞ。われわれなら、おまえを注射針から救ってやれるんだ、ヴィクター。おまえがわれわれを助けてくれたら、われわれもおまえを助けてやろうじゃないか」

「おまえの友達のオードリーはどこにいる？　何があった？　彼女はおまえが殺したがるタイプの女じゃない。となると、彼女に何があったんだ？　彼女に殺人犯だと疑われたのか？　おまえが彼女を家へ送っていったんだろう？　彼女が何か言ったんで、おまえはうまい言葉で一緒にどこかへ行こうと誘いだし、船の上から海へ投げこんだんじゃないのか？」マーツがほのめかした。

「ぼくはだれも殺していない！」ここへ来るまでの経緯を思いだして、ヴィクターは怒りを爆発させた。

警官のひとりが愛想のいい態度でヴィクターに歩み寄り、ふたつの死体の発見状況から して、船に乗っていた全員に話をききたいと説明したのだった。

もちろんヴィクターは死んだ女を知っていた。あらゆる意味で。

〝ぼくは彼女に気に入られたと思った。最初、彼女が売春婦だとは知らなかったんだ〟ヴィクターはジェイに言った。

〝署できみの話を聞きたいそうだ。心配するな。お定まりの手順だよ。われわれに手を貸してくれ〟ジェイがヴィクターに言った。〝頼む〟

そんなふうに、最初は丁寧な扱いだった。

それが今では……。

「彼女は死んだんだぞ」スアレスが言った。「ということは、おまえが彼女を殺したんだ」

「そうとも。体に重しをつけて海へほうりこめば、そういうことになる」マーツがつけ加えた。

「吐いちまえよ。そうしたら助けてやろう」スアレスが言った。

「なあ、いいか。ほかの女たちはおまえにとってよそ者だ。売春婦だ。言っている意味がわかるな？　しかし、オードリーはおまえの友達だった」マーツがしつこく迫った。

「ぼくの知る限り、オードリーは元気に生きているよ」

「彼女は行方知れずなんだぞ」マーツが言った。

「ぼくはオードリーを家まで送っていった。なかへ入るのをこの目で確かめ、ドアに錠がおりる音を聞いてから、そこを離れたんだ」ヴィクターは言った。

「だが、そのあとで戻ったんだろう」スアレスが言った。

「戻っていない」ヴィクターは反論した。

「腕に注射針が刺されるところを想像してみろ」マーツが脅した。「電気椅子よりはましだと言われているがね。なあ、スアレス、電気椅子で処刑された男の髪が燃えあがったことを覚えているか？」

「覚えているとも。あいつ、感電死させられるときに、なんで髪なんか生やしていたんだろうな」スアレスが首を振りながら応じた。「一般に注射のほうがましだと思われている。注射の場合は、心臓が苦しくなって呼吸機能が停止する前に意識を失うからだと。でも、その場面を想像してみろ。動けないよう椅子にしばりつけられ、針が入ってくるのを感じて、これで死ぬんだと思うときの気持ちを」

「誓ってもいい、ぼくはだれも殺してなどいない。何度言ったらわかるんだ？」ヴィクターは主張した。

「本物の女を殺すのはマネキンをばらばらにするのに似ていたか？　それとも、マネキンをばらばらにしたのも自分ではないと言い張るつもりか？」マーツがきいた。

「弁護士を呼んでくれ」ヴィクターは言った。

「おまえさんは逮捕されたわけじゃない」マーツが言った。

「当然だろう、あんたたちは何ひとつ証拠をつかんでいないんだから」ヴィクターは言って立ちあがった。ついに堪忍袋の緒が切れたのだ。「ぼくは帰る。逮捕できないのなら、無理やり引きとめることはできないはずだ」

マーツがにやりとした。「だったら、おまえを逮捕する」

「殺人罪で？」ヴィクターは信じがたい思いで尋ねた。

「窃盗罪さ」スアレスが肩をすくめて言った。

「なんだって？」ヴィクターは驚きの声をあげた。

「例のマネキンだよ」マーツが言った。

「ぼくはマネキンなんか盗んでいない」ヴィクターは抗議した。

「おまえはマネキンをばらして捨てただろう？　おまえの友達のジュヌヴィエーヴが全部ジェイ・ゴンザレスに話したぞ」スアレスが指摘した。

「マネキンの弁償は彼女がすることになって、告訴はされないことになっていた」ヴィクターはふたりの刑事に言った。

スアレスが陰険な笑みを浮かべた。「そこを考えてみろ。彼女が弁償することになっていた。ミス・ウォレスが。彼女はおまえの親友だよな。昔からの友達だ。だが今となっては、その彼女でさえ、おまえを助けることはできない。いいか、われわれはなんとしても真実を見つけてみせるぞ」

「真実を知りたいのなら、こんなところにいないでさっさと探しに行けばいいじゃないか。ぼくを逮捕したければすればいい。その代わり、弁護士を呼んでもらおう。さもなければ、ぼくは出ていく」

「いずれ、おまえを逮捕することになるだろう」マーツが言った。

ヴィクターはうめいた。

「店主に告訴させることになっているのさ」スアレスがヴィクターに教えた。

ヴィクターは椅子の背にぐったりともたれた。

「そんなのはでまかせだ」ヴィクターはやり返した。

「いいか、盗まれたマネキンがおまえのコテージにあった。それをおまえがばらしているところを、ミス・ウォレスが見つけた。おまえが殺した女たちにも、本当はそうしたかったんじゃないのか、ヴィクター？　女たちを切り刻みたかったんだろう？」

「ぼくはだれも殺していない」ヴィクターは言った。

「われわれはおまえがやったと思っている。被害者はもっといると思っているんだ」

「思っている。思っている。思っている！　どうとでも好きに思えばいいさ。だけど、あんたたちはぼくがやったという証拠を何ひとつ握っていない。握れるわけがない。だって、ぼくはやっていないんだから」ほとんどの自白はこのようにして得られるのだろうか？　拷問は今では合法でないはずだが、このふたりのやり方を見ていると……。

くそっ、頭がどうかなりそうだ、とヴィクターは思った。

「だが、おまえがマネキンを盗んだのはたしかだ」マーツが言った。

「違う、盗んでいない」

「おまえはマネキンをばらばらにした。マ、ネ、キ、ン、を殺し、た。売春婦たちを殺したように」

「逮捕するのなら弁護士をつけてもらおう。今すぐに」

「われわれに話せばすむことだ。取り引きをして、おまえを注射針から救ってやってもいいぞ。たとえどんなに大勢の売春婦を殺していようと」マーツが言った。

ヴィクターは歯ぎしりした。「今すぐ弁護士を呼んでくれ。ぼくだって自分の権利くらい知っている」不意にある考えがひらめいた。「なあ、あんたたちはぼくに、逮捕前に必要なミランダ権利の告知をし忘れているぞ」

ヴィクターに勝ち点一。ふたりの刑事は目を見交わした。

マーツが単調な声でミランダ権利を唱え始めた。

まったく、ジュヌヴィエーヴのやつ、なんだってジェイにマネキンを処分したことを打ち明けたんだ？　こんな事態になるとは知らなかったからだろうが、それにしても……。

ヴィクターの手がむずむずした。

彼はジュヌヴィエーヴの首をしめあげたいという衝動と闘った。

全員が話したがっていて、全員がみじめな気分になっていたので、ジュヌヴィエーヴはそれぞれコテージへ帰ってシャワーを浴び、服を着替えたら、自分の家に集まらないかと提案した。

「パーティーをするの？」ベサニーがけげんそうに尋ねた。

「まさか！　でも、警察はわたしたち全員に話をきくと言っていたから、わたしの家に集まっていればいいと思って」

ソアの表情からはジュヌヴィエーヴの提案に賛成していないことがうかがえたが、彼女がそれに気づいたのは言いだしたあとだった。そんなわけで午後遅く、全員がジュヌヴィエーヴの家に集まった。

彼らはテーブルを囲んで話しあった。「それで、みんなどう思う？　マーシャルがいなくなったことと今度の殺人事件は関係があるのかな？」アレックスがきいた。

「警察はなぜわたしたちを署に呼んで話をきこうとしないのかしら？」ベサニーがつぶやいた。

「ヴィクターのやつ、なんでこんなに長く警察に引きとめられているんだろうな？」ジャックが言った。

「警察に電話して、どうなっているのかきいてみるわ」そう言って、ジュヌヴィエーヴは立ちあがろうとした。

隣に座っているソアが彼女の腕に手をかけて引きとめた。「きみはどう思う？」

「警察が本気でヴィクターを疑っているなんて考えられないわ」ジュヌヴィエーヴはぞっとして言った。

「警察は本気かもしれないよ」ブレントが身を乗りだして言った。「ジュヌヴィエーヴ、ヴィクターはきみが見つけた女性を知っていたんだ」

「だからどうだというの？　そんなの、偶然に決まっているわ」

「そうね。それにヴィクターはそれほど愚かじゃない。彼なら死体をもっとうまく処分したでしょうよ」ベサニーが言った。

「ベサニー！」ジュヌヴィエーヴは憤然と抗議した。

「どうしたの？　わたしはヴィクターがやったなんてちっとも思っていないわ」ベサニーが反論した。

「ああ、ヴィクターじゃないよ」アレックスが言った。

「絶対にやつじゃない」ジャックが同意した。

「あなた方にも答えがわからないの？」リジーがブレントとニッキを見て尋ねた。

「わかっていたら、とっくに教えているよ」ブレントが応じた。

そのとき、ソアの携帯電話が鳴って、全員が飛びあがった。

「もしもし、トンプソンだ」ソアは電話に向かって言った。

彼は先方の声に耳を傾けながら立ちあがり、玄関のほうへ歩いていった。

わたしたちに聞こえないところへ行くつもりね、とジュヌヴィエーヴは思った。

しばらくしてソアは携帯電話を閉じた。「今からぼくはシェリダンに会いに行く」彼は言った。「また戻ってくるが、その前にもし新しい情報が入ったら……」

「すぐあなたに電話するわ」リジーが約束した。

ジュヌヴィエーヴはソアを見てうなずいた。

彼女が驚いたことに、ブレントが立ちあがって言った。「ぼくも一緒に行っていいかな？」

もっと驚いたことに、ソアはブレントを一瞥《いちべつ》してから肩をすくめて言った。「お好きなように」ソアはほかの人たちのほうを向いた。「じゃあ、またあとで」全員に向かって言ってから、ためらったあとでジュヌヴィエーヴを振り返った。「今夜遅く、ドライブに行かないか？」

「みんなで？」ベサニーが眉をひそめて問い返した。

「ぼくはジュヌヴィエーヴに言ったんだ」ソアが答えた。

「ベサニー、彼らはふたりきりになりたいのさ」アレックスが言った。

「あら！　もちろんよね」ベサニーはそう言ったものの、再び眉をひそめた。「今？　こんな状況になっているときに？」

「ねえ、ベサニー、ヴィクターがなかなか帰ってこなかったら、ブレントとわたしのところに泊まってもいいのよ」ニッキが言った。

「ありがとう、でも……」

「なんなら、ホテルに部屋をとってあげよう」ベサニーの不安を感じとって、アダムが申しでた。

「うれしいけど、ヴィクターはきっと戻ってくるわ」言葉とは裏腹に、ベサニーの口調は自信なさげだった。

「アダム、よかったら一緒に行きませんか?」ソアの申し出を聞いて、ジュヌヴィエーヴは驚いた。

「せっかくだが、わたしはここで待つことにするよ」アダムは言った。「こう見えて、わたしはけっこう料理が得意でね。ありあわせのもので、みんなに夕食をつくってあげよう」

「わかりました。じゃあ、またあとで」ソアが言った。

彼が出ていくのを見送っているうちに、ジュヌヴィエーヴの胸にますます不安がふくれあがった。オードリーが消えた。マーシャルはいまだに姿を現さない。ヴィクターは警察署から戻ってこない。そして彼女たちは死体をふたつ発見した。

これからどうなるのか見当もつかない。ジュヌヴィエーヴにわかっているのは、事態がますます悪化していくということだけだった。

「さっきの電話はシェリダンからだったんだろう?」車のなかでブレントがきいた。

「ああ」

「なんだって？　殺人事件と関係のあることなのか？」

「いいや。シェリダンは、ジュヌヴィエーヴが見つけた箱に入っていた手紙を調べているんだ。紙の保存状態がどうとかいう話は、ぼくにはよく理解できないが、彼は慎重に扱いながらスペイン語から英語に翻訳したそうだ」ソアは肩をすくめた。「彼は……変わり者なのさ。〝剣に生きる者は剣に滅ぶ〟の信条の持ち主で、売春婦を職業柄、剣によって生きる人間と見なしているらしい。とにかく、シェリダンは現在のことにあまり関心がない。彼にとっていちばん腹立たしいのは、殺人事件のせいで沈没船捜索の作業が何度も中断されていることだ」

　ブレントが片手をあげた。「まあ、そういう人間もいるさ」

　長い沈黙が続いたあとで、ソアはブレントのほうを向いた。「きみは、その……幽霊について詳しいんだろう？」かすかに皮肉のこもった口調で尋ねる。

「きみにとって受け入れがたい問題であることはわかっているよ。きみは自分の目で見たり、手でさわったりすることができないものの存在を信じるタイプではないからな」

「まるでぼくが了見の狭い人間のように聞こえるじゃないか」

　ブレントは愉快そうな笑みを浮かべた。「そんなつもりで言ったんじゃない。この困難な世の中にあって、きみは相当なタフガイだ。ぼくはきみに超常現象を信じるよう期待してはいないよ。きみは現実世界で暮らしを立てている人間だ。そのきみが海賊の幽霊について しゃべりまわったりしたら、きみの評判にだって響くだろう」

「ぼくは自分の評判を守ろうなんて考えてはいないよ」ソアは言った。

「われわれは評判を守るのは大いに大切だと考えている。好きなところへ部下を送りこむ力とコネを、アダムがどうやって獲得したと思う？」ブレントがきいた。

「なるほど、きみの言うことにも一理あるな。だが、こんなことをしてなんの役に立つ？ジュヌヴィエーヴには幽霊が見えるらしいが、売春婦殺しが幽霊のしわざだとはとうてい思えない。だとすれば、こんなことをしたところで無駄じゃないか？」

「ぼくはシェリダンの発見が何かの役に立つのではないかと期待しているんだ」ブレントが言った。

「その点はぼくも同じだよ。もっとも、現実的に考えてそれが現在の問題をどう解決してくれるのやら、さっぱりわからないが」

「ぼくは答えがすべてわかっていると言った覚えはない」ブレントが言った。

「ああ、たしかに言わなかった」ソアはつぶやいた。ブレントに対する賛嘆の念がますます深くなるのを、ソアは認めざるをえなかった。この男は平静を保ちながらも、自分の信念を固守する強さを備えている。「アダム・ハリソンについて詳しく話してくれ」ソアは唐突に言った。

「アダムだって？　あの最後の偉大な紳士か？」ブレントはぶっきらぼうに応じたが、その声にはアダムに対する敬意がありありと表れていた。彼は両手をあげた。「アダムはヴァージニア州の大農園主の息子で、彼の一族は何代にもわたって政治に携わってきた。奥さんはひとり息子を産んだ直後に亡くなり、その息子も高校卒業記念のダンスパーティーのあとに自動車事故で死亡した。アダムは死後の世界の存在を必死に信じようとしたハリー・フーディーニに似ていると言えるかもしれないな」

「ぼくの知る限り、フーディーニはいかさま師たちの仮面をはぐことに人生の大半を費やしたんじゃなかったかな」ソアは言った。

ブレントはあいまいな笑みを浮かべた。

「そして彼自身は二度と生き返らなかったんだろう？」

「さあ、知らないね」

「じゃあ、きみはどんな死者の霊でも呼びだせるわけではないのか？」

「ああ」

「わかった」

「いや、きみはちっともわかっていないし、ぼくを喜ばせるためにわかったふりをしなくてもいい。きみが来世を信じようと信じまいと、ぼくにはどうでもいいことだ」ブレントは言った。「議論する気などさらさらない。ぼくには自分にできることとできないことがわかっているし、きみの意見によってそれが変わることもない」

「すると、〈ハリソン調査社〉は完全に信用できる組織なんだな？」ソアは低い声で尋ねた。

「きみは知っているんじゃないのか。きっとコネを使って調べたに違いない」

「もちろん調べたよ」

「それなのに、まだわれわれを信用できないというわけか」

「きみたちは幽霊退治屋《ゴーストバスター》だ」

「われわれはぺてん師ではない」ブレントが言った。

「ぼくはジョシュ・ハリソンと名乗る若者を見たが、それがどんなからくりによるものなのかを、いまだにつきとめようとしているところだ」ソアは言った。

「たぶん、きみは実際にジョシュを見たのさ」ブレントがさりげなく言った。

「幽霊を」

「そう、幽霊を」

「ジョシュ・ハリソン、アダムの息子、幽霊」ソアはつぶやいた。「きみも彼を見たと言うつもりなんだろう」

「現に今、彼を見ているよ」

「どういう意味だ？」ソアは眉間《みけん》に深いしわを寄せて尋ねた。

「彼は今、後部座席に座っている」

「なんだって？」

ソアは振り返った。

彼の運転する車が道路から飛びだしそうになった。

ブレントの言葉に偽りはなかった。

例の若者がソアの真後ろの座席に座っていた。

「くそっ！」ソアはあえいだ。

「運転を代わろうか？」ブレントが申しでた。


「よし」ジャックが言って立ちあがった。「もうここでぶらぶらしているのはたくさんだ。一緒に行きたいやつはいるか？　おれはバーをまわって、オードリーを見かけたり話をしたりした人間がいないか調べてみるよ」

「もう一度オードリーの番号に電話してみるわ」ジュヌヴィエーヴは立ちあがり、携帯電話をとりだした。じっと座ってはいられない気分だった。

三つの番号はどれもしばらく鳴りつづけたあと、いずれも留守番電話に切り替わった。

ジュヌヴィエーヴは携帯電話を閉じて首を振った。

「やはり捜しに行かなくてはだめだな」ジャックが言った。

「彼女が携帯電話を持っているなら……電波の届くところにいるなら……きっと出るはずよ。わたしに連絡してくるはず」ジュヌヴィエーヴは言った。「本当に心配だわ」

「なあ、ジェン、オードリーの髪の色はきみと同じように赤みがかった黒だ。金髪ではないよ」アレックスが指摘した。

「それに、彼女はいかさま師であっても売春婦じゃない」ジャックが陽気な口調で言った。

「だけど、やっぱり心配だわ」ジュヌヴィエーヴは繰り返した。

ジャックが歩み寄って彼女を抱きしめた。「それはみんなも同じさ。おれだって気が気じゃない。オードリーがバーのはしごをしているとは思えないが、全員でただここに座って待っていても時間の無駄だ。彼女に会った者がいるかどうか調べてみるよ。ひょっとしたら、おれたちの知らない親戚《しんせき》か誰かが急に電話してきて、彼女に来てくれと頼んだのかもしれない。あるいは客のひとりに頼まれて助けに行ったのかも。それともオードリーは本当に幽霊を呼びだしたのか……そうとも、ありえない話じゃないぞ。いずれにせよ、きいてまわったら何かわかるかもしれないだろう。おれと一緒に行きたい人は？」

ザックが立ちあがって妻に手を差しのべた。「よし、行こう。もっとも、われわれはあんたと違ってこの土地に詳しくないが」

アレックスも立ちあがった。「そうだな、何かしないと」彼はすまなそうな目でジュヌヴィエーヴを見た。「ぼくもじっとしていられないんだ。きみさえよければ、ぼくはジャックと一緒に行くよ」

「わたしなら大丈夫よ。でも、わたしはヴィクターやソアから連絡が入るまでここにいるわ」

　ベサニーが笑った。「わたしは新しいお友達と一緒にいることにする」彼女はアダムを指さして言った。

「何かわかったら電話するよ」ジャックは約束し、ほかの人たちを引き連れて出ていった。

　みんなが去ったあとはしばらく静寂が漂った。やがてジュヌヴィエーヴは皿を片づけ始めた。バーベキュー・パーティーの残り物でアダムが一風変わった肉料理をつくり、全員で平らげたのだ。「シンクに置いてくるわね」ジュヌヴィエーヴは言った。

　ニッキが立ちあがった。「手伝うわ。行きましょう」彼女はちらりとアダムに視線を走らせた。「実を言うと、ジェン、あなたに試してもらいたいことがあるの」

「何かしら？」

「催眠術だ」アダムが言って立ちあがった。

　ジュヌヴィエーヴは持っている皿を落としそうになった。彼女はニッキとアダムを交互に見た。

「前世への回帰とか、そういったことね」ベサニーが口を出した。

　アダムはためらった。「それによって何を発見できるか、正直なところわたしにもわからないが、きみが催眠状態にあるあいだに質問すれば、もしかして……。心配には及ばない。催眠術をかける前に、意識をとり戻すための合言葉を決めておけばいい。きみが緊張に耐えられなくなったら、その言葉できみは覚醒《かくせい》して現実へ戻ることができるだろう」

ジュヌヴィエーヴの手は震えていた。ベサニーが立ちあがって彼女の手から皿をとりあげた。「割ってしまったらもったいないわ」ベサニーは陽気に言った。

「気が進まないのなら無理じいはしないよ」アダムが言った。

「いえ……かまいません。それが役に立つのなら。喜んでなんでもします」ジュヌヴィエーヴは言った。そして両手をあげた。「わたしはどうすればいいのかしら?」

「リラックスして、わたしを信頼する。それだけでいい」アダムが言った。

「男の人って、だれでも同じことを言うのね」ベサニーがからかった。

全員がほほえんだ。ジュヌヴィエーヴはすぐ真顔になってアダムを見た。

「あなたを信頼しています」彼女は言った。

「では、さっそく始めよう」

自分やブレントや、道路にいる人々を殺してしまうのではと心配になったソアは、なんとか気持ちを静めながら車を路肩へ寄せた。すでに研究所の近くまで来ていたが、とうていこのまま運転を続けられそうになかった。

ソアは道路わきの駐車場へ乗り入れて車をとめ、再び後ろを振り返った。

後部座席は空っぽだった。

彼はブレントを見つめた。

「さっき、後ろの座席にだれかがいた」ソアは言った。

「ああ」ブレントが認めた。

「今はいない」

「きみが心臓発作を起こしたら大変だと思って消えたんだろう」

「あやうく道路から飛びだすところだったよ」

「そうだな」ブレントがにやりとした。

「ぼくは幽霊の存在など断じて信じないぞ！　どんな細工を使ってみんなの目をあざむいているんだ？　いったいどうやって後ろの座席に人の姿を映しているんだ？」

ブレントはたじろがなかった。ただソアを見つめ返しただけだ。「そのことだが」彼は落ち着き払って言った。「きみは論理的な考えの持ち主だ。自分で考えたらどうだい？もしかしたら、この世には説明できないものが存在するのかもしれないぞ。ひょっとしたら本当に、後部座席に幽霊がいたのかもしれない」

「ぼくは幽霊など信じない」ソアはかたくなに繰り返した。

「わかった。だったら信じなければいい。でも、運転は代わったほうがよくないか？」ブレントがきいた。

「あと四ブロックほどだ」ソアは言った。「運転くらいできるさ」

彼は車を道路へ戻した。後ろを確認したくはなかったが、どうしてもバックミラーへ目をやらずにはいられなかった。

若者が戻ってきて、ソアを見つめていた。

「きみはそこにいない」ソアはぴしゃりと言った。

そして車を走らせつづけた。慎重に。


異様な風が吹いている。彼女は海に慣れ親しみ、海を愛していたけれど、今日の空気には何か不穏なもの……ぞっとするものがみなぎっていた。

それとも、恐怖が彼女自身の心のなかに不安を生んでいるのだろうか?

だれひとり彼女を信じてくれない、父親でさえも。もっともそれを言うなら、彼は見事な嘘《うそ》をついた。しかし、彼女は真実を知られるのが怖くて、あまり激しく彼を非難する勇気がなかった。そして真実ははるかにひどいものだった……。

必ず助けが来ると信じて、彼女は水平線を眺めた。

それから振り返り、船の艦砲を恐る恐る見た。彼女の目にはあまりに多くの艦砲が備わっているように見えた。実に堂々とした船だが、広大な大洋にあっては、どれほど立派な船でも小さな一点のしみにすぎない。

彼女は風を、と同時に風以外の何かを感じて振り返った。

静寂。

異様なほど不気味な静寂。船がこれほど静かなのはおかしい。

不吉な感じが彼女の背筋を伝った。彼女はそろそろと周囲を見まわした。本来なら索具に男たちがとりついているはずだ。風向きが変わりつつあるので、男たちが声をかけあいながら急いで帆を調節しているはずだ。

それなのに甲板上に船員がひとりもいない。

だが、彼がいた。

彼女を見つめている。彼女が大嫌いな例の笑みを浮かべて。

「どうなっているの？　みんなはどこにいるの？」彼女は尋ねた。

「行ってしまった」彼はそれだけ言って、あからさまににやにやした。

彼女の背筋を伝う寒けが冷たさを増した。

「〝行ってしまった〟って、どういうこと？」

「彼らは泳ぎたかったのさ」彼は愉快そうに言って、彼女に近づいた。ゆっくりと。ただし、まだ距離をとっている。楽しんでいるのだ。

彼女は用心深く彼を見つめたあと、再び水平線に目をやった。

期待しているからだろうか、それとも現実だろうか、いずれにしても彼女は水平線上に船影を見たと思った。だが、天候は急激に変わりつつある。穏やかだった海原がうねり始めている。突然、発生していつのまにか海上を覆った霧は、気温が変化していることを示している。

彼女は嵐《あらし》が心配だった。嵐が来れば彼は……。

真実に向きあうことよりも、彼女は嵐の到来のほうが心配だった。

「あなたは……船を乗っとったのね？　でも……船乗りたちが忠誠を誓ったのは……」

「船乗りたちが忠誠を誓うのは、たいてい最高権力者に対してなのさ」彼は言った。「この船が最後にどの港へ立ち寄ったのか、きみは忘れているようだな。その港で突然、重病になった船乗りたちに代わり、新しい船乗りが雇われたことも忘れたのだろう。ふむ、きみは何もかも忘れたようだね」

「わたしは何ひとつ忘れていないわ！　あなたは心の奥底によこしまな考えを隠し持ち、真実でないものを真実と思いこんでしまったのよ」

「きみはぼくを裏切った」

「いいえ」

「きみはわれわれを裏切った」

「わたしが裏切る〝われわれ〟なんて、どこにもいなかったわ」

彼は首を振った。「そんなことはもうどうでもいいことだ。歴史が出来事を後世に伝えるだろう。そしてそれが真実になる。海賊がすべてを破壊したことになるんだ」

彼女は目を見開いた。

そして、彼がこれからしようとしていることを見た。積んである索具の後ろから、ふたりの男が現れるのを見た。

ひとりは丸太のような太い腕をした巨漢だ。彼女はその男が任務を怠ったと一等航海士に怒鳴りつけられているところを見たことがあった。

男はぐるぐる巻きにした長い太縄を持っていた。

もうひとりの男は重しの詰まったキャンバス地の袋を引きずっている。

「ぼくを愛してくれたらよかったのに」彼がそっと言った。

彼女は身をひるがえし、必死に手すりを乗り越えようとした。ほんのわずかでも希望が残っているうちに、なんとか海へ身を投じなければ。

遅すぎた。

彼女は手でがっしりとつかまれて引き戻された。

彼女は悲鳴をあげた。天をつんざき大地と空を引き裂かんばかりに叫び声をあげる。そうすれば助けが来るとでもいうように。しかし、男どもが彼女を組み敷いた。岩のように重い、筋骨たくましい男ども。彼女はまだ祈りを唱えていなかった。頬に見舞われた最初の一撃でふらふらと床へ倒れたのだ。彼女は意識を失うまいとして、自らの運命を悟り、疑心暗鬼に駆られながらも……。

知っていた。

水平線上に一隻の船がいることを。まだ遠く離れてはいるけれど、次第に近づいてくる。ああ、神よ、天にましますわれらが父よ、わたしをお許しください……。

彼女の両の足首に縄がきつく結わえられ、重しの詰まった袋がくくりつけられた。それでも彼女はかみつき、引っかき、泣き叫び、ののしって……。

持ちあげられた。

水に落ちる寸前、彼女は最初の大砲の発射音がとどろくのを聞いた。

17

シェリダンが本拠地にしている研究施設はフロリダ州北部にある。しかし、彼はキーウエストにあるこちらの研究所でも立派な業績をあげているように見せかけ、少なくとも十年前からここにいるかのように振る舞っていた。

大学院生がひとり、小さな部屋に座って見張り番をしており、シェリダンが呼び集めた専門家たちが複雑に入り組んだ建物内の部屋という部屋で忙しそうに働いていた。今までに発見された遺物がわずかしかないことを考えると、あまりに人数が多すぎるのでは、とソアは思った。

シェリダンは部下の専門家たちを、ぶんぶんうなりながらせっせと働いている働き蜂《ばち》の群れでもあるかのように無視して、ソアとブレントを自分のオフィスへ案内した。

「例の手紙はアンが書いたもので、飾り書きによる彼女の署名がついている。アンは美しい筆跡の持ち主だった」ふたりに説明するシェリダンの口調に熱がこもってきた。彼の机には書類と本が山積みになっている。このなかからどうやって目的の書類や本を見つけるのだろう、とソアは首をひねった。

シェリダンが満足げにふたりを見あげた。

「われわれが予想していたよりもはるかに複雑な事情があった」彼は断言した。

「たとえばどんな?」ソアは尋ねた。

「わたしが翻訳したものを読んであげよう。あちこち文字がかすれていたとはいえ……これだけ長い年月がたったわりには驚くべき保存状態だった」

「教授、よければさっそく手紙を読んでもらえませんか?」ソアはじれったさを隠そうと努めながら言った。

こんなときにシェリダンから学術的な蘊蓄《うんちく》を傾けられるのはごめんだ。車のドアをたたきつけて閉めたときから、ソアはいらいらしどおしだった。

今回のプロジェクトが始まったとき、潜水作業を通して愛する女性をぼくが見つけるなどと、だれが予想しただろう?

そして、ぼくが正常な心を失うはめになると。

ぼくが本当に幽霊を見たのなら、長い休暇をとることを考えなければならない。幽霊を見たのでないとすれば、アダム・ハリソンとその仲間たちが何かよからぬことをぼくに仕掛けているのだ。

シェリダンが手紙を読み始めたので、ソアは考えるのをやめて耳を傾けた。

「〝今日、わたしは恐怖に駆られて目を覚ましました。このようなことはこれまで一度もなかったことです。あざむかれていたとわかって、わたしは愕然《がくぜん》としましたが、真実を語る勇気がありませんでした。けれど、彼が来ることをわたしは知っています。あの方にまつわる噂《うわさ》や世間の評判がどのようなものであれ、ひとつだけたしかなことがあります。それは、彼がわたしを愛しているということ。彼は戦いをすみやかに勝利へと導くでしょう。善良な人間が死なずにすむようとりはからうでしょう。彼は慈悲深く振る舞うでしょう。わたしのために。でも、待っているあいだ、わたしは怖くてなりません。ですから祈りの言葉を書き記すことにします〟」

シェリダンは言葉を切り、まるで死海文書を翻訳したかのように得意げな顔でふたりを見あげた。

「それだけですか?」ソアが尋ねた。

「そう、これだけだ!」シェリダンは大声で言った。「きみにはわからないのかね?〈マリー・ジョゼフィーン〉の船上で謀反があったんだ。もちろん、わたしはアンが恐怖を抱いた理由も、その相手も知らないし、だれが助けに来ると考えていたのかも知らないが……しかし、いずれもっと詳しいことがわかるだろう。とにかくわたしは翻訳を続けるから、きみも捜索に精を出してくれたまえ」

「教授」ソアは言った。「また別の死体が発見されたんですよ」

「ああ、知っている。悲しいことだな」

「フロリダキーズで殺人者が野放しになっているのです」ブレントが横から口を挟んだ。

シェリダンは顔をしかめてブレントを見つめた。「きみたちは沈没船捜索を仕事にしているプロのダイバーだ。現在起こっていることは悲しいことではあるが、なぜそのためにきみたちの仕事が遅れなければならないのかね?」

「遅れざるをえないのです、教授」ソアは言った。「事件の証拠を探すあいだ、あの海域には立ち入らないようにと、警察から要請がありました」

「だったら、きみたちは〈マリー・ジョゼフィーン〉を捜しながら警察の捜査を手伝えばいいじゃないか」シェリダンが言った。

「もっと情報を入手したら、またご連絡します」ソアはきっぱりと言って会話を終わらせた。

シェリダンが立ちあがった。「きみたちも知ってのとおり、われわれは補助金で仕事をしている。この研究所にしても……運営していくのに費用がかかるんだ。なんとしても仕事を再開しなければならない。経費を正当化するには、もっと成果をあげなければならないんだよ」

「状況を逐一報告します。約束しますよ」ソアは断言した。

オフィスを出たところでソアが車のキーをほうると、ブレントはびっくりしたように受けとめた。

「運転を頼む」ソアは疲れた声で言った。

　ふたりの刑事はヴィクターを逮捕しなかった。逮捕すると申し渡されていた彼にとっては驚きだった。

　ヴィクターを取調室にひとりきりで一時間以上も閉じこめておいたあと、彼を釈放したのはスアレスだった。

　スアレスは取調室のドアを開けて首をつっこみ、あっさりと言った。「もう帰っていいぞ」

「なんだって？」ヴィクターは鋭い口調で尋ねた。

「出ろ。帰っていい」

「ぼくを逮捕するんじゃなかったのか？」

　スアレスは肩をすくめた。「気が変わった。おれは警察で働いているだけだ」

　ヴィクターは立ちあがりながら心のなかでつぶやいた。こいつらはぼくが犯人だという証拠を何ひとつ握っていない。警察は〈キー・クロージング〉の店主に、ぼくを告訴するよう説得できなかったのだ。

　スアレスの横を通るとき、ヴィクターは体じゅうの筋肉がこわばるのを感じ、思わず口走らずにはいられなかった。「訴えてやる。不当逮捕だ！」

「おまえは逮捕されてはいない」

「じゃあ、警察の残虐な尋問だ」

「われわれはおまえに指一本ふれなかった」

「精神的虐待だろう」

「おいおい、われわれはここで離婚やなんかをしようとしているわけじゃないぜ」スアレスが抗議した。

「いいか、今後、あんたたちに目を光らせているからな」ヴィクターは脅した。

「そいつは愉快だ。おれも今、それと同じことを言おうとしていたところだよ」

ヴィクターは顎をつきだした。自分を拘束しておくための新しい理由を刑事が考えつく前に、ここはさっさと退散したほうが得策だと彼は思った。

オードリーは目を覚ました。濃い靄《もや》がかかったように頭がぼうっとしている。しばられているのはわかったし、息苦しさや体のあちこちが痛むのを感じたが、自分がどこにいるのか、どうやってそこへ連れてこられたのかはわからなかった。

やがて記憶がよみがえってきた。

狭い場所に閉じこめられて、オードリーはおびえていた。口にかませられた猿ぐつわ、薬物による鈍い頭痛、手首と足首をしばっている縄。

頭のなかの靄が晴れるにつれて、オードリーは自分の置かれた状況を理解し始めた。この狭い牢獄《ろうごく》のなかでは息をするのもままならない。酸素を浪費しないためには、じっとしている必要がある。

それでもオードリーは泣いた。埃《ほこり》にまみれた頬を涙が伝い落ちる。あれが起こったときのことを、彼女は少しずつ思いだした。

そして自分は死ぬのだと悟った。

これまでのところは……虐待されただけだ。わたしが責めさいなまれたのは、襲撃者が恐ろしいほど傲慢《ごうまん》な心の持ち主だからだ。

これからまだどれだけ虐待されるのだろう？

わたしに何かできるかしら……相手の言いなりになる？

空気は入ってくるのだろうか？　オードリーは海についても船についても、自分がほとんど何も知らないことに気づいた。

わたしは死ぬのだ。わたしを虐待することにあの男が飽きたら。

わたしにできるのは引きのばすことだけ……。

オードリーはなんとかそうしようと決意した。相手に合わせて振る舞い、気に入られることを言って……そうよ、それで少しでも長く生きていられるなら、どんなことでもするわ。

いつかきっとだれかが気づいてくれるだろう。

彼が本当に欲しがっているのはわたしではない。わたしはみじめな代用品にすぎない。

代用品は使い捨てにできる……。

いやよ！

戦わなければいけない。なんとしてでも生きのびなければ。そのためにはどんなことでも言おう、なんでもしよう……。

ああ、神様。

ジュヌヴィエーヴ。彼女も最後にはここへ連れてこられるのだ。

そして殺されるのだ。

暗澹《あんたん》たる状況にもかかわらず、ポーチに立っているソアとブレントにドアを開けたときのジュヌヴィエーヴは、かつてないほど上機嫌な様子をしていた。

「ヴィクターが釈放されたわ」彼女はなんの前置きもなしに言った。

「本当に？」ソアは用心深く問い返した。

「警察は彼を逮捕できる証拠を何もつかんでいなかったんですもの」ジュヌヴィエーヴは憤慨したように言った。

ソアは咳払《せきばら》いをした。「ヴィクターは被害者の女性と最後に一緒にいたんだ」

「でも、ベサニーにきけばわかるけど、ヴィクターが彼女と長くいたはずはないの。だって、彼はすぐコテージへ戻ってきたそうだもの」ジュヌヴィエーヴは手を振って言った。

「わたしも話したいことがあるけど、その前に……」ソアの後ろのブレントにほほえみかける。「シェリダンはどんな話をしたの？」

「彼の話は要するに、見かけよりもいろいろと複雑な事情があったということだ。あの箱に入っていたのはアンの手紙だった。彼女はだれかを恐れていた。そして、ほかのだれかが助けに来るのを待っていたんだ。ずいぶんこみ入った話でね、アンは真実を語る勇気がないと書き記している。シェリダンは手紙をまだ一通しか訳していないんだ」

ジュヌヴィエーヴはにっこりした。「わたしは真実を知っているわ」

「ほう？」ソアが言った。

「なかへ入って座ってちょうだい」ジュヌヴィエーヴが言った。

「オードリーについて何かわかったかい？」ブレントがきいた。

ジュヌヴィエーヴの笑みが曇った。「いいえ」

アダムとニッキとベサニーがリビングルームにいて、紅茶のカップが並んでいた。

「何か食べる？」ジュヌヴィエーヴが尋ねた。

ソアは空腹だったが、首を振った。まずは話を聞きたい。「知っていることを話してくれ」

「アンが恋していたのはアルドではなかったの。彼女はアルドを毛嫌いしていたのよ」ジュヌヴィエーヴがきっぱりと言った。

「そうなのか?」ソアは疑わしげに言った。

ジュヌヴィエーヴはうなずいた。「あなたは覚えていないかもしれないけど、わたしは〈マリー・ジョゼフィーン〉に関するものをたくさん読んだわ。ガスパリラと一緒に航海に出た海賊たちの手紙や日誌が残っていて、そこにガスパリラがアンを心から愛していたことが書かれていた。覚えているかしら、ガスパリラが拒絶されて腹を立てたことや、彼がアンを殺した可能性をほのめかす記述があったことを。でも、アンを殺したのはガスパリラではなかった。彼はアンを救おうとしたのよ。〈マリー・ジョゼフィーン〉の船上で反乱があった。アンを殺したのは、彼女の大恋愛の相手と考えられていたアルドだったんだわ。ガスパリラは彼女を助けに行くところだった。彼は〈マリー・ジョゼフィーン〉の乗組員をなるべく殺さないことや、彼女の父親の安全をはかるために最善を尽くすことを約束していた。だけど、間に合わなかった。アンに拒絶されて我慢できなかったのはアルドだったの。アルドが彼女を殺したのよ。あの女性たちが殺されたのと同じやり方で。彼はアンに重しをつけて海へほうりこんだ。ガスパリラは助けに向かっているところだった。彼は船に攻撃を仕掛けた彼は、乗組員たちが死んでいるのを発見し、反乱者たちと戦ったの。

すでに船体が裂け始めていた〈マリー・ジョゼフィーン〉は、大砲の砲弾によってとどめを刺されたのよ。今の話にはわたしの推測もまじっているけど、きっと正しいと信じているわ」

ソアは眉をひそめてジュヌヴィエーヴを見た。「きみはどうやってそれを知ったんだ?」

「まったく信じられなかったわ」ベサニーがささやいた。

「何が?」ソアは尋ねた。

「彼女は時代をさかのぼったの。アンとして、その時間を生きたのよ」ベサニーが言った。

ソアは怒りがわきあがるのを感じた。ばかばかしいにもほどがある。だとしたら、なぜぼくは感じるのだろう……。

恐怖を?

「いったいなんの話をしているんだ?」ソアは鋭い口調できいた。厳しい目でジュヌヴィエーヴをにらみ、その視線をアダムへと向けた。

「催眠術だよ」アダムが落ち着き払って言った。

「なんだって?」ソアは怒りを爆発させた。

「ソア、やめてちょうだい」ジュヌヴィエーヴが懇願した。「お願い」

「催眠術は有益な手段よ」ニッキが言った。「催眠術の力を借りてたばこをやめた人は大勢いるわ。それ以外にも体重を減らしたり、悪い生活習慣を改めたりと、いろいろな方面で役立っているのよ」

ソアの怒りはおさまらなかった。「先を続けてくれ」

「わたしが簡単にその日の様子を説明したあと」アダムが言った。「ジュヌヴィエーヴにいくつか質問をしたんだ」

「あなたも彼女が話すところを聞ければよかったのに。まるで彼女は当時のアン本人のようだったわ」ベサニーがいまだ興奮冷めやらぬ口調で言った。

人をまどわす巧妙なトリック。暗示の力。催眠術は、たぶんそれらを利用しているだけにすぎない。

ソアは腕組みをした。「たいしたものだ。きみは〈マリー・ジョゼフィーン〉で起こった出来事を知っていると思っているんだな」

「それでつじつまが合うわ」ジュヌヴィエーヴが言った。「それにシェリダン教授があなたに話したこととも一致するでしょう。今にわかるわ」彼女はかたくなに言い張った。「教授が手紙をもっと訳すまで待てばいいわ。わたしが正しいことがわかるはずよ」

この顔ぶれが相手ではとうてい勝ち目がなさそうなので、ソアはそれ以上追及せずに話題を変えた。

「とにかく、ヴィクターは釈放されたんだな。オードリーはどうした？　死体の身元について警察から連絡があったかい？　マーシャルからは？」

ジュヌヴィエーヴは表情を曇らせて首を振った。「あなたたちが出ていってすぐに、ジャックとアレックスとリジーとザックが出かけたの。オードリーを見かけたり彼女と話をしたりした人がいないか……調べに行ったのよ」

「彼らからはまだ連絡がないんだね？」ブレントが尋ねた。

ジュヌヴィエーヴはうなずいた。「でも、こちらから電話することはできるわ」

「いや、何かわかったら向こうから連絡してくるだろう。これからぼくと一緒に出かけないか？」ソアはきいた。

ジュヌヴィエーヴは眉をひそめ、ほかの人たちがいることを目で示した。「どこへ？」

「マイアミだ」ソアは言った。「そこへ行けば、マーシャルについて何かわかるかもしれない」ジュヌヴィエーヴは彼を見つめつづけている。「ここに座っていても、どうにもならないだろう」彼は静かに言い添えた。

「これからマイアミまで車で行って、今日じゅうに戻ってくるつもり？　もうかなり遅い時間よ。明日の仕事はどうするの？」ベサニーがきいた。

「シェリダンは死んだ女性たちについては関心がないようだ」ソアはそっけない口調で打ち明けた。「だが警察の捜査があるから、われわれはあと一日、あの海域に立ち入らないように命じられている。つまり明日の木曜日は、海での仕事は休みだ。明日の夜までには戻ってくるよ」

「ねえ、ジェン。わたしはこの人たちと一緒に行くわ」ベサニーが大声で言って、ジュヌヴィエーヴを安心させようとほほえんだ。「心配しないで。靴底にくっついたガムみたいに、みんなのそばを離れないから」

「連絡を絶やさないでくれ」ブレントがソアに言った。

「きっとなんとかなるわ」彼らが去ると、すぐにジュヌヴィエーヴが言った。「出かける前にヘレンと連絡をとりたいの。ベラミー神父のガールフレンドの、あの新聞記者よ。〈マリー・ジョゼフィーン〉で起こった出来事を記事にしてもらいたいの」

「ぼくたちはまだ何ひとつ、たしかなことを知らないんだよ」ソアは言った。

「わたしの仮説として書いてもらえばいいわ」ジュヌヴィエーヴは応じた。

「車のなかから彼女に電話したらいい」ソアはそっけなく言った。不意に、彼は急いでここを離れたくなった。

いっさいの狂気の沙汰《さた》から少し距離を置く必要があると感じたのだ。

だが、はたして逃れることができるだろうか？

それともつきまとわれるだろうか？

何に？　ソアは自分をあざけった。

い、幽霊に。

彼が戻ってきた。

オードリーの頭上で足音がしている。

音から察するに、彼は船を海へ出す準備をしているらしい。

ああ、どうしよう！

もう終わりだ。いったん海へ出てしまったら……。

戦うことはできる。そうよ、置かれている状況がわかったのだから、戦えるわ。

でも、勝ち目はない。今のわたしのありさまを見れば。

やはり終わりなのだ。

オードリーの目に涙があふれた。

しかしそのとき、どこか遠くで電話の呼び出し音が鳴りだした。彼の携帯電話だ。

彼が何か言っているのは聞こえたが、会話の内容までは聞きとれなかった。彼の口調は、まるで魚を釣りあげたばかりのように楽しそうだった。

やがて音がしなくなった。

彼が船を離れたのだ。

執行猶予かしら？

ひどい暑さだ。空気が薄いのか息苦しくてたまらない。でも、きっとどこかから空気が入ってくるのだとオードリーは自分に言い聞かせた。床板は湿っている。全体に魚の生ぐさいにおいがたちこめていた。

これでは溺死《できし》させられる前に窒息死するか、熱射病で死んでしまう。

そのとき不意に祈りの文句が心に浮かんだ。いいえ、だめよ、そんなつもりじゃなかった。わたしは生きのびてみせる。絶対に。彼が戻ってきませんように！

「本当にこれでよかったのかしら？」ソアの車の助手席に座ったジュヌヴィエーヴは尋ねた。「ねえ……本当に今、出かけなくてはならないの？」

ソアは膝の上に置かれているジュヌヴィエーヴの手に手を重ねた。「きみがオードリーのことで気をもんでいるのは知っているし、今起きていることを考えれば、それも当然だと思うよ。しかし、みんなが彼女を捜しに行っているんだ。ぼくとしては、どこから手をつけていいのか見当もつかない。だったらいっそのこと、マイアミへ行ったほうがいいと思ってね。マーシャルは電話をかけてきたホテルに宿泊していなかった。彼と共同で今回のプロジェクトを立ちあげたとき、ぼくたちはココナッツグローヴで会った。そこに公共のドックがあるんだ。今夜はきみとふたりで海岸沿いのナイトクラブをはしごして、明日は船を借り、ヨットクラブや港や水路をまわってマーシャルの船を捜そうと思う」

ジュヌヴィエーヴはうなずいた。「筋の通った考えね。でも、もうキーウェストの警察が向こうの警察へ連絡したんじゃない？　彼らがマーシャルを捜しているんじゃないかしら？」

「マーシャルはおそらくドックを使ってはいないだろう」ソアは言った。「ひとつたしかなのは、マイアミデードの警察はこれを深刻な事態とは見なしていないということだ。彼らをけなしているわけではないよ。だが、彼らは自分のところの犯罪で手いっぱいだろうから、自分の意志で姿を消したかもしれない大人の男には、あまり関心を払わないいんじゃないかな」

「あなたの言うとおりだわ」ジュヌヴィエーヴは同意し、ソアを見て続けた。「じゃあ、あなたには計画があるのね。わたし、あなたがキーウェストから逃げだしたくてこんなことをするんだと考えていたのよ」彼女はからかった。

「それもある」ソアは認めた。「ぼくたちはこれから二十四時間、キーウェストを離れる。いいね？」

ジュヌヴィエーヴはうなずいた。

「気分が悪くないか？」ソアはきいた。

彼女は笑い声をあげた。「それって、わたしが他人の人生に出たり入ったりすることについていきいているの？　幽霊とつきあう気分はどうかってこと？」

ソアはバックミラーを通して彼女に笑いかけた。

同時に、後部座席を確認した。

車のなかはふたりだけのようだ。

彼は空腹だったのでプランテーションキーでいったん車をとめ、夕食をとって再び先へ進んだ。

その晩は国道一号線の車の流れは順調だったし、彼らがマイアミへ到着したときはラッシュアワーを過ぎていた。

ふたりはココナッツグローヴのホテル〈メイフェア〉にチェックインした。ソアはすぐにでも出かけたかったが、サウスビーチのナイトクラブめぐりをするのなら、まずシャワーを浴びて服を着替え、それから出かけたいとジュヌヴィエーヴが言い張った。

結局、ソアも彼女と一緒にシャワーを浴びることにした。そして結局、ふたりは泡まみれで愛を交わすことになった。

泡だらけ、肌と肌、周囲にもうもうと立ちのぼる湯気。大理石模様の広いバスルームにふたりきり。すぐ向こうにキングサイズのベッドがある。

そのベッドも、最後には湿りけを帯びた。いつしかソアは、ある特定の女性のために残りの世界が薄らいでしまうのは、いったいなぜだろうと考えにふけっていた。セックスのせい、ああ、そのとおりだ。笑みや愛撫《あいぶ》といった、ほんの小さなことによってもたらされる興奮の高まり……。

泡にまみれた体。

とはいえ、やはり……。

ジュヌヴィエーヴのせいだ。彼女のすべて。その目、その笑み。その顔立ち。ソアの肌にふれる彼女の指。彼女のちょっとした動き。ぼくのヒップへのてのひらのあてがい方、唇を求めてくるときのしぐさ、舌先でのいたぶり方……。

彼女の体から放たれる熱、独特な香り……。

あとになって天井を眺めながら横たわり、ソアは自分がジュヌヴィエーヴに恋していることを悟った。そして彼女を手に入れられるなら、この世のすべてを受け入れてもいいと思った……。

でも……幽霊は？

今夜はふたりの近くに幽霊はいないようだ。次第に鼓動が落ち着いて、穏やかに呼吸しながら並んで横たわっているとき、ジュヌヴィエーヴがソアの胸を指でなでながらささやいた。「ナイトクラブがいちばんにぎわう時間が真夜中でよかったわ」

ソアはすばやく起きあがった。「まずはシャワーだ。入ってこないでくれよ」彼は命じた。

ジュヌヴィエーヴは笑った。だが、彼女は命じられたとおりにソアが出てくるまで待ってから、自分もすばやくシャワーを浴びた。

ジュヌヴィエーヴは美しく、セクシーで、有能で、魅力的な笑顔を持っているだけではない。それ以外にも、いろいろな長所がある。そのひとつが、ソアの知っているどの女性よりも早く身支度ができることだ。

「よし、出かけよう」ソアは言った。

ナイトクラブめぐりを楽しんでいる自分に気づいて、ソアは驚いた。どの店でも、たとえ入口に長蛇の列ができていようと、すぐになかへ入れてもらえた。ソアの顔が知られていたからかもしれないが、ジュヌヴィエーヴのまなざしや笑顔のせいだったに違いないと彼は確信した。

最初は、そして真夜中過ぎまで、ふたりはただナイトクラブのはしごをしているだけのような気がしていた。彼らはダンスをし、法外な値段の飲み物を頼んだ。ソアは大勢のウエイトレスと親しくなり、ジュヌヴィエーヴはバーテンダーたちと軽口をたたいてはマーシャルの風貌《ふうぼう》を説明して、そんな人物を見かけなかったかと尋ねた。マーシャルを知っている者が何人もいたが、最近になって見かけた者はいなかった。

手がかりは何ひとつ得られなかった。ソアの顔に失望感がありありと出ていたのだろう、ジュヌヴィエーヴが彼の体に腕をまわして言った。「ねえ、いい考えだったじゃない。たくさんのバーテンダーがマーシャルを知っていることがわかったんだから、もし彼が店に出入りしていたのなら……」

ふたりはワシントン街にある小さなピアノ・バーに入った。

そこはそれまでの店よりもずっと静かだった。腕のいいピアニストの演奏に、客が静かに聴き入っている。

ソアとジュヌヴィエーヴは奥のほうのテーブルに座った。そして、まもなくホテルへ戻って寝るつもりだったにもかかわらず、コーヒーを注文した。かまうものか、どうせホテルへ戻るまでは目を覚ましていなければならないのだから。

「マーシャルが消えたのには、きっと理由があるんだ。心配するな、彼は売春婦じゃない。それどころか、魅力的な女性でさえないんだからね」気分を明るくしようとして、ソアは冗談を言った。

「本当に彼が警察へ電話したんだと思う?」ジュヌヴィエーヴが心配そうにきいた。「まさかマーシャルは……ひょっとしてなんらかの理由で誘拐されて、だれかが彼のふりをして電話をかけたとか?」

「どう考えたらいいのか、ぼくにもわからないんだ」ソアは正直に打ち明けた。

ジュヌヴィエーヴはナプキンをもてあそんだ。「マーシャルのことも心配だけど……オードリーのほうがもっと心配だわ。彼女は魅力的な若い女性だもの」

彼女にまっすぐ見つめられて、ソアは言った。「ぼくもオードリーが心配だよ」

ジュヌヴィエーヴは弱々しくほほえみ、ソアの手に手を重ねた。「今もわたしのことを心配しているの?」ジュヌヴィエーヴはソアがいまだに彼女の正気を疑っているかときいているのだ。

ソアが答える前に、やわらかな女性の声が割りこんできた。

「ジェン？　ジュヌヴィエーヴ・ウォレス？」

ジュヌヴィエーヴが視線をあげるのと同時にソアは振り返った。ひと組の男女がこちらに近づいてくるのが見えた。どうやら店を出ようとしたときに、ジュヌヴィエーヴを見かけたらしい。彼女は一瞬、眉根を寄せ、すぐにぱっと顔を輝かせた。

「キャシー！」ジュヌヴィエーヴがソアに笑いかけて友達の紹介を始めたので、彼は急いで立ちあがった。「こちらはキャスリーン・オマリーよ、彼はソア・トンプソン。ソア、キャシーとわたしは一緒に学校へ通ったの。彼女は逃亡したコンクというわけ。まあ、ジョージ」ジュヌヴィエーヴも立ちあがって男性の頬にキスした。「こちらはジョージ・ライダー。彼も学校が一緒だったの」

キャシーが笑った。彼女が長い金髪をした小柄な女性であるのに対し、ジョージは背が高くてたいそうやせている。ジョージはソアと握手した。「きみはたしかダイバーだろう？　雑誌で見たことがあるよ」

ソアはうなずいた。「よければ一緒に座らないか？　椅子を持ってくるよ」

「ええ、ありがとう」キャシーが言った。「そうそう、わたしたち、今はふたりともライダーなの。ジョージとわたしは四年前に結婚したのよ」

「まあ、知らなかったわ」ジュヌヴィエーヴはそう言って、再び椅子に腰をおろした。「おめでとう。たしかあなたたちは学校で〝もっとも長続きしそうなカップル〟に選ばれたんじゃなかったかしら？」

ジョージが眉をつりあげた。「まあ、やめてよ」キャシーが笑って言った。「ジェン、あなたはとても元気そうね。でも、たしか今は沈没船捜索のプロジェクトに携わっているんじゃなかった？　何かで読んだ覚えがあるわ。ひょっとして、あなたたちは逃げてきたんじゃない？　売春婦殺害事件はこちらでもニュースになったのよ。今日、また女性の死体が発見されたんですってね」

ジュヌヴィエーヴはうなずいた。

「くれぐれも気をつけてね。あなたたちが逃げだしたくなってここへ来たのも不思議ではないわ」キャシーが言った。

「ねえ」ジュヌヴィエーヴが話題を変えた。「マーシャルを知っているでしょう？　わたしの雇主の」

キャシーは陽気な性格と見えて、またもやにっこりした。「もちろん知っているわよ。まだ子供だったころ、彼はよくわたしたちを楽しませてくれたもの。わたしが今も船やダイビングが好きなのは彼のおかげよ。わたしたちがここへ来たのは、ジョージがマイアミ大学の法科大学院《ロースクール》へ入ることになったからなの。彼がこちらで仕事を見つけたので、そのまま住んでいるのよ……でも、いまだにフロリダキーズが懐かしいわ。それはともかく、ええ、マーシャルなら覚えているわよ」

「最近、このあたりで彼に会わなかったかな？」ソアは尋ねた。

キャシーは首を振った。この夫婦はキャシーが話し役で、ジョージはもっぱら聞き役と見える。

「いいえ、会っていないわ。向こうであなたたちと仕事をしているんじゃなかったの？マーシャルが仕事をほうりだすなんて信じられない。いつか自分の会社をおこして一流の沈没船引きあげ業者になるんだって話していたのを覚えているわ。彼は夢を実現したのよね」

「ええ、そうよ」ジュヌヴィエーヴはささやいた。

「ああ、本当にここであなたに会えるなんて思いもよらなかった」キャシーが言った。「距離にしたらものすごく離れているわけではないけど、この数年、キーウェストまで足をのばしたことがなかったの。キーラーゴへはしょっちゅう休暇で出かけるわ。あの島はここから車で一時間足らずでしょう、週末を過ごすのにもってこいなのよ」

「そうでしょうね。わたしもよほどのことがなければマイアミまで来ないわ」ジュヌヴィエーヴが言った。

「本当に」突然、ジョージが口を開いた。「今夜、きみとばったり会ったのは不思議だよ。

ちょうどぼくは、きみやベサニーやヴィクターのことを考えていたんだ。ここ最近起きたことにきみたちが影響されているんじゃないかと思ってね」

「殺人事件のことを言っているのかい？」ソアが眉をひそめて尋ねた。

「ああ」ジョージは深刻な顔をしてうなずき、ジュヌヴィエーヴに向かって言った。「高校時代のことを覚えているかい？　たしかぼくたちが最上級生だったとき、スーパーモデル志望の美人に関する記事が新聞に大きく載っただろう」

「ええ、覚えているわ。彼女はキーウェストへ来て、忽然《こつぜん》と姿を消したのよね」ジュヌヴィエーヴが言った。

「そのことがぼくはずっと気になっていたんだ」ジョージが言った。

「去年も行方不明になった別の女性の記事が新聞に載っていなかった？　彼女、見つかったのかしら？」キャシーが目を見開いて尋ねた。

「さあ、どうかしら」ジュヌヴィエーヴが応じた。「あとでジェイにきいてみないと」

「ああ、ジェイ」キャシーが言った。「お気の毒にね。あれほど奥さんを愛していたのに。彼は再婚したの？」

「していないわ。だれかとつきあっているのかさえ、わたしは知らないの」

「彼によろしく伝えてちょうだい」キャシーが言った。

「ええ、伝えるわ」ジュヌヴィエーヴは請けあった。

キャシーが腕時計に目をやった。「まあ、大変！　もう帰らないと。ジョージのいとこに赤ん坊のお守りをしてもらっているの。わたしたち、息子がいるのよ。もちろんジョージという名前なんだけど」そう言って、彼女は目をくるりとまわした。

「それはおめでとう」ジュヌヴィエーヴが祝いの言葉を述べた。

「もっと早く会いたかったわ。あなたと話ができてよかった」キャシーが言って立ちあがった。ジョージとソアも同時に席を立ち、ジュヌヴィエーヴも立ちあがってキャシーをあたたかく抱きしめた。

「会えてうれしかったよ」ジョージが言い添えた。

「お会いできてよかったわ」キャシーがソアに言った。彼女はソアを値踏みするように見てにっこりし、ジュヌヴィエーヴにうなずいて賛意を示した。

「本当に会えてよかった」ジョージが繰り返し、ソアの手を握って大きく振った。

「宝探しの仕事が成功するよう祈っているわ。それと、ジェン、何かあったらわたしたちのことを思いだしてね」

キャシーは手を振り、夫に促されて店を出ていった。

ソアはジュヌヴィエーヴを見てにやりとした。

「ジョージはクラスでいちばん勉強ができたの」ジュヌヴィエーヴは言って、ソアにほほえみ返した。

「それで、キャシーは?」

「クラスでいちばんのおしゃべりだった」

ソアは笑い声をあげたあとで、まじめな顔になった。今の会話の何かが心に引っかかったのだ。代金を払って店を出たあとも、彼は会話の内容を思い返していた。

それまでも、ソアは身近にいる人々に疑いを抱いていた。

ジェイ。

彼の妻は溺死した。

ヴィクター。

彼は死んだ売春婦と一緒だった。

ホテルへと車を走らせる道すがら、ソアはジョージとキャシーの話のなかで特に気になったことをじっくり考えた。

その失踪《しっそう》事件は何年も前に起こった。

そのころキーウェストにいたのはだれだろう? もちろんソアが会ったこともない人々だ。キーウェストは短期滞在者の多い島だ。現在、そこに住んでいる人々のかなり多くが、ジュヌヴィエーヴの高校時代よりもあとにやってきた人たちに違いない。

殺人者が身近な人間だと信じる理由はどこにもない。

ただし……。

ばかげた仮定だが、幽霊が本当に存在するとしたらどうだろう？　ジュヌヴィエーヴの前に女の幽霊が現れつづけるのは、助けてもらいたいからではなくて、われわれを助けたいからなのだとしたら？

「ばかばかしい」ソアは思わず声に出して言った。

助手席でうとうとしていたジュヌヴィエーヴが顔をあげた。「どうしたの？」

「なんでもないよ、すまない」ソアはささやいた。ジュヌヴィエーヴの問いかけにどう応じたらよかったのだろう？　なあ、知っているかい？　ぼくも幽霊を見ているんだよ。きみが見たのとは違う幽霊で、生意気な若者なんだが、それでも……。

ジュヌヴィエーヴがあまりに疲れきった様子なので、車をホテルのボーイに預けたあと、ソアは彼女を抱きかかえて部屋へ運んでいこうかと思った。だが、そうするのはやめて、彼女の体に腕をまわして部屋へ連れていった。ジュヌヴィエーヴは服を着替えなくてはとつぶやきはしたが、ベッドへ倒れこむなり眠りに落ちた。

おそらく朝まで目を覚まさないだろうと思ったソアは、なんとか靴だけは脱がせたものの、藤《ふじ》色のホールタードレスは着せたままにしておいた。

ジュヌヴィエーヴの横へそっとすべりこんで彼女を抱き寄せる。

近くへ……。

殺人者は身近にいる人間だという考えを、ソアはどうしても振り払えなかった。

信じられるのはだれだろう？　リジーとザック――北部から来たあの夫婦は、数年前はこの近辺にいなかった。でも、ほかの人たちは？　マーシャル――みんなをだましているかもしれない男――はキーウェストの出身だ。問題は、彼がいつ北部で仕事をし、いつフロリダキーズで仕事をしていたかだ。

アレックスは？

彼の出身地のキーラーゴはすぐ近くだ。スーパーモデル志望の女性が消えたとき、アレックスは高校生だっただろうが、それを言うならヴィクターも高校生だった。そうなると、ふたりとも容疑者リストから外すことはできない。

ジェイ。

それにジャックも当時、この近辺にいた。

となると……くそっ！　残るは幽霊退治屋《ゴーストバスター》たちだが、彼らは信用できる部類に入れなければならない。

ソアは歯ぎしりをし、眠ろうとした。長い一日のあとで、死ぬほど疲れていた。

死……。

翌朝、ジュヌヴィエーヴの叫び声に驚いて、ソアはぱっと目覚めた。

ベッドの上に起きあがった彼女は、ずぶ濡《ぬ》れで震えていた。

ソアはベッドを飛びでて明かりをつけ、ジュヌヴィエーヴに駆け寄って抱きしめた。海水のにおいが鼻をつく。

ジュヌヴィエーヴが大きな目でソアを見つめた。

「帰らなくては！」彼女は叫び、震えながらソアにしがみついた。氷のように冷たい恐怖とともに、塩からい海の水が彼の肌へしみこんでくるような感じがした。

18

ジュヌヴィエーヴはなんとか理性的に振る舞おうと努めた。とりわけ、急いでキーウェストへ帰らなければと焦る気持ちをうまく説明できなかったからだ。

少なくとも、ソアはわたしのせいで不快感を抱いたようには見えない。ジュヌヴィエーヴはそう自分に言い聞かせた。

彼は毎夜のようにふたりを襲う潮のにおいや、おびただしい海水の件にふれようとさえしなかった。奇怪きわまりない出来事をソアが無視することを選んだ以上、わたしもキーウェストへ帰りたいという衝動をしばらくのあいだ抑え、彼と一緒にモーターボートで数時間くらいはマーシャルを捜すのにつきあおう、と彼女は心を決めた。

寝たのが遅かったにもかかわらず、悪夢のおかげでふたりは早く起きた。

幽霊はただわたしたちを早く起こして行動に移させようと、夢に現れたのだろうか？

ソアは辛抱強かった。「きみの言いたいことはわかるよ」彼はジュヌヴィエーヴを抱きしめてやさしく言った。彼女は白いドレスの女性と海賊たちが、周囲にできている水たまりのなかへ消えたあともまだ震えていた。「だが、せっかく何時間もかけてここへ来たんだ。モーターボートを借りて何時間かマーシャルを捜してから帰ろう。それでも夕方の五時には着ける。いいだろう?」

ソアが自分から逃げださなかったという事実だけを頼りに、ジュヌヴィエーヴは午前中をマーシャルの捜索に費やすことに同意した。港へ向かう車のなかから、彼女は電話をかけた。ベサニーは朝早く起こされて少しうろたえていた。

ジュヌヴィエーヴはジェイにも電話した。やはり眠っているところを起こされた彼は、疲れていて不機嫌そうだった。

ニッキだけは機嫌がいいだけでなく、口調もはきはきしていた。「今までにわたしたちがどれだけ役立ったのかわからないけど、今日の新聞に〈マリー・ジョゼフィーン〉やアンやアルドや海賊の物語に関する紹介記事が載っていたわ。日曜版に掲載されるヘレンの記事を読んだら、アンは大喜びするんじゃないかしら。それにガスパリラだって、アンを殺したのは自分ではないことを世間の人々に知ってもらいたがっているはずよ」

「じゃあ、あの幽霊はアンだとあなたは考えているのね?」

ニッキは返事をためらったあとで言った。「そこまでは確信がないの」

「でも、あなたは彼女を見たんでしょう?」

「ある意味ではね。実際のところ、ある一部の人だけが幽霊を見るように、一部の人だけが幽霊に見られたり声をかけられたりするのよ。アンという女性は、あなたに何かを伝えたがっている。だから、あなたはそちらですべきことをしたらいいわ。わたしたちは警察と協力して、通りという通りをくまなく調べてオードリーを捜すから」

　携帯電話を切ったジュヌヴィエーヴは思わずほほえんだ。あんな夢は見るものの、わたしたちが生きているのは現実世界なのだ。ソアも電話をしていた。彼はすでにジャックと話しおえて、シェリダンの留守番電話に伝言を残し、ジュヌヴィエーヴがニッキと話しているときはブレントと話していた。

「大丈夫かい?」ソアがジュヌヴィエーヴにきいた。

　彼女は考えにふけりながらうなずいた。

　ココナッツグローヴの公共の港で、ソアは手ごろなモーターボートを借りることができた。船で海へ出るのにはもってこいの日和だった。波は穏やかで、そよ風が吹き、空は真っ青に澄んでいる。もちろん天候が急変する可能性はあるが、ふたりが船で海上をまわるこれから数時間は崩れそうになかった。

　邪魔をされたくなかったので、ふたりとも携帯電話の電源を切り、キービスケーンを迂《う》回《かい》して内陸大水路を法定速度ぎりぎりのスピードでまず北へ向かったあと、反転して引き返した。遠くから望むマイアミの中心街は、高い建物群が海上に競いあってそびえ、目を奪うほど美しい。大都市が抱える貧困や犯罪などの欠陥を、距離が覆い隠しているのだ。

小さな港を次々にまわったものの、なんの収穫もなかったので、ソアは内心いらいらしているようだった。やがて彼はジュヌヴィエーヴを振り返って言った。「なぜかぼくは、ここでマーシャルを見つけられるに違いないと確信していた。でもこうなってみると、何者かが彼の名前をかたって警察に電話したんじゃないかと思えてくるよ」ソアは彼女が不安げに目を見開いたのに気づき、慌てて言い添えた。「きっとマーシャルは大丈夫だ」

ジュヌヴィエーヴはマーシャルのことが心配ではあったが、できるだけ早くキーウェストへ帰らなければという切迫感にさいなまれていたので、引き返せそうなことを喜んだ。

そのとき、ソアが言った。「川だ」

彼女はうめき声をあげそうになった。マイアミ川を調べるとなれば、さらに数時間はかかるだろう。

だが、ジュヌヴィエーヴは引き返したくてたまらず、それができないことにいらだちを覚えたものの、なんとか平静さを保った。

両岸に住宅街が続く地域を通っていたとき、突然、ジュヌヴィエーヴが操縦席に手をかけて身を乗りだした。

「見て！」彼女は大声をあげた。「あそこにマーシャルの船があるわ！」

「どこに？」ソアがきいた。

「ほら、あそこ……古びた埠頭《ふとう》につないである。今にも崩れそうな建物の向こうよ。見えるでしょう！　わたしは何年もあの船で働いてきたからわかるの。絶対に間違いないわ。よく見てごらんなさい。あれは遊覧船なんかじゃない、ダイビング専用の作業船よ」

ソアはエンジンをアイドリングさせ、舵《かじ》を操ってゆっくりと近づいていった。

ジュヌヴィエーヴは息をのんだ。

マーシャルがいた。サングラスをかけ、頭の後ろで手を組んで甲板に寝そべっている。かたわらにウイスキーの瓶があった。

ジュヌヴィエーヴは憤怒《ふんぬ》がわきあがるのを覚えた。ソアが制止するより先に、彼女は怒りの叫びをあげた。「マーシャル・ミロ、このろくでなし！」

まるで髪をつかんで引きずり起こされたように、マーシャルがぱっと起きあがった。彼はジュヌヴィエーヴを見て信じられないという表情をしたが、それはすぐに困惑の表情へと変わり、さらに驚いたことに純然たる恐怖の表情へと変わった。

「マーシャル！」ジュヌヴィエーヴは再び叫んだ。

ソアがエンジンを切り、船は惰性で接近していった。ジュヌヴィエーヴは完全に接触するのを待たず、駆けていってマーシャルの船へ飛び移った。

「ジュヌヴィエーヴ！」ソアが怒鳴った。「待て！　おい、待てったら！」

マーシャルが慌てて立ちあがった。ジュヌヴィエーヴはカーキ色のトランクスをはいているだけの彼にまっすぐつき進んだ。

「待つんだ!」ソアが再び怒鳴った。彼はマーシャルの船にロープを投げて二隻をつなぎ、ジュヌヴィエーヴのあとを追いかけた。

彼女は両方のこぶしでマーシャルの胸をたたいた。

「ジュヌヴィエーヴ!」ソアは彼女をつかみ、マーシャルに殴り返される前に引き離した。だが、マーシャルは殴り返すそぶりをまったく示さなかった。それどころか、ジュヌヴィエーヴの怒りに駆られた振る舞いに抗議すらしない。彼はあとずさりして、ただこう言っただけだった。「おれは帰らないぞ。絶対に帰らない、わかったな? くそっ、どうしておれをほうっておいてくれないんだ?」

ジュヌヴィエーヴはまじまじとマーシャルを見つめた。胸のなかで煮えくり返っていた怒りが、驚きにとって代わった。「マーシャル、いったい何を言っているの?」彼女は尋ねた。「わたしたちみんな、すごく心配したのよ。わたしたちは――」

「おれは電話した。用事があると伝えたはずだ」マーシャルが反論した。

マーシャルはただでさえ大男のうえに、頭を剃《そ》りあげて入れ墨をしているので、いっそう猛々《たけだけ》しい巨漢に見える。その彼がすっかりおびえているようだった。

「それでは説明にならない。もっと納得できる理由を話せよ」ソアが厳しい声で命じた。

ソアは両わきで手をこぶしに握っていた。そんなソアの態度や口調がマーシャルの気にさわったのか、急に彼も怒りをあらわにし始めた。突然、あたりに緊張感がみなぎった。

ジュヌヴィエーヴは男たちが殴りあいを始めないよう、ふたりのあいだを動かなかった。

「落ち着いてちょうだい」彼女は言って、彼らを交互に見た。

マーシャルがうなだれて長いため息をついた。「話してもわかってもらえないだろう。おれはもう少しで死ぬところだった」

「いったいなんの話をしているんだ？」ソアがきいた。

「海のなかに何かがいる」マーシャルが言った。「いるはずのない何かが。そいつはおれを溺《おぼ》れさせようとした。実際、あやうく溺れ死ぬところだったんだ」彼はジュヌヴィエーヴに指をつきつけた。「何もかもきみのせいだ。どうしておれをほうっておいてくれなかったんだ？」

ジュヌヴィエーヴは口を開いたが、言葉が出てこなかった。

「マーシャル、本気で言っているのか？　それともウイスキーのせいか？」ソアがきいた。

「おれがウイスキーを飲み始めたのは、海のなかでそいつにでくわしたあとだ」

「何にでくわしたんだ？」ソアが強い語調できいた。

「わからない」マーシャルは挑むようにふたりをにらんで言った。「おれはそいつを見なかったからな」

「言っていることがめちゃくちゃだぞ」

「急に消えてしまうなんてひどいじゃない。わたしはあなたをフロリダキーズでもっとも優秀なダイバーのひとりだと思っていたのよ」

「昔はな」マーシャルが足をもぞもぞ動かして言った。

「ねえ、お願い」ジュヌヴィエーヴは頼んだ。「もっとわかるように話して」

マーシャルは彼女を見て顔をゆがめ、首を振った。「海のなかに何かがいた。そいつはおれをぐいぐい引っぱった。海の底へ引きずりこもうとしたんだ。おれが必死に浮かびあがると、また海のなかへ引きずりこもうとした。それに不気味な音がして、そのうえ……普通は水中ではにおいがしないものなのに、腐ったにおいがした。とにかく、そいつはおれを溺れさせようとしたんだ。あんなところへは絶対に戻らないぞ……少なくとも当分のあいだは。だれかがそいつの正体をつきとめて退治するか……悪霊を追い払うかするまでは。まだわからないのか？　そいつはおれを殺そうとした。そして、そいつを連れてきたのはきみなんだぞ、ジェン。最初にきみが海の底であれを……なんだかわからないものを見たときに、きみが連れてきたんだ」

ソアは目を細めてマーシャルをにらんだ。「ジュヌヴィエーヴを責めるな。プロジェクトを非難するのはかまわないが、彼女を責めるのはお門違いだ」ソアはジュヌヴィエーヴの手をとった。「行こう」

「行こう？」ジュヌヴィエーヴはおうむ返しにきいた。

「今の話を聞いただろう。彼は戻るつもりがないんだ。でも、ぼくたちは戻らなくてはいけない。ひとつアドバイスしておくよ、マーシャル。ウイスキーを飲むのはやめろ。そうすれば、また仕事に対する自信がわいてくるだろう。さあ、ジュヌヴィエーヴ、行こう」

　ふたりはモーターボートへ戻った。ソアが大急ぎでマーシャルの船とつないだために、船体に小さな傷ができていることにジュヌヴィエーヴは気づいた。返すときに弁償しなければならないだろう。

　ソアは傷に気づいていないか、気づいていても気にしていないようだった。

　川下へ戻っていくとき、ソアは制限速度を守るのに苦労しているようだった。ジュヌヴィエーヴはまっすぐ前方に目を据えている彼のかたわらへ行った。

「マーシャルはひどくおびえていたわ」ジュヌヴィエーヴはささやいた。マーシャルと長年一緒に仕事をして、彼が自信あふれるプロのダイバーとして頼れる人間だったことを知る彼女としては、怒りと失望と悲しみを覚えながらも、雇主であるマーシャルを弁護せずにはいられなかった。「それに正直に言って、まったく彼らしくない。わたしの知っているマーシャルは、どんな危険にも勇敢に立ち向かう人だった。あんなふうにおびえているところを見たのははじめてよ」

　ソアはしばらくジュヌヴィエーヴを見ようともしなかったが、やがて彼女のほうを向いて残念そうにほほえんだ。「男が、あるいは女でもいいが、どんなふうに見えようと、ぼくは全然気にしないよ。人はだれしも心の奥になんらかの弱点を抱えていて、そこを刺激されると恐怖にとらわれてしまう。マーシャルの場合は……彼の心のなかで何があったのか知らないが、きみのせいではない。今回の事態はきみが招いたわけではないよ」ソアは先を続けるのをためらい、再び視線を前方へ向けた。「ぼくは幽霊の存在を信じない」ようやく彼は言ったが、まるで台本のせりふを暗唱しているような口ぶりだった。何度も同じ言葉を繰り返しているうちに、彼自身がもはや確信を持てなくなったかのように聞こえた。「だが、仮に海のなかに幽霊がいたとしても……」彼は首を振った。「ぼくは仕事を再開する。何かがマーシャルに危害を加えようとしたとは思えないんだよ。何があったにせよ、それはすべての人間に共通する心の奥底の未熟な弱い箇所にふれたんだ」またしばらく口をつぐんだあとで、ジュヌヴィエーヴにほほえみかける。「いいじゃないか。ぼくたちはマーシャルを見つけたんだ。彼は元気に生きていた。それをみんなに伝えよう。彼にはしばらくひとりきりの時間が必要なんだと言っておけばいい。ある意味、それは真実だからね」

「海のなかにいる何かが、本当に彼を殺そうとしたのだったら？」

「そんなことは信じられない」ソアはあっさり言った。「ぼくが信じているのは、現実に生きている殺人者が野放しになっていて、だからこそぼくたちは……おびえるのではなくて用心しなければならないということだ。答えを見つけなければならない問題がある……ぼくはそう信じているよ」

ジュヌヴィエーヴはしばらく黙ってソアの横に立っていたが、やがて言った。「マーシャルは見つかった。今度はオードリーを見つける番ね」

ソアは何も言わなかった。オードリーは永久に見つからないだろう、たとえ見つかったとしても死体となっているだろう、と彼が考えているのをジュヌヴィエーヴは見てとった。

暗くなる前に、ふたりはジュヌヴィエーヴの家に着いた。

家の私道へ車を乗り入れてソアが携帯電話の電源を入れたとたん、電話が鳴りだした。

「どこへ行っていたんだ？　何時間も前からかけつづけていたんだぞ」シェリダンのいらだたしげな声が聞こえた。

「ちょっとドライブに」ソアはそっけなく応じた。「何か用事でも？」

「別の手紙を読んだところ、いまいましいことにあの新聞記者が書いた短い紹介記事の内容と驚くほど似ていた。きみが何かを握っていながらわたしに教えていないとしたら、契約違反もはなはだしいと言わざるをえない」

「われわれは発見したものを全部そちらへ渡しています」ソアは言った。

「きみは海での仕事に戻るべきだ」シェリダンが言った。

「戻りますよ、警察の許可がおりたら」

シェリダンはじれったそうに鼻を鳴らした。「警察は海を立入禁止にできるのかね？

潜水作業を中止する理由はどこにもないはずだ」

「死体は立派な理由になると思いますよ、教授。ほかに何か？」

「すぐにこちらへ来られないか？」シェリダンがきいた。

ソアが怒りをこらえてジュヌヴィエーヴに顔をしかめてみせると、彼女はソアに向かって眉をつりあげた。「行きますよ。その前に警察へ寄って、まだ時間がかかりそうか確認してみます」

「まだ時間がかかりそうか、だって？　いいかね、あそこは海なんだよ」

おそらくシェリダンは正しい。ぼくはただ、彼に逆らいたい気分になっているだけだ。

「シェリダンに会いに行くの？」ソアが電話を切ったのを見て、ジュヌヴィエーヴが尋ねた。

「一緒に行くかい？」

「いいえ」ジュヌヴィエーヴは力をこめて言った。

「長くはかからないだろう」

「今行ったら、早く戻ってこられるわ。わたしはベサニーに電話して、みんながどうしているかきいてみる。もしかしたら、どこかに集まって夕食を食べる予定になっているかもしれないわ」

「行く前に一緒に家へ入ろう」

「大丈夫よ。ゆうべ出かける前に、みんなを家から出して戸じまりをしたもの」

「とにかく一緒に家へ入ろう」ソアは繰り返した。

ジュヌヴィエーヴはほほえんだ。

ふたりは最初のときと同じように、家のなかを隅から隅まで調べてまわった。だれかがジュヌヴィエーヴを襲おうと家のなかにひそんでいるとは思えないものの、何かがじわじわと進行しているという不安は次第にふくれあがって、今にも爆発しそうだった。

予想どおり、ジュヌヴィエーヴの家にはだれもいなかった。

「本当にぼくと一緒に行きたくないんだね？」ソアはきいた。

「家じゅうを調べたんだもの、ひとりでここにいても大丈夫よ」ジュヌヴィエーヴがきっぱりと言った。

「ぼくが戻ってくるまで出かけてはだめだ」ソアは命じた。

彼女はうなずいた。「出かけないわ。あなたの帰りを待っている」

ジュヌヴィエーヴはソアを玄関まで送ってほほえんだ。なぜか彼はためらいを覚えた。まるで喉が詰まったように息苦しい。彼女を抱きあげて無理やり連れていきたいという衝動に駆られたが、ジュヌヴィエーヴを抱き寄せてそっとキスをしただけだった。

ソアがジュヌヴィエーヴを放すと、彼女がささやいた。「今のはなんのキス？」

〝きみを愛していることを示すキスさ……〟

しかし、ソアは何も言わなかった。今、ジュヌヴィエーヴに抱いているのと同じ気持ちをこれまでに抱いたことがあっただろうか？　女性を好きになったことは前にもあるし、深い関係を結んだことも何度かある。

だが、今のような気持ちになったことは、だれかをこれほどまで愛したことは、一度としてなかった気がする。

「なんでもない。じゃあ、ぼくは行くよ。早くすませてこよう。きみの言うとおりだ。長い一日だったが、できればほかのみんなと夕食を食べて、彼らが状況を変える新たな発見をしたかどうかきいてみたい。たとえそうでなくても、マーシャルが元気に生きていることをみんなに伝えられるしね。実際、夕食を待たずに、きみは今すぐ彼らに教えてやったほうがいいかもしれないよ。たぶん、ぼくたちはもっと早く電話すべきだったんだろう。ただ、ぼくはあまりにも……」

「頭にきていた？」

「ああ。それに……いや、気にしないでくれ。うまく説明できないんだ。さてと、急がなくては」

説明する必要はなかった。ソアはジュヌヴィエーヴが理解していることを悟った。彼は片手をあげて別れを告げ、再び車の運転席へ乗りこんだ。

ジュヌヴィエーヴがほほえみながら手を振っている。

ソアはキーをイグニッションに差しこんでまわしてから、またすぐにエンジンを切りそうになった。何かが絶えず彼を悩ましていたが、それがなんなのかわからなかった。

ソアは後ろ髪を引かれる思いでジュヌヴィエーヴの家をあとにした。

ジュヌヴィエーヴは去っていくソアの車を見送りながら、なぜわたしはあれほど彼を行かせたがったのだろう、といぶかった。

彼女は家へ入ってドアに錠をおろし、うつむいて考えをめぐらせた。

理由はわかっていた。

例の幽霊を呼びだすつもりだったのだ。ソアがそれに理解を示すとは思えなかった。

どうやればいいのかしら？

アダムに電話をかけよう、とジュヌヴィエーヴは思った。ソアと約束したように、すぐにアダムやほかのみんなに電話をかけなくては。

けれどもジュヌヴィエーヴは、一日じゅうつきまとわれた切迫感に今も悩まされていた。たしかにわたしたちはマーシャルを見つけたし、彼は元気だった。

でも、たぶんオードリーは違う。

ジュヌヴィエーヴは動悸《どうき》を覚えながらソファへ行き、腰をおろした。そして死者の霊と、大勢のなかからジュヌヴィエーヴを選んだあの女性の幽霊と接触する方法を見つけることだけに神経を集中した。

〝お願い、オードリーがまだ死んでいませんように〟ジュヌヴィエーヴは声に出さずに祈った。

後ろへもたれて目を閉じる。

リラックスして、心を澄ませようとする。

だが、簡単ではなかった。

ジュヌヴィエーヴは思考をとき放った。

わたしを助けて、お願い。あなたは気をつけなさいと言ったけど、何に気をつけろというの？

あるいはだれに？

お願い、わたしのせいでオードリーが命を落とすようなことにはなってほしくない。助けてちょうだい。

お願い……。

警察署でソアに応対した巡査部長が、電話をかけるあいだ待っていてくれと断って姿を消した。

どうやらジェイは外へ出かけているらしい。代わりにスアレス刑事がソアと話をしに出てきた。

「巡査部長から聞いたが、おまえさん、マーシャル・ミロと話したそうだな」スアレスが言った。

「ああ、話したよ。彼はしばらく休暇をとっている。マイアミ川の古びた埠頭に船をつないでいた。たぶん友人の埠頭か、もしかしたら彼自身のものかもしれない」

「ほらな、言ったとおりだったただろう。マーシャルは大丈夫だって」

「ああ。彼よりもオードリーのほうが心配だ」

スアレスは舌打ちをした。「たぶん彼女もマーシャルと同じく、どこかでお楽しみの最中なのさ。だが、われわれはこれからも目を離さないぞ。知ってのとおり、おまえさんの友達のヴィクターは、死んだ売春婦と一緒にいるところを最後に目撃された男だ」

ソアはスアレスをたちまち嫌いになった。死んだ〝売春婦〟だって？　たとえ警察がまだ彼女の身元を知らなくても、もっと敬意をもって扱われるべきだろう。

「あんたはヴィクターを尋問したはずだ」ソアは言った。

「ああ、したよ。できればやつの身柄を拘束したかったが、マネキンを盗まれた店主が訴えるのを拒んでね」スアレスは鼻を鳴らした。「あの連中は……」彼は片手を振ったが、正確にはだれを指したのかソアにはわからなかった。「まるで仲よしグループだ」

「どうやら、あんたはここの出身ではなさそうだな」ソアはささやいた。

「違うとも。おれはいろんな土地で暮らしてきた」スアレスが言った。

ソアはスアレスが地名を口にしなかったことにほっとした。スアレスのせいで、特定の土地を嫌いになりたくはない。

「おまえさんの友達はここを出て、今や大手を振って外を歩いている。だから、おれは警戒していなくてはならないんだ」スアレスが続けた。

警戒。

「ぼくはヴィクターと一緒に仕事をしている」ソアは言った。「あんたは彼に対して、なんの証拠も握っていないんだろう?」

スアレスが肩をすくめた。「おれにわかっているのは、これと似た事件が何年か前にも起こっているということだ。それはつまり、犯人は以前からここに住んでいる人間ということになるし、おまえさんの友達はそれにあてはまる」

「それは大勢の人間にあてはまるんじゃないか?」ソアはよそよそしく言った。いまいましいことに、彼自身もヴィクターに大きな疑惑を抱いていながら、スアレスを前にするとヴィクターを擁護せずにはいられなかった。「ぼくがここへ来たのは、われわれが明日から海での作業を再開すると知らせるためだ」ソアは言った。

スアレスはまた肩をすくめた。「これ以上、死体を掘り返すなよ」

彼は笑わせようとして言ったのだろうか?

「失礼するよ、刑事さん」ソアは言った。

来たときよりもさらにいらいらした気分で、ソアはシェリダンの研究所へ向かった。


〝お願い……〟

ジュヌヴィエーヴはそれを、海のにおいを感じた。周囲がどことなく変化した。最初は空気がかすかに電気を帯びたような感じがし、やがて急激なエネルギーの……緊張の高まりが感じられた。

〝わたしを助けて、お願い〟

そばにだれかがいるという感じが次第に強くなった。ジュヌヴィエーヴは深呼吸をし、もう一度試みた。怖がってはだめ。接触を成功させるためには、気持ちを強く持たなければいけないわ。幽霊にとどまってもらって、助けてもらうまでは……。

ドアを激しくたたく音がして、ジュヌヴィエーヴはソファから飛びあがりそうになった。空気中の電気や緊張が消えていた。もはや海のにおいは感じられず、あるのは空虚感だけだった。

ジュヌヴィエーヴは悪態をついて立ちあがった。

玄関へ歩いていくあいだも、ドアをたたく音は続いている。のぞき穴からのぞくとヴィクターが見えた。

「落ち着いてちょうだい」ジュヌヴィエーヴはドアをさっと開けて言った。

その言葉を無視して、ヴィクターはずかずかとなかへ入ってきた。

「あの刑事ども、ぼくをまるで連続殺人鬼みたいに扱いやがって！」ヴィクターはジュヌヴィエーヴに怒りを爆発させた。

「ヴィクター、しかたがないわ。それがあの人たちの仕事だもの」

「やつらは本当の容疑者がわからないものだから、ぼくを犯人に仕立てあげようとしているんだ。訴えてやる。これはいやがらせもいいところだ」

「ねえ、ヴィクター、彼らはあなたを解放してくれたんでしょう」彼女は言った。

「きみのせいだ！」ヴィクターがジュヌヴィエーヴを非難した。

「わたしの？」

「きみはジェイに電話して、ぼくと一緒にマネキンをごみ収集箱へ捨てたと教えたじゃないか」

「ヴィクター、そうせざるをえなかったのよ。そんなことの捜査にジェイの時間を割かせるわけには――」

「今だって、やつらはぼくがマネキンを盗んだことを証明しようと、無駄な時間を割いているんだぞ」ヴィクターがジュヌヴィエーヴの言葉をさえぎった。

「ヴィクター、喉が渇いているんじゃない？　ソーダ水か何かを持ってきてあげましょうか？」

「ジュヌヴィエーヴ、きみはどんなに尋問が厳しかったか知らないんだ」

「ヴィクター、ごめんなさい。でも、赤ん坊みたいに振る舞うのはやめて」

「赤ん坊みたいに、だって？　そんなことを言えるのは、きみがあれを経験しなかったからだ」

ヴィクターが怒りに任せて歩きまわるので、ジュヌヴィエーヴは距離をとっていた。これが小さなころから知っている彼だろうか？

「女どもめ！」ヴィクターがまた怒りを爆発させ、ジュヌヴィエーヴに指をつきつけた。

「女はいつだって厄介の種だ。人をからかっておいて、次は金をよこせと言うんだ！」

「ねえ、ヴィクター。売春婦にだまされたのは、なにもあなたが最初ではないわ。どうしていつまでも怒っているの？　かわいそうに、その女性は死んだのよ」

ジュヌヴィエーヴの言葉が聞こえなかったかのように、ヴィクターは歩きまわっていた。

「ヴィクター、やめて！　あなたには悪いけど、わたしは正しいことをしたのよ」

不意にジュヌヴィエーヴは、ソアと一緒に行かなかったことを後悔した。

あとどれくらいで彼は戻ってくるかしら？

まだしばらくはかかるだろう。そう思う一方で、ジュヌヴィエーヴは自分がひどくおびえていることに気づいて驚いた。

ヴィクターはまるで彼女の考えを読んだかのようだった。

「きみの恋人はどこだ?」彼はきいた。

「もうすぐ帰ってくるわ」ジュヌヴィエーヴは答えた。

「警察へ行ったんだろう。ぼくは生まれたときからここに住んでいるから犯人である可能性が高いと、やつらに言いに行ったんだ」

「ヴィクター、ばかげたことを言わないで――」

「ああ、わかっているよ。きみは悪いと思っているんだよな」

「ええ」ジュヌヴィエーヴは憤慨してぴしゃりと言った。「自分のことばかり哀れんでいないで、オードリーの心配をしたらどうなの?」

「そうだな。みんなでかわいそうなオードリーの心配をしよう」

「オードリーを最後に見たのもあなただったのよ」ジュヌヴィエーヴは思わずそう言ったあとで、そんなことを口走った自分の愚かさに愕然《がくぜん》とした。

ヴィクターが怒り狂ってジュヌヴィエーヴのほうを向き、両わきでこぶしをかためた。

それほど怒っているヴィクターを、彼女はかつて見たことがなかった。

わたしはなんて愚かなの。そもそも、ドアを開けるべきではなかったのよ。

「きみをしめ殺してやりたいよ」ヴィクターがそっと言った。

その声にこめられた憎悪にぎょっとして、ジュヌヴィエーヴはその場に凍りついた。

わたしはヴィクターをどれくらい知っているのだろう?

彼は死んだ売春婦に腹を立てていた。

オードリーに対しても腹を立てていたの?

どちらの女性も最後に会ったのはヴィクターだ。

ヴィクターはマネキンの一件で嘘《うそ》をついたのかしら? そう考えたとたん、ジュヌヴィエーヴの脳裏にばらばらになったマネキンが浮かんだ。

彼女は必死に冷静さを保とうと努めた。

「ビールを飲みたくなったわ。あなたにも持ってきてあげるわね」自分でも驚いたことに、落ち着いた声が出せた。「そこに座っていて。すぐ戻ってくるから」

もちろん戻るつもりはなかった。ジュヌヴィエーヴが家の裏手を目指して進んでいくときも、まだ歩きまわっているヴィクターの足音が聞こえた。彼女はキッチンを駆け抜けて裏のドアから外へ出た。

名をあげようとしている学者のなかで、シェリダンほど退屈な人間はいないだろうとソアは思った。

19

たしかに二通めの手紙は、ジュヌヴィエーヴの話をすべて裏づけていた。イギリス人とその船〈マリー・ジョゼフィーン〉に——そして彼をはねつけた女性に復讐《ふくしゅう》をたくらんだのは、アンの愛情を勝ちとるためならどんなことでもする恋人と考えられてきたアルドだったのだ。

シェリダンはまだしゃべりつづけていたが、ソアはほとんど聞いていなかった。彼の心はほかのところにあった。

絶えず胸にわだかまっていた不安が次第にふくらんできた。あと一分以内にシェリダンがしゃべるのをやめなかったら席を立とうと、ソアは決意した。

その必要はなかった。

ソアの携帯電話が鳴った。

「ソア、ブレントだ。今どこにいる？」

「シェリダンの研究所だ」

ほんの一瞬、沈黙があった。「ジュヌヴィエーヴはどこだ？」

「家にいるよ」

「電話しても出ないんだ」

ソアの胃がきゅっと引きつった。

「ミスター・トンプソン、このあたりでやめておくかね？」シェリダンがためらいがちに尋ねた。

「やめましょう」ソアはきっぱり言って立ちあがり、ドアを出て駐車場へ走った。そのあいだもブレントは話しつづけていた。

「きみが信じていないことは知っているよ……現実でないものの存在を」ブレントが言った。「だが、すぐに家へ行ってジュヌヴィエーヴを捜さなくてはだめだ。ぼくもこれから向かう」

「今、車に乗ったところだ」ソアは運転席へ体をすべりこませて言った。心臓が激しく打っている。

右側を見る前に、ソアは自分がひとりではないことを知った。

ジョシュ・ハリソンが後部座席ではなく、助手席に座っていた。

「そこにいるのはぼくを助けるためなんだろうな」ソアはかみつくような口調で言った。

「彼女に危険が迫っている。ぼくにはわかるよ」ジョシュが言った。

「わかるのはそれだけか？」

「ぼくは殺人者が生きているのは知っているけど、やつの行動のすべてを知っているわけじゃない。ぼくにわかるのはただ……ほら、早く車を出さないと」


「ジュヌヴィエーヴ、どうしたんだ？」

彼女がハイビスカスの茂みに隠れていると、裏のドアからヴィクターが出てくる音と彼女を呼ぶ声が聞こえた。

「ジュヌヴィエーヴ？　どこにいる？」呼び声に続いて、ヴィクターのつぶやきが聞こえた。「あいつ、今度こそ頭がどうかしたんだな」

ヴィクターにジュヌヴィエーヴの姿が見えていないのは明らかだった。暮れなずんでいた空が次第に暗くなって、もうすぐ夜になりそうだ。

ジュヌヴィエーヴは唇をかみ、わたしはばかげたことをしているのではないかしらと自問した。わたしはヴィクターを兄のように慕っている。でも……。

ヴィクターは死んだ売春婦と一緒にいた。

彼はオードリーを家へ送っていった。そして今度はそのオードリーが消えた。

ハイビスカスの茂みに身をひそめたまま、ジュヌヴィエーヴはじっとしていた。家のなかへ戻る気はなかった。殺人者はおそらくわたしたちの知らない人間だろうが、そうはいっても……。

マーシャルと違って、オードリーが自らの意志で出かけたとはとうてい思えない。あれこれ考えているうちに、ジュヌヴィエーヴは気分が悪くなった。

町へ行こう、と彼女は決意した。人込みのなかにいる限り、何も起こらないだろう。携帯電話を持たないで家から逃げだしてしまったことを後悔したが、なかへ戻るつもりはなかった。

家の前の道路を歩いていく勇気もない。ヴィクターが追いかけてきたらどうしよう？ ためらったあげく、ジュヌヴィエーヴは隣の家の庭との境にある塀を乗り越えることにした。塀を乗り越えるとき、彼女は奇妙な寒けを覚えた。

だれかに見られている、あとをつけられていると感じたときのことを思いだした。

殺人者はわたしの知っているだれかだ。

その考えが、不意に強い確信となってジュヌヴィエーヴを襲った。

ヴィクターだろうか？

心も頭も、その可能性を否定しようとした。

最初のうちジュヌヴィエーヴは、夜の暗がりのなかに目があって、今もだれかが見張っている、自分をつけまわしているというういやな感じに悩まされながら、近隣の家々の裏庭を横切って進んだ。

やがて、こんなことはばかげていると思えてきた。あんなふうに家を飛びだして近所の裏庭を通ってきたのに、だれがわたしのあとをつけてこられるというの？

自分がうたぐり深い愚か者になった気がして、ジュヌヴィエーヴはそっとデュヴァル通りへ出た。どこもかしこも人であふれていた。あとをつけてくる者はいない。彼女は自らをあざ笑いそうになりながらリゾート地を目指したが、ふと、仮に今ヴィクターとでくわしたら震えあがるだろうと気づいて気持ちを引きしめた。わたしはヴィクターを置き去りにしたのだ。今ごろ彼は怒り狂っているに違いない。

ジュヌヴィエーヴは角を曲がり、海辺のリゾート地のほうへしっかりした足どりで歩いていった。例の奇妙な感じが戻ってきたのは、駐車場へ来たときだった。

彼女は思わず足をとめた。あたりはすっかり暗くなり、街灯が葉や枝の影を地面に投げている。月を雲がよぎった。

どうしてわたしは駐車場に立って震えているの？　ジュヌヴィエーヴは自問した。

なぜなら、草木の茂った道をティキ・バーやコテージまで歩いていきたくないからだ。

ようやく気持ちを奮い立たせて歩きだした彼女は、自分のコテージの近くへ来て立ちどまった。

狭いポーチに人影がひとつ、前かがみの姿勢で座っている。だれなのか見分けがつかない。

ジュヌヴィエーヴは向きを変えてティキ・バーのほうへ歩きだしたが、そこにはだれもいなかった。すっかり開店準備ができているのに、クリントの姿さえない。ためらっていると、彼女の名前を呼ぶ声がした。だれかが駐車場を横切ってこちらへやってくる。

あとをつけられていたのかしら？

姿を見られるのも、ひとりきりのところをつかまるのもいやだ。かといって、自分のコテージへ行くこともできない。ジュヌヴィエーヴは砂浜を急ぎ足で進み、埠頭《ふとう》を目指して歩いていった。

潜水作業用の船が係留してある桟橋を避け、ほかの桟橋を先へ進む。そこにはジェイやジャックの船がつないであった。

驚いたことに、ジェイが船の上にいた。船長席に座った彼はジュヌヴィエーヴに気づかず、うつむいて一心に何かをしている。

ジェイは警官よ。彼のもとへ助けを求めに行くべきだわ、とジュヌヴィエーヴは思った。けれども、彼女はだれにも会いたくなかった。少なくとも、たくさんの人々がいるところでなければ。

すでにジェイのほぼ真正面まで来ていたが、ここから陸のほうへ引き返したら彼は目をあげるに決まっていると確信し、ジュヌヴィエーヴは先へ進んだ。

それでもジェイは彼女を見なかった。それほどまでに、何かに没頭しているのだ。ジェイの様子をうかがったジュヌヴィエーヴは、彼が何をしているのか悟った。ロープを結んではほどき、また結んではほどくという作業を繰り返している。

ジュヌヴィエーヴの心臓が激しく打った。早くジェイの前を通り過ぎなければいけない。いつジェイが目をあげるかと恐れおののきながら、彼女は足を急がせた。


ソアが着いたとき、ジュヌヴィエーヴの家のドアは閉まっていたが、錠はおりていなかった。

ブレントが家のほうへ走ってきたのは、ちょうどソアがなかへ入ろうとしたときだった。ソアはとり乱した視線をブレントに投げ、勢いよく家へ駆けこんだ。

驚いたことに、ヴィクターがソファに長々と寝そべってビールを飲んでいた。

「ジュヌヴィエーヴはどこだ?」ソアは問いただしてずかずかと歩み寄り、ヴィクターのシャツをつかんでソファから引きずり起こした。

「何をするんだ?」ヴィクターは怒鳴り返し、つかまれたシャツをもぎとると同時にソアに殴りかかろうとした。

「おい! ふたりとも落ち着け!」ブレントが命じた。「ソア、彼を放してやれ」

ソアがつかんでいた手を離すと、ヴィクターは怒りのこもった目でソアをにらんだ。「彼女はどこにいる？」

ヴィクターは心配そうな顔をして首を振った。「知らない」弱々しく打ち明けた。「彼女は戻ってくるものとばかり思っていた。そんなつもりはなかったのに、どうやらぼくは彼女を怖がらせてしまったようだ。ぼくは……」彼はソアの目に浮かんだ殺意の色を見て震えあがり、話すのをやめた。

ブレントがふたりのあいだに割りこんだ。「重要なのは彼女を見つけることだ」穏やかに言う。「彼女はどこへ行った？」

「嘘《うそ》じゃない、本当に知らないんだよ。彼女はぼくにビールを持ってくると言ってキッチンへ行き、そのまま裏のドアから出ていった。大声で呼んだけど、追いかけてもっと怖がらせたらまずいと思い、ここで彼女の帰りを待つことにしたんだ」

それを聞いてもソアの緊張はとけず、筋肉はこわばったままだった。彼はヴィクターがジュヌヴィエーヴを差しだすまで揺さぶりつづけたかった。

「ヴィクターを責めても無駄だ。彼は本当のことを話していると思うよ」そう言ったのはブレントではなく、ジョシュ・ハリソンだった。彼はいつのまにか家へ入ってきてヴィクターの背後に立っていた。

「どうしてきみにそんなことがわかるんだ？」ソアはいらいらとジョシュに言い返した。

「いったいだれに話しているんだい?」ヴィクターがきいた。

「彼に教えてやれよ」ジョシュが憤慨してソアに言った。

「黙れ」ソアはつぶやいた。

「口出しをして悪いが、ジェンはぼくの友人でもあるんだ」ブレントがヴィクターに言った。


ブレントの態度に接して、ヴィクターもジュヌヴィエーヴのことが心配になったようだ。

「本当に何かまずいことが起こっていると思うのか? 誓ってもいい、ぼくは殺人者ではないよ」


ソアは後ろへさがってポケットから携帯電話を出した。殺人者はソアたちの知っているだれかだ。ずっと以前からフロリダキーズに住んでいた人物。

マーシャルではない。彼はまだマイアミにいる。

ヴィクターが真実を話しているとすれば……。

アレックスか?

出身地の島はかなり近いものの、キーウェストの生まれではない。

彼らを除外すると、残る容疑者はふたりだけ。

最初の女性が行方不明になったとき、ふたりとも殺人を犯すだけの年齢に達していた。

そのうちのひとりは自分の妻を殺した可能性がある。

ソアはジェイ・ゴンザレスの携帯電話にかけた。応答はなかった。

ブレントがソアを見つめていた。「彼女はリゾート地へ行ったんじゃないかな。あそこならみんなに会えると思って」

「そうだよ」ヴィクターが言った。「きっと彼女はティキ・バーで飲んでいるんだ」

「行こう」ソアは言った。


ジェイに見つからずにうまく通り過ぎたとき、ジュヌヴィエーヴはどんという奇妙な音を聞いた。なんの音かわからなかったし、知りたいとも思わなかった。彼女はただその場から遠ざかりたかった。

ジャックの船まで三メートル。ジュヌヴィエーヴは桟橋を走ってジャンプし、おんぼろの釣り船の甲板へおりた。そして身を低くして待った。きっとジェイがどこかにいる。彼はわたしに気づいて追いかけてきたに違いない。彼が手間どっているのは、武器を探しているからだ。

彼女はどきどきしながら待った。さらにしばらく待つ。

だが、だれも追いかけてはこなかった。

ジャック、ここに船をつないでおいてくれてありがとう、とジュヌヴィエーヴは心のなかで感謝した。

目をぎゅっと閉じて、なおも待つ。怖くて動けない。それどころか息をするのさえ怖い。やがて彼女は目を開けた。

心臓がかすかに震えるのを感じたが、恐怖によるものではなかった。

あの幽霊がまた現れていた。

ジュヌヴィエーヴが白いドレスをまとった美しい女性を見るのと同時に、再びどすんという音がした。くぐもった音、船底を何かでたたいているような音だ。

幽霊が大きな目で悲しそうにジュヌヴィエーヴを見た。

気をつけなさい。

助けを……彼女は助けを求めている。

彼女？

またもやあの音。ジュヌヴィエーヴはこの世のものでない友人を見つめたまま、そろそろと立ちあがった。埠頭に人影はない。雲間から月の光が降り注いでいる。また音が聞こえた。

用心しつつ狭い船室のほうへ移動していったジュヌヴィエーヴは、船のオールの片方につまずいて転びそうになった。そのあたりは暗闇《くらやみ》に近かったが、だれもいないことを見てとることができた。心臓が早鐘のように打っている。

彼女？

オ、、、オードリー、、、オードリーのこと？

ジュヌヴィエーヴは甲板から船室へおりるはしごの根もと近くに、機関室へ入るためのハッチがあることに気づいた。そこには大きなかんぬきがついている。ひざまずいて探ってみると、かんぬきは外れたままになっていた。彼女はハッチを開けようと引く手に力をこめたが、くっついてしまったようでなかなか開かなかった。

もう一度、力いっぱい引く。

突然、ハッチが開いて、ジュヌヴィエーヴは後ろへ倒れた。

機関室のなかは暗く、彼女は隅のほうで体を起こした人物がだれなのか、すぐにはわからなかった。

「ジェン！」

ジュヌヴィエーヴは必死に立ちあがろうとしたが、なかば身を起こしたところへオールが――甲板でつまずいて転びかけたオールの片割れが、彼女の頭めがけて振りおろされた。

ベサニーがティキ・バーにいた。

ソアが背後へ駆け寄っていきなり肩をつかんだので、ベサニーは死ぬほど驚いたようだった。おそらく彼女はこれから一生、ソアを頭のどうかした人間と見なすだろう。

「ジュヌヴィエーヴはどこだ？」

「知らないわ。わたしはたった今ここへ来たところなの」

「ぼくも今来たところだ」アレックスがソアの後ろへ歩いてきて言った。

「きみはどこにいた？」ソアはきいた。

「あっちだ」アレックスが手ぶりで示した。「みんながどこにいるのかわからなくて寂しい思いをしていたら、ベサニーがここへ来るのが見えたんで、ぼくも来たんだ。さっきジェイを見かけたよ。彼は自分の船のほうへ歩いていった。でも、連れを欲しがっているようには見えなかったから、声はかけなかった」

「ジェイの船というのは？」ソアは言った。

「あそこにあるわ」ベサニーが指さして言った。「そこの埠頭に警官たちが何人も自分の船をつないでいるの」

　早くもソアが駆けだしたのを見て、ほかの三人もあとに続いた。ソアは急に足をとめた。どの船かわからなかったからだ。ベサニーが彼の背中へぶつかりそうになった。

「あれよ。〈マイ・レディ〉という名の船」

　ソアは勢いよく駆けていって船の甲板へ飛び移った。そこにはだれもおらず、長いロープが至るところに散乱していた。

「ジュヌヴィエーヴ！」ソアは大声で呼んだ。

　返事はなかった。物音ひとつしない。

「なんてこった」アレックスが驚きの声をあげた。「あそこ！」

ソアが海へ目をやると、男がうつ伏せの状態で浮かんでいた。

彼が海へ飛びこむとブレントが続いた。ソアはブレントと協力して男の体を仰向けにさせ、急いで〈マイ・レディ〉の舷側《げんそく》へ引いていった。

ベサニーとアレックスが待ち構えていて、船の上へ引っぱりあげた。

「ジェイよ。息をしていないわ」ベサニーが言っているあいだに、ソアとブレントは海から船へあがった。

すでにアレックスがジェイを甲板上へ仰向けに横たえていた。「ベサニー、救急車を呼ぶんだ。早く」アレックスは濡《ぬ》れそぼったジェイのシャツをはぎとり、心肺機能蘇生法《そせいほう》を施そうとかたわらにひざまずいた。

「頭に大きなこぶができているぞ」ブレントが気づいて言った。

「いったいどうして……」ソアはジェイの横へしゃがんでつぶやいた。周囲を見まわす。〈マイ・レディ〉の隣の係留場所が空いていた。しかも、船をつなぐロープはほどかれたのではなく切断されていた。「いつもそこにつないであるのはだれの船だ？」ソアは荒々しくベサニーの肩をつかんで尋ねた。

「そこって……ああ、ジャックの古い釣り船よ」ベサニーはまだショックから立ちなおれず、ぐったりしたジェイの体を震えながら見つめていた。

「ジェイを埠頭へ移せ！」ソアは命じた。「早く！」

「待てよ、今、心肺機能蘇生法を施しているんだ」アレックスが抗議した。

「この快速艇を使う。さあ、早く移せ！」ソアは再び命じ、歯ぎしりしながら身をかがめて自らジェイを抱えあげた。できればこんなまねはしたくない。

だが、この船がどうしても必要なのだ。

ジェイには気の毒だが、船から埠頭へ移すのに数秒かかったところで生死にたいした違いはないだろう。

「警察に連絡して、できるだけ早く珊瑚礁《さんごしょう》のほうへ船を出すように伝えるんだ」ソアは肩越しに命じ、操舵《そうだ》装置を目指して走った。「それと救援が来るまで、とにかく心肺機能蘇生法を続けるんだぞ」

アレックスが了解したしるしに片手をあげた。ベサニーが急いで船から埠頭へ移り、アレックスのかたわらにしゃがんでソアを見あげた。

「ああ、なんてこと。ジュヌヴィエーヴは……」

ソアは返事をする余裕がなかった。

イグニッションにキーが差しっぱなしになっていた。ソアは祈りながらキーをまわした。

彼の横でブレントが明かりをつけた。

「きみが運転してくれ。ぼくが船を見つける」ブレントはそれだけ言った。

強力なエンジンがたちまち轟音《ごうおん》をあげ始めた。

ソアは疑いをかけていた警官が、今では乗ることもない船を最高の状態に保っていたことを感謝した。


船の動きや水が勢いよく船体にあたる音、エンジンから放たれる熱などで、ジュヌヴィエーヴは目を覚ました。彼女は何度もまばたきして、なんとか動こうとした。

かたわらに誰かがいるのを感じた。

恐怖がジュヌヴィエーヴをとらえた。わたしは死体と一緒に暗い場所へ閉じこめられたんだわ。

オードリー！

ああ、なんてこと、オードリーは死んだ……。

ジュヌヴィエーヴは悲鳴をあげ始めたが、効果はなかった。エンジンの轟音にかき消されて、自分の耳にさえ届かない。彼女は必死に気持ちを落ち着けようとした。わたしはまだ生きているし、できればなんとかこれからも生きていたい。

だが、ジュヌヴィエーヴの体はすっかり麻痺《まひ》しているようだった。

両方の手首を後ろで結わえられ、足首もしばられている。自らの置かれた状況を悟ったジュヌヴィエーヴは、恐怖のあまり正気を失うまいと懸命に心を静めた。わずかながら平常心をとり戻したところで、かたわらの体がまだあたたかいことに気づいた。

「オードリー？」ジュヌヴィエーヴはささやいた。

反応はなかった。オードリーが生きているのか死んでいるのかはわからないが、ふたりとも深刻な状況に置かれていることだけはたしかだ。

ジュヌヴィエーヴは深呼吸をしようとしたが、エンジンオイルの強烈なにおいで喉が詰まり、胃がむかむかした。彼女は肺が苦しくなって咳《せ》きこんだ。唇をかみ、後ろで結わえられた手首のロープをほどきにかかる。

ジャック。ああ、なんてこと、ジャックが殺人者だったなんて。

だが、どうでもいいような気もした。ジュヌヴィエーヴは感覚が麻痺していた。

ジャックは逃げきれないだろう。今度ばかりは。今ごろソアは家へ戻って、わたしがいないことに気づき……。

ソアはヴィクターを見つけてたたきのめすかもしれない。そして、いつまでもわたしを捜しつづけるだろう。

でも、ソアはどこを捜したらいいのか知らないのだ。

ジュヌヴィエーヴはそれ以上先を考えられなかった。彼女はロープの結び目と格闘し、優秀な船乗りであるジャックがロープの結び方に精通していることを呪《のろ》った。

それでもジュヌヴィエーヴは結び目をほどく作業に専念した。そうしていれば、万にひとつかもしれないが、ほどける可能性はある。

その作業に没頭していたので、エンジン音がしなくなったことに最初は気づかなかった。やがて彼女はすくみあがった。

一瞬ののち、ハッチが開いた。「ジェン、気がついたようだな。すまない。きみが恐ろしい思いをしなくてすむように、もっと強く殴っておけばよかったよ。でも考えてみれば、こうなったのは全部きみのせいだぞ。きみが始めたんだ。明るみに出したのはきみだ。きみのせいで、おれは今夜このまま遠くへ行かなきゃいけなくなった。その前に……いや、やめておこう。それにしても残念だよ、おれはキーウェストが大好きなのに」

ジャックはまずジュヌヴィエーヴではなくオードリーを抱えあげ、穴倉のような場所から運びだした。オードリーは縫いぐるみのようにぐったりしていて、髪は頭にべったり張りつき、服は濡れそぼっていた。

「まだあたたかいな」ジャックが陽気に言った。

「ジャック」ジュヌヴィエーヴは話しかけたが、喉がふさがったようにかすれた声しか出なかった。「どういうことかさっぱりわからないわ」

「おい、おれを愚か者扱いするんじゃないぞ。本当のおれがどんな人間か知っているか？ 英雄なのさ」

「英雄ですって？」

ジャックは船室に立って腰に両手をあて、ジュヌヴィエーヴを見おろして笑い声をあげた。「赤マントをまとったおれを想像してみろ、ジェン。おれは復讐者だ。あの娘たちは短いスカートに胸のあらわな服を着て男どもをたぶらかし、淋病《りんびょう》やら梅毒やらエイズやらをばらまいていた。それをやめさせなきゃならなかったんだ」

「ジャック、何年も前の若い女性……わたしが高校生だったときにいなくなった女性は売春婦じゃなかった。彼女はモデルだったわ」

ジャックは大声で笑い、ジュヌヴィエーヴを引きずりだすとオードリーの上へほうり投げるように置いた。手荒な扱いに彼女は腕が折れそうな気がして、歯をくいしばりながら痛みをこらえた。

「モデルだと？　そんなの、あの女が世間のやつらにそう思わせたがっていただけの話だ。あの淫売《いんばい》は自分の部屋も、写真も、食いぶちも、全部、男を次々にとり替えて手に入れていたんだ。おれは彼女の正体も、そのやり口もよく知っていた。おれがあの女をみじめな境遇から抜けださせてやったとき、あいつがおれに感謝したと思うか？」

ジュヌヴィエーヴは息を吸って必死に頭を働かせ、できるだけ長くジャックにしゃべらせておかなければと考えた。

「彼女が最初だったの？」ジュヌヴィエーヴはきいた。

「あれが最初で、何年ものあいだ、ほかにはいなかった。それからしばらくして数人を殺した。去年、ここへやってきたあの若いあばずれは八人めだ。だが、おれが罰したのは罰するに値する女たちだけだぞ」

「ジャック――」

「悪いな、ちょっと待ってくれ」ジャックはジュヌヴィエーヴをわきへ転がし、オードリーを抱えあげた。

「だめよ、ジャック、待って!」ジュヌヴィエーヴは叫んだ。

ジャックがはしごに足をかけて振り返った。「そう心配するな。きみたちは一緒に沈めてやるから」

彼ははしごをのぼって姿を消した。オードリーの体が甲板へどさりと落ちる音がした。

ジャックが戻ってきた。

「ジャック、わたしには理解できないわ」

彼はまるで心底気づかっているような表情でジュヌヴィエーヴのかたわらにしゃがみ、自分の耳たぶにぶらさがっているどくろのイヤリングをいじった。

「何が理解できないって、ジェン?」

「オードリーは売春婦じゃないでしょう!　わたしだって違うわ」

ジャックはため息をついてジュヌヴィエーヴから目をそらした。「ジェン、これはすべてきみが始めたんだ、海のなかで幽霊を見たと思ったときにな」彼はジュヌヴィエーヴに対して本当にすまないと思っているような口ぶりで言った。彼女はなんとかジャックを説得し、これからしようとしていることをやめさせられますようにと祈った。

「ジャック、わたしにはまだ理解できない」

彼はやれやれとばかりに首を振った。「きみは海のなかで女を見たと思った。そのあとで浜辺へ女の死体が打ちあげられた。もう知っているだろうが、マネキンできみを脅そうとしたのはおれだ。考えついたのはヴィクターだが、おれがたしなめてやめさせた。おれはただきみを怖がらせて、とめようとしただけだ。でも、うまくいかなかった」残念そうに言う。「そのうちにきみは、ほかの死体についてべらべらしゃべり始めた。そこへもってきてオードリーだ！　彼女と、その仲間の幽霊退治屋《ゴーストバスター》ども。おれは彼女を黙らせなきゃならなくなった」突然、ジャックはにやりとした。「思い違いをするんじゃないぞ。オードリーは生きのびようと懸命に努力した。それこそ死に物狂いだったよ。彼女は感謝のしかたを知っていた。その彼女が死ななければならないのは実に残念だが、こうなってはやむをえない。そしてきみだ、ジェン、本当にすまないと思う。きみは昔からやさしい子だった。そのうえかわいらしかった。今でも覚えているが、きみがまだ子供だったころに、よくおれに会いに来たっけ。あまりに背が高いんで、少年どもにアマゾネス呼ばわりされて落ちこんでいたきみを、おれが慰めたものだ。そのうちにきっとうまくいくようになるって、おれが言ったことを覚えているか？　いつかきみはものすごい美人になって、きみをからかった連中を悔しがらせるだろうと言っただろう？　十二歳のときには、きみはおれの言ったとおりの女になっていた」

「ありがとう、ジャック。だけど聞いて――」

「悪いな。もう時間がないんだ。さっさとすませなくてはいけない。これからバハマへ行くんでね。そこに知っている連中がいる。彼らなら喜んでおれを助けてくれるだろう。知っているか？　おれはひとりでこの海域に潜って宝物をいくつも発見してきた。そうとも、おれたちにはシェリダンもやつの海図も必要なかったのさ。おれはひそかにあの船の残骸《ざんがい》からいろんなものを回収してきたんだ」

ジャックは立ちあがってジュヌヴィエーヴのほうへ手をのばした。彼女は身をすくめて、その手を逃れようとした。

「ジェン、わかるだろう、必要がなければ、おれだってこんなことはしたくないんだよ」

「必要なんてないじゃない」ジュヌヴィエーヴは懇願の口調で言った。

彼女は甲板上のオードリーの横へどさりとおろされた。

「いいことを教えてやろうか？」

「なんなの？」ジュヌヴィエーヴは期待をこめて問い返した。

ジャックはすぐには答えなかった。ジュヌヴィエーヴは、すでに重しの詰まったキャンバス地の袋がふたつ用意されていることに気づいた。彼はオードリーの足首をしばっているロープに袋のひとつを結わえ始めた。

「なんなの、ジャック?」ジュヌヴィエーヴは彼の注意をそらそうとして繰り返した。

ジャックは手を動かしながら答えた。「きみに選ばせてやろう。きみとオードリーのどちらを先に沈める?」

ぞっとして、ジュヌヴィエーヴはジャックを見つめた。いまだに信じられなかった。ジャックが! おじのような存在だったジャックが! 彼は友人であり、潜水を教えてくれた人であり、いつも味方になってくれた人なのに。

「ジャック、どうせバハマへ逃げるのなら、こんなことをする必要はないじゃない」ジュヌヴィエーヴは懇願した。

「気の毒だが、あるんだよ。きみのボーイフレンドに足どめをくわせなきゃならないからな」ジャックはジュヌヴィエーヴのかたわらにしゃがみ、鼻歌を歌いながらふたつめの袋を彼女の足首をしばっているロープに結わえだした。

「わたしのボーイフレンドですって?」

「ソアだ。彼は今、こちらへ向かっている。どうやらジェイの船で追いかけてくるようだ」

ジャックは暗い水平線を眺めた。ジュヌヴィエーヴは舷側にあたる小さな波の音のほかに、次第に大きくなりつつあるエンジン音を聞いた。

「ジャック……」ジュヌヴィエーヴは言いかけてやめた。ジャックの向こうに、あの幽霊を見たのだ。白いドレスを着た女性を。

女性はひとりではなかった。彼女の横に海賊たちが並んでいた。

ジュヌヴィエーヴは落胆した。

気をつけなさい。

もう遅すぎる。

わたしを助けて！

ジュヌヴィエーヴは心のなかで叫んだ。

「どうした？　また幽霊が見えるのか、ジェン？　やれやれ、きみが正気を失うなんて、だれが思っただろうな？」ジャックは笑った。「なあ、このあたりの海に深い場所はあったっけ？　よし、きみが選ばないのならおれが選んでやろう。オードリーが先だ！」

ジャックはかがんでオードリーを抱えあげた。そして手すり越しに海へほうりこみ、続いて彼女の足首とつながっている重しの袋を海へ投げ入れた。

「ああ、ジャック、いや！」

ジャックが手をのばしてきたので、ジュヌヴィエーヴは必死にもがいて抵抗した。そのときも、彼女は幽霊たちの存在をぼんやりと意識していた。海賊たちは白いドレスの女性に指示され、一団となって動いている。

幽霊たちは操舵装置のほうへ移動していく。彼らがしようとしているのは……。ジュヌヴィエーヴはイグニッションからキーが抜け落ちるのを見た。

成功したのだ、と彼女は思った。

でも、わたしを助けるのには遅すぎる。

ジャックは幽霊たちの行動にも、ジュヌヴィエーヴの激しい抵抗にも頓着《とんちゃく》せず、彼女を抱きあげた。「まったく、きみはつかまえにくいったらないな。まるで鰻《うなぎ》みたいだ」彼はぼやいた。そしてまた笑った。「こう考えたらいい。きみはこれから仲間になる連中を何人も知っているんだから、死んでも心細くないだろう。それにきみはソアを愛しているから、あの世から戻ってきて彼が死ぬまでとり憑《つ》いてやればいいさ」ジャックは自分の言葉に大笑いした。

そして手すり越しにジュヌヴィエーヴをほうった。

重しの詰まった袋がまだ甲板にあるので、彼女はすぐには海へ落ちず、一瞬、逆さまの状態で宙づりになった。

すぐにジャックが袋を持ちあげて海へ投げこんだ。

ジュヌヴィエーヴの顔にあたる海水はとても冷たく、暗かった。

ソアが心臓のとまる思いをしたのは、ジャックの船からまだかなり距離があるときだった。

何かが水へ落ちる音がし、その直後にあがった水しぶきが月光を受けて銀色に光った。続いてまたもや水の音、そしてもうひとつ、さらにもうひとつ。

ソアは悪態をついてエンジンの回転数をあげた。ブレントが黙って彼のかたわらに立っていた。

どのくらいかかるだろう？

ソアは相手の船が動いていないことに気づいた。距離が狭まるにつれて、操縦席にいるジャックの姿がはっきり見えてきた。ジャックはとっくに逃げだしてもいいはずだ。

ソアはジャックを殺してやりたかったが、そんな暇はない。彼はジェイの船を急停止させ、あやうく転覆しかけたところで旋回させた。

それから海へ身を躍らせた。ジュヌヴィエーヴが投げこまれてどのくらいたつ？　彼女はどれだけ長く息が続くだろう？　彼女は優秀なダイバーで、体もすこぶる健康ではあるが、いつまでがんばれるだろうか？

ブレントも続いて飛びこんだことにソアは気づいた。だが、海水は黒々としているうえに、月の光や船の明かりは水深一メートルほどまでしか届かず、その下には漆黒の闇が広がっている。

潜ってまもなくひとつの体とでくわしたので、ソアは驚いた。彼はポケットからナイフをとりだし、ぴくりともしない体と重しとをつないでいるロープを手探りで切ると、足を思いきり蹴《け》って浮上した。十二、三メートルの深さにすぎなかったが、浮かびあがるのに永遠とも思える時間がかかった気がした。

海面へ出たソアは空気を求めてあえいだ。「ジュヌヴィエーヴか？」

だが、ジュヌヴィエーヴではなかった。真っ青な顔でぐったりしているのはオードリーだった。

ソアの近くの海面にブレントが頭を出し、呼吸をしようと激しくあえいだ。それからブレントは小さな三角波のできている海を懸命に泳いできて、オードリーをつかんだ。ほんの一瞬、ソアはためらいと落胆を覚えた。あとどのくらい時間が残っているだろう？　それにブレントはオードリーを――あるいは彼女の死体を、錨《いかり》をおろしていない船の上へどうやってのせるんだ？

「行け！」ブレントが怒鳴った。

それで充分だった。

わたしは海が大好き。

生まれたときから大好きだった。

その海でわたしは死ぬのだ。ずっしりした重しに引きずられて沈んでいきながら、ジュヌヴィエーヴは思った。

何も見えなかった。月の光もそこまでは届かなかった。手首は後ろでしばられ、足首には重しのついたロープが結わえられている。

彼らがキーを抜いた、とジュヌヴィエーヴは考えた。どうやったのかは知らないが、幽霊たちがキーを抜いたのだ。ジャックの船はあそこから動けない。彼はもう逃げられない。

でも、わたしが死んでしまったら、ジャックがどうなるか知ることはできないし、気にもならないのでは？

ジャックはソアに殺されるだろうか？　それとも注射で処刑される？　あるいは逃げのびるかしら？

ジャックは連続殺人犯だ。海底の墓場へ何人の犠牲者を送りこんだのか、彼自身、正確な数を知りさえしない。そんなことがありうるだろうか？　とうてい信じられない。

ジュヌヴィエーヴは手首をしばっているロープの結び目を必死にほどこうとした。わたしはどのくらい長く息をとめていられるかしら？

四分。一度、四分間潜っていたことがあった。思いだしているあいだも、ジュヌヴィエーヴは結び目をほどく努力を続けた。少しずつほどけているのが感じられた。

すでに肺が焼けつくように苦しくなっていた。

最初は見えたが、深く潜るにつれて完全な闇がソアを包み、それとともに捨て鉢な気持ちが心を満たした。海底に達した彼はやみくもに手探りし……。

暗澹《あんたん》たる絶望感に襲われた。

そのとき、ソアは感じた。

羽根のような軽い感触。手だ……ぼくを導こうとしている。

ぼく自身が死にかけているのか？

突然、強烈な光が水中へ差しこんできた。ソアは最初、天から送られた光だと思った。けれどもすぐに、ブレントがジェイの船の投光照明灯を見つけてソアのために海中を照らしたのだと悟った。

しかし、あの感触は……。

ソアは目を凝らした。

すると彼女が見えた。

大きな青い目をした金髪の美しい女性。その女性がソアを導こうとしている。

彼がついていくと、ジュヌヴィエーヴがいた。

彼女は生きていた。すでに自由になった両手で、重しにつないであるロープの足首の結び目を必死にほどこうとしている。ソアは息苦しさをこらえてすばやく近づいていき、ロープを切断して彼女の両肩をつかむと、あらん限りの力で足を蹴って海面を目指した。

　ふたりは浮かびあがってあえいだ。ジュヌヴィエーヴが咳きこみ始める。ソアは水難救助法に従ったやり方で彼女を抱え、ジャックの船と衝突したジェイの船へ死に物狂いで泳いだ。

　ジュヌヴィエーヴがあえぎながらどうにか言った。「オードリーは？」

「ブレントが面倒を見ている」ソアはジュヌヴィエーヴを安心させようとして言った。ジェイの船へたどり着いた彼は、船尾近くの小さな飛びこみ台にとりついた。

　ジュヌヴィエーヴが悲鳴をあげようとしたのはそのときだ。彼女はしわがれ声しか出せなかったが、ソアに警告するにはそれで充分だった
　オードリーの上へかがんでいるブレントの背後に、オールを握ったジャックが忍び寄ろうとしていた。

「ブレント！」ソアは怒鳴った。

　ソアはジュヌヴィエーヴから手を離せなかった。彼女には子猫ほどの力も残っていないだろうと思ったからだ。だが、そうではなかった。

　ジュヌヴィエーヴは飛びこみ台にしがみついた。

　すばやく船上へあがるだけの余力が残っていた自分に、ソアは驚いた。

　警告を受けたブレントがさっと振り返り、一撃をよけた。

　ソアは突進した。

ジャックが向きを変えてオールを振るったが、ソアの腕をかすっただけだった。ソアはジャックに飛びかかり、操舵装置へしっかりと押さえつけた。

ジュヌヴィエーヴは気力を振りしぼってなんとか飛びこみ台に腰かけたものの、今にも海へすべり落ちてしまいそうなほどふらふらの状態だった。ソアが彼女からジャックへ注意を戻すと、ジャックがわめき声をあげてソアを力いっぱい押し返し、ふたりは組みあったまま奇妙なダンスでもするように甲板上をよろよろと移動して右舷《うげん》の手すりへぶつかった。

ジャックがナイフを抜くのを見て、ソアはジュヌヴィエーヴのロープを切断したあとで自分のナイフを落としてきたことに気づいた。

ジャックが襲いかかってきた。ソアは身をかわしたが、再びジャックがナイフをつきだした。ブレントは落ちているオールを拾いあげようとしている。それを見たジャックが飛びこみ台へ突進し、ようやく船の上へ這《は》いあがったばかりのジュヌヴィエーヴをつかんだ。

「さあ、つかまえたぞ」ジャックがあざけった。彼の口からは血が流れている。取っ組みあいの最中に歯でも折ったのだろう。

だが、彼はジュヌヴィエーヴをつかまえている。ナイフも持っている。

「ジャック、おまえは正気じゃない。もっともそんなことは、ぼくにはどうでもいいことだ。彼女にかすり傷ひとつでもつけてみろ」ソアは静かに言った。「おまえを殺すぞ。想像もつかないほど苦しい死に方をさせてやる」

ジャックは笑いかけたが、血が喉に詰まったのか咳きこんだ。

ジュヌヴィエーヴが怒りの叫びをあげて、ジャックの急所を思いきり蹴りあげた。ジャックがうめいて体をふたつ折りにし、彼女をつかんでいる手をゆるめた。すかさず前に出たソアはジュヌヴィエーヴをジャックから引き離して自分の後ろへ押しやり、再び猛然と彼に飛びかかろうとした。

「やめろ」ブレントが怒鳴った。

ソアはその言葉に従った。

ブレントが見たものを、彼も見たからだ。

海のなかから彼らが現れつつあった。ふたり……三人、四人……五人……六人。海賊たち。すり切れた服。朽ちた肉体。きらりと光る金歯。ぼろぼろの袖口《そでぐち》からつきでている白い骨。

見えない目がうつろな眼窩《がんか》から見つめている……。

彼らにとり囲まれ、無数の霊魂の手につかまれたジャックが悲鳴をあげ始めた。

恐怖に目を見開き、あらん限りの声で絶叫しつづける。

「やめろ！　頼む、やめてくれ！」

骸骨《がいこつ》の襲撃者たちに押されてジャックの体がのけぞりだした。そして彼は海賊たちもろとも、手すりを越えて海へ落ちた。

しばらく船上を完全な静寂が支配した。動くものもない。

やがてわれに返った三人は手すりへ駆け寄った。

ジャックが海面へ浮かびあがってもう一度悲鳴をあげたところへ、骨の手が一本現れて彼をつかみ、永久に海のなかへ引きずりこんだ。

三人は呆然《ぼうぜん》と見つめつづけた。やがてジュヌヴィエーヴがごくりとつばをのみこんでソアを見た。

「オードリー！」彼女は叫んだ。

ブレントがはっとわれに返って言った。「オードリーは呼吸をしているし、弱々しいが脈もある。さぞや恐ろしい思いをしたことだろう。なにしろ何日間もやつにつかまっていたのだから。無線で助けを呼んでおいたよ。もう警察がこちらへ向かっているはずだ」

ジュヌヴィエーヴは安堵《あんど》の吐息を漏らし、振り返ってソアを見た。

「あなたも……あなたも見たでしょう？」

「ああ」ソアはそれだけ言った。そして震える腕でジュヌヴィエーヴを抱きしめた。

エピローグ

不思議だ、とソアは思った。ジョシュ・ハリソンは実在の人間と言えるほどはっきり見えるのに、アンは薄く見える。

ソアは夜空を見たり、そよ風にあたったりしたくなって、外へ出てきたところだった。彼は海を眺めながら、家のなかには人が大勢いすぎると考えた。

あんな出来事があったあとでも、ソアとジュヌヴィエーヴは海への愛情を失わず、〈マリー・ジョゼフィーン〉のプロジェクトを再開した。マーシャルを感動させて現場への復帰を促したのは、死にかけたにもかかわらず海での作業を再開したふたりの仕事に対する熱意だった。

加えて、ジュヌヴィエーヴが何時間もマーシャルと話をし、たとえ海のなかに幽霊がいたとしても、彼を殺そうとしたのではなくて何かを伝えようとしたのだと説得したのが大きかったかもしれない。

もちろん三人は海で幽霊を見たことについて沈黙を貫いた。あの夜、あそこの海で起こったことは、ジュヌヴィエーヴとブレントとソアだけの秘密だ。

ヴィクターとジュヌヴィエーヴは仲なおりをした。あれ以来、彼女はおわびとしてヴィクターに夕食をごちそうしている。

プロジェクトに関して言えば、大量の宝物が埋まっている場所はジャックでさえ知っていなかったのだが、船のいちばん大きな残骸《ざんがい》を見つけたのはジュヌヴィエーヴだった。海底をさらう大型機械が投入され、財宝の詰まった箱が発見された。

とはいえ、もっとも重要な発見は〈マリー・ジョゼフィーン〉にまつわる謎《なぞ》をとき明かしたことだ。アダムとベサニー、そしてブラックホーク夫妻の協力を得て、ソアとジュヌヴィエーヴがアンの手紙を解読したことが、ジャックに悲惨な最期をもたらしたのだろう。アンはアルドに殺されたことを世界じゅうの人々に知ってもらいたかったのだと、ジュヌヴィエーヴは信じている。アンはジュヌヴィエーヴのなかに、海底の墓場に眠っている彼女や若い女性たちの魂を救ってくれる力を見いだしていたのだ。

どうやら海賊たちは、アンがとらわれの身となっていたあいだに、やさしくて愛らしい魅力的な彼女を敬愛するようになったらしい。アンはまた、とらわれていたあいだにガスパリラと恋に落ち、ガスパリラのほうでも彼女の献身に応《こた》えたようだ。

おそらく海賊たちは、自分たちが盗みもしなかった財宝を守ってきたのだろう。あるいは、ただアンに正義がもたらされるのを手助けしようと、この世にとどまっていただけなのかもしれない。

オードリーはまもなく元気をとり戻した。だが、自分のつらい体験をみんなに話そうとはしなかった。彼女はできるだけ長く生きのびるのに必要なことをしたのだ。彼女が自ら進んで話をした相手はジェイだけだった。

ともに回復期を過ごすうち、ジェイはオードリーの助けを借りて、ジャックの事件を自分なりに把握した。そのあと彼らはいきなりラスヴェガスへ飛び、全員を驚かせた。ふたりは今も信じられないほど幸せそうだ。

ソアとジュヌヴィエーヴはもっと伝統的なやり方を選んだ。そう、とにかくキーウェストの標準からすれば伝統的だ。

白いドレス姿の――ただし靴は履いていない花嫁は、ことのほか美しかった。ソアとジュヌヴィエーヴはほんの数時間前にベラミー神父の采配《さいはい》により、日没時の浜辺で結婚式を挙げたばかりだった。

ベサニーとヴィクターとアレックスは式が始まる前から酔っ払ってしまい、式のあいだじゅう泣いたり抱きあったりしていた。まったく、困ったと言うほかない。なぜならベサニーは花嫁の、ヴィクターとアレックスは花婿の付き添い役だったからだ。だが、オーストラリアで仕事を引き受けていたリジーとザックが結婚式のためにわざわざ飛行機でやってきて、式が滞りなく運ぶよう最善を尽くしてくれた。プロジェクトにかかわっている全員が出席した――アダム、ブレント、ニッキ、マーシャル。彼らのあいだに何かが育っていた。永遠に続く友情とも言うべきものが。

けれども友情がどうであれ、ソアは新鮮な空気が吸いたくなって家の外へ出たとたん、裏のポーチの手すりにもたれているジョシュと、そのかたわらにいるアンを目にしたのだった。

「きみはそこにいない。ぼくにはきみが見えない」ソアはうめくように言った。

「あなたも頑固な人だな。ぼくはちゃんとここにいますよ。わかっているでしょう」

ソアはアンに視線を向けた。彼女はいまだに何かを恐れているかのようにおどおどしている……。

ソアは内心でおののいた。

この女性がいなかったら、今ごろぼくはどうなっていただろう？　彼女と、その仲間の海賊たちがいなかったら？

「ありがとう」ソアがそっと礼を述べると、アンは自分の仕事は終わったと考えたのか、薄くなり始めた。「でも、ぼくはなかへ入らなくては」

彼らにはこれきり会えないかもしれないとソアは思い、ばかばかしい気がしながらも、幽霊たちに手を振って別れを告げた。

家のなかへ入ったソアはヴィクターとぶつかりそうになった。音楽がやかましく鳴っていて、笑い声が満ちていた。

「ジェンはどこだい？」ソアは尋ねた。

「きみを捜して二階へ行ったんじゃないかな？」ヴィクターが言った。

ソアは一段飛ばしに階段をあがった。ジュヌヴィエーヴはふたりの部屋の窓辺に立って、デュヴァル通りを見おろしていた。

彼女が振り返ってにっこりした。

ソアの心臓がどきりとした。ジュヌヴィエーヴのつややかに波打つ豊かな長い髪が、黒い絹のドレスによく映えている。彼女の目……ああ、ぼくはその目に恋している。そして彼女の声……。

「ねえ、あなた」ジュヌヴィエーヴが歩いてきてソアのネクタイをつかみ、彼を引き寄せて唇にキスをした。

「きみを愛しているよ」ソアはキスを返して言った。

「わたしもあなたを愛しているわ。聞いて、あなたがわたしを頭のどうかした女だと思っているのは知って――」ジュヌヴィエーヴが言いかけた。

ソアはジュヌヴィエーヴの唇に指を押しつけた。「ぼくは信じている」そっとささやく。「信じているよ。それにもう事件は終わったのだから、どうか、ぼくが妻にふさわしいキスができるよう口を閉ざしてくれ」

ジュヌヴィエーヴはほほえんだ。

ソアもほほえんだ。

戸外では、そよ風に椰子《やし》の葉がそよいでいる。喜びにわく幽霊たちのかすかな笑い声が夜空へ消えていくかのようだった。

訳者あとがき

潮の流れになびく白いドレス、ゆらゆらと漂う金髪……海のなかでジュヌヴィエーヴが見たのは、足首に重しを結わえつけられた女の死体だった。その死体が頭をもたげて悲しそうにほほえみ、大きな青い目でジュヌヴィエーヴを見つめてささやく――気をつけなさい、と。

ヘザー・グレアムが今回の作品の舞台に選んだのは、フロリダ半島の先端から南西方向へ弧を描いて連なるフロリダキーズの最果ての島、キーウェストだ。フロリダキーズは名前に〝キー〟のつく大小約千七百の島々からなる群島で、一方はメキシコ湾に、もう一方は大西洋に面し、沖にはアメリカ随一の珊瑚礁《さんごしょう》がある。一九一二年、本書にも名前の出てくるヘンリー・フラグラーがキーウェストに至る鉄道を完成させ、それまで船で往来するしかなかった島に全米から観光客が押し寄せるようになった。しかし、一九三五年の巨大ハリケーンによって鉄道は破壊され、代わって自動車道が一九三八年に開通。これが国道一号線で、マイアミ市から終点のキーウェストまでは約二百五十キロの距離である。

キーウェストは長さ六キロ、幅三キロの小さな島で、現在の人口は約二万五千、主な産業は観光と漁業だ。最初はスペイン領であったが、一七六三年にイギリス領となり、その後再びスペイン領になったあと、一八二〇年代にアメリカの領土となった。ここはまたハリケーンの常襲地で、昔から座礁したり転覆したりして沈没する船があとを絶たなかった。なかには莫大《ばくだい》な財宝を積んで沈没した船もあり、現在でもときどき宝物発見のニュースが流れたりする。そのために本書に描かれているようなダイバーの仕事が成り立つわけだ。

作者のヘザー・グレアムはフロリダ州に居を構えているだけあって、このあたりの土地に詳しく、島や町の様子を現実に即して描いている。デュヴァル通りにある島でいちばん高い建物〈ラ・コンチャ・ホテル〉、その一階にある〈スターバックス〉、幽霊が出没することで有名な〈ハードロック・カフェ〉、文豪ヘミングウェイが常連客だった〈キャプテン・トニーズ・サルーン〉や〈スロッピー・ジョーズ〉、観光客を乗せて島内をめぐるコンク・ツアー・トレインなど、どれも実在するものばかりである。この島を愛したヘミングウェイは一九三一年から三八年までをここで過ごし、数々の名作を書いた。彼の住んだ家は現在〈ヘミングウェイの家〉として観光名所のひとつになっている。それと、本書にも書かれているように、この島から眺める夕日は格別に美しいそうだ。

二〇〇七年七月　風音さやか

訳者　風音さやか

長野県生まれ。編集業務に携わりながら翻訳学校に通い、翻訳の道に入る。1990年ごろよりハーレクイン社の作品を手がける。主な訳書に、ヘザー・グレアム『視線の先の狂気』『砂漠に消えた人魚』『眠らない月』『誘いの森』『白い迷路』（以上、MIRA文庫）などがある。

冷たい夢

2007年10月15日発行　第1刷

著　　者／ヘザー・グレアム

訳　　者／風音さやか（かざと　さやか）

発 行 人／ベリンダ・ホブス

発 行 所／株式会社 ハーレクイン

東京都千代田区内神田1-14-6

電話／03-3292-8091（営業）

03-3292-8457（読者サービス係）

印刷・製本／凸版印刷株式会社

装 幀 者／ZUGA

ISBN978-4-596-91249-7

砂漠に消えた人魚

ヘザー・グレアム
風音さやか 訳

19世紀末、嵐のテムズ川に人魚のように現れた娘。彼女の特殊な才能に気づいたサー・ハンターは遺跡発掘旅行のアシスタントに彼女を抜擢するが…。

視線の先の狂気

ヘザー・グレアム
風音さやか 訳

不思議な能力を持つマディスンは、FBIの捜査に加わることになった。繰り返し見る悪夢の謎が解けたとき、明らかになる衝撃の事実とは?!

誘いの森

ヘザー・グレアム
風音さやか 訳

スコットランドの古城を借り、17世紀の物語を仲間と再現していたアントワネット。ある嵐の晩、物語から抜け出したような、たくましい城主が現れて…。

白い迷路

ヘザー・グレアム
風音さやか 訳

ニューオーリンズで、FBI捜査官が殺された。現地に飛んだハリソン調査社のブレントは、ツアーガイド仲間の事故死に疑問を抱くニッキという女性に出会う。

シルクの闇に咲く花

ノーラ・ロバーツ
松村和紀子 訳

冷静な女刑事アルシアがコンビを組むことになった相手は、強引で大胆な探偵コルト。家出少女を探す中、正反対の二人は殺人事件に巻き込まれ…。

甘美すぎた誘惑

ビバリー・バートン
仁嶋いずる 訳

富豪の娘ルルが殺された。従姉のアナベルは、第一発見者でルルの恋人だった有名弁護士クインと共に真相を探るが、状況は彼が犯人だと告げていた…。